HEYNE
BÜCHER

PATRICIA GRASSO

DIE SCHÖNE DER HIGHLANDS

Roman

Deutsche Erstausgabe

WILHELM HEYNE VERLAG
MÜNCHEN

HEYNE ROMANE FÜR »SIE«
Nr. 04/209

Titel der Originalausgabe
HIGHLAND BELLE

Aus dem Amerikanischen
von Ingrid Laufenberg

Printed in France 1998
Umschlagillustration: Franco Accornero/Agentur Schlück
Umschlaggestaltung: Atelier Ingrid Schütz, München
Satz: Pinkuin Satz- und Datentechnik, Berlin
Druck und Bindung: brodard & taupin, La Flèche

ISBN 3-453-12400-6

Dieses Buch ist fünf ganz besonderen Menschen gewidmet:

In tiefer Dankbarkeit der *echten* Marianne Jacques – einer tatkräftigen, außergewöhnlichen Sekretärin.

In Liebe meinen Nichten und Neffen (in der Reihenfolge ihres Auftretens):

Sean – still und ernst und mit der Neigung, in meinem Englischunterricht einzuschlafen.

Samantha – die süßeste von allen und klug genug, im Unterricht ihrer lieben Tante wach zu bleiben.

Matthew – ein Geschenk Gottes, die Liebe meines Lebens. Du hast mein Herz gestohlen, und ich will es zurückhaben.

Jessica – der bezaubernde kleine Drachen des Grasso Clans, die fordert, daß ihr alle meine Bücher gewidmet werden.

1

England, Mai 1564

Nieselregen, zart wie ein Brautschleier, fiel sanft vom Himmel. Im Süden Englands hatte der Sommer begonnen. Basildon Castle, der Stammsitz der Grafen von Basildon, tauchte wie ein prächtiges Tier aus dem Nebel auf.

Auf einem der Türme ging eine einsame junge Frau auf und ab. Ihre Augen suchten ängstlich die Umgebung ab, besonders den Weg, der zu der Burg führte.

Brigette Edwina Devereux, die zweite Tochter des verstorbenen Earl of Basildon, ließ ihre Augen über den Weg wandern und erblickte, was sie befürchtet hatte. Eine Schar Männer ritt durch den dünnen Nebel auf Basildon Castle zu. Zu ihr! Sie zitterte ängstlich.

»Sieh! Der Bräutigam naht!« flüsterte eine Stimme direkt neben Brigettes Ohr. Schnell wandte sie sich um und stand ihrer jüngeren Schwester Heather gegenüber.

»Wenn ich erst verheiratet bin«, entgegnete Brigette, »werden die Augen der Königin auf dir ruhen. Dann wirst du kleines Ekel in derselben Lage sein wie ich jetzt.«

»Und wie unsere Schwester! Als Kathryn den Iren heiraten mußte, warst du alles andere als freundlich.« Heather grinste. »Und jetzt wirst du mit einem Wilden aus dem Norden vermählt.«

»Eines Tages wird Iain MacArthur der Graf von Dunridge sein und ich seine Gräfin«, entgegnete Brigette. Ihre Worte klangen zuversichtlicher, als sie sich fühlte. »Er ist kein Rebell.«

»Er ist schlimmer als ein Rebell«, fauchte Heather. »Rebellen töten für die Freiheit. Highlander töten aus Spaß!«

»Lügnerin!« kreischte Brigette. *»Sommersprossige Lügnerin!«* Die Beleidigung saß. Heather schrie wütend auf, aber

als ihre Hand vorschoß, um ihre Schwester zu schlagen, wurde sie von hinten gepackt.

»Aufhören!«

»Laß mich!« schrie Heather und rang mit ihrer Cousine Spring. »Laß mich los, du Bastard!«

Bei diesen Worten rang Brigette nach Luft, und Spring ließ sofort ihre Hände sinken. Überrascht sah Heather ihre Cousine an und war beschämt, als sie sah, wie sehr sie das Mädchen gekränkt hatte.

»Ja, Mylady«, sagte Spring kalt. »Ich bin nur eure uneheliche Cousine, Lady Brigettes Kammerzofe.«

»Es tut mir leid. Ich wollte nicht ...«

»Die Gräfin schickt mich nach dir«, unterbrach Spring und sah Brigette an. »Dein Verlobter ist angekommen.«

Die drei jungen Frauen blickten neugierig über die Zinnen. Sir Henry Bagenal, Louise Devereux und der junge Graf Richard standen im Hof, um den Schotten zu begrüßen. Er war groß und gut gebaut. Zunächst schüttelte er Richards Hand und nickte respektvoll, dann begrüßte er Sir Henry. Schließlich beugte er sich tief über die Hand der Gräfin.

»Das muß Iain sein«, flüsterte Brigette.

»Die Queen hat es gut mit dir gemeint, Brie«, sagte Spring.

»Richard amüsiert sich«, bemerkte Heather. »Er wird wütend sein, daß Lord MacArthur sich nicht vor dem berühmten Earl von Basildon auf den Boden geworfen hat.«

Spring lachte leise, aber Brigette starrte weiterhin schweigend den Mann an, der ihr Ehemann werden sollte. Heather und Spring sahen erst sie und dann einander an.

»Da bleibt ihre Zunge einmal still«, witzelte Heather.

Brigette drehte sich mit einem zufriedenen Lächeln um. »Es wird Zeit, daß ich meinen schönen Highlander begrüße.« Sie verließ den Turmgang gemessenen Schrittes, rannte dann aber die Stufen hinunter, bis sie unten angekommen war. Nachdem sie einige Male tief Luft geholt hatte, trat sie hinaus.

Zierlich und anmutig bot Brigette ein Bild zerbrechlicher Weiblichkeit, als ihr alle Augen über den Hof folgten. Sie sah süß aus, und ihre großen grünen Augen, die vor Aufregung funkelten, hatte sie niedergeschlagen. Ein paar Löckchen, wilde Büschel aus kupferroter Seide, hatten sich aus ihren Flechten gelöst und standen in krassem Gegensatz zu ihrem passiven, unschuldigen Gesichtsausdruck.

Unwiderstehlich von ihm angezogen, ging Brigette auf ihren Verlobten zu, ohne sich die Mühe zu machen, ihre Familie oder Sir Henry zu begrüßen. Sie musterte den Schotten langsam von oben bis unten, dann trafen ihre Augen seinen aufmerksamen Blick.

Er war groß und schlank, aber kräftig gebaut. Seine breiten Schultern verjüngten sich zu einer schmalen Taille und schmalen Hüften. Sein Haar war hellbraun, und seine hellblauen Augen blickten leicht amüsiert. Im stillen dankte Brigette ihrem Schicksal, daß es ihr einen jungen und gutaussehenden Ehemann bescherte.

Plötzlich wurde sie sich bewußt, daß sie ihn anstarrte, und errötete verlegen. Sie lächelte, knickste und reichte ihm ihre Hand. »Lord MacArthur, ich bin Lady Brigette.«

»Lady Brigette«, sagte der Schotte und nahm ihre Hand. »Dieser neblige Hof wurde durch Ihr Erscheinen in höchstem Maße freundlicher.«

Sir Henry räusperte sich. »Brie, dies ist Lord *Percy* Mac Arthur, der Bruder deines Verlobten.«

»Oh!« Brigette zog ihre Hand zurück. Percy lächelte und Brigette, dunkelrot vor Verlegenheit, blickte sich im Hof um. »Lord Iain?«

»Mein Bruder ist noch in Schottland.« Percy runzelte die Stirn bei ihrem verblüfften Gesichtsausdruck. Sein Bruder sei verdammt!

»Lord Iain konnte die Reise nicht antreten«, erklärte Sir Henry, »und hat an seiner Stelle Lord Percy geschickt.«

»Werde ich nun Lord Percy heiraten?« fragte Brigette laut.

Percy schmunzelte und seine Männer brachen in Gelächter aus. Die Gräfin schüttelte mißbilligend den Kopf, und der junge Graf Richard machte ein gequältes Gesicht.

»Zu meinem unendlichen Bedauern werden Sie Iain heiraten«, sagte Percy.

»Brie, meine Liebe«, unterbrach Madame Devereux. »Lord Percy wird als Stellvertreter für seinen Bruder einspringen.«

»Stellvertreter?« kreischte Brigette schockiert und beleidigt. »Nein! Ich werde mich mit diesem Heiden nicht ferntrauen lassen!« Ihre blitzenden Augen trafen die Percys. Er sollte es bloß nicht wagen, ihr zu widersprechen.

»Es wird keine Hochzeit geben!«

»Brigette!« rief Madame Devereux.

»Die Königin hat bestimmt, daß du Lord Iain sofort heiraten sollst«, verkündete Sir Henry.

»Soll *sie* ihn doch heiraten!« schnaubte Brigette und Percy brach in Lachen aus.

»Brie!« schaltete Richard sich in die Auseinandersetzung ein. »Ich bin der Earl von Basildon und dein Lehnsherr. Du wirst Iain MacArthur heiraten und den Mund halten!«

»Den Teufel werde ich!« Brigette drehte sich um und stolzierte davon.

»Du wirst tun, was ich sage«, schrie Richard und erhob drohend seine Faust, »oder ich werfe dich in den finstersten Kerker!«

Brigettes Schritte wurden schneller. Beide, Engländer und Schotten, zügelten gleichermaßen ihren Zorn angesichts des zwölfjährigen Grafen, der Gehorsam verlangte. Beim Anblick von Brigettes Rückzug sagte sich Percy amüsiert, daß die zukünftige Gräfin von Dunridge eine englische Lady mit dem Temperament einer Schottin war. Wie überrascht Iain sein würde!

Brigette schmollte, als sie sich an diesem Abend zu dem großen Saal begab. Sie hatte den Nachmittag in ihrem Zimmer verbracht, allerdings nicht allein. Die Gräfinwitwe war Brigettes erste Besucherin gewesen und hatte heftig mit ihr geschimpft. Brigettes Benehmen war ungehörig für eine Dame und für die Tochter eines Grafen inakzeptabel. Wo waren Brigettes Stolz und Ehre? Madame Devereux verlangte, daß Brigette beim Abendessen sich von einer ganz anderen Seite zeigen sollte. Später hatten sich Heather und Spring hereingeschlichen und mit ihr gelitten. Spring hatte Brigette den Rat gegeben, mit Lord Percy zu sprechen. Sie solle in Erfahrung bringen, was Lord Iain hinderte, zu seiner Hochzeit zu kommen. Heather sah es praktischer. Ihrer Meinung nach hatte Brigette zwei Möglichkeiten. Sie konnte entweder Lord Iain heiraten oder in ein französisches Kloster gehen. Besonders reizvoll war keine von beiden Aussichten.

»Bring nicht noch mehr Schande über unsere Familie«, befahl die Gräfin streng, als sie ihre Tochter beim Eingang zum großen Saal abfing.

Brigette nickte.

»Halt nur ja deine Zunge im Zaum, Schwester«, flüsterte Richard, als sie an seinem Stuhl vorbeikam.

Brigette ignorierte ihn.

Lord Percy erhob sich lächelnd, als Brigette sich zu ihrem Platz zwischen ihm und Sir Henry begab. Verlegen erwiderte sie sein Lächeln.

»Mein Benehmen von vorhin tut mir sehr leid«, entschuldigte sich Brigette, als der erste Gang, Hammelkeule mit Knoblauch und Kalbsschulter, serviert wurde.

»Dazu besteht kein Grund«, versicherte Percy. »Eine Heirat ist erschreckend und ...«

»Erschreckend?« Brigettes Stimme wurde lauter.

»Ich meine nicht verheiratet zu sein, sondern verheiratet zu werden.«

»Oh!« Brigette wurde rot. »Ihr seid offensichtlich nicht Eures Bruders Hüter«, sagte sie freundlich »und könnt deshalb auch nicht für seine Unhöflichkeit verantwortlich gemacht werden.«

Percy verschluckte sich fast an seinem Essen und wünschte sich, Iain könnte die Beleidigungen seiner Verlobten hören.

»Ich meine ...«

»Ich weiß, was Ihr meint«, unterbrach Percy sie.

»Ihr habt einen starken Akzent«, bemerkte Brigette, um das Thema zu wechseln.

»Stimmt nicht«, neckte er sie. »Den starken Akzent habt Ihr.«

Brigette lächelte. Percys Schlagfertigkeit gefiel ihr. »Erzählt mir von Eurer Heimat, Mylord. Ich bin noch nie außerhalb von Essex gewesen.«

»Es ist ein Land von einsamer Erhabenheit«, begann Percy, und seine Augen bekamen einen verträumten Ausdruck, »mit schneebedeckten Gipfeln, üppigen grünen Tälern und strahlendblauen Seen.« Er bemerkte Brigettes ehrfurchtsvolles Gesicht, und er lächelte. »Deshalb kehrt ein Highlander immer nach Hause zurück, Lady Brigette.«

»Es klingt wunderschön, aber ich möchte noch mehr wissen.«

»Dunridge Castle wird Euer Heim werden, falls Ihr meinen Bruder heiratet. Es liegt am Ufer des Loch Awe in der Grafschaft Argyll«, erzahlte Percy. »Auf der anderen Seite des Loch liegt Invenary, der Sitz des Herzogs von Argyll, des Chefs von Clan Campbell, zu dem die MacArthurs gehören. Jetzt, da unsere schöne Königin aus Frankreich zurückgekehrt ist, wird der Herzog ...«

»Habt Ihr die Königin getroffen?« fragte Brigette mit großen, erwartungsvollen Augen.

»Wenn es notwendig ist, reisen Black Jack oder Iain nach Edinburgh.«

»Black Jack?«

»Mein Vater. Wißt Ihr, das ist meine allererste Reise nach England«, fuhr Percy fort. »Ich würde gerne die Ländereien Eures Bruders sehen. Würdet Ihr wohl morgen mit mir ausreiten?«

»Ja, aber nur, wenn Ihr mich Brie nennt – wie alle meine Freunde.«

»Brie?« Percy schmunzelte. »Wie der Käse?«

Die Schlagfertigkeit des Schotten amüsierte Brigette, und sie lachte laut mit einem melodischen Klang, der die Aufmerksamkeit aller Anwesenden auf sich zog. Offensichtlich war Lady Brigettes gute Laune wiederhergestellt.

Die Männer aus dem Norden warfen einander vielsagende Blicke zu. Wenn Percy die temperamentvolle Dame so leicht bezaubern konnte, würde Iain schon gar keine Schwierigkeiten haben, sie zu zähmen.

»Der Sommer ist da«, verkündete Brigette, als sie am nächsten Morgen mit Percy ausritt.

»Woher wißt Ihr das?«

»Die Luft ist wärmer, der Nebel feiner, und die Bäume sind ein bißchen grüner als gestern.«

Percy lächelte. »Wenn Ihr das englische Klima mögt«, entgegnete er, »werdet Ihr das schottische lieben. Es ist kälter und nässer und im Sommer ein bißchen grüner.«

»Ich verabscheue Regen und Kälte.« Der Gedanke an ihre Heirat irritierte sie.

»Und Grün?« spottete er freundlich.

Brigette warf Percy, der sie angrinste, einen Blick zu. Sie konnte ein Lächeln nicht unterdrücken. Er war freundlich zu ihr gewesen. Brigette bedauerte, daß sie ihn so angefahren hatte. »Es tut mir leid, daß ...«

»Ich nehme das nicht übel, Brie. Wenn so große Veränderungen auf einen zukommen wie einen Fremden zu heiraten, hat man es nicht leicht.«

»Ich habe keine andere Wahl.«

»Brie! Brie!« Über eine kleine grüne Kuppe kam der junge Earl von Basildon in schnellem Galopp auf sie zu. »Was denkst du dir nur dabei, ohne Begleitung auszureiten?« fuhr Richard seine Schwester an, als er sie erreicht hatte. »Es ziemt sich nicht, und Mutter ist wütend!«

»Das Mädchen war vollkommen sicher bei mir.«

»Oh!« Richard schaute betroffen. »Ich habe das nicht so gemeint ...«

Percy lachte. »Ihr Engländer habt die reizende Angewohnheit, Euch für Dinge zu entschuldigen, die Ihr nicht so meint. Laßt uns ein Stück gemeinsam reiten«, schlug er vor, »bevor Brie zurückkehren muß, um sich auf ihre Hochzeit vorzubereiten.«

Richard sah seine Schwester in der Erwartung an, daß

sie protestieren würde, aber sie sagte nichts. Die drei ritten eine Zeitlang in freundlichem Schweigen und genossen das üppige Grün der Landschaft.

»Wie lange ist dieses Land schon im Besitz der Devereux?« brach Percy das Schweigen.

»Basildon gehört uns, seit mein Urgroßvater mit dem Tudor aus Wales kam«, antwortete Richard.

»Das ist der Großvater der Königin«, fügte Brigette hinzu. »Als Belohnung für seine Loyalität und seine Dienste verheiratete der Tudor unseren Urgroßvater mit unserer Urgroßmutter, der Erbin all dessen, was Ihr hier seht.«

»Wir sind entfernte Cousins der Königin«, rief Richard stolz dazwischen.

»Aber Eure Mutter ist Französin?«

»Ja«, antwortete Richard. »Vater war für König Heinrich in Frankreich und heiratete Mutter ...«

»Ohne Erlaubnis des Königs«, unterbrach Brigette.

Percy lächelte und dachte, daß die Kinder vom Vater geprägt waren, der offensichtlich einen starken Willen besessen hatte.

»Aber der König hat seinem Lieblingscousin vierten Grades vergeben«, fuhr Richard fort, »und hier sind wir also.«

»Vor drei Jahren wurde Vater von Wilderern getötet, und wir wurden Mündel der Königin«, sagte Brigette. »Ich nehme an, Ihr habt in Schottland auch Wilderer?«

»Im schottischen Hochland«, sagte Percy, »überfällt ein Clan den anderen, aus Spaß und Gier, könnte man sagen.«

»Spaß!« Brigette erinnerte sich an Heathers schreckliche Worte und zitterte.

»Deshalb ist Iain in Schottland geblieben.« Percy sah Brigette an. »Murdac Menzies hat MacArthur-Gebiet überfallen. Black Jack wurde nach Edinburgh gerufen, und Iain mußte die Verteidigung von Dunridge überwachen. Frühling, Sommer und Herbst sind bei uns die Zeiten für Überfälle.«

»Dann töten Highlander also zum Vergnügen?« Brigette konnte sich die Frage einfach nicht verkneifen.

Percy sah sie scharf an, aber seine Stimme war freundlich, als er antwortete. »Kein vernünftiger Mensch tötet zum Vergnügen, Mädchen, und er bereitet auch niemandem unnötig Kummer oder Schmerzen. Ich hoffe, Ihr werdet Iain seine Abwesenheit nicht übelnehmen.«

Brigette rutschte in ihrem Sattel hin und her und platzte dann heraus: »Weshalb seid Ihr nicht an Iains Stelle in Dunridge geblieben?«

»Ich glaube, wir sollten jetzt umkehren. Sonst kommt Ihr noch zu spät zu Eurer eigenen Hochzeit«, schlug Percy vor und ignorierte ihre Frage. Percy wollte seiner zukünftigen Schwägerin gegenüber nicht eingestehen, daß sein Vater und sein Bruder ihn für einen unbekümmerten Dummkopf hielten und sich geweigert hatten, die Verteidigung von Dunridge in seine Hände zu legen.

Der Nachmittag ging langsam in die Abenddämmerung über, und die Schatten im Arbeitszimmer des Grafen wurden länger. Sir Henry, Percy und Vater Dowd standen vor dem Kamin und plauderten, während Richard und Heather in dem Raum auf und ab liefen wie Tiere in einem Käfig. Hin und wieder schweifte Sir Henrys Blick zur Gräfinwitwe, deren Augen ängstlich auf die Tür gerichtet waren. Brigette kam zu spät zu der Zeremonie, die sie an Iain Mac Arthur binden sollte.

Hmmm! dachte Madame Devereux. Das war nicht die Art Hochzeit, die die Tochter eines Grafen verdient hatte. Verflucht sei Iain MacArthur! Verflucht sei ebenso die Königin, die diese ungleiche Verbindung veranlaßt und darauf bestanden hatte, daß die Hochzeit unverzüglich stattfinden sollte.

Da es eine Ferntrauung war, hatte die Gräfinwitwe auf allen Pomp verzichtet, einschließlich der kirchlichen Trauung. Brigette war eine gläubige Katholikin, und sie war durch die Abwesenheit des Bräutigams schon genug gedemütigt. Die Gräfin wußte, daß der Stolz ihrer Tochter weitere Beleidigungen nicht ertragen konnte.

»Wo ist sie?« knurrte Richard, der über das Warten sehr verärgert war.

»Es ist das Vorrecht der Braut, zu spät zu kommen«, sagte Percy mit einem Blick auf den Jungen.

»Mein Gott!« rief Heather mit entsetztem Gesichtsausdruck. Sie trat von der Tür zurück, und Brigette trat ein. Den Anwesenden blieb vor Entgeisterung der Mund offen stehen.

Die Braut trug Schwarz. Sie hatte sich eins der Trauerkleider ihrer Mutter richten lassen. Ihr kupferfarbenes Haar war in der Mitte gescheitelt, im Nacken streng zu einem festen Knoten zusammengesteckt und von einem schwarzen Schleier bedeckt. Sie konnte gezwungen werden, den unhöflichen Schotten zu heiraten, aber alle sollten wissen, daß sie nur widerwillig in den heiligen Stand der Ehe trat.

Brigette blieb in der Tür stehen, um eine bessere Wirkung zu erzielen. Ihre blitzenden grünen Augen funkelten vor Trotz. Wehe dem, der es wagen sollte, ihre Kleidung zu kritisieren.

»Brigette Edwina Devereux!« kreischte die Gräfin entrüstet.

»Soll ich für einen abwesenden Bräutigam als strahlende Braut erscheinen?«

Richard trat vor, um seine Schwester wieder nach oben zu schicken, aber Percy hielt ihn am Arm zurück. Es war besser, wenn sie ihre Wut austobte, bevor sie ihren Mann traf. Iain war ein guter Mann, aber die Eskapaden seiner Braut würden ihn wohl kaum amüsieren.

Percy musterte Brigettes Kleidung von Kopf bis Fuß und durchquerte den Raum. Seine Schultern zitterten von der Anstrengung, sich das Lachen zu verkneifen. Sein Blick traf den ihren. Sie war bereit, sich der schwierigen Situation zu stellen. Percy nahm sich zusammen, streckte seine Hand aus und lächelte ermutigend. Brigette zögerte, überrascht, daß er nicht wütend war, und legte dann ihre Hand in die seine. Sie gingen durch den Raum zu Vater Down.

Der alte Priester betrachtete Brigette von oben bis unten. Er schüttelte seinen Kopf und dankte im stillen dem Herrn, daß er sich dem Zölibat verschrieben hatte. Die Zeremonie begann.

Als der Augenblick gekommen war, ihr Gelübde zu sprechen, zögerte Brigette. Ihre Kehle war wie zugeschnürt. Sie sah zu ihrer Mutter, deren Ausdruck streng war, und dann zu Sir Henry, der peinlich berührt wegsah. Sie räusperte sich. Während Brigette die Worte flüsterte, die sie mit Iain MacArthur verbinden sollten, überkam sie ein Gefühl der Hilflosigkeit. Jetzt war sie der Gnade dieses Heiden ausgeliefert.

Die letzten Worte wurden gesprochen. Sir Henry führte Percy und Brigette zu dem Tisch an der anderen Seite des Raumes, um die notwendigen Dokumente zu unterzeichnen. Im Namen der Königin unterschrieb Sir Henry als erster. Dann gab er die Feder an Percy weiter, der im Namen von Iain MacArthur unterschrieb und ihn mit einem Schnörkel versah. Brigette starrte die Feder stumm an, als Percy sie ihr reichte.

Die Gräfin wollte sie schon ermahnen, aber Percy drückte Brigette die Feder in die Hand und deutete auf die Heiratsurkunden. Sich ihrem Schicksal ergebend, unterschrieb Brigette ihrerseits mit einem kühnen Schnörkel. Sie war jetzt Lady MacArthur, in Freud und Leid.

Die Gräfinwitwe nahm ihre Tochter sogleich am Arm und führte sie in Richtung Tür. »Ich bin sicher, du möchtest dein reizendes Kleid vor dem Abendessen wechseln, meine Liebe.«

Brigette sah die Warnung in den Augen ihrer Mutter, nickte und ging. Als sie die Halle durchquerte, erklang schallendes Gelächter. Percy konnte sich nicht länger beherrschen.

2

Wie durch Zauberhand hatte sich der Nebel im Schutz der Dunkelheit aufgelöst. Jeder, der im Hof herumlief, bemerkte die Veränderung und hoffte, daß Basildon Castle an diesem Tag Sonnenstrahlen sehen würde. Schon vor Beginn der Dämmerung hatten die Schotten ihre Abreise vorbereitet. Nun standen oder saßen die meisten herum und warteten auf Lady MacArthur.

Mit einem grimmigen Gesichtsausdruck erschien Spring und durchquerte den Hof. »Sie ist nicht in ihrem Zimmer«, sagte sie zu der Gräfin. Percy und Madame Devereux tauschten besorgte Blicke aus.

»Wenn sie weggelaufen ist«, drohte Richard, »werde ich ihr bei lebendigem Leib die Haut abziehen.«

»Phhh!« schnaubte Heather spöttisch. »Brie ist viel zu feige, um … Da ist sie ja.« Fertig angezogen für die Reise mit dunkler wollener Reisekleidung und Umhang betrat Brigette den Hof von der Schloßkapelle her und lächelte entschuldigend.

»Sie dachten schon, du wärest weggelaufen!« rief Heather. »Ich habe ihnen gesagt …«

»Ich habe dem Vater auf Wiedersehen gesagt.«

Der Ausdruck der Gräfin wurde versöhnlicher, und sie breitete die Arme für ihre Tochter aus. Wie ein verlassenes Kind warf sich Brigette in die Arme ihrer Mutter. Sie schloß ihre Augen, spürte die liebende Wärme ihrer Mutter und wußte, daß von diesem Tag an nichts mehr wie früher sein würde. Wenn Brigette Basildon verließ, würde sie ihre Kindheit hinter sich lassen.

»Ich habe Angst«, flüsterte Brigette.

Ihre Mutter hob ihr Kinn und lächelte traurig.

»Du mußt keine Angst haben, Liebes. Wenn dein Mann

nur annähernd so ist wie Lord Percy, ist er ein guter Mann. Wirst du mir etwas versprechen, Brie?«

Brigette nickte. »Ja …, was du willst.«

»Du bist manchmal sehr impulsiv«, sagte sie. »Bevor du etwas sagst oder tust, denk daran, daß du die Tochter eines Grafen bist. Würdest du das für mich tun?«

»Ja, ich verspreche es.«

Die Gräfin küßte Brigette und umarmte sie fest. »Sag deinem Bruder und deiner Schwester auf Wiedersehen«, flüsterte sie schließlich.

Brigette wandte sich zu Heather. Weinend umarmten sich die Schwestern.

»Es tut mir leid, daß ich dir Angst eingejagt habe«, schluchzte Heather. »Ich bin sicher, daß Lord MacArthur nicht aus Spaß tötet.«

»Und mir tut es leid, daß ich dich beleidigt habe«, entgegnete Brigette. »Ich mag deine Sommersprossen. Wirst du mir schreiben?«

Heather nickte, und sie umarmten sich ein letztes Mal.

Brigette sah ihren Bruder an. Ihre Lippen zitterten in dem Bemühen, nicht zu weinen. »Lebt wohl, Euer Erlaucht«, sagte sie und knickste.

In höchst unwürdiger Weise warf sich der junge Lord in die Arme seiner Schwester und ließ seinem Kummer freien Lauf. »Ich werde dich vermissen, Brie.«

»Sieh zu, daß du etwas lernst«, sagte Brigette und umarmte ihn fest, »damit du ein ebenso feiner Mann wirst wie Vater.«

»Das werde ich«, versprach Richard und sah dann zu Percy hinüber. »Wenn du mich brauchst«, flüsterte er, »schick mir eine Nachricht.«

Brigette küßte Sir Henry auf die Wangen. »Ich werde auch Euch vermissen, Mylord. Ihr seid wie ein Vater zu mir gewesen. Danke, daß Ihr Euch so um uns gekümmert habt.«

»Werde glücklich, Brie.«

Brigette nickte und wandte sich dann an Percy. »Ich bin soweit.«

Percy half ihr aufs Pferd und bestieg dann seinen Hengst. Brigette sah, wie der Schotte Jamie ihrer Cousine Spring aufs Pferd half, und war froh, daß sie mit ihr reiste. So würde sie im Haus ihres Mannes wenigstens eine Freundin haben.

Percy gab den Befehl zum Aufbruch. Umgeben von den Kriegern ihres Mannes begann Lady MacArthur ihre lange Reise nach Schottland. Sie ritten schweigend und gemächlich. Brigette betrachtete die Landschaft und prägte sie sich ein. Es würde lange, sehr lange dauern, bis sie ihre Heimat wiedersehen würde. Der Morgen graute und wie der Himmel, so wurde auch Brigettes Stimmung allmählich heller. Weshalb sollte sie unter einem unmöglichen Ehemann leiden? überlegte sie. Weil die Königin es befohlen hatte? *Pah!* Wenn sich das Leben mit diesem Heiden als unerträglich herausstellen sollte, werde ich weglaufen!

Ihrem neu gefundenen Selbstvertrauen zustimmend, befreite sich auch die Sonne von ihrer beengenden Wolkendecke. Brigette spürte die Aufregung eines Abenteuers, kicherte vor jugendlicher Freude und spornte ihr Pferd an. Im Wettrennen gegen einen unsichtbaren Gegner galoppierte sie ihrer Eskorte davon. Fluchend stob Percy ihr nach.

Als Brigette zurückblickte, sah sie, daß Percy sie einholte. Sie trieb ihr Pferd weiter an, aber sein Hengst war zu stark für ihren Wallach. Percy rief Brigette zu, daß sie anhalten sollte, aber sie überhörte ihn. Er streckte die Hand aus, riß ihr die Zügel aus der Hand und zwang den Wallach, langsamer zu werden und schließlich anzuhalten.

»Ihr solltet nicht ohne Ankündigung vorausreiten«, schimpfte Percy. »Das ist gefährlich!«

»Die Sonne scheint, und das Leben ist einfach wunderbar!« rief Brigette, nicht im geringsten von seiner Strenge eingeschüchtert. Ihre Freude war ansteckend, und Percy konnte nicht anders, als auch zu lächeln. Mit einem Blick zurück auf das herannahende Gefolge fügte sie hinzu: »Ich schätze es gar nicht, wie Euer Jamie meine Spring anstarrt.«

»Mir ist nicht aufgefallen, daß sie sich beschwert hätte«, sagte Percy. »Mir ist jedoch aufgefallen, daß Ihr das Thema wechselt.«

»Wie überaus scharfsinnig von Euch!«

»Im Ernst«, setzte er hinzu. »Ihr könnt nicht einfach davonreiten, wie Ihr wollt. Ich kann Euch so unmöglich beschützen. Es könnten sich hier überall Wegelagerer herumtreiben.«

»Oh!« Brigette führte ihr Pferd näher an Percys heran.

»Percy«, fragte sie plötzlich. »Weshalb hat sich Lord Iain eine englische Braut ausgesucht?«

»Das war Black Jacks Idee. Aus politischen Gründen vermutlich.«

»Politische Gründe?«

»Weshalb hat die Königin Euch mit einem Schotten verheiratet?«

»Wahrscheinlich, damit man sich um eine Baptistin weniger in England sorgen muß.«

»Wie ich schon sagte: politische Gründe.«

Mit jeder weiteren Meile wurde Brigettes Stimmung wie auch ihr Hinterteil durch den schier endlosen Ritt immer stärker strapaziert. Als es dämmerte, war ihre Abenteuer-Stimmung verschwunden. Für die Nacht machten sie Rast in St. Alban, einer Stadt mit Blick auf den Fluß Ver.

Sie hielten vor dem Red Lion Inn, wo sie bereits erwartet wurden, da einer von MacArthurs Männern vorausgeritten war, um alle Vorbereitungen zu treffen. Zu müde, um abzusteigen, schwankte Brigette erschöpft in ihrem Sattel.

»Armes Mädchen«, sagte Percy besorgt. Er hob sie vom Pferd und trug sie in den Aufenthaltsraum der Herberge. Der Gastwirt, ein kleiner und stämmiger Mann, führte ihn sogleich zu Brigettes Zimmer. Eine ebenso leidende Spring folgte ihnen.

»Nein!« rief Brigette, als ihr klar wurde, daß Percy sie auf das Bett setzen wollte. »Ich werde im Stehen essen und auf dem Bauch schlafen.«

Percy verbarg seine Belustigung und wandte sich an Spring. »Jamie wird gleich mit dem Abendessen kommen. Wir wollen im Morgengrauen wieder aufbrechen. Seid dann also bereit.«

Die Tür schloß sich, und Brigette legte sich vollständig angezogen mit dem Gesicht nach unten aufs Bett. »Vergiß mein Abendessen, Cousine. Ich bin zu müde, um zu kauen.« Das letzte Wort war kaum ausgesprochen, da schlief Brigette auch schon.

Nach fünf Tagen im Sattel hatten Brigette und Spring immer noch Wunden, litten aber nicht mehr so sehr. Auf ihrer Reise nach Norden kamen sie durch Leicester, Derby, Sheffield und die mittelalterliche Stadt York.

York war das Ende der Zivilisation, wie Brigette sie kannte. Nachts schliefen Spring und sie auf unbequemen Feldbetten in einem Zelt, das MacArthurs Männer für sie aufbauten. Die beiden Engländerinnen konnten es kaum fassen, daß sich die kernigen Schotten einfach in ihre schwarzgrünen Plaids einwickelten und auf dem Boden schliefen.

Umgeben von MacArthurs Männern ritten Brigette und Spring weiter, während sie sich über ihre schwieligen Hinterteile beklagten und darüber debattierten, ob die Sonne sich je wieder zeigen würde. Als Brigette den Blick von ihrer Cousine abwandte, war sie verblüfft von dem Anblick, der sich ihr bot.

»*Seht doch!*« rief sie und richtete ihren Zeigefinger in die Ferne.

Am Horizont war ein Teppich aus lila Heidekraut zu erkennen. Atemberaubende Berge, durch die vielen Bäume in ein kraftvolles Grün getaucht, erhoben sich in der Ferne.

Von Brigettes Schrei alarmiert zogen MacArthurs Männer ihre Schwerter. Als Percy sah, daß keine Gefahr bestand, befahl er den Männern, ihre Waffen wieder einzustecken. Dann ritt er zu den beiden Frauen.

»Eure Highlands sind einfach wunderschön!« rief Brigette begeistert.

»Highlands?« Percy war verwirrt.
»Seht doch, Percy. Die Highlands!«
»Och, Mädchen! Wir haben gerade mal England hinter uns gelassen.« Percy brach in Gelächter aus und seine Männer stimmten ein. »Das sind die Cheviot Hills, Brie, nicht die Highlands. Es ist ein Teil des Grenzgebiets – Bothwells Land.«
»Bothwell?«
»Der Graf von Bothwell«, erklärte er. »Leider werden wir Jamie Hepburns berühmte Gastfreundschaft nicht genießen können. Er ist Gast Eurer Königin – im Tower –, aber den Gerüchten zufolge wird er bald befreit werden.«
»Was hat er getan, daß er im Tower eingesperrt wurde?«
»Getan?« Percy zuckte die Schultern. »Nichts, soweit ich weiß.«
»Aber weshalb ...«
»Eure Königin braucht keinen Grund«, unterbrach Percy. »Wie ich schon sagte: Politik.«
»Oh!«
»Ich habe jemanden vorausgeschickt, der den Männern des Grafen mitteilt, daß wir hier durchreiten«, fügte er hinzu. »Ich wollte nicht, daß sie uns angreifen.«
»Angreifen?« rief Spring erschrocken.
Percy blickte zu der Zofe seiner Schwägerin.
»Die Wegelagerer des Grafen sind wilde Kerle.«
»Und durch ihre Überfälle trainieren diese Freibeuter ihre Kampfbereitschaft«, führte Jamie weiter aus, der neben Spring geritten war. »Aber macht Euch deshalb keine Sorgen, Mädchen. Ich werde Euch mit meinem Leben beschützen.« Spring lächelte ihn strahlend an, und über ihren Kopf hinweg warf Jamie einen bedeutungsvollen Blick zu Percy.
»Laßt uns vorausreiten«, schlug Percy daraufhin Brigette vor. »Wenn Ihr Interesse habt, erzähle ich Euch ein bißchen über die Geschichte Schottlands.«
Sie ritten eine kurze Strecke voraus, brachten ihre Pferde dann in eine gemächlichere Gangart und achteten dar-

auf, in Sichtweite von MacArthurs Männern zu bleiben. Brigette lächelte Percy erwartungsvoll an.

»Der größte schottische Held ist Robert Bruce«, begann er, »der Eure englischen Streitkräfte bei Bannockburn geschlagen hat.«

»Das glaube ich nicht!« rief Brigette entrüstet. »Ich habe noch nie gehört, daß die Schotten die Engländer geschlagen hätten.«

»Das überrascht mich nicht«, entgegnete Percy, »aber es ist wahr. Robert Steward war Bruces Enkel und Jakob I. war Roberts Enkel. All die königlichen Stewarts, einschließlich Königin Marys Vater, fanden ein tragisches Ende.« Percy fand Gefallen an seinem Thema. »Jakob I. wurde ermordet. Sein Sohn Jakob II. wurde gekrönt, als er sechs Jahre alt war. Unglücklicherweise wurde er durch eine explodierende Kanone getötet. Sein Sohn Jakob III. kam im Alter von neun Jahren auf den Thron. Wie sein Großvater vor ihm wurde auch Jakob III. ermordet. Jakob IV. heiratete Margaret Tudor, die Tante Eurer Königin. Sein verheerender Fehler war es, in England einzumarschieren. Bei Flodden wurde er besiegt und getötet.«

»Von Flodden habe ich gehört«, rief Brigette dazwischen.

Percy lächelte ironisch. »Das überrascht mich auch nicht.«

»Ich glaube, es ist am besten, wenn ein Land seine Siege und Tugenden hervorhebt«, sagte Brigette hochmütig, aber um ihre Lippen zuckte ein verschmitztes Lächeln. »Fahrt doch bitte fort.«

»Jakob V., Margaret Tudors Sohn und der Cousin Eurer Königin, heiratete Maria von Guise. Königin Maria ist ihre Tochter. Der arme Jakob starb ein paar Stunden nach ihrer Geburt. Einige sagen, ihm brach das Herz, weil er keinen rechtmäßigen männlichen Erben gezeugt hatte. Eine ganze Reihe seiner Bastarde sind über das Land verstreut, einige anerkannt, andere nicht.«

»Wie traurig!«

»Ich hoffe«, fügte er hinzu, »daß mit unserer schönen

Königin Maria jeglicher Fluch, der auf der Familie Stuart liegt, gebrochen wird.«

»Es wäre klug«, kommentierte Brigette, »wenn sie Abstand davon nähme, einen ihrer Söhne Jakob zu nennen.«

»Da stimme ich Euch zu.« Percy mußte über ihre Überlegungen schmunzeln. Wie konnte eine englische Dame um die Macht der Clans wissen? Sie würde die Haßliebe nie verstehen, die Generationen von eigennützigen Stuart-Monarchen mit den Clan-Oberhäuptern in den Highlands verband, die auf ihrem eigenen Land selbst quasi unabhängige Monarchen waren. Im großen und ganzen hatten die Stuarts ihr Leid verdient.

»Nun, Mädchen.« Percy wechselte das Thema. »Zwei Tage und eine Nacht werden wir noch reisen, dann sind wir in Dunridge.«

»So bald schon?« Brigettes Stimme klang unmißverständlich ängstlich.

»Es gibt keinen Grund zur Sorge, Brie«, sagte Percy. »Iain ist ein guter Mann. Ich wäre eigentlich überrascht, wenn wir ihn nicht schon früher sehen würden.«

»Was meint Ihr damit?«

»Wenn Black Jack nach Dunridge zurückkehrt, wird Iain bestimmt losreiten, um Euch zu begrüßen. Ich bin sicher, er kann es kaum erwarten, seine Braut kennenzulernen.«

Am nächsten Morgen stand Jamie wie immer neben Springs Pferd und wartete auf ihre Ankunft.

Erfreut, aber schüchtern, kam Spring mit einem Lächeln auf den Lippen auf ihn zu.

»Süße Spring«, neckte Jamie. »Der Name paßt gut zu Euch. Der Frühling ist meine liebste Jahreszeit.«

Spring wurde rot vor Wut. »Ich wußte gar nicht, daß die Schotten so unverschämte Schmeichler sind.«

»Das ist nicht geschmeichelt.« Er nahm ihr Kinn in seine schwielige Hand. »Gibt es bei Euch zu Hause noch mehr so entzückende Mädchen?«

»Drei Halbschwestern«, flüsterte sie, irritiert von seiner Berührung. »April, May und June.«

»April, M-May und J-J-June?« stotterte Jamie und brachte sie zum Lächeln. »Ich muß wohl kaum fragen, wann sie geboren wurden. Nur Halbschwestern? Eure Mutter ist also tot?«

»Nein.« Spring schaute peinlich berührt zur Seite. »Wir haben verschiedene Väter.«

»Tut mir leid, daß Ihr Euren Vater verloren habt«, sagte er sanft.

»Das muß es nicht«, entgegnete sie. »Ich hatte nie einen, den ich kannte.«

»Das tut mir sehr leid.« Jamie streichelte Springs Wange, die vor Scham brannte. »Ich würde Euch nie wehtun.«

»Jamie!« rief Percy. »Hör auf, mit der Dame zu flirten. Hilf ihr lieber aufs Pferd.«

Jetzt war es an Jamie, zu erröten. Sein Gesicht wurde immer dunkler, bis es fast die Farbe seiner feuerroten Haare hatte. Spring grinste. Ohne ein weiteres Wort hob Jamie sie in den Sattel.

Obwohl der Tag bewölkt und kühl war, war Brigette guter Dinge, als sie schweigend neben Percy ritt. Sie war nervös, ihren Mann zu treffen, aber froh, daß sie am nächsten Tag Schloß Dunridge erreichen würden. In träumerischer Erwartung malte sie sich schon die Morgenstunden aus – ihre Gedanken waren weniger auf ihren Ehemann als auf eine dampfende Badewanne gerichtet, in der sie sich einweichen lassen wollte.

»Ihr habt in Schottland doch Badewannen, oder?« fragte Brigette abrupt.

Um Percys Mundwinkel spielte ein Lächeln. »Ja, haben wir.«

»Gut.« Brigette summte eine fröhliche Melodie. Sie konnte die Hitze des Wassers schon beinahe spüren, in dem all ihre Schmerzen und Sorgen verdampfen würden.

Am Nachmittag kamen sie in die Grafschaft Argyll, die

Heimat der MacArthurs. Unter den tiefhängenden Wolken senkte die Dämmerung sich schnell über die Landschaft und zwang MacArthurs Gefolge, das Lager früher als sonst aufzuschlagen. Die Männer teilten sich in zwei Gruppen. Während die eine Brigettes Zelt aufbaute, entzündete die andere ein Feuer und begann mit der Zubereitung des Abendessens.

Als das Zelt aufgestellt war, verließ Spring das wärmende Feuer, um die Feldbetten für die Nacht zu richten. Brigette blieb beim Feuer und wurde von Schläfrigkeit übermannt. Ihre Augenlider wurden immer schwerer und schlossen sich.

Plötzliche Unruhe und Lärm weckten sie, und Brigette öffnete ihre Augen. Wurden sie angegriffen? Es waren keine Kampfgeräusche zu hören, nur das Geräusch von herannahenden Pferden und das Gelächter von Männern. Das muß mein Mann sein! dachte sie. Was soll ich tun? Wenn ich in das Zelt gehe, hat er den Vorteil, nach mir schicken zu können. Wenn ich bleibe, wo ich bin, hat er den Vorteil, auf mich hinabblicken zu können. Die würdigste Art und Weise ist wohl, Iain MacArthur als ebenbürtig entgegenzutreten. Brigette stand auf und ging auf das Gelächter zu.

Als sie näherkam, erkannte sie das inzwischen vertraute grünschwarze Plaid der MacArthurs. Mit dem Rücken zu ihr begrüßte Percy einen rothaarigen Mann, der Jamie ähnelte. Sie wollte weitergehen, erstarrte aber, als die Unterhaltung an ihr Ohr drang.

»Dugie.« Percy schüttelte die Hand des Mannes. »Wo ist Iain?«

»Er ist nicht hier«, antwortete Dugie. »Wir sind hier, um Euch nach Hause zu begleiten.«

»Black Jack ist noch nicht von Edinburgh zurückgekehrt?«

»Doch, der Herr ist zurück.«

»Und wo ist dann Iain?«

»Lady Antonia hatte Probleme mit der kleinen Glenda. Ich weiß nicht, worum es ging.« Dugie grinste. »Iain ist übertölpelt worden wie ein Grünschnabel.« Dugie lachte leise. Dann bemerkte er Brigette. »Ist das die englische Braut?«

Percy wirbelte herum. Brigettes Gesicht war blaß, und sie zitterte vor Wut über die vernichtende Beleidigung ihres Mannes. Mit zusammengekniffenen Lippen stolzierte Brigette davon.

Die Hölle kennt keine Wut wie die einer geschmähten Frau, und Brigette Devereux MacArthur bildete da keine Ausnahme. Sie stürmte in das Zelt und erschreckte Spring mit ihrem plötzlichen Eindringen.

»Was ist los?« schrie Spring, beunruhigt durch Brigettes Gesichtsausdruck.

»Er hat mich schon wieder beleidigt!«

»Wer?«

»Mein Mann!« explodierte Brigette. »Er hat seine Männer als Eskorte geschickt, sie aber nicht begleitet. Offensichtlich bin ich für Iain MacArthur unwichtig!«

»Vielleicht konnte er nicht ...«

»Sein Mann konnte Percy keinen vernünftigen Grund für seine Abwesenheit nennen«, schnaubte Brigette. »Der Mann hat gelacht. *Über mich!*«

»Oh! Vielleicht ...«

»Such *keine* Entschuldigungen für einen Mann, der keine hat!« brüllte Brigette. »Auf wessen Seite stehst du eigentlich?«

»Ist das ein Krieg?« entgegnete Spring wütend. »Müssen wir Seiten wählen?«

»Das ist kein Krieg.« Brigettes Stimme war tödlich leise. »Ein Krieg muß zwischen zweien ausgefochten werden, und ich werde das nicht mehr hinnehmen.«

»Wovon ...?«

»Brie?« Percys Stimme erklang vor dem Zelt.

»Sag Percy, daß ich alleine sein will«, befahl Brigette.

Spring seufzte und trat hinaus. »Sie möchte allein sein, Mylord.«

»Aber ich muß mit ihr über Antonia reden.«

»Antonia?«

»Die Witwe meines Bruders Malcolm«, erklärte Percy. »Sie ist der Grund, weshalb Iain nicht hier ist.«

»Brie ist müde«, sagte Spring. »Ich bin sicher, daß sie morgen verständnisvoller sein wird.«

»Ja«, stimmte Percy zu. »Wahrscheinlich habt Ihr recht.«

3

»Nun?« fragte Spring und starrte Brigette an, die auf einem der Feldbetten saß. Beim Klang der Stimme ihrer Cousine sah Brigette auf, gab aber keine Antwort.

»Brie, was willst du tun?«

»Nichts. Im Moment zumindest nicht«, antwortete sie. »Ich muß allein sein. Möchtest du nicht mit Jamie zu Abend essen?«

Spring betrachtete Brigette noch einen Moment und ging dann hinaus. Wieder allein, erfror Brigettes Gesichtsausdruck zu einer Grimasse, als ihre Gedanken zu den unverschämten Beleidigungen ihres Ehemannes zurückkehrten.

Plötzlich erschien jedoch ein triumphierendes Lächeln auf Brigettes Gesicht. Es war das Ergebnis einer ungeheuerlichen Idee, die sich in ihrem Kopf breitmachte. Iain Mac Arthur benötigt dringend eine Lektion in Sachen Demut, beschloß sie. Er hat offensichtlich vergessen, daß er seine rechtmäßige Ehefrau braucht, um einen legitimen Erben zu zeugen. Es wird mir ein Vergnügen sein, ihn daran zu erinnern. Ich werde nach Hause gehen und erst dann wieder zurückkehren, wenn dieser Heide mich auf den Knien um Verzeihung bittet.

Brigette sprang von dem Bett auf, durchstöberte Springs Gepäck und zog ältere Reisekleidung ihrer Cousine hervor. Sie konnte auf dem Heimweg unmöglich ihre eigene Kleidung tragen. Niemand sollte sehen, daß sie die Tochter eines Grafen war.

Brigette versteckte die Kleider unter ihrem Feldbett und setzte sich dann, um ihre Flucht zu planen. Wegen der Wachtposten konnte sie kein Pferd nehmen. Seufzend fand Brigette sich mit der Vorstellung ab, einen sehr langen Fußmarsch zurück nach Schloß Basildon zu unternehmen. Sie verschwendete keinen Gedanken an Essen oder einen Platz zum Schlafen. Sie würde sicher unterwegs irgendwo Unterkunft finden.

Brigette schrak hoch, und ihr wurde klar, daß sie eingeschlafen war und beinahe ihre einzige Möglichkeit zur Flucht versäumt hatte. Ihr Blick fiel auf Springs Bett. Das Mädchen schlief.

Brigette stand auf und holte dabei die Kleider unter ihrer Schlafstelle hervor. Sie zog sich schnell und leise aus und legte die abgetragene Kleidung an.

Auf Zehenspitzen huschte Brigette zu der Klappe des Zeltes und lauschte. Sollte sie es nun wagen oder nicht? Alles war still, aber sie wußte, daß die Wachen der MacArthurs irgendwo in der Nähe herumschlichen.

Brigette überfielen plötzlich Zweifel. Sie drehte sich um und beschloß, sich an der Rückseite hinauszuschleichen. Spring stöhnte im Schlaf, und Brigette erstarrte. Nur ihre Augen bewegten sich in Richtung des Mädchens.

Einige Momente verstrichen. An der Rückseite des Zeltes kniete Brigette sich hin und hob das untere Ende an. Dann starrte sie angestrengt in die Nacht hinaus. Niemand war zu sehen. Auf Händen und Knien kroch sie auf den sicheren Wald zu. Als sie die Bäume erreicht hatte, hielt Brigette an und lauschte nach irgendwelchen Anzeichen von Alarm. Alles blieb still. Langsam stand Brigette auf und ging immer tiefer in den Wald hinein.

Der Himmel war klar und der Vollmond strahlend hell, aber mit dem nachlassenden Schein des Feuers sank auch Brigettes Mut. In ihrer Eile zu fliehen, hatte sie ihre Angst vor der Dunkelheit und dem Alleinsein völlig vergessen. Jetzt kamen die Geräusche der Nacht immer näher. Ganz in der Nähe schrie eine Eule, und Brigette fuhr zusammen. Ihr Herz klopfte wild. Sie hörte die einsame Klage eines Wolfes und erstarrte. Sie war zu verängstigt, um auch nur einen Schritt weiterzugehen.

Mit tränenüberströmtem Gesicht lehnte Brigette sich an einen Baum. Ich kann nicht weglaufen und dann zurückkehren, stöhnte sie. Wie erniedrigend wäre das! Wie dumm von mir, mich in Gefahr zu bringen, weil ein Mann mich beleidigt hat! Brigette wischte ihre Tränen weg, setzte sich hin, kauerte sich an den Baum und wartete auf den Morgen.

Die Nacht war schwarz, als Brigette aus ihrem Dösen erwachte und die Augen öffnete. Das Haar im Nacken kratzte und ließ ihr Schauer über den Rücken laufen. Brigette sah sich um, zwang sich, nach Gefahr Ausschau zu halten – und keuchte. Ein Paar glänzender Augen beobachtete sie. Sie biß sich auf die Unterlippe, um nicht zu schreien.

Der Mond schaute hinter einer vorbeiziehenden Wolke hervor und Brigette kicherte nervös. Die glänzenden Augen gehörten einem Fuchsjungen. »Du bist ein ganz schlauer«, flüsterte sie und streckte ihre Hand aus.

Neugierig kam der Fuchs näher, blieb dann stehen und schnüffelte. Nachdem er verstanden hatte, daß Brigette keine Gefahr darstellte, kam er ganz heran.

»Hast du deine Mutter verloren?« murmelte Brigette und stellte fest, daß sein kupferfarbenes Haar ihrem eigenen ähnelte. Brigette fühlte sich nicht mehr so allein und streichelte den Fuchs. Der kuschelte sich daraufhin an sie, und gemeinsam legten sie sich schlafen.

Die Morgendämmerung färbte den Himmel hellgrau. Fast alle Krieger der MacArthurs schliefen noch, als ein einzelner Mann unbehelligt in ihre Mitte ritt. Er nickte den Wachen zu und stieg ab. Dann schlenderte er zu dem Feuer.

Iain MacArthur war eine imposante Gestalt. Einen Meter achtzig groß und muskulös, hatte er nicht ein Gramm zuviel am Körper. Er wirkte schmal, aber wenn er in tödliche Kämpfe verwickelt wurde, erkannten seine Feinde schnell, daß es töricht war, seine überlegene Kraft zu unterschätzen. Sein Haar und seine Augen waren so schwarz wie eine mondlose Nacht. Seine lange, gerade Nase harmonierte mit den vollen Lippen, und sein Gesicht wurde noch schöner durch seine wettergegerbte, gesunde Gesichtsfarbe. Frauen wurden von Iains dunklem Gesicht und seinem Körper unweigerlich angezogen. Sein Ausdruck reiner Männlichkeit machte ihn einfach unwiderstehlich.

Iain sah auf Percy hinab, der noch schlief. Er hockte sich neben seinen Bruder und dachte daran, wie sehr Percy ihrer verstorbenen Mutter ähnelte. Dicht neben Percys Ohr sagte er laut: »Guten Morgen, Bruder.«

Percy schoß hoch. »Iain!«

»Ich weiß, ich hätte dich nicht losschicken sollen, um Männerarbeit zu erledigen«, sagte Iain. »Du bist immer noch dieselbe Schlafmütze wie früher.«

Percy stand auf, wickelte sich in sein Plaid und wandte sich an Iain. »Herzlichen Glückwunsch zu deiner Hochzeit, Bruder.« Percy grinste. »Hast du die Hochzeitsnacht genossen?«

»Hatte ich dir nicht gesagt, daß du mich dabei vertreten solltest?« entgegnete Iain mit einem Lächeln um die Mundwinkel. »Es muß mir wohl entfallen sein.« Percy gluckste vor Lachen. »Übrigens«, fügte Iain hinzu, »wo ist denn die Braut? Schließlich bin ich die ganze Nacht geritten, um sie zu sehen.«

»Sie schläft vermutlich noch«, antwortete Percy und sein Blick wanderte zu dem ruhigen Zelt. »Lady Brigette – Brie, wie ihre Freunde sie nennen – ist ein schönes Mädchen.«

»Sollen wir sie wecken, damit ich es selbst sehen kann?«

»Ich muß erst noch ein paar Worte mit dir reden.«

»Ich höre.«

»Geduld gehört nicht gerade zu deinen Stärken, Bruder«, begann Percy. »Aber du mußt Geduld mit deiner Braut haben. Wie hübsch sie auch sein mag, Brie hat ein ebenso aufbrausendes Wesen wie du.«

»Wie feurig das Frauenzimmer auch ist«, antwortete Iain, »ich werde schon mit ihr fertig. Laß uns gehen.«

»Nicht so hastig, Bruder.« Percy legte seine Hand auf Iains Arm. »Sie ist nicht irgendein Frauenzimmer, mit dem man fertigwerden kann, wie du es so zartfühlend ausdrückst. Mit einem Stellvertreter vermählt zu werden, hat ihren Stolz verletzt, und die Dame ist wütend. Vergiß nicht, daß sie die Tochter eines Grafen ist.«

»Und?«

Percy runzelte die Stirn. »Bei der Zeremonie trug sie ein schwarzes Trauerkleid. Ich würde sagen, sie hegt nicht die geringste Zuneigung für dich. Und letzte Nacht ...« Tumult in der Nähe des Zeltes ließ Percy verstummen, und die beiden Brüder drehten sich in die Richtung, aus der die Unruhen herrührten. Jamie kam von einer hysterischen Spring begleitet auf sie zu.

»Die Engländerin ist weg«, sagte Jamie und die Zofe nickte weinend.

»A-Als i-ich w-wach wurde«, schluchzte Spring, »war B-Brie v-verschwunden!«

»Verdammtes Kind!« fluchte Iain. »Wenn ich sie finde, werde ich sie grün und blau schlagen.« Er lief zu seinem Pferd.

»Er weiß nicht einmal, wie sie aussieht«, sagte Percy, bevor er seinem Bruder folgte. »Bring Spring nach Dunridge. Wir treffen dich dort.«

Brigette wachte früh auf. Der Fuchs lag zusammengerollt in ihrem Schoß. Sie lächelte die schlafende Kugel aus kupferrotem Fell an, setzte ihn dann auf die Seite und stand langsam auf. Jeder Muskel ihres Körpers schmerzte und erinnerte sie an die vergangene, unbequeme Nacht. Als ihr Magen laut knurrte, merkte sie erst, wie hungrig sie war. Ich muß einen Bach finden, dachte sie. Das Wasser wird mich sättigen, bis ich Hilfe finde.

Ohne die geringste Ahnung, wo sie sich befand, ging Brigette los. Sie blickte zurück und sah, daß der Fuchs ihr folgte. Als sie sich umdrehte, blieb er stehen.

»Komm ruhig mit, wenn du willst.« Brigette streckte ihre Arme einladend aus, und der Fuchs kam auf sie zu. »Ich werde dich Sly nennen«, fügte sie hinzu und hob ihn hoch. »Verstanden?« Mit traurigen Augen sah Sly sie an, und Brigette spürte eine seltsame Freude darüber, daß das Tier sie als Mutter angenommen hatte.

Sie pflückte am Weg unreife Beeren, um die Proteste ihres Magens zu unterdrücken. Sie teilte sich die Kost mit Sly, aber beide waren unbefriedigt von dem kärglichen Mahl. Brigette dachte sehnsüchtig an Rind-, Schweine- und Hammelfleisch. Sly sehnte sich nach einem gut genährten Kaninchen oder Hühnchen.

Nachdem sie viele Stunden umhergelaufen waren, blieb das glücklose Paar stehen. Brigette lauschte aufmerksam. Dann hörte sie es wieder: das Plätschern eines Baches. Sie setzte Sly ab und eilte ihm in Richtung Wasser nach.

Als der Bach in Sichtweite kam, liefen Brigette und Sly zu dem felsigen Ufer. Sly tauchte anmutig seine Zunge hinein und trank. Brigette kniete sich hin, tauchte ihr Gesicht ins Wasser und kam lachend wieder hoch. Ich habe einen kleinen Fluß gefunden, dachte sie glücklich. Als nächstes werde ich jemanden finden, der mir helfen kann, und dann finde ich den Heimweg!

Brigette sah zu Sly. Seine Nacken- und Rückenhaare waren gesträubt. Gefahr! riefen all ihre Sinne, und sie drehte sich um. Ein dunkler Reiter auf einem noch dunkleren Pferd beobachtete sie von dem Waldrand aus. *Der Teufel!* dachte Brigette erschrocken, und ihr Mund stand vor Überraschung offen.

»Madame!« rief Iain, aber sie starrte ihn nur weiter stumm an. Iain stieg ab, und Brigette wurde plötzlich wieder lebendig. Sie sprang auf und lief davon. Iain nahm die Verfolgung auf. Als sie sich umdrehte, um zu sehen, wie dicht er ihr auf den Fersen war, prallte Brigette gegen einen Baum und fiel bewußtlos zu Boden.

Iain kniete neben ihr nieder und bemerkte sogleich die Schönheit seiner Braut. Ihre Haut war blaß und fühlte sich seidig an. Sie hatte ein winziges ovales Gesicht, das in einem energischen, spitzen Kinn endete. Ihre Nase war klein und die Spitze leicht nach oben gebogen, was ihr einen koboldhaften Ausdruck verlieh. Die Lippen, rosig und einladend, waren zum Küssen wie geschaffen. Auf der Stirn über ihrer rechten Braue bildete sich bereits eine Beule und unter dem Auge, das noch bewußtlos geschlossen war, entstand ein blauer Fleck.

Welche Farbe wohl ihre Augen haben, dachte er. So groß und dunkel ich bin, so zierlich und blaß ist meine Frau. Gegensätze! Iain lachte leise. Von dieser kleinen Füchsin erwarte ich keinen ernsthaften Widerstand. Als er ein Geräusch hörte, drehte Iain sich um.

»Ich sehe, du hast deine Braut wieder eingefangen«, sagte Percy und stieg ab. Er sah auf Brigettes Gesicht hinab. »Mein Gott, Iain! Was hast du mit ihr gemacht?«

»Nichts«, brummte Iain. Er wandte sich wieder zu Brigette und hob sie hoch. In seinem Kopf entstand ein Plan. »Ich werde sie mit in die Jagdhütte nehmen. Wir können uns ohne die neugierigen Blicke der anderen kennenlernen. Sag Black Jack, wo ich bin.«

»Und wenn sie zu sich gekommen ist«, fragte Percy süffisant, »wie willst du sie dann dazu bringen, zu bleiben? Du kannst sie nicht ewig anbinden, und die Lady kann dich nicht ausstehen. Nichts für ungut, Iain.«

»Schon gut, Bruder.« Iain lächelte. »Ich werde ihr nicht sagen, wer ich bin. Ich sage, ich bin Ross MacArthur, Black Jacks Bastard und ihr Retter. Ich werde ihr helfen, sich vor Iain zu verstecken.«

Percy warf den Kopf zurück und lachte lauthals.

»Ich bitte dich um einen Gefallen, Bruder«, setzte Iain noch hinzu, und Percy nickte. »Erzähl Antonia nichts von unserem Aufenthaltsort.«

Bewußtlos lag Brigette in dem einzigen Bett der Jagdhütte. Iain saß neben ihr und drückte ein feuchtes Tuch auf ihre Stirn.

Sie ist reizend, dachte er. Ich habe es bei der Wahl meiner Braut gut getroffen. Brigettes Lider flatterten, und sie öffnete die Augen. Schweigend starrten sich Mann und Frau an. *Grüne Augen!*

»Wie fühlt Ihr Euch?« Iain brach das Schweigen.

Brigette berührte ihre Stirn. »Mein ..., mein Kopf tut so weh.«

»Ihr habt Euch scheußlich gestoßen«, sagte er. »Es tut mir leid, daß ich Euch erschreckt habe und an dem Unfall schuldig bin. Wer seid Ihr?«

»Wer seid Ihr?« entgegnete sie auf der Hut vor der Gefahr, die in seiner Frage lauerte. Wer immer er auch war, er trug das schwarzgrüne Plaid der MacArthurs und kannte vermutlich ihren Ehemann.

»Ross MacArthur, unehelicher Sohn des Grafen von Dunridge und zu Ihren Diensten.« Iain lächelte. »Und Ihr seid?«

»MacArthur?«

»Ja, Ross MacArthur. Und Ihr?«

»Ich ..., ich kann mich nicht erinnern«, wich Brigette aus und schaute ihn unter ihren langen, kupferroten Wimpern an. Würde er diese unglaubliche Lüge glauben? »Eine Zigeunerin! Ich bin eine Zigeunerin! Glaube ich zumindest.«

Iains Gesichtsausdruck blieb mitfühlend, während er sein Lachen unterdrückte, aber seine Augen sprühten vor Heiterkeit. »Das ist der Schlag, den Euer Kopf heute abbekommen hat«, sagte er. »Ich bin sicher, daß Ihr Euch bald daran erinnern werdet, wer Ihr seid. Nehmt einen kräftigen Schluck von dieser Medizin.«

Iain half Brigette, sich aufzusetzen, und sie trank aus der Flasche. Ihre Augen weiteten sich vor Schreck, als der Whiskey sich seinen Weg in ihren Magen brannte. Brigette würgte und zitterte. Plötzlich wurde sie sich bewußt, daß sie ausgezogen war.

»Ich bin nackt!« rief sie entsetzt und verlegen.

»Ich konnte Euch nicht mit Euren Kleidern ins Bett legen.« Iain grinste und tätschelte ihren Arm. »Keine Angst. Ich habe schon viele, viele nackte Frauen gesehen und verhalte mich anständig.«

In Brigettes Verlegenheit mischte sich Wut, aber Iain drückte sie zurück ins Kissen und strich ihr sanft ein paar Strähnen ihrer roten Haare aus der Stirn. »Schließt die Augen und ruht Euch aus. Ich verspreche Euch, daß Ihr Euch viel besser fühlen werdet, wenn Ihr aufwacht.«

Als Brigette später aufwachte, fühlte sie sich tatsächlich

besser. Das Hämmern in ihrem Kopf war zu einem dumpfen Pochen abgeklungen. Sie öffnete die Augen. Ihr Gastgeber war nirgends zu sehen.

Benommen, aber fest entschlossen, zu gehen, versuchte Brigette aufzustehen, fiel aber auf das Kissen zurück. Sie schloß die Augen und atmete ein paarmal tief ein. Dann sah sie sich um.

Die Hütte bestand aus einem großen Raum. Das Bett stand an einer Seitenwand. An der Rückwand befand sich der Kamin, in dem ein Feuer brannte. In einem schwarzen Topf kochte etwas, das köstlich roch, und Brigette lief das Wasser im Mund zusammen.

Ein aus mehreren Tierfellen gefertigter Teppich lag in der Mitte auf dem Boden. Dahinter stand ein Eichentisch mit zwei Stühlen, einfach, aber schön gearbeitet. Die Tür befand sich in der Wand, die dem Fußende des Bettes gegenüberlag. Als Brigettes Blick auf die Tür fiel, wurde sie im selben Moment geöffnet.

»Ich sehe, Ihr seid wach.« Iain lächelte freundlich. »Geht es Euch besser?«

»Viel besser.« Brigette lächelte schwach zurück.

Iain nahm eine Schüssel vom Tisch und füllte sie mit Suppe aus dem schwarzen Topf. Dann durchquerte er den Raum und setzte sich auf den Bettrand. »Setzt Euch auf«, befahl er. »Ihr müßt etwas essen.«

Brigette gehorchte, aber Iain gab ihr weder die Schüssel noch fütterte er sie. Er schien in Trance zu sein. Brigette folgte seinem faszinierten Blick und keuchte. Die Bettdecke war runtergerutscht und gab eine ihrer vollen Brüste frei. Sie wurde rot bis an die Haarwurzeln und riß die Decke hoch.

»Wie schon gesagt, ich habe viele, viele ...«

»Ich habe es schon beim ersten Mal verstanden!« fauchte Brigette gereizt. Aus irgendeinem unerklärlichen Grund störte sie der Gedanke, daß Ross MacArthur ganze Paraden von schönen nackten Frauen betrachtete.

Iains schwarze Augen zogen sich bei den giftigen Worten seiner Frau zusammen, aber dann lächelte er geduldig in der Annahme, daß der Grund in ihren Kopfschmerzen lag. »Ist Euch Euer Name wieder eingefallen?« fragte er und füllte ihren Mund mit Suppe.

Sie schluckte und antwortete dann: »Bria, glaube ich.«

»Bria?« Iain verbarg ein Lächeln. »Klingt wie dieser französische Käse. Und der Familienname?«

Brigette zögerte und überlegte, was sie sagen sollte. »Ich kann mich jetzt erinnern! Ich bin eine Zigeunerin!«

»Mit Euren roten Haaren und den grünen Augen seht Ihr mir nicht gerade wie eine Zigeunerin aus«, spottete er.

»Ich ähnele meiner Mutter«, antwortete Brigette ohne nachzudenken. »Sie ist Französin.«

»Eure Mutter ist also Französin?«

»Vater traf Mutter, als er durch Frankreich reiste, und der Rest ist eine lange Geschichte.« Eine Lüge, die ein bißchen Wahrheit enthält, kann man sich besser merken, dachte sie.

Iain rieb sich das dunkle, stoppelige Kinn, als würde er angestrengt nachdenken. »Ich habe nichts davon gehört, daß Zigeuner durch dieses Gebiet ziehen. Wie seid Ihr auf dieses Land gekommen?«

»Wir waren auf dem Weg nach Edinburgh, als ich von den anderen getrennt wurde und mich verlaufen habe.«

»Edinburgh, sagen Sie?« Iain konnte das Lachen kaum unterdrücken. »Das liegt auf der anderen Seite von Schottland.«

»Ich sagte doch, ich habe mich verirrt!«

Er antwortete nicht, sondern starrte Brigette an, die das unheimliche Gefühl hatte, daß er in ihre Seele blicken konnte und die Wahrheit kannte. Aber wie sollte das möglich sein? »Wenn Ihr mir sagt, wie ich nach Edinburgh komme, mache ich mich morgen auf den Weg«, sagte sie.

»Ihr werdet morgen nirgendwo hingehen.«

»Aber ...«

»Ich verbiete es.« Iains Stimme wurde lauter. »Ich werde mich für ewig und drei Tage um Euer Wohlergehen sorgen. Ihr bleibt noch ein paar Tage hier, und dann bringe ich Euch sicher zu Eurer Familie.«

»Aber ...«

»Genug geredet.« Er bestand darauf, war aber freundlich. »Ihr braucht Ruhe. Ich werde morgen früh auf Jagd gehen, und wir werden abends Kanincheneintopf essen. Legt Euch jetzt hin und schließt Eure schönen grünen Augen.«

Brigette war immer noch sehr erschöpft. Sie schloß ihre Augen und schlief wenige Augenblicke später ein.

Eine Zigeunerin! Iain grinste und fand, daß ihre Geschichte sehr einfallsreich war. Er stand auf, zog sich einen Stuhl an den Kamin und setzte sich mit einem Glas Whiskey hin. Wie wunderschön meine Frau ist, dachte er. Ich habe das Verlangen, sie jetzt zu nehmen. Ein Blick auf diesen süßen Körper erregte ihn. Ich habe das Recht, mir zu nehmen, was ich begehre, doch der Mann ist bedauernswert, der seine Triebe nicht beherrschen kann. Aber ich will verdammt sein, wenn ich die ganze Nacht auf einem Stuhl schlafe!

Iain stand auf und zog sich aus. Dann kroch er ins Bett zu Brigette, die friedlich schlief und ihren Bettgefährten nicht bemerkte. Er schlief ebenfalls ein, wachte jedoch nach kurzer Zeit wieder auf, als er spürte, wie seine Braut sich an ihn gekuschelt hatte. Ihr Gesicht hatte sie an seiner Brust vergraben, und ein Bein lag über seinen muskulösen Oberschenkeln.

Sie zu berühren und doch nicht zu berühren, war die süßeste Qual, die Iain jemals erfahren hatte. Er strich ihr sanft über den Rücken und genoß, wie seidig sich ihre Haut anfühlte. Sie seufzte, und er lächelte in der Dunkelheit. Dann schloß er seine Augen und schlief ein.

Als Brigette am nächsten Morgen aufwachte, kochte etwas himmlisch Duftendes in dem Topf. Ihre Nase zuckte, und sie drehte sich um. »Guten Morgen«, grüßte Iain, der vor dem Kamin stand.

»Guten Morgen.« Brigette, der ihre Nacktheit unangenehm war, sah an sich hinab. Die Bettdecke erfüllte ihren Zweck. »Ich würde mich gerne anziehen«, sagte sie.

Die Hände in die schmalen Hüften gestemmt, sah Iain

sie nachdenklich an. »Nun, eigentlich solltet Ihr den Rest des Tages bleiben, wo Ihr seid, aber wenn Ihr versprecht, Euch auszuruhen ...« Mit einem Schulterzucken drehte er sich um und rührte in dem Haferbrei.

»Meine ..., meine Kleider?«

»Auf dem Stuhl da drüben«, antwortete er, ohne sich zu ihr umzudrehen.

Brigettes Blick wanderte von Iain zu dem Stuhl am anderen Ende des Raumes, dann zurück zu Iain. Sie starrte ihn mit wachsender Bestürzung an. Als er von dem Bett her keine Bewegung hörte, drehte er sich um.

»Mylord«, flüsterte sie, und ihr Gesicht wurde dunkelrot. »Ich habe auch noch ein anderes Bedürfnis.«

Iain starrte noch einen Augenblick und grinste dann.

»Ich werde in ein paar Minuten wiederkommen«, sagte er und schlenderte zur Tür. »In der Ecke beim Fußende des Bettes steht ein Nachttopf.«

Brigette glaubte vor Scham sterben zu müssen. Wie konnte er nur so offen über eine so intime Sache reden? Als sie allein war, stürzte sie zu dem Nachttopf und erleichterte sich. Dann eilte sie durch den Raum und zog sich schnell an. Benommen von der Anstrengung sank Brigette auf einen Stuhl.

Die Tür öffnete sich, und Iain trat leise lachend ein. In seinen Armen lag ein sich windendes Knäuel aus kupferfarbenem Fell.

»Seht mal, wer da draußen herumgeschnüffelt hat! Habt Ihr schon einmal Fuchseintopf gegessen, Bria? Oder hättet Ihr gerne einen Muff?«

»Sly!« Brigette sprang von dem Stuhl auf.

Sly wand sich aus Iains Armen und lief zu Brigette, die sich auf den Boden kniete und ihn in die Arme nahm. »Ist ja gut«, beruhigte sie gurrend den verängstigten Fuchs.

»Kennt Ihr dieses kleine Biest?«

»Das ist mein Tier!« brüllte Brigette und sah ihn mit blitzend grünen Augen an. Iain war entsetzt von ihrem mörderischen Glitzern. Percy hatte offensichtlich recht gehabt. Seine Frau war keine sanfte Lady.

»Sly hat mir Gesellschaft geleistet, als ich mich im Wald verirrt hatte«, sagte sie ruhiger.

Iain grinste. »Heißt das, wir werden keinen Fuchseintopf bekommen?«

»Würdet Ihr ein armes mutterloses Kind ermorden? Selbst ein Highlander könnte nicht so grausam sein.«

Bei dieser Beleidigung verloren Iains Augen ihren heiteren Glanz. Ängstlich wurde Brigette klar, daß sie zu weit gegangen war, und sie versuchte, es wieder gutzumachen. »Vergebt mir«, entschuldigte sie sich. »Mein vorlauter Mund ist mein schlimmster Fehler. Bitte, können wir ihn nicht füttern?«

Iain füllte eine Schüssel und kniete sich dann neben Brigette und Sly. »Komm her, mein Junge«, lud er den Fuchs ein und stellte den dampfenden Porridge vor ihn hin. »Iß dein Frühstück.«

Brigette und Iain sahen sich über Slys Kopf hinweg an. Ihre Augen waren gefangen von der Intensität seines Blicks. Er beugte sich vor, und dann berührten seine Lippen die ihren. Seine starke Hand legte sich um ihren Hinterkopf, so daß sie nicht zurückweichen konnte. Seine Zunge zwang ihre zitternden Lippen auseinander und erforschte den süßen Geschmack ihres Mundes.

Als er sie endlich losließ, war Brigettes Gesicht blaß, und sie sah benommen aus nach der aufrührenden Erfahrung ihres ersten Kusses. Iain lächelte und schien völlig ungerührt.

»Eine jungfräuliche Zigeunerin?« spottete er freundlich. Brigettes Teint nahm einen rosigen Farbton an.

»Woher wißt Ihr das?«

»Och! Ich habe viele, viele Frauen ...«

»Danke für Eure Gastfreundschaft.« Brigette schnitt ihm mit kalter Stimme das Wort ab. »Sly und ich müssen uns auf den Weg machen.«

»Du wirst nirgendwo hingehen, bevor es dir nicht besser geht.«

»Es schickt sich nicht für mich zu bleiben.«

»Dir zu erlauben, in den Highlands herumzulaufen, obwohl du immer noch schwach bist, wäre noch viel unschicklicher, meine Dame«, entgegnete Iain. »Ich sage dir Bescheid, wann du reisen kannst.«

»Ihr meint, Ihr werdet mir sagen, wann ich mich besser fühle?« Brigette war entgeistert.

»Korrekt.«

»Weshalb um alles ...«

»Laß uns frühstücken.« Damit war das Thema beendet.

Brigette tätschelte Sly und beobachtete, wie Iain ihre Schüsseln mit dem Haferbrei füllte. Er hört mir nicht einmal zu! registrierte sie wütend. Wie kann ich mich durchsetzen, wenn er sich weigert, mich anzuhören?

Als sie an diesem Abend zu Bett ging, trug Brigette ihr Unterkleid. Schlaflos beobachtete sie die beiden Hausgefährten, die sich vor dem Kamin entspannten. Iain saß in seinem Stuhl, und Sly hatte sich auf dem Boden neben ihm zusammengerollt.

Als Iain aufstand und sich auszuziehen begann, schloß Brigette schnell ihre Augen. Sie hatte noch nie einen nackten Mann gesehen! Wollte er unbekleidet auf dem Stuhl schlafen? Wo hatte er letzte Nacht geschlafen? Das Bett quietschte, als Iain hineinglitt.

»Was tut Ihr da?« kreischte Brigette und fuhr hoch.

»Tun? Ich lege mich schlafen.«

»Hier?« Brigette war schockiert.

»Seht Ihr hier in der Hütte noch ein anderes Bett?«

»Es ist höchst unschicklich, wenn Ihr hier mit mir in diesem Bett liegt«, verkündete sie. »Wenn Ihr Euch nicht als Gentleman erweisen wollt, so werde ich einen anderen Schlafplatz suchen.« Brigette machte Anstalten aufzustehen. Iain riß sie zurück, und sie fiel gegen seine muskulöse Brust. Sie versuchte, sich loszumachen, aber seinem stählernen Griff konnte sie sich nicht entziehen.

»Du mußt mir vertrauen, Bria. Ich werde dir nichts tun, aber ich werde dich auch nicht gehen lassen.«

Er küßte sie auf den Kopf und schloß dann die Augen. Nach und nach entspannte sich Brigette. Als sie einschlief, seufzte sie und kuschelte sich an ihn. Im nächsten Moment riß sie die Augen wieder auf und verkrampfte am ganzen Leib. Was tat sie nur? Oh mein Gott, sie lag im Bett mit dem Halbbruder ihres Mannes!

Brigette drehte sich so weit von Iain weg, wie sie nur konnte, und wandte ihm den Rücken zu. Wenigstens berührten sich ihre Körper nicht mehr. Fest entschlossen, die Nacht hindurch ihre Tugend zu verteidigen, starrte Brigette die Wand an.

»Du wirst dich niemals genügend erholen, um nach Edinburgh reisen zu können, wenn du darauf bestehst, die ganze Nacht wachzubleiben«, warnte seine Stimme in der Dunkelheit. »Mach dir keine Sorgen um deine Tugend. Bei mir bist du sicher.«

»Laßt das besser meine Sorge sein.« murrte Brigette, schloß aber trotzdem die Augen. Zu müde, um sich über Unschicklichkeiten Gedanken zu machen, schlief sie bald ein.

Mit der Zeit entstand ein Waffenstillstand zwischen dem heuchelnden Ehemann und der nichtsahnenden Ehefrau. Brigette sprach nicht mehr davon wegzugehen, und Iains Vertraulichkeiten beschränkten sich darauf, jede Nacht neben ihr zu schlafen. Sie konnte sich frei in der Hütte und der Umgebung bewegen, jedoch immer unter Aufsicht, damit sie sich nicht davon stehlen konnte. Sie gingen freundlich miteinander um, unterstützt von Slys einzigartiger Gabe, sie gemeinsam zum Lachen zu bringen.

So ging es eine Woche lang. Eines Morgens beschloß Iain, nach Dunridge zu reiten, um ein paar notwendige Dinge zu besorgen: Lebensmittel, Kleidung und Whiskey. Da Iain unsicher war, was Brigette für ›Ross‹ empfand, wollte er sie nur ungern zurücklassen. Schließlich konnte sie die Gelegenheit nutzen und fliehen.

Die beiden saßen am Tisch und aßen ihr übliches Morgenmahl: Haferbrei. Sly bevorzugte seinen in einer Schüssel auf dem Boden. »Ich reite heute nach Dunridge«, sagte Iain beiläufig. »Würdest du gerne mitkommen?«

»N-nein«, stotterte Brigette und verschluckte sich fast an ihrem Porridge. »Ich …, ich glaube nicht.«

Iains Lippen zuckten in dem Drang zu lächeln. »Ich werde einige Stunden fort sein.«

»Das macht nichts«, versicherte sie ihm hastig. »Ich werde nicht einmal die Hütte verlassen. Und vergeßt nicht, daß ich Sly zu meinem Schutz hier habe.«

Iains Blick wanderte zu Sly, der nun überhaupt kein Schutz zu sein schien. »Nun, dann könntest du ein bißchen aufräumen und einmal versuchen, das Abendessen zu kochen.«

»Aufräumen und kochen?« Bei diesem Vorschlag verschlug es Brigette den Atem.

Iain nickte und lächelte.

»Aber …, aber ich kann nicht kochen.«

»Ein Zigeunermädchen, das keine Ahnung vom Kochen hat?« Seine dunklen Augen glitzerten amüsiert.

Unter Iains fragendem Blick ließ sich Brigette schnell eine weitere Lüge einfallen. »Ross«, erklärte sie mit herablassender Stimme, »mein Vater ist der König der Zigeuner. Ich mußte nie kochen. Wir hatten Diener, die das erledigten.«

Amüsiert über ihre Gewandtheit, unterdrückte Iain sein Lachen. Seine Frau war ebenso gerissen wie das Tier, das sie ihr eigen nannte. »Glaubst du, du könntest es versuchen?« fragte er.

»Ja, für meinen Retter würde ich alles versuchen.« Brigette lächelte strahlend und war erleichtert, daß er auch diese Geschichte glaubte.

Iain zog eine Augenbraue hoch und war sicher, daß sie sich nicht darüber im klaren war, was sie ihm angeboten hatte. Er stand auf und beugte sich zurück, um ihre Stirn zu küssen. »Ich werde lange vor dem Abendessen zurücksein.«

Nachdem er gegangen war, fühlte Brigette sich einsam und verlassen. Sie hob Sly auf ihren Schoß und streichelte ihn – mehr für ihr eigenes Wohlbefinden als zu seinem Vergnügen. Mit Ross ist diese Hütte voller Leben, dachte sie, und ohne ihn scheint sie leer zu sein. Oh, mein Gott, auch das noch! Sie begann, den Bruder ihres Mannes zu mögen. Wenn sie *darüber* intensiver nachdachte, bekäme sie wieder Kopfschmerzen. Tätigkeiten wie Kochen und Saubermachen würden ihr guttun. Hoffte sie zumindest.

Wie kocht und putzt man denn eigentlich? Brigette zuckte mit den Schultern. Wenn Diener das konnten, dann konnte sie es auch. Brigette begann mit den Frühstücksschüsseln, und als sie fertig war, hatte sie das Gefühl, etwas geleistet zu haben. Als nächstes nahm Brigette das Bett in Angriff. Danach beschloß sie, mit den Vorbereitungen für das Abendessen zu beginnen. Brigette war keine vollendete Köchin, aber selbst sie wußte, daß ein Eintopf kochen mußte. Je länger er kochte, desto besser.

Brigette machte ein Feuer im Kamin und suchte die notwendigen Zutaten zusammen, wie sie es bei Ross gesehen hatte. Als der Topf gefüllt war und die Zutaten kochten, beschloß Brigette, ein Nickerchen zu machen. Aufräumen und Kochen waren lohnenswerte Aufgaben, aber schrecklich ermüdend, und für einen Tag hatte sie genug Erfüllung gefunden. Mit Sly legte Brigette sich auf das Bett und schlief ein.

Iain kehrte am späten Nachmittag zurück. Er war zufrieden mit dem Verlauf seines Tages. Als er in Schloß Dunridge angekommen war, hatte er zunächst mit seinem Vater gesprochen und dem Grafen versichert, daß Brigette und er bald nach Hause kommen würden. Er hatte darauf verzichtet zu erwähnen, daß seine Braut immer noch Jungfrau war. Das war etwas, was Black Jack nicht verstehen würde.

Iain hatte sich Percys Hilfe bei der Zusammenstellung von Lebensmitteln, Kleidung und einem ausreichenden Vorrat an Whiskey erbeten. Bis zu seiner Abreise aus Dunridge war es ihm gelungen, Lady Antonia aus dem Weg zu gehen. Sie hatte keine Ahnung, daß er dagewesen war. Daß er ihrer Aufmerksamkeit entgangen war, machte den Tag zu einem Erfolg!

Iain pfiff ein fröhliches Lied, als er aus dem Sattel stieg und die Hütte betrat. Seine Nase zuckte, und sein Magen knurrte bei dem köstlichen Duft des köchelnden Eintopfs, der den Raum erfüllte. Seine Frau war mit ihren kulinarischen Bemühungen offensichtlich erfolgreich gewesen.

Iain setzte sich auf den Bettrand und beobachtete Brigette, die im Schlaf bezaubernd aussah. Ihr Haar war in wüster Unordnung und ihre Wangen gerötet. Ihre Lippen waren feucht und unwiderstehlich einladend geöffnet. Iain beugte sich vor und berührte ihre Lippen mit den seinen. Ihre unglaublich grünen Augen öffneten sich und sie lächelte.

»Hier riecht etwas sehr gut«, sagte er. »Und ich bin so hungrig, daß ich dich am liebsten verschlingen würde.« Brigette kicherte, besonders als Sly auf Iains Schoß kletterte und Aufmerksamkeit verlangte.

Iain setzte sich an den Tisch und beobachtete, wie Brigette ihre Schüsseln mit Eintopf füllte. »Ich habe dir Kleider zum Wechseln mitgebracht«, sagte er zu ihr.

Mit Schrecken wurde Brigette klar, daß er vermutlich von Iains entflohener Braut gehört hatte. »Ist irgend etwas Interessantes auf Dunridge passiert?« fragte sie beiläufig und stellte ihm eine Schüssel mit dampfendem Eintopf hin. Dann setzte sie sich auch.

»Alles wie immer.« Es entstand eine lange Pause, als Iain einige Löffel von dem Eintopf aß. »Bria«, sagte er schließlich. »Du sagst, du hast Eintopf gemacht. Ist das Eintopf oder Suppe oder vielleicht gewürztes Wasser?«

»Es ist ein Eintopf«, antwortete Brigette entrüstet.

»Und wo ist das Fleisch und das Gemüse?«

»Verdammt! Das ist im Topf!«

»Im Topf, sagst du? Das gehört aber in meine Schüssel.«

»Ich habe es nicht herausbekommen!«

»Was? Ich verstehe nicht.«

»Das Fleisch und das Gemüse kleben am Topfboden fest«, antwortete Brigette zähneknirschend.

Iain warf den Kopf zurück und lachte schallend. Wenigstens war sie bereit gewesen, es zu versuchen. »Ich lache nicht über dich«, log er. »Genau dasselbe ist mir auch passiert, als ich zum erstenmal Eintopf gemacht habe.«

»Wirklich?«

»Selbst meine Suppe hat schlecht geschmeckt, aber deine ist ausgezeichnet.«

»Bestimmt?« Brigettes Augen glitzerten wie Smaragde.

»Ich habe schon viele Suppen gekostet«, erklärte Iain, »aber keine war köstlicher als diese.« In diesem Augenblick hielt Brigette Ross MacArthur für den wunderbarsten Mann in Schottland oder vielmehr England. Iain deutete ihren Gesichtsausdruck richtig und rieb sich im Geiste die Hände.

Einige Tage später lud Iain Brigette zu einem Ausritt ein. Sie nahm nur widerwillig sein Angebot an, weil sie befürchtete, ihren Mann zu treffen. Da sie nur ein Pferd hatten, hob Iain sie vor sich in den Sattel und los ging's.

Brigette war innerlich hin- und hergerissen: Eigentlich sollte sie wie geplant nach England zurückkehren, aber sie war sich gar nicht sicher, ob sie wirklich fort wollte. Der Gedanke, Ross MacArthur nie mehr wiederzusehen, krampfte ihr das Herz zusammen. Wenn sie doch bloß nicht Iain MacArthur geheiratet hätte!

Da sie den Ausflug und die Nähe des Mannes genoß, entspannte sich Brigette allmählich. Schon bald drang die Wärme ihres Körpers durch ihre Kleidung und schürte Iains Verlangen nach ihr. Als sie ihren Kopf in seiner Halsbeuge barg, verlor Iain fast die Beherrschung. Der Duft ihres Haares quälte ihn, und Iain sehnte sich danach, sie vom Pferd zu zerren, und es einfach zu tun, doch er wußte, er würde eine so voreilige Handlung bereuen.

Sie ritten auf einer Lichtung, die zu einem Tal wurde. Brigette erschrak heftig. Eine Gruppe Männer in MacArthurs Farben ritt auf sie zu.

Voller Panik verbarg Brigette ihr Gesicht an Iains Brust, hielt die herannahenden Männer aber wachsam im Auge. Es war vorbei! Wie eine gemeine Gefangene würde man sie nach Dunridge Castle bringen! Und was würde mit Ross geschehen? Würde man ihn bestrafen, weil er ihr Unterschlupf gewährt hatte? Percy war bei der Gruppe, und er würde sie wiedererkennen. Allein schon ihre roten Haare würden seine Aufmerksamkeit erregen. Unerwartet wandten sich MacArthurs Männer ab und ritten in eine andere Richtung davon. Vor Erleichterung rutschte Brigette beinahe vom Pferd, aber Iain hielt sie fest. Irgend jemand da oben muß auf mich aufpassen, davon war sie überzeugt und kuschelte sich an Iains Brust. Er blickte auf ihren Kopf, und seine Lippen verzogen sich zu einem Lächeln.

Nachdem sie an einem abgelegenen Fluß angehalten hatten, gingen sie zum Ufer und setzten sich unter einen Baum.

»Ross?« Brigettes Neugier gewann die Oberhand. »Weshalb hat Percy Euch nicht gegrüßt?«

»Percy?«

»Euer Bruder Percy?«

Aha! dachte Iain. Jetzt kommt die Wahrheit doch noch ans Licht!

»Woher weißt du, daß ich einen Bruder namens Percy habe?« fragte er und zog eine Augenbraue hoch. »Und woher weißt du, daß er bei diesen Männern war?«

Brigette erstarrte, als sie ihren Fehler bemerkte, und versuchte, eine vernünftige Antwort zu finden. Plötzlich schoß ihr eine Idee durch den Kopf, und ihre Augen glitzerten wie Juwelen. »Ich …, ich kann hellsehen.« Ihr Lächeln blendete ihn. »Habe ich das noch nicht erwähnt?«

»Ich wußte nicht, daß du diese Gabe hast.« Lügen gleiten über diese Lippen, als seien sie geölt, dachte Iain. Diese Schlange!

»Meine Schwester Kathryn sagt, daß in Irland viele damit gesegnet sind.«

»Und jetzt haben wir eine Seherin in den Highlands«, brummte er.

»Ihr habt meine Frage nicht beantwortet«, erinnerte sie ihn.

»Welche Frage?«

»Weshalb hat Percy Eure Anwesenheit im Tal nicht zur Kenntnis genommen?«

Iains Gesichtsausdruck war ernst. »Ich bin ein Bastard, Mädchen, und …«

»Ich weiß, daß Ihr ein Bastard seid«, unterbrach Brigette, und ein verschmitztes Lächeln spielte um ihre Lippen.

Iain packte ihren Arm und Brigette lachte, bereute dann aber ihre Ausgelassenheit. »Es war nur ein Scherz.«

»Wenn du älter wirst«, sagte er, »lernst du hoffentlich, daß das kein Grund zum Scherzen ist.«

»Ich habe nicht gewußt, daß das Leben eines Bastards so schwierig ist. Der Graf ist wohl ein harter Mann?«

»Der Graf tut, was er tun muß, um zu überleben und die Seinen zu beschützen.«

»Was ist mit seinen Söhnen?«

»Söhne?« Iain lächelte spöttisch. »Hellseherin?«

Brigette grinste koboldhaft, und Iain konnte sein schallendes Gelächter nicht mehr zuruckhalten. Aber dann wurde ihm plötzlich klar, daß sie ihn für einen unglaublichen Narren halten mußte. Nur ein Idiot konnte ihre unerhörten Lügen glauben!

»Percy lebt vom Kämpfen, Lachen und Lieben«, sagte Iain und unterdrückte seinen Zorn. »Der sprichwörtliche Taugenichts, könnte man sagen. Aber was soll man von einem verwöhnten jüngeren Sohn auch erwarten?«

»Und … der andere?«

»Iain? Nun, er ist ein richtiger Mann! Er und ich sind enger miteinander verbunden als Brüder. Wir scheinen immer dasselbe zu denken. Er ist ein harter Mann, aber fair …, ein Ehrenmann …«

»Ein Vorbild?«

»Ja, das ist er.« Iain beugte sich vor, bis seine Lippen Brigettes berührten und ein angenehmes Prickeln durch ihren Körper lief. Ihre weichen Lippen gaben nach, und Iains Kuß wurde fordernder. Überwältigt von seiner männlichen Nähe und seinem Duft ergab sich Brigette dieser überlegenen Kraft. Ihre Hände glitten an seiner Brust entlang und umarmten seinen Hals.

»Öffne deinen Mund, Bria«, flüsterte er heiser. Ihre Lippen öffneten sich sogleich, und Iains Zunge glitt hinein, um das feuchte herrliche Innere zu schmecken und zu erforschen. Brigette zitterte. Ihr war gleichzeitig heiß und kalt.

Iain verließ ihre Lippen und plazierte federleichte Küsse auf ihre Augenlider, die Schläfen und den Hals. Sie ließen sich ins Gras sinken, er lag auf ihr. Iains Lippen kehrten zurück zu Brigettes Mund, und sie fühlte sich verschlungen, als würde er ihre Seele in Besitz nehmen.

Eine sanfte Brise kitzelte ihre nackten Brüste, aber Brigette war zu benommen, um sich darum zu kümmern. Iains dunkler Kopf tauchte tiefer, bis seine erfahrenen Lippen ihre Brüste erreichten. Er küßte einen dieser sanften Hügel und arbeitete sich zu dessen Mitte vor, bis er schließlich die empfindlichen Warzen erreichte, die vor Erregung hart wurden.

Brigette stöhnte, doch bald kehrte ihr Verstand zurück, und Schuldgefühle plagten sie.

»Geh runter von mir, du flegelhafter Verführer!« Brigette schubste ihn und wand sich unter ihm hervor. »Wahr deinen Abstand, du Lügner.«

»Weshalb Lügner?« fragte Iain und verschlang sie mit seinen vor Leidenschaft glasigen Augen.

»Du sagtest, bei dir wäre ich sicher, aber dann versuchst du, mich zu verführen«, klagte sie ihn an und bedeckte ihre bloßen Brüste.

»Ich habe nicht versucht dich zu verführen«, verteidigte sich Iain. »Du hast mich gereizt.«

»Das habe ich nicht!«

Iain murmelte einige verderbliche Flüche und wünschte, er hätte getan, was er ursprünglich hatte tun wollen: seine englische Braut finden und sie nach Dunridge unverzüglich zurückzubringen!

»Fluchen zeugt von einem geringen Wortschatz«, rügte Brigette.

Iain warf ihr einen vernichtenden Blick zu und sagte dann: »Laß uns nach Hause gehen.«

»Nein«, weigerte sie sich. »Ich habe kein Vertrauen mehr zu dir.«

Verdammt noch mal! Diese englische Braut konnte einen zur Weißglut bringen. Iain zählte bis zehn und dann noch einmal vorsichtshalber bis zwanzig. »Ich schwöre bei der heiligen Seele meiner Mutter, deine Tugend zu beschützen, selbst vor mir«, versprach Iain mit einer Spur von Sarkasmus in der Stimme.

»Wie kann eine Frau, die ein Kind aus Ehebruch geboren hat, heilig sein?« schoß Brigette zurück.

»Du solltest meine Geduld nicht überstrapazieren«, grollte Iain, und sein Gesichtsausdruck wurde immer düsterer. »Ich habe mein Versprechen als Ehrenmann gegeben, und du mußt es akzeptieren.«

»Na schön«, gab Brigette widerwillig nach. »Aber ich warne dich. Ich kann ganz gut mit Waffen umgehen und werde mich im Notfall verteidigen.«

»Bitte tu das«, sagte Iain, amüsiert darüber, daß ein so kleines Wesen wie sie ihn bedrohte. »Ich versichere dir, dir wird nichts geschehen.« Zumindest im Moment, dachte er, stand dann auf und half ihr hoch.

Iain ging am nächsten Morgen alleine zum Fischen. Sein Pferd graste in geringer Entfernung, und er stand am Ufer und dachte über das schwerwiegende Problem nach, wie er weiter verfahren sollte. Sollte er zur Hütte zurückkehren und ihr die Wahrheit sagen? Nein, zuerst mußte die Verführung gelingen.

Iain hörte hinter sich ein Geräusch, und als er sich umdrehte, sah er Percy vom Pferd absteigen. »Was gibt es Neues in Dunridge?« fragte er.

»Wie immer«, antwortete Percy. »Black Jack möchte wissen, wann du zurückkommst, und Antonia will deine Braut kennenlernen.« Dann fügte er hinzu: »Du hast gestern eine bemerkenswerte Selbstbeherrschung bewiesen. Eine stolze Leistung.«

»Ich verstehe nicht.«

Percy grinste gemein. »Jamie sagt, jeder Graf, der seine Gräfin unter einen Baum schleift, ist ein guter Verführer.«

»Ihr habt uns beobachtet?«

»Wir haben euch bewacht, nicht beobachtet«, erwiderte Percy entrüstet, aber seine Augen funkelten gutgelaunt. »Ist sie so heiß, daß du nicht bis zum Bett warten konntest?«

Stöhnend wandte Iain sich ab, aber Percy ergriff den Arm seines Bruders und sah seinen gequälten Blick. »Sie ist immer noch Jungfrau?« Percy brüllte vor Lachen. »Lieber Gott, Mann! Du kommst wohl bei den Mädels nicht mehr an.«

Ohne Vorwarnung schlug Iain zu und traf Percys Kiefer, woraufhin dieser der Länge nach hinfiel. »Dein Gehirn kommt wohl nicht mehr bei deiner Zunge an«, knurrte er. »Nur ein Wort darüber, Brüderchen, und du bist ein toter Mann.« Iain stieg auf sein Pferd und ritt fort, aber das Echo von Percys Gelächter folgte ihm bis zur Hütte.

4

»Percy!« rief Iain. »Was tust du denn hier?«

»Ich wünsche dir einen guten Morgen«, sagte Percy fröhlich, als er vor die Hütte trat. Seine Augen suchten schnell die Umgebung ab. »Wo ist sie?«

»Beeren pflücken.« Iain runzelte die Stirn und fügte hinzu: »Du solltest nicht herkommen.«

»Hast du sie schon geknackt?« fragte Percy frech.

»Das geht dich nichts an«, zürnte Iain mit wachsender Wut. »Ich wäre dir dankbar, wenn du jetzt gingest.«

»Black Jack schickt mich«, sagte Percy und ignorierte die Aufforderung seines Bruders. »Es ist August, wie du weißt. Unser Getreide und unser Vieh wachsen und gedeihen, und Menzies zeigt sich immer häufiger.«

»Ärger?«

»Ja, im nordwestlichen Gebiet, das dem Land der Menzies am nächsten liegt. Das Getreide wurde abgebrannt, und eine stattliche Zahl Vieh gestohlen. Und das ist noch nicht das Schlimmste. Einige der Pächter sind bei dem Versuch, ihre Habseligkeiten zu verteidigen, umgekommen. Ihre Frauen und Kinder wurden in ihren Hütten verbrannt!«

»Lieber Himmel!« Iain war entsetzt über diese Grausamkeit. Murdac Menzies war schlimmer als ein Tier. Nur ein unbeschreiblich abscheulicher Mann konnte befehlen, hilflose Frauen und unschuldige Kinder zu töten.

»Black Jack braucht dich«, sagte Percy, als er die Zügel seines Pferdes nahm und aufstieg, »und erwartet dich zu Hause.«

»Wir werden morgen zurückkehren«, versicherte Iain.

»Iain?« Percy sah auf seinen Bruder hinunter und lächelte. »Einen wunderbaren Tag noch und eine noch wunderbarere Nacht.«

Fast müde betrat Iain die Hütte und setzte sich in den

Stuhl vor den Kamin. Er war froh über die Gelegenheit, hier zu sitzen und nachzudenken, bevor Brigette zurückkehrte.

Iain hatte sich von Frauen immer das geholt, was er haben wollte, aber selbst nichts gegeben. Brigette war anders. Sie war jung, sehr jung. Sie war seine Frau, aber sie war noch nicht bereit, die Wahrheit zu erfahren, das spürte er.

Seit ihrer Ankunft war sein Leben die reinste Hölle sexueller Enttäuschungen, aber Iain wollte sie nur ungern mit seinen Bedürfnissen überrumpeln und ohne ihre Zustimmung mit ihr schlafen. Er fürchtete, damit die angenehme Beziehung aufs Spiel zu setzen, die sich zwischen ihnen entwickelt hatte. Er wollte Brigettes Liebe, Zuneigung und Respekt, nicht nur ihren Körper, so sehr er ihn auch begehrte.

Die Welt außerhalb von Dunridge Castle war gefährlich und grausam. Iain brauchte eine Frau, mit der er in Frieden und Harmonie leben konnte. Eine Frau, die ihm Zuflucht vor Krieg und politischen Intrigen bot. Aber wie konnte er ein solches Leben führen, wenn seine Frau ihn verachtete?

Ich habe gesehen, was eine schlechte Ehe aus einem Mann machen kann, überlegte er. Als Malcolm viel zu früh verschied, war er vermutlich froh, seiner Frau zu entfliehen. Antonia! So eine Hexe – wie alle Frauen! In welch erbärmlichem Zustand sich die Welt doch befand. Die Hälfte der Menschheit lügt, betrügt und verrät …, außer Lady Brigette. Meine Bria ist eine Lügnerin wie alle anderen auch, aber eine wunderbar charmante. Ich bin sicher, daß sie nur lügt, um sich zu schützen. Und sie beginnt, mich zu lieben. Nein, korrigierte er sich selbst, sie beginnt Ross zu lieben.

Als die Tür aufging und Brigette und Sly hereintraten, stand Iain auf und sah sie an. Dann grinste er. »Stell die Beeren auf den Tisch, Lassie. Wir reiten aus.«

»Wohin?«

»Ich weiß noch nicht, aber heute machen wir nur das, wozu wir Lust haben.«

Brigette lächelte.

»Deine Lippen und deine Zähne sind lila«, sagte er leise.

»Wir haben die Beeren geradezu verschlungen.« Sie kicherte. »Slys Zunge ist so lila, wie ich es bei einem Tier noch nie gesehen habe.«

Iain küßte keusch ihre Lippen. »Du schmeckst einfach köstlich.«

»Gestern abend habe ich mehrere Stücke Fleisch in meiner Schüssel entdeckt«, neckte Iain Brigette, als er sie auf sein Pferd hob. »Dein Eintopf wird besser.«

»Es war keine Absicht, das kann ich dir versichern.«

Sie ritten durch das Tal, das zu dem Flüßchen führte, einem Platz, den sie häufig aufsuchten. Es war ein abgelegner, verschwiegener Ort, an dem sie keine Entdeckung durch MacArthurs Männer zu fürchten brauchten.

Brigette war verwirrt wegen des seltsamen Verhaltens von MacArthurs Kriegern. Gelegentlich sah sie einige von ihnen, wenn sie mit Ross durch das Tal ritt, aber die Männer wandten sich jedesmal ab, ohne ihre Anwesenheit zur Kenntnis zu nehmen. Brigette war sich sicher, daß die Männer sie erkannt hatten. Es war sehr seltsam, aber sie weigerte sich, länger darüber nachzudenken. Lieber genoß sie die verbleibende Zeit mit Ross. Mehr als einmal dachte sie darüber nach, ob Ross vielleicht mit ihr weggehen würde. Brigette wußte, daß sie Gefahr lief, sich in Ross zu verlieben. Sie war sich sicher, daß er Zuneigung zu ihr gefaßt hatte, selbst wenn er grob war, was seltsamerweise jeden Abend zur Schlafenszeit der Fall war. Mehr als alles andere wollte Brigette mit Ross MacArthur zusammensein, aber sie waren verdammt. Sie gehörte diesem Heiden von Dunridge! Es sei denn …

Ein Lächeln huschte über Brigettes Gesicht und bei dem neu aufkeimenden Gedanken wurde ihr wohler. Eine Ehe ist nicht wirklich rechtsgültig, überlegte sie, bis sie vollzogen wurde. Iain MacArthur hatte die Ehe mit ihr definitiv nicht vollzogen – bisher zumindest! Wenn ich mich Ross hingäbe, würde Iain dann noch auf der Ehe bestehen? Würde er mich von meinem Versprechen entbinden oder uns beide erschlagen? Es ist das Risiko wert …

»Ich vermute, daß du als Zigeunerin schon an vielen Orten gewesen bist«, sagte Iain, nahm einen Stein und ließ ihn über das Wasser springen. »Gefallen dir die Highlands?«

»Ja, sie gefallen mir sehr.«

»Glaubst du, du könntest hier glücklich werden? Ich meine, für immer?«

»Ich glaube«, antwortete Brigette kokett, »eine Frau kann überall glücklich werden, wenn sie nur mit dem richtigen Mann verheiratet ist.« Er liebt mich! Das wußte sie jetzt. Mit meinem Mann in unmittelbarer Nachbarschaft, wie könnten Ross und ich als Mann und Frau glücklich werden?

Lächelnd wandte sich Iain an Brigette, sah dann aber den Schatten von Traurigkeit, der ihr Gesicht umwölkte. Zart zwang er sie, ihn anzusehen. »Was macht dich so traurig, mein Mädchen?«

»Nichts.«

Ihre zarten Gefühle für Ross machten sie traurig, folgerte Iain. Wenn sie erfuhr, daß er ihr Ehemann war, wurde Brigette überglücklich sein. Wenn sie nur die Wahrheit über sich gestehen würde!

»Ich glaube nicht, daß dieses Stirnrunzeln grundlos ist«, sagte Iain. »Wenn du deinen Kummer erzählen willst, ich bin ein guter Zuhörer.«

Brigette zwang sich zu einem strahlenden Lächeln.

»Schau, der Gedanke und das traurige Gesicht sind verschwunden.«

»Möchtest du sehen, wie ich einen Fisch kitzele?« fragte er in dem Bemühen, sie aufzuheitern.

Brigette starrte ihn verständnislos an. Iain zog Stiefel und Strümpfe aus und watete in den Bach. Über die Schulter rief er zurück: »Du mußt mucksmäuschenstill sein. Verstanden?«

Brigette nickte wie ein Kind.

Iain beugte sich vor und tauchte ganz langsam seine Hand in das kalte Wasser. Dann stand er wie eine Statue bewegungslos da. Ein Fisch respektabler Größe näherte sich und schwamm neugierig um Iains Beine. Behutsam streckte er seine langen Finger aus und streichelte seinen Bauch, um ihn einzulullen.

»Was machst du?« rief Brigette just in dem Moment, als er den Fisch an Land werfen wollte. »Ich kann nichts sehen!«

Der Fisch schnellte davon. Iain machte ein finsteres Gesicht und sah Brigette wütend an. Sein Mißfallen stand ihm deutlich im Gesicht geschrieben und konnte ihr unmöglich entgehen.

»Was immer ich getan habe, es tut mir leid«, entschuldigte sie sich. »Darf ich es versuchen?«

»Komm her.«

Brigette zog Schuhe und Strümpfe aus, raffte dann ganz ungeniert ihren Rock, so daß sich Iain ein großartiger Blick auf ihre wohlgeformten Beine bot. Sie watete in den Bach und juchzte die ganze Zeit über, weil das Wasser so kalt war.

»Beug dich vor«, wies er sie an, »und laß langsam deine Hand ins Wasser gleiten.«

»Und jetzt?«

»Warte. Wenn ein Fisch heranschwimmt, kitzele ganz sanft seine Bauchseite mit einem Finger. Wenn er dann vor Vergnügen gelähmt ist, wirf ihn an Land.«

Brigette wartete und Iain bewunderte anerkennend die bezaubernde Rückansicht, die sie ihm bot. Ein Fisch näherte sich und kam immer dichter heran. Sie streckte die Hand aus, um ihn zu berühren.

»Igitt!« Brigette sprang zurück, und der Fisch schoß davon. Iain streckte den Arm nach ihr aus, als sie stolperte und das Gleichgewicht verlor. Zu spät! Mit einem lauten Platscher saß Brigette im Fluß, und Iain brach in johlendes Gelächter aus.

»Das ist deine Schuld!« rief sie. »Du hast mich dazu überredet, dieses schuppige Ding anzufassen!«

»Das habe ich nicht getan. Du wolltest es versuchen.«

Brigette lächelte ihn zuckersüß an und streckte die Hand aus. »Hilfst du mir hoch?«

Als er ihre Hand ergriff, zog sie mit aller Kraft daran und erwischte ihn unvorbereitet. Mit einem noch lauteren Platscher saß Iain neben ihr im Wasser. Brigette lachte schallend.

»Warte nur, du kleine Hexe!« brüllte er. »Ich hätte große Lust, dich übers Knie zu legen und dir eine ordentliche Tracht Prügel zu verabreichen.«

Kichernd sprang Brigette auf und lief los, aber Iain nahm die Verfolgung auf. Als sie das Ufer erreichte, ergriff seine kräftige Hand ihren Arm und wirbelte sie nicht allzu sanft herum. Sie prallte gegen seine breite Brust, und seine Arme umfaßten sie, so daß sie nicht hinfiel.

Jeder Gedanke an Bestrafung verschwand, als Iain sich in den unergründlichen Tiefen von Brigettes grünen Augen verlor.

»Ich würde dich nur zu gern verprügeln«, flüsterte er heiser, »aber ich glaube, ich werde dich statt dessen lieber küssen.«

Als sie ihr Gesicht hob, damit er ihre Lippen besser erreichen konnte, stöhnte Iain. Seine Lippen umfaßten ihren Mund in einem endlosen verschlingenden Kuß.

Schließlich nahm er etwas Abstand von ihr, um sie anzusehen. Als Iain ihren benommenen Ausdruck sah, wußte er, daß die Zeit gekommen war, sie wirklich zu seiner Frau zu machen. Ein zärtliches Lächeln umspielte seine Lippen. »Laß uns nach Hause gehen, Liebling, und uns aufwärmen.«

Sly begrüßte das zitternde Paar aufs herzlichste, als sie in der Hütte ankamen. Brigette lachte den Fuchs an und amüsierte sich über sein fröhliches Quieken. Iain freute sich über Brigettes glückliches Lächeln und hoffte, daß ihre gute Stimmung auch noch bis zum nächsten Morgen anhielt, nachdem die letzte Barriere zwischen ihnen beseitigt sein würde. »Zieh dich aus und wickel dich hiermit ein«, befahl Iain und warf Brigette eine Decke zu. Dann fügte er hinzu: »Die wird dich warmhalten, bis das Feuer brennt und der Raum richtig warm ist.«

Brigette stand bewegungslos da und wartete darauf,

daß er die Hütte verließ, aber Iain drehte sich nur um und kniete sich vor den Kamin. »Würdest du bitte gehen, damit ich mich umziehen kann?«

»Nein«, antwortete er mit dem Rücken zu ihr. »Aber keine Angst, ich werde nicht hinsehen.«

Da Brigette keine Lust hatte zu streiten und ihr außerdem sehr kalt war, zog sie schnell ihre nassen Kleider aus und wickelte sich in die Decke. Dann setzte sie sich auf den Fellteppich und rief Sly zu sich.

Iain hatte das Feuer schnell angefacht. Er stand auf und begann sich auszuziehen. Brigette schloß sofort die Augen, schaute dann aber doch neugierig unter ihren dichten kupferfarbenen Wimpern hervor. Ihr stockte der Atem beim Anblick seines prachtvollen muskulösen Körpers. Iain wikkelte sich ebenfalls in eine grünschwarze Decke, ließ seine breite, behaarte Brust aber unbedeckt.

»Trink das«, drängte er sie, nachdem er sich neben sie auf den Teppich gesetzt und ihr eine Reiseflasche mit Whiskey in die Hand gegeben hatte. »Das wird dich aufwärmen.«

Sie tranken gemeinsam Whiskey und starrten in die hypnotisierenden Flammen des Kamins. Brigette streichelte Slys geschmeidiges Fell und entspannte sich. Iain legte lässig einen Arm um ihre bloße Schulter und zog sie näher zu sich heran. Sie sah ihn so unschuldig an, daß er Widerwillen verspürte, das zu tun, was er doch tun mußte. Aber es ließ sich nun einmal nicht mehr aufschieben. »Habe ich dir jemals von der großartigen und ruhmreichen Geschichte des MacArthur Clans erzählt?« fragte er Brie. Brigette lächelte und schüttelte den Kopf.

»In alten Zeiten«, begann er, »waren die MacArthurs nach den königlichen Stuarts Schottlands erste Familie und Oberhaupt des heute Campbell genannten Clans. Durch eine ganze Reihe von bitteren Rückschlägen in den letzten zweihundert Jahren sind die MacArthurs heute nicht mehr Clan-Oberhäupter. Wir haben jedoch noch unseren Grafenstand und die besonderen Privilegien, die unserer Familie vor langer Zeit verliehen wurden.«

»Welche Privilegien?«

»Vor langer, langer Zeit«, Iain sprach gerne von diesem Thema, und seine Hand begann langsam, Brigettes Schulter zu streicheln, »übertrug König Malcolm MacArthur und seinen Nachfahren besondere Privilegien. Wann immer die königliche Flagge aufgerollt wird, führen die Mac Arthurs die schottische Armee an.«

»Als erster in eine Schlacht geschickt zu werden, scheint mir kein besonderes Privileg zu sein.«

»Ist es auch nicht, wenn man ein Feigling ist«, antwortete Iain und küßte sie liebevoll auf die Stirn, »oder eine Frau. Die MacArthurs sind jedoch seit langem für ihre Tapferkeit bekannt. Daneben gibt es auch noch andere Privilegien. Wann immer ein König oder eine Königin gekrönt wird, setzt MacArthur, Graf von Dunridge, die Krone auf das gesalbte Haupt. Als Königin Maria noch ein Baby war, setzte mein Vater ihr die Krone auf.«

»Wirklich?« Brigette war beeindruckt.

»Der Graf von Dunridge«, führte er fort, »hat das Privileg, ohne Erlaubnis in Anwesenheit der schottischen Königsfamilie zu sitzen. Wann immer ein neuer Monarch gekrönt wird, übt der Graf dieses Privileg aus, damit die königlichen Stuarts es nicht vergessen. Inzwischen ist das zu einer Art Scherz zwischen den edlen Schotten und den Oberhäuptern der Highlands geworden.«

»Weshalb?«

»Nun, wie ich schon sagte, wann immer ein neuer König oder eine Königin gekrönt werden, ist das erste, was MacArthur tut, sich in seiner oder ihrer Gegenwart hinzusetzen. Und wann immer es einen neuen Grafen von Dunridge gibt, ist das erste was er tut, bei Hofe aufzuwarten, um sich in königlicher Gegenwart hinzusetzen.«

Brigette kicherte und fragte dann: »Wenn die MacArthurs einst Clan-Oberhäupter waren, weshalb sind sie es dann jetzt nicht mehr?«

»Wir gehören zum ursprünglichen Stamm des mächtigen Clan Campbell«, antwortete Iain. »Man könnte sagen, die Vorfahren des Herzogs von Argyll waren die armen

Verwandten meiner Vorfahren. John MacArthur, ein wirklich großer Mann und Führer von tausend Kriegern, war Clanoberhaupt während der Herrschaft von Jakob I. Obwohl John ein getreuer Mann war und sein Leben nach dem MacArthur-Motto ›Treu im Kampf‹ ausrichtete, war er zu mächtig, um dem eifersüchtigen König Jakob zu gefallen.«

»Was geschah?«

»Der König ließ ihn enthaupten, und die Campbells wurden Oberhaupt des Clans.«

Sie saßen so dicht nebeneinander, daß ihre Körper sich berührten. Brigette drehte ihren Kopf, um ihn anzusehen. Ohne nachzudenken, küßte sie ihn leicht auf die Wange.

Iain starrte in ihre faszinierenden grünen Augen, die voller Liebe zu ihm glühten. Überwältigt von seinen Gefühlen gestand er: »Ich liebe dich.« Seine Lippen bedeckten die ihren, und all die Liebe, die er in seinem Herzen trug, ergoß sich in diesem einzigen aufwühlenden Kuß. Wie eine Blume, die sich zu der strahlenden Sonne hin öffnet und ihre Wärme genießt, erwiderte Brigette den Kuß auf gleiche Weise.

Sie fielen auf den Teppich. Iain verteilte Küsse auf Brigettes Augenlidern, ihren Schläfen, der Nase und dem Hals. Dicht über ihren Lippen flüsterte er: »Öffne deine Augen, Liebes.« Als sie gehorchte, fragte er: »Kannst du meine Liebe erwidern?«

»Ich liebe dich.«

Sanft küßte Iain sie wieder und schlug die Decke zurück, so daß ihr makelloser Körper nackt war. Er lächelte zärtlich, als sie errötete. »Du bist sehr schön, meine Lady.« Iain nahm auch seine Decke ab, und seine Lippen suchten erneut ihren Mund.

Seine Hände wanderten frei auf ihrem Körper umher und genossen die seidige Haut seiner Frau. Er streichelte ihre Brüste und spielte mit ihren rosa Spitzen, bis sie hart vor Erregung waren. Brigette spürte eine pulsierende Hitze zwischen ihren Schenkeln und wand sich vor Verlangen.

Als Iain seinen Kopf auf ihre Brüste senkte und an ihren empfindlichen Warzen saugte und leckte, atmete Brigette keuchend.

Iains Hand glitt tiefer, um ihren flatternden Bauch zu liebkosen und tauchte dann zwischen ihre Schenkel. Brigette verkrampfte sich.

»Ganz ruhig, Liebling«, flüsterte er heiser und küßte sie wieder. Seine starke und doch so zärtliche Hand blieb wo sie war und streichelte sanft die Innenseiten von Brigettes Schenkeln. Er streichelte über ihren kleinen Po und Brigette zitterte, beinahe ohnmächtig vor Lust.

»Du weißt, was ich jetzt tun werde?« fragte er heiser.

Brigette öffnete ihre Augen, die glasig waren vor Verlangen, und Iain war sicher, daß sich seine Frau in diesem Moment nicht einmal an ihren eigenen Namen erinnern konnte. Er küßte sie und legte sich gleichzeitig zwischen ihre Schenkel.

»Ich liebe dich.« Er drang tief ein und durchbrach den jungfräulichen Widerstand mit einem sanften, aber kraftvollen Stoß.

Brigette schrie auf. Der überraschende Schmerz trieb ihr die Tränen in die Augen. Iains Mund bedeckte den ihren, seine Zunge war in ihrem Drängen ebenso zielstrebig wie seine Männlichkeit. Trotz seines verzweifelten Verlangens hielt Iain einen Moment lang in seiner Bewegung inne, um Brigette Zeit zu geben, sich daran zu gewöhnen, daß er in ihr war.

Mein Gott! staunte er. Die vollendete Frau – weich, heiß und eng! Dann bewegte er sich langsam und vorsichtig. Brigettes Atem war ein flaches Keuchen, und das Tal zwischen ihren Schenkeln wurde mit jeder wunderbar quälenden Bewegung heißer.

»Leg deine Beine um mich«, befahl er. Als sie gehorchte, wurden seine Stoße tiefer, fester und härter.

Die Unschuld verschwand und machte dem Instinkt Platz. Brigette bog ihre Hüften jedem wilden Stoß entgegen und baute eine Spannung auf, von der sie sicher war, daß sie sie töten würde. Sie erklomm einen Berg der Ekstase, auf dessen Gipfel sie aufschrie, um dann wie auf einer Wolke zur Erde zurückzuschweben.

Iain rief ihren Namen, als er sich anspannte, erschauerte und sich dann in sie ergoß. Ihre Körper wie zu einem einzigen verschmolzen, rollte Iain sich zur Seite und küßte sie. Brigette spürte es nicht mehr. Zutiefst befriedigt war sie schon in einen sanften Schlaf gefallen.

Brigette fühlte, wie etwas Warmes und Feuchtes ihr Gesicht kitzelte. »Ross, nicht«, sagte sie kichernd und hörte dann sein schallendes Lachen.

»Ich bin nicht der Schuldige«, protestierte er, aber das Kitzeln hörte nicht auf.

Sie schlug die Augen auf, und Iain lachte über ihren überraschten Gesichtsausdruck. Sly leckte über ihre Wange.

»Ich werde ihn rauslassen.« Züchtig wickelte sich Brigette in das Laken und erntete eine spöttisch hochgezogene Augenbraue von Iain, der jedoch nichts sagte.

Nachdem Sly den Bedürfnissen der Natur nachgegeben hatte, kehrte Brigette auf das Fell zurück. Iain, dessen dunkle Augen vor Liebe glühten, küßte sie tief und innig. Der Moment der Wahrheit war gekommen.

»Ich weiß ja, daß eine Frau nicht so direkt sein sollte«, sagte Brigette und lieferte ihm die perfekte Eröffnung, »aber ich wünschte, wir wären verheiratet.«

»Das sind wir doch.« Seine Stimme war wie eine zärtliche Liebkosung. Dann fügte er sachlich hinzu: »Wir kehren morgen früh nach Dunridge zurück. Die diesjährigen Überfälle versprechen besonders blutig zu werden.«

»Was?« Brigette starrte ihn verständnislos an.

»Wir kehren morgen früh nach Dunridge zurück, Liebling.«

»*Nein!* Wir können dort nicht hin!«

»Wir müssen.«

»Ross.« Brigettes Stimme war ein zerknirschtes Flüstern. »Ross, ich bin keine Zigeunerin ...«

Iains Lachen unterbrach ihr Geständnis. »Ich weiß, daß du keine Zigeunerin bist, Lady Brigette.«

»Du weißt, wer ich bin?« Sie war entgeistert. »Du weißt, daß ich die Frau deines Bruders bin?«

»Du bist nicht die Frau meines Bruders, Süße.«

»Das bin ich doch!« protestierte sie und setzte sich auf. »Iain und ich wurden durch eine Art Ferntrauung in England miteinander verheiratet …«

»Hör mir doch einmal zu, was ich sage, Liebes«, unterbrach er, und seine sanfte Stimme war nachdrücklich. »Ich bin Iain MacArthur, dein Mann.«

»Nein, du bist Ross MacArthur, der uneheliche Sohn des Grafen von Dunridge.«

»Ich bin Iain *Ross* MacArthur, Erbe des Grafen von Dunridge«, sagte er lächelnd. »Und du bist meine schöne englische Braut, die zukünftige Gräfin von Dunridge.« Er streckte seine Hand aus, um ihre Wange zu streicheln.

Brigettes Augen blitzten, denn sie verstand plötzlich alles. Sie schlug seine Hand zur Seite und sprang auf die Füße. »Du … verlogener, … hinterhältiger, … abscheulicher, … verschlagener, … verräterischer …« geiferte sie und suchte nach weiteren schrecklichen Worten, um ihren Zorn Luft zu machen.

Iain stand auch auf. Alleine seine überragende Größe war einschüchternd. Jeder Humor war aus seinem Gesichtsausdruck verschwunden. Seine Augen, eben noch erfüllt von der Liebe zu ihr, waren hart und kalt geworden.

»Du wagst es, mich hinterhältig und verlogen zu nennen?« Iain lachte rauh und äffte dann ihre Lügen nach. »Die Tochter des Zigeunerkönigs mit Hunderten von Bediensteten, die auf ihr Geheiß alles tun, gar nicht zu reden vom Kochen. *Hellseherin!*« Er schnaubte verächtlich.

Verängstigt trat Brigette zurück, aber Iain umfaßte ihr Handgelenk mit stählernem Griff. »Wir kehren morgen früh nach Dunridge zurück.«

»Ich nicht!« schleuderte Brigette ihm trotzig entgegen. Sein gebieterischer Tonfall förderte sogleich ihre halsstarrige Ader zutage. Niemand außer der Königin sprach in diesem anmaßenden, arroganten Ton mit einer Devereux. »Ich kehre nach England zurück«, fügte sie ruhiger hinzu.

Die imposante Größe ihres Mannes wirkte einschüchternd auf Brigette, so daß sie ihren Zorn ein wenig mäßigte.

»Die Ehe wird annulliert.«

»Du Idiotin!« brüllte Iain. »Unsere Ehe ist vollzogen … sie kann nicht annulliert werden.«

»Schurke!« explodierte Brigette. »Du dreckiger, stinkender, trügerischer Schurke! Ich hasse dich!«

Die geringe Kontrolle, die Iain noch über sein Temperament hatte, schwand bei diesen Worten. Er packte sie an den Schultern und schüttelte sie. Seine langen Finger gruben sich brutal in ihren zarten Körper. »Du haßt mich?« Mit gefährlich leiser und vernichtender Stimme fragte er: »Weißt du eigentlich, meine kleine englische Lady, wie das Leben für eine Frau ist, deren Mann sich nicht um sie schert? Weißt *du das?*«

Ängstlich schüttelte Brigette den Kopf, und Iain lächelte grimmig. Er zog sie durch den Raum, riß die Decke von ihrem zitternden Körper und schubste sie auf das Bett. Dann lachte er humorlos.

»Wenn ein Mann an eine Frau gebunden ist, die ihn haßt, dann wird sie für ihn zu einer Zuchtstute, nur dazu da, Erben hervorzubringen. So …« Iain bewegte sich auf sie zu.

»Bitte, tu mir nicht weh«, wimmerte Brigette, die Augen blind hinter einem Tränenschleier.

Iain blieb stehen, als er voller Verachtung erkannte, was er im Begriff war, der Frau, die er liebte, anzutun.

»Verdammt!« fluchte er, drehte sich auf dem Absatz um und verließ türknallend die Hütte.

Wütend und verletzt legte sich Brigette wieder ins Bett und zog die Decke hoch, um ihre zitternde Nacktheit zu bedecken. Sie drehte sich mit dem Gesicht zur Wand und verfluchte den Tag, an dem sie zum erstenmal den Namen MacArthur gehört hatte.

»Diese gesamte verräterische Brut soll zur Hölle fahren«, fluchte Brigette leise und gab sich dann ihrem Schluchzen hin. Sie war ein Dummkopf gewesen und hatte Ross ihr Herz und ihren Körper geschenkt. Und ohne Vorwarnung hatte er sich in ein Monster namens Iain verwandelt. Ihre Schwester Heather hatte recht. Highlander töteten und verstümmelten aus reinem Spaß. Und quälten außerdem nichtsahnende unschuldige Menschen!

Als Iain zurückkehrte, setzte er sich an den Tisch und beobachtete seine weinende Frau. Reue überkam ihn darüber, wie grausam er sie behandelt hatte. Iain wußte, daß seine Frau trotz ihrer betörenden Schönheit noch ein Kind war, das nichts über Männer wußte. Aber er war ein erwachsener Mann und hätte es besser wissen müssen, hätte ihrer übermäßigen Wut mit Geduld begegnen müssen. Unglücklicherweise hatte ihr angeblicher Haß ihn völlig rasend gemacht, und jetzt waren sie in einer derart verfahrenen Lage.

Geistesabwesend streckte Iain die Hand aus, um Sly zu streicheln. Der Fuchs bleckte die Zähne und knurrte leise, bevor er zu seiner Herrin ins Bett sprang.

Nachdem seine Wut verraucht war, sehnte Iain sich danach, seiner Frau Trost und Liebe zu geben, aber sein Kopf siegte über sein Herz. Brigette mußte den ihm gebührenden Gehorsam und Respekt lernen, entgegnete sein Kopf unnachgiebig. Meine junge Frau ist verpflichtet, mir zu gefallen, und wenn sie es tut, werde ich sie mit sanfter Rücksichtnahme belohnen. Und wenn nicht? Iain weigerte sich, darüber nachzudenken.

Zum erstenmal seit sie in der Hütte erwacht war, verbrachten Iain und Brigette die Nacht getrennt – sie schlief schluchzend auf dem Bett, und er lag in seiner Decke zusammengerollt auf dem Teppich – schlaflos.

5

»Steh auf!«

Durch den wirbelnden Nebel ihres schlaftrunkenen Gehirns hörte Brigette die befehlende Stimme und versuchte, ihr zu entfliehen. Sie drehte sich um und zog sich die Dekke über den Kopf.

»Steh auf, habe ich gesagt!« Iain zog die Decke weg und erschreckt setzte sie sich auf.

Abgesehen von ihren verquollenen, rotgeränderten Augen sah Brigette auf sinnliche Weise so zerzaust aus, als sei sie bei einem Rendezvous unterbrochen worden. Iains Männlichkeit kribbelte, aber er ignorierte die starke Erregung, die ihn trieb, sie zu nehmen. Ein langer Tagesritt lag vor ihnen. Es würde in Zukunft noch viele Nächte geben, in denen er Zeit hatte, seine Bedürfnisse zu befriedigen.

Völlig erschöpft starrte Brigette ihren streng dreinblikkenden Ehemann an und errötete, als sie daran dachte, wie sie sich am Abend geliebt hatten. Aber dann fiel ihr ein, was danach geschehen war, und ihr Gesichtsausdruck trübte sich.

»Der Haferbrei ist fertig«, sagte Iain und wandte sich mit Bedauern ab, als ihm klar wurde, wohin ihre Gedanken gewandert waren.

Brigette schwang die Beine aus dem Bett und stand auf. Sie zog ihr inzwischen wieder trockenes Unterkleid an und setzte sich niedergeschlagen an den Tisch, um den dampfenden Porridge zu essen.

Ross – nein Iain – hat mich angelogen, dachte sie wütend. Er hat mich zum Narren gehalten.

Du hast auch gelogen, erinnerte sie eine innere Stimme.

»Ich habe draußen noch etwas zu erledigen«, sagte Iain abrupt. »Nutz die Zeit für deine privaten Bedürfnisse.« Er starrte Brigette lange an, bevor er hinausging, aber sie weigerte sich, ihn anzusehen.

Tränen der Wut und Verzweiflung schossen Brigette in die Augen, aber sie kämpfte dagegen an. Sie zwang sich, den Porridge aufzuessen, zog sich dann an und räumte die Hütte auf in dem vergeblichen Versuch, ihre Gedanken zu sortieren. Sie wollte nicht daran denken, welch langes klägliches Leben vor ihr lag. Sie war jetzt siebzehn Jahre alt. Verzweifelt fragte sie sich, wie viele Jahre sie wohl ihren Ehemann ertragen mußte, bevor der Tod sie endlich aus seiner Gewalt erlöste. Ihre Zukunft war nicht nur öde, sie hatte auch noch den Mann verloren, den sie liebte. Sie mußte sich daran erinnern, daß Ross ja nie existiert hatte. Was für eine Närrin sie gewesen war!

Iain kam zurück und löschte das Feuer, das immer noch im Kamin schwelte. Dicht gefolgt von Sly verließen sie die Hütte.

»Du wirst mir auf dem Weg keine Probleme machen, oder ich fessele dich und werfe dich wie ein Gepäckstück übers Pferd. Verstanden?« drohte Iain. Brigette nickte.

Er hob sie in den Sattel und wollte gerade hinter ihr aufsteigen, als Brigettes Stimme ihn aufhielt. »Sly kann so weit nicht laufen. Bitte gib ihn mir.«

Iain sah ihr unerbittlich in die Augen. »Der Fuchs bleibt hier.«

»Was?«

»Du hast richtig gehört«, antwortete er kalt. »Das Tier bleibt in der Wildnis, wo es hingehört.«

»Aber Sly ist zahm!«

»Sprich nicht in diesem zänkischen Ton mit mir«, warnte Iain. »Dunridge ist nicht der geeignete Ort für einen Fuchs. Du hattest kein Recht, ein wildes Tier zu deinem Haustier zu machen.«

»Bitte. Sly kann alleine nicht überleben«, bat sie. Als er sie einfach ignorierte und aufstieg, fauchte sie mit leiser Stimme, die vor Kummer beinahe versagte: »Ich hasse dich.«

»Das sagtest du bereits«, flüsterte Iain ihr barsch ins Ohr und zog sie schmerzlich fest an seinen unnachgiebigen Körper. »Du wiederholst dich.«

Als sie von der Jagdhütte fortritten, liefen Brigette Tränen über die Wange, und sie konnte ihr Schluchzen nicht länger unterdrücken. Sly trottete ihnen hinterher. Aufgeregt rannte er mal hierhin, mal dorthin, folgte aber letztlich doch immer dem Pferd.

Als Brigette sah, daß Sly ihnen nachlief, versiegte ihr Schluchzen schließlich. Alle paar Minuten schaute sie an ihrem Mann vorbei nach hinten, um zu sehen, wie es ihrem Tier erging. Was wird mit Sly geschehen, wenn wir Dunridge erreicht haben? fragte sie sich. Werde ich ihn retten können? Wenn dieses Monster, das sich selbst mein Ehemann nennt, Sly umbringt, werde ich ihm den Rest seines Lebens zur Hölle machen. Das schwor sie sich.

Mit jeder weiteren Meile wurde der Fuchs erschöpfter, und seine Herrin machte sich immer größere Sorgen. Dann zerriß ein trauriges Jaulen die Luft, und Brigette erstarrte. Iain parierte durch. Als sie sich umdrehten, sahen sie den erschöpften Sly in einiger Entfernung sitzen.

»Er ist zu müde, um weiterzulaufen«, sagte Brigette, »und ich bin sicher, daß er alleine nicht durchkommt.«

»Ja«, stimmte Iain ihr zu. »Bleib hier.« Er stieg ab und zog seinen Dolch, woraufhin Brigette entsetzt nach Luft schnappte.

»Wenn du das tust«, drohte sie mit einem unterdrückten Schluchzen, »dann werde ich bei der nächsten Gelegenheit dasselbe mit dir machen. Das schwöre ich dir.«

»Halt den Mund, oder du wirst es noch bereuen.« Entschlossen ging Iain zurück zu dem Fuchs. Die erstickten Schluchzer seiner Frau im Rücken, ging er auf Sly zu, der zur Begrüßung mit seinem langen buschigen Schwanz wedelte. Instinktiv unterwarf sich der Fuchs dem Gefährten seiner Herrin, indem er sich auf den Rücken drehte und ihn mit traurigen Augen ansah.

Iain blickte zurück zu Brigette, deren Schultern vor Kummer zuckten, und dann auf das Tier. Er steckte den Dolch zurück in die Scheide und nahm Sly auf seine Arme. Dann hielt er einen Moment inne, um den Fuchs zu tätscheln. »Percy wird mich dafür hämisch auslachen«, murmelte er vor sich hin, ging dann zurück zu seinem Pferd und legte Sly in Brigettes Schoß.

Überrascht schaute sie auf und sah ihren Mann mit tränenverschleierten Augen an. »Danke«, flüsterte sie und lächelte zaghaft.

Iain nickte kurz und stieg auf. Brigette drückte ihr geliebtes Tier an die Brust, entspannte sich und lehnte sich an Iain. Nachdenklich lächelte er über ihrer kupferfarbenen Krone. Lächerlich oder nicht, er hatte klug gehandelt.

Es war Nachmittag, als Dunridge Castle in Sichtweite kam. Brigette erschien die im Mittelalter erbaute Burg öde und einschüchternd, obwohl sie doch ihr Leben lang auf Basildon gewohnt hatte, das ebenfalls eine steinerne Burg war.

Iain parierte sein Pferd durch, bevor sie das äußere Tor erreichten. »Willkommen in Eurem neuen Heim, Mylady.« Seine Stimme klang fast freundlich.

»Wo ist Loch Awe?«

»Auf der Rückseite von Dunridge.« Iain lächelte. Es freute ihn, daß seine Frau Interesse an ihrem neuen Heim zeigte.

»Du wirst dich wie eine Dame benehmen«, fügte er hinzu und zerstörte damit versehentlich ihren Waffenstillstand. »Und mach mir keine Schande bei …« Seine Worte machten Brigette zornig, und sie warf ihm einen vernichtenden Blick zu.

Nachdem er bemerkt hatte, daß er das Falsche gesagt hatte, brach Iain ab und trieb sein Pferd wieder an. Als sie durch das Tor und den äußeren Hof kamen, grüßten die Wachen Iain herzlich und starrten Brigette und das pelzige Wesen in ihren Armen an. Als sie den inneren Hof erreichten, hielten sie vor dem Eingang des Hauptgebäudes an.

»Iain! Lady Brigette!« Percy schritt auf sie zu. »Willkommen!«

Iain stieg ab und half dann Brigette, die seinen Bruder herzlich anlächelte. Viel zu herzlich für Iains Geschmack.

»Was habt Ihr denn da?« fragte Percy.

»Mein Tierchen ...« Bevor Brigette ausreden konnte, sprang einer der Hunde, der dem Master entkommen war, auf sie zu, um das sich windende Fellbündel in ihren Armen zu untersuchen.

Mit gesträubten Nackenhaaren knurrte der Hund bedrohlich und bellte laut. Verschreckt sprang Sly von Brigettes Armen und lief davon.

»Sly!« schrie Brigette und nahm die Verfolgung auf. Iain und Percy stürzten hinter ihr her.

Der Hund war schnell und dem Fuchs dicht auf den Fersen, aber Sly war noch schneller. Er lief um den Bergfried, der der Unterkunft der Männer am nächsten war. Dessen Bewohner liefen nach draußen, als sie den Aufruhr hörten. Ein kleiner Fuchs wurde von einem der Hunde gejagt, der wiederum von einer kreischenden Verrückten und die von Iain und Percy!

Sly floh in den Hintergarten und raste den nächsten Baum hoch. Der gereizte Hund sprang an dem Baum hoch und bellte wütend, konnte seine Beute aber nicht erreichen.

Der Gedanke, daß ihr Tier gefressen werden könnte, machte Brigette wahnsinnig, und sie stürmte hinter dem Hund her in den Garten. Ihre Füße verfingen sich in ihrem Rock, und sie stürzte. Slys ängstliche Schreie und das boshafte Bellen des Hundes ließen sie fassungslos werden. Von ihrem eigenen Rock zu Fall gebracht, konnte Brigette nicht aufstehen. Sie drückte ihr Gesicht in den Schmutz und weinte verzweifelt.

Nachdem Iain und Percy den Bergfried umrundet hatten, erwartete sie diese Szene. Ihnen folgte eine Gruppe bewaffneter Männer. Iain rannte zu Brigette, Percy zu dem Hund.

»Jamie«, rief Percy und zog den Hund von dem Baum weg. »Bring ihn zurück in den Zwinger.«

Iain hob seine Frau auf. Brigette weinte hysterisch in seiner sicheren Umarmung. Sie war vollkommen erschöpft. Ihr Rock war zerrissen und ihr Gesicht dreckverschmiert und tränenüberströmt.

»Bist du verletzt?«

Brigette schüttelte den Kopf und schluchzte unzusammenhängend: »S-S-Sly ...«

»... geht es gut«, vervollständigte Iain.

Percy legte ihr den zitternden Fuchs in die Arme. Sie vergrub ihr Gesicht an der Brust ihres Mannes und weinte erleichtert. Sly, zwischen den beiden gefangen, zappelte unbehaglich. Ohne nachzudenken, küßte Iain seine Frau auf den Kopf und warf seinen erstaunten Männern einen warnenden Blick zu. Widerwillig zerstreuten sie sich.

»Black Jack möchte euch sofort sehen«, wurden sie von Percy informiert. »Laß ihn nicht warten. Er möchte endlich deine Braut kennenlernen.«

Iain hob Brigettes Kinn und lächelte sie ermutigend an. »Bist du bereit, Liebes?« Schniefend nickte sie. Er begleitete sie durch das Gartentor, und da sein Vater sicher eine private Begegnung wünschte, führte er sie in das Arbeitszimmer des Grafen und nicht in den großen Saal.

Aus einem Stuhl neben dem Kamin erhob sich das Ebenbild Iains als alter Mann. John Andrew »Black Jack« MacArthur war immer noch ein imposanter Mann. Er war sehr groß, weit über einen Meter achtzig, und stämmig wie eine Eiche. Seine Augen waren ebenso dunkel wie die seines Sohnes, sein Haar großzügig mit Silber gesprenkelt. Sein Gesicht war gebräunt und markant geschnitten. An diesem alten Mann wirkte nichts gebrechlich.

Der Graf starrte die beiden zerzausten Reisenden und ihren tierischen Begleiter verwundert an. Black Jack sah vor sich eine zierliche junge Frau, die reizend, aber unglaublich beschmiert und schmutzig war und außerdem gewöhnlich gekleidet wie eine Bettlerin oder noch Schlimmeres. Und *das* sollte die edle englische Braut sein, nach der er geschickt hatte?

Seine Augen zogen sich zusammen und wanderten zu seinem Sohn. »Ist das deine Frau?« fragte er in ungläubigem Staunen.

»Vater, darf ich dir Lady Brigette vorstellen.« Iain grinste ein bißchen verlegen. »Bria, das ist mein Vater, der Graf.«

Brigette schämte sich, da sie wußte, wie abgerissen sie aussah, und lächelte scheu. Dann knickste sie ungeschickt, da sie immer noch Sly festhielt.

»Was hast du mit ihr gemacht?« fragte Black Jack scharf und sah seinen Sohn an.

Iain öffnete den Mund, um eine Erklärung abzugeben, aber Brigette war schneller. »Gar nichts hat er gemacht. Ich bin im Garten gestürzt«, sagte sie. Iain lächelte innerlich, nachdem seine Frau ihn so bereitwillig verteidigt hatte.

»Ich habe nicht mit Euch gesprochen«, sagte der Graf. Brigette starrte ihn ob dieser Grobheit mit offenem Mund an, und ihre Augen verengten sich voller Mißfallen zu grünen Schlitzen.

»Es ist so, wie sie sagt«, bestätigte Iain.

»Was tragt Ihr denn da?« fragte der Graf, als sein Blick auf den Fuchs fiel. Brigette, die fand, daß der Vater ebenso unangenehm war wie der Sohn, sah ihm direkt in die Augen und straffte entschlossen die Schultern. Sie war bereit für den Kampf. »Das ist mein zahmer Fuchs Sly.«

»Schaff ihn weg, Iain.«

»Den Teufel wird er tun!« Brigettes Wut war entfacht, und Iain versuchte, ein Lächeln zu unterdrücken.

»Was hast du zu mir gesagt?« Black Jack war entsetzt.

»Ich sagte, den Teufel wird er tun!« brüllte sie und fügte dann ruhiger hinzu: »Sly ist mein Tier. Ihr habt keine Autorität darüber.«

»K-Keine Autorität?«

»Schluß jetzt«, unterbrach Iain und stellte sich zwischen die beiden. »Was soll ich tun?«

»Ich werde nach England zurückkehren«, verkündete Brigette und trat hinter ihrem Mann hervor, dessen Augen den freundlichen Ausdruck verloren. »Wir werden die Ehe annullieren lassen. Ich möchte dieses Arrangement nicht fortsetzen, besonders nach dem, was letzte Nacht geschehen ist.«

»Letzte Nacht?« Black Jack zog fragend eine Augenbraue hoch.

»Ihr Sohn hat mich fast vergewaltigt.«

Iain brach in Lachen aus. Black Jack starrte sie mit offenem Mund an und fragte seinen Sohn mit einem lauten Flüstern: »Ist sie ein bißchen einfältig?«

»*Einfältig?* Ihr seid ein hartherziger, alter Mann!«

»*Hartherziger, alter Mann?*«

»Genug!« rief Iain und wandte sich dann an seine Frau: »Red keinen Unsinn, Bria. Ein Mann kann seine Frau nicht vergewaltigen.«

»Aber du hast mich fast gezwungen ...«

»Es ist das Recht des Mannes, seine Frau zu nehmen, wann es ihm beliebt, ob sie will oder nicht«, informierte Iain sie und lächelte überheblich. »Das ist das Gesetz.«

»Gesetz! Du erwartest von mir, in diesem Punkt schottische Gesetze zu befolgen? Ich denke nicht im Traum ...«

»Es ist Gottes Gesetz, nicht Schottlands«, unterbrach Black Jack. Mit amüsierter Stimme fragte er: »Folgen die Engländer nicht Gottes Gesetzen?«

Demütigung und Wut trieben Brigette rote Flecken ins Gesicht, aber Iain streichelte es besänftigend. »Da die Gelübde gesprochen wurden und die Ehe vollzogen, werden wir nichts mehr von dem Unsinn einer Annullierung hören. Moireach!« Eine Frau mittleren Alters, die offensichtlich gelauscht hatte, kam in dem Moment herein, als Iain rief.

»Bria«, sagte er, ohne ihr die Möglichkeit zum Protest zu geben, »das ist Moireach, die Mutter von Dugie und Jamie. Sie wird dich und Sly nach oben begleiten und dann deine Zofe holen.«

Die Frau lächelte so freundlich, daß Brigette vertrauensvoll mit ihr ging. »Ich werde zunächst einmal bleiben«, sagte sie und blieb einen Moment in der Tür stehen, um sich zu dem Grafen umzudrehen, »aber ich muß darauf bestehen, daß die Hunde eingesperrt werden. Ich möchte nicht, daß Sly terrorisiert wird.«

»Sie darf das Tier behalten?« fragte Black Jack, nachdem sie gegangen war.

»Ich habe keine Wahl.« Iain zuckte die Schultern und grinste dann. »Die Lady hat gedroht, mich mit meinem eigenen Dolch aufzuspießen, wenn ihrem kostbaren Tierchen etwas zustößt.«

Black Jack warf seinen Kopf zurück und lachte lauthals. »Sie ist sehr schön und wird eine gute Gefährtin für dich sein.«

»Wie kannst du das sagen?« entgegnete Iain ungläubig. »Sie ist eine temperamentvolle Wildkatze.«

»Das ist sie«, stimmte der Graf zu. »Aber wenn du sie einmal zum Schnurren gebracht hast, wird sie uns ein Dutzend Bengel gebären, die den Namen MacArthur weitertragen werden. Du brauchst gar nicht so deinen Kopf zu schütteln, als würde ich vor Senilität sabbern.«

Moireach war eine Frau in mittleren Jahren, aber immer noch attraktiv. Obwohl sie von kleiner Statur und freundlichem Wesen war, zeigten ihre klaren blauen Augen eine innere Strenge, die von niemandem Dummheiten duldeten. Moireachs mit Silber gesprenkeltes rotes Haar zeugte von ihrer Hartnäckigkeit, dafür zu sorgen, daß die Dinge zu ihrer Zufriedenheit geregelt wurden.

Diese Frau war keine einfache Dienerin, sagte sich Brigette, sondern eine respektable Persönlichkeit innerhalb des Haushalts. Nur mit Moireachs Zustimmung und Unterstützung konnte sie wirklich die Herrin von Dunridge werden.

»Ihr seid sehr hübsch«, bemerkte die Wirtschafterin, als sie Brigette durch die Halle zur Treppe führte. »Dieser junge Frechdachs muß froh sein, daß er sich dem Wunsch des Grafen gebeugt und eine Sassenach genommen hat. Ich meine, eine Engländerin ...«

Moireach sah Brigette an, die – da sie nicht wußte, daß der Ausdruck »Sassenach« abfällig war – höflich lächelte, aber keinen Kommentar gab. Dadurch, daß sie diese unabsichtliche Beleidigung einfach überging, gewann Brigette, wenn auch nur zufällig, eine wichtige Verbündete.

»Ihr hattet recht, dem Grafen entgegenzutreten«, plapperte Moireach weiter. »Er ist ein bißchen altmodisch, was Frauen und solche Sachen angeht. Iain ist ihm in dieser Hinsicht sehr ähnlich, aber ich könnte schwören, daß er von Euch angetan ist – nicht, daß ich etwa gelauscht hätte.«

Iains Zimmer lag am oberen Ende der Treppe. Bevor sie eintraten, blieb Moireach stehen und zeigte auf eine andere Tür. »Das Zimmer ist mit Iains verbunden, aber ich bezweifle, daß Ihr es das Eure nennen werdet. Euer scharfer Mann wird sicher darauf bestehen, daß Ihr jede Nacht das Bett mit ihm teilt. Wir könnten aus dem anderen ein Kinderzimmer machen, wenn Ihr erst einmal ein Baby unter dem Herzen tragt.«

Entsetzt starrte Brigette die Wirtschafterin an. Die Mac Arthurs und ihre Trabanten erstickten sie förmlich. War es für ihre Mutter als Braut auch so gewesen? Und was war mit ihrer Schwester Kathryn, die jetzt in Irland lebte? Ich bin eine Devereux, sagte sich Brigette. Wie kann ich jemals etwas anderes sein?

»Ich kann es gar nicht abwarten, endlich noch etwas Kleines zum Verwöhnen zu haben«, sagte Moireach. »Dann hätte die kleine Glenda einen Spielgefährten.«

»Glenda?«

»Iains Nichte«, antwortete die Wirtschafterin und öffnete dann die Zimmertür. »Hier sind wir.«

Spring wartete bereits. Die beiden Cousinen fielen sich in die Arme, schreckten dann aber zurück und kicherten. Brigette hatte immer noch Sly auf dem Arm.

»Ein hübsches Tierchen habt Ihr da, Lady Brigette«, sagte Moireach, als sie ging, »aber beim Abendessen wird er nicht willkommen sein. Ich bringe ihm später etwas.«

»Danke schön.«

Nachdem sie Spring und Sly miteinander bekanntgemacht hatte, setzte Brigette den Fuchs ab und umarmte ihre Cousine richtig. Endlich ein bekanntes Devereux-Gesicht. »Oh, Sine!« rief sie. »Ich bin so froh, dich zu sehen.«

»Es war falsch von dir, wegzulaufen«, schalt Spring. »Ich habe mir Sorgen gemacht.«

»Ich hatte keine Wahl, aber es tut mir leid, daß ich dich alleine gelassen habe mit diesen … diesen …«

»Leuten, Brie. Und es sind sehr nette Leute.«

»Wie kannst du das nur sagen?« rief Brigette. »Nimm doch nur den Grafen …«

»Der ist barsch und ungehobelt«, unterbrach Spring, »aber dennoch ein freundlicher Mann. Weshalb bist du eigentlich weggelaufen?«

»Du weißt doch, daß mein Mann mich beleidigt hat.«

»Das war nicht sein Fehler. Wenn du nur gewartet hättest …«

»Ich möchte nicht darüber reden.« Brigette schnitt ihr einfach das Wort ab. »Das ist vorbei.«

»Habt ihr einander vergeben?«

»Einander vergeben? Weshalb?«

»Hast du Lord MacArthur vergeben, daß …?«

»Ich habe dich schon verstanden«, unterbrach sie Brigette. »Aber weshalb sollte er mir vergeben? Ich habe doch nichts getan.«

Spring wurde langsam ärgerlich. »Du bist weggelaufen.«

»Ist das Bad für mich?« fragte Brigette abrupt. Mit mißbilligendem Kopfschütteln nahm Spring den Hinweis ihrer Cousine zur Kenntnis.

»Ja, und wie ich sehe, kannst du es dringend brauchen.«

Spring half ihr, sich auszuziehen und in das dampfende parfümierte Wasser zu steigen. Brigette kicherte vor Freude, in das heiße Bad tauchen zu können, und begann sich zu waschen. »Ich schulde dir noch ein Kleid.«

»Unsinn! Du hast nur Lumpen mitgenommen.«

»Ich bestehe darauf. Wie geht es Jamie?«

Spring ertötete. »Ich … nun ja, ich mag ihn irgendwie.«

»Und er dich auch?« spöttelte Brigette und lächelte über die Verlegenheit ihrer Cousine.

»Ja.« Springs Gesicht war dunkelrot. »Was ist mit Lord MacArthur?«

Brigette wich der Frage aus, indem sie den Kopf unter

Wasser tauchte, aber die Worte ihrer Cousine hatten irgendwie den Mann, von dem die Rede war, heraufbeschworen. Spring sah überrascht auf, als sich die Tür öffnete, und Brigette folgte ihrem Blick.

»M-M-Mylord«, sagte sie. »Ich b-bade.«

»Das sehe ich.« Iain lächelte träge.

»Macht es Euch etwas aus?« fragte Brigette hochmütig und zog eine perfekt geschwungene Augenbraue hoch.

»Überhaupt nichts«, antwortete er freundlich, als er sich auf die Bettkante setzte und sie beobachtete, »aber wenn du schon zuerst baden mußt, dann halt mir das Wasser warm.« Iain streckte seine langen Beine aus, entspannte sich und genoß mit dem größten Vergnügen den Anblick seiner Frau bei ihrer Toilette.

Brigette reckte ihre Nase in die Luft und weigerte sich, seine Anwesenheit zur Kenntnis zu nehmen. Sie konnte ihn jedoch nicht vergessen, denn er machte sie überaus nervös. Sie beendete schnell ihr Bad, stieg aus der Wanne, und Spring trocknete sie ab. Brigette wäre am liebsten im Erdboden versunken, als sie so nackt unter den Augen ihres Mannes und den Händen ihrer Cousine dastand. Als Spring nach einem Morgenrock griff, stoppte Iain sie.

»Keine Umstände damit.« Iain erhob und streckte sich. Er sah die Zofe bedeutungsvoll an und begann sich auszuziehen. Mit einem bestürzten Aufschrei verließ Spring fluchtartig das Zimmer.

Iain betrachtete Brigette, die nackt und frierend dastand. »Geh ins Bett«, befahl er nicht unfreundlich.

»W-Was?«

»Hörst du schlecht?« spottete er. »Ich sagte, geh ins Bett.«

Einen langen Moment trafen sich über die kurze Entfernung hinweg ihre dunklen und grünen Augen.

»Der Ritt von der Jagdhütte hat mich ermüdet«, sagte Brigette, drehte sich um und schlüpfte ins Bett. »Ich tue, was ich will und nicht, was du befiehlst.« Damit zog sie die Decke bis zum Kinn hoch. Sly kam sofort zu ihr.

Iain ignorierte die Bemerkung und kletterte in die Wanne. Als sein Körper in das warme Wasser tauchte, stöhnte er vor Wohlbehagen. »Du könntest mir ruhig dafür danken, daß ich deinen Freund gerettet habe«, schimpfte er freundlich und warf Brigette, die ihn argwöhnisch beobachtete, einen leicht vorwurfsvollen Blick zu.

»Danke, Mylord.«

»Als erstes werden wir morgen früh ein Halsband für Sly besorgen«, fuhr er fort. »Wir wollen doch nicht, daß die Leute im Schloß zu ihren Waffen greifen, wenn er auftaucht.«

»Auch dafür danke, Mylord.«

Ohne sich um seine prachtvolle Nacktheit zu scheren, stieg Iain aus dem Zuber und trocknete sich ab. »Der Graf ist sehr angetan von dir«, fügte er beiläufig hinzu.

»W-Was?« Überrascht öffnete Brigette ihre Augen, die sie wegen der Nacktheit ihres Mannes geschlossen hatte. Sie hatte geglaubt, daß der alte Mann sie auf Anhieb nicht leiden mochte.

Die Hände auf den schmalen Hüften stand Iain neben dem Bett und sah auf sie hinunter. »Ich möchte die Luft zwischen uns reinigen, Mylady. Würdest du mir eine Frage beantworten?«

Brigette nickte. Sie hatte Angst, nein zu sagen, und ihr Blick wanderte zu seiner Leiste. Selbst im Ruhezustand, dachte sie, ist er groß.

Iain bemerkte ihren Gesichtsausdruck, und seine Lippen zuckten amüsiert. »Gestern hast du Ross gesagt, daß du ihn liebst«, sagte er. »Ich bin Ross, Liebling, und ich habe mich nicht verändert. Weshalb bist du so wütend auf mich?«

»Du hast mich angelogen.«

Iain hob Sly vom Bett und setzte ihn auf den Boden. Sanft löste er Brigettes Finger, die die Decke fest umklammert und glitt neben sie. »Du hast auch gelogen«, erinnerte er sie, ohne anzuklagen.

»Aber du hast es gewußt!« platzte sie heraus.

»Was gewußt?«

»Du wußtest, daß ich lüge.«

»So!« Iain lachte leise. »Du bist wütend auf mich, weil ich wußte, daß du lügst, dir aber nicht klar war, daß ich auch log. Richtig?«

»Ich glaube schon«, murmelte sie mit niedergeschlagenen Augen. So gesehen schien ihre Wut ausgesprochen kindisch zu sein.

Iain zwang sie sanft, ihn anzusehen, und als sie ihn anschaute, lächelte er beinahe zärtlich. »Darf ich dich fragen, weshalb du überhaupt gelogen hast und weshalb du weggelaufen bist?«

Verlegen versuchte Brigette wegzusehen, aber er hinderte sie daran. »Wir werden eine lange Zeit verheiratet sein, Mylady, und ich möchte das zwischen uns klären.«

»I-Ich war verletzt, w-weil du weder zu unserer Hochzeit gekommen noch mit deinen Männern geritten bist, um mich zu begrüßen.«

»Ich schwöre, daß es gravierende Umstände gab, die mich davon abgehalten haben. Es war mir nicht gleichgültig, daß ich nicht zu unserer Hochzeit kommen konnte, und ich bin die ganze Nacht durch geritten, um bei Morgengrauen in eurem Camp zu sein. Aber du warst schon weggelaufen.«

»Oh!« Brigette war betreten.

Iain zog sie nahe an sich heran und gab ihr einen Kuß auf die Stirn. »Möchtest du mich noch etwas fragen?« Als sie fortsah, fügte er hinzu: »Trau dich ruhig.«

»Weshalb hast du mich angelogen?« fragte sie. Ihr Bedürfnis, es zu erfahren, war größer als ihre Verlegenheit.

»Weil ich wußte, daß du mich nicht magst. Ich hielt es für das beste, erst einmal mit dir warm zu werden, ohne daß uns unsere richtigen Namen im Weg standen.«

»Aber ...« Brigette brach ab.

»Nun heraus mit der Sprache«, beharrte Iain. »Wenn dich noch etwas bedrückt, will ich es wissen.«

Beschämt starrte Brigette auf das Gewirr dunkler Haare auf seiner Brust. »W-Weshalb hast du mir letzte Nacht wehgetan?«

Iain machte ein finsteres Gesicht. Er war wütend auf sich selbst. »Das tut mir leid, Liebling. Als du sagtest, daß du mich haßt, habe ich die Beherrschung verloren.«

»Aber das tu ich doch gar nicht.« Brigette sah auf und blickte direkt in seine dunklen Augen. »Dich hassen, meine ich. Das habe ich nur aus Wut gesagt.«

Iain grinste. »Du haßt mich nicht?«

»Nein«, flüsterte sie und schüttelte ihren Kopf auf eine Weise, die ihn an ein kleines Mädchen erinnerte.

»Nun, das ist doch ein guter Anfang für uns.« Ohne Vorwarnung senkte Iain seine Lippen auf ihren Mund, und als er ihre zitternde Angst spürte, küßte er sie sanft, unglaublich sanft.

Er lehnte sich zurück, lächelte und schwor: »Ich werde Euch nie wieder wehtun, Mylady, das schwöre ich.« Wieder trafen sich ihre Lippen, dieses Mal inniger.

»Brie«, flüsterte sie in seine Lippen.

»Was?«

»Nenn mich Brie – wie alle meine Freunde.«

»Brie«, murmelte Iain, als er seine Lippen wieder auf ihre preßte.

Brigettes Lippen öffneten sich zu einer unmißverständlichen Einladung, und Iains Zunge glitt in ihren Mund und liebkoste das samtartige feuchte Innere. Berauscht von dem innigen Kuß ihres Ehemannes schlossen sich Brigettes Arme um seinen Hals, und ihre Hände bewegten sich über seine breiten muskulösen Schultern. Von ihren Lippen bahnte sich seine Zunge einen Weg über ihre seidige Wange bis zu ihrem Ohrläppchen, dann zu ihrem schlanken Hals, was ihr heiße Schauer über den Rücken jagte.

Eine seiner Hände wanderte tiefer und streichelte ihre kleinen, aber schweren Brüste. Sein Kopf tauchte tiefer und seine heißen Lippen brannten einen Pfad zu diesen weichen Hügeln. Iain richtete sich auf, um eine rosige Brustwarze mit der Fingerspitze zu umkreisen und zu betrachten.

»Ich liebe deine Brüstchen«, flüsterte er heiser. »Sie sind

so weich und fest. Deine Warzen sind groß. Gut, um einen Mann zu erregen und ein Kind zu säugen.«

Brigette zitterte bei seinen Worten und hatte das Gefühl, daß Tausende von Schmetterlingen in ihrem Bauch flatterten. Gleichzeitig begann zwischen ihren Schenkeln ein vertrautes Pochen zu pulsieren.

Iain senkte seinen Kopf auf eine Brust und sein Mund umschloß die empfindliche Warze. Seine Zungenspitze spielte mit der harten Spitze. Als seine Lippen gekonnt saugten, war Brigette in wahnsinniger Lust gefangen. Sie stöhnte heiser und drängte sich ihrem Mann entgegen. Ihre Hände drückten seinen Kopf fast verzweifelt an ihre Brust.

Iains Hand glitt zwischen ihre Schenkel, die sich bei seiner leichten, aber doch drängenden Berührung öffneten. Mit geschicktem Finger zog er einen Weg durch die feuchte Spalte und wieder zurück. Mit ihren eigenen Säften massierte er sie und stöhnte, als er ihre wachsende Lust spürte.

In äußerster Erregung kniete sich Iain zwischen Brigettes Schenkel und hob ihre Hüften an. Er berührte ihre feuchte Pforte und spielte sanft mit ihr, bis sie sich öffnete wie die Blätter einer erblühenden Blume. Dann drang er in ihr heißes, enges Innere. Er bewegte verführerisch seine Hüften und sah dabei auf seinen Finger, der seine Frau weiter reizte.

Wilde Zuckungen durchliefen Brigettes Körper, und sie bog ihre Hüften instinktiv nach oben. »Erfüll mich, Iain!« drängte sie, und ihre strahlend grünen Augen öffneten sich.

Die Einladung war unwiderstehlich. Iain zog sich zurück und stieß dann immer wieder wild zu.

Brigettes Körper hob sich ihm entgegen. Sie schrie auf, fortgetragen von immer wiederkehrenden Wellen höchster Glückseligkeit. Iain umklammerte sie fest, erschauerte und durchflutete ihren pulsierenden Körper, der ihm jeden Tropfen Leben entzog, den er zu geben hatte.

Nach einigen atemlosen Augenblicken legte Iain Brigette auf das Bett und küßte sie. Der Kuß war so sanft und zärtlich, daß ihr langsam eine Träne über ihre gerötete Wange lief. Zart wischte er sie fort und legte sich neben sie. Dann zog er sie dicht an sich. Beide waren still. Keiner wollte es riskieren, die Liebe zu verlieren, die sie in ihrem Bett gefunden hatten. Selig schliefen sie ein.

6

Iain verlagerte Slys Gewicht in eine Armbeuge, öffnete die Zimmertür und trat leise ein. Er setzte den Fuchs ab und sah dann auf das Bett, in dem Brigette schlief.

Mann und Tier wurden von der schlafenden Frau unwiderstehlich angezogen. Sly trottete durch das Zimmer und sprang auf das Bett, um sich dann gemütlich an den Rükken seiner Herrin zu kuscheln.

Iain folgte Sly. Er setzte sich auf die Bettkante und betrachtete genüßlich die Reize seiner Frau. Ihr kupferfarbenes Haar war in bezaubernder Unordnung. Ihre seidige Haut und die rosigen Lippen riefen Erinnerungen an die vergangene Nacht hervor. Brigettes kleine, nach oben gebogene Nase verband sich mit dem hübschen spitzen Kinn zu einem Zeugnis ihrer unbezähmbaren Natur.

Um Iains Lippen zuckte ein Lächeln, als er sich voller Genuß ihre körperlichen Reize vorstellte, die von der Bettdecke verborgen blieben. Brigettes Lippen waren feucht und auf höchst betörende Weise geöffnet. Iain beugte sich vor und legte seine Lippen darauf.

»Mmmm.« Brigette seufzte zufrieden.

Iain setzte sich zurück und grinste, als sie die Augen aufschlug. Warm und sattgrün, dachte er, Augen in der Farbe der Highland-Landschaft im Sommer.

»Abendessen?« fragte sie müde.

»Gab es gestern abend«, antwortete er.

»Oh! Sly?«

»Neben dir.«

Brigette griff hinter sich, um den Fuchs zu berühren, und lächelte darüber, daß er sich so dicht an sie gekuschelt hatte.

»Wir werden gemeinsam in dem großen Saal frühstükken«, sagte Iain. »Es gibt noch andere, die du kennenlernen mußt.«

Brigette nickte. Iain streichelte ihre seidige Wange. Sie drehte den Kopf und drückte einen Kuß auf seine Hand.

»Nach dem Frühstück werden wir zum Loch Awe reiten«, fuhr er fort. Seine Stimme war heiser nach ihrer Geste. »Später werden wir einige der Kleinpächter besuchen, damit sie die neue Herrin von Dunridge kennenlernen können.«

»Sly muß Qualen leiden«, sagte sie abrupt in dem Gedanken, daß der Fuchs die ganze Nacht in ihrem Zimmer eingesperrt gewesen war.

»Ich war gerade mit ihm draußen«, sagte Iain und lachte leise. »Ich glaube, er hat mit Moireach eine Eroberung gemacht. Heute morgen stand eine leere Schüssel auf dem Boden. Oh, fast hätte ich es vergessen.« Aus seinem Plaid zog Iain ein ledernes Hundehalsband hervor, das leuchtend gelb gefärbt war. »Das ist für Sly.«

»Zweifellos auffällig.«

»Wir wollen doch nicht, daß Sly aus Versehen für ein wildes Tier gehalten wird, oder?«

Lächelnd schüttelte Brigette den Kopf und setzte sich auf. Die Decke rutschte hinunter und enthüllte ihren verlockenden Brustansatz. Auf ihre Bitte hin befestigte Iain das gelbe Band am Hals des Fuchses.

»Nun, mein lieber Sly, bist du mit Sicherheit das schneidigste Tier hier.« Bei diesem Kompliment tätschelte sie den Fuchs. »Findest du nicht auch, Iain?«

»Sehr hübsch«, stimmte er zu, während Sly, frustriert von dem vergeblichen Versuch, das Band abzustreifen, vom Bett sprang. »Alle Füchsinnen der Highlands werden außer sich vor Verlangen sein, wenn sie ihn sehen. Soll ich Spring für dich rufen, Liebling?«

Ein schelmischer Ausdruck blitzte in ihren grünen Augen auf, und Brigette ließ die Decke bis zu den Hüften fallen, so daß ihre vollkommen geformten Brüste zu sehen waren. Sie ließ eine Hand an Iains Arm hinaufgleiten, um seine Wange zu streicheln. »Ist es schon so spät?« murmelte sie. »Müssen wir jetzt schon frühstücken?«

Iain starrte ihre einladenden rosigen Warzen an. In aufwallender Lust drückte er sie in die Kissen zurück, aber ihre Hände hielten ihn auf Distanz.

»Wird man uns im großen Saal nicht vermissen?« fragte sie mit geheuchelter Unschuld.

»Nein.« Seine Lippen gaben sich zu einem endlosen, verschlingenden Kuß hin.

Der Morgen war fast vorbei, als Iain und Brigette in den großen Saal kamen, der seltsamerweise immer noch bevölkert war. Als Brigette die vielen Augen spürte, die neugierig in ihre Richtung blickten, zögerte sie für den Bruchteil einer Sekunde.

»Du brauchst nicht nervös zu sein«, flüsterte Iain. »Black Jack ist das Schlimmste, was Dunridge zu bieten hat, und den Sturm hast du ja schon gut überstanden.«

»Ich bin nicht nervös«, entgegnete sie und hob leicht ihr Kinn, »nur überrascht, daß zu dieser Zeit noch so viele Leute hier versammelt sind.«

»Ach wirklich?« Iain zog eine Augenbraue in gespieltem Mißtrauen hoch. »Gab es da vielleicht noch ein verborgenes Motiv dafür, daß du mich heute morgen verführt hast?«

Ihr stieg das Blut ins Gesicht, aber bevor sie antworten konnte, stand Percy vor ihnen. »Guten Morgen, Bruder«, begrüßte er sie. »Lady Brigette.«

»Brie«, korrigierte sie ihn und lächelte ihn an. »Nenn mich Brie. Erinnerst du dich?«

»Ich habe es nicht vergessen.« Percy sah Iain an. »Wie du siehst, sind alle, die konnten, geblieben, um einen Blick auf deine Frau zu werfen. Ihr habt viele enttäuscht, weil ihr gestern abend in eurem Zimmer geblieben seid.« Iain runzelte die Stirn bei den Frotzeleien seines Bruders.

»Wo ist dein Tier?« fragte Percy seine Schwägerin.

Brigette fiel das Fiasko des vorherigen Tages im Garten ein. Sie errötete und stammelte: »Iain – ich – wir dachten, es ist am besten, wenn Sly oben bleibt.«

»Das war nicht klug von dir überlegt, Brie. Auf Dunridge hat niemand Geheimnisse, und viele hier möchten gerne mit eigenen Augen dein auf wundersame Weise gezähmtes Tier sehen.«

»Laß es«, grollte Iain. »Brie und ich sind sehr hungrig und möchten in Frieden essen. Verstanden?«

»Verstanden«, spottete Percy, »besonders wenn man bedenkt, welchen Anstrengungen ihr euch unterzogen habt.«

Brigette errötete vor Scham. Iain machte ein finsteres Gesicht und dachte, daß vermutlich das gesamte Schloß wußte, wie oft er seine Frau gehabt hatte. Ohne ein weiteres Wort zu seinem Bruder führte Iain Brigette zur Tafel.

Brigette stutzte, als sie sah, daß eine schöne junge Frau auf dem Platz saß, der normalerweise der ranghöchsten Dame der Burg gebührte. Als Ehefrau des Erben von Dunridge war Brigette diese Dame. Es sei denn …

»Hat dein Vater ein zweites Mal geheiratet?« flüsterte sie.

»Nein.« Iain folgte ihrem Blick und verstand ihren Gedankengang. Verdammte Antonia! fluchte er innerlich.

An der Tafel begrüßte Iain seinen Vater. Brigette, die sich der Reaktion des Grafen unsicher war, lächelte, schwieg aber.

Black Jack nickte ihr zu und sah dann seinen Sohn an. »Nun, ihr habt euch ja wohl gut ausgeruht.«

»Ja.« Iain grinste über die Bemerkung seines Vaters. »Und ich würde mir gerne ein paar Stunden Zeit nehmen, um Brie einige der Sehenswürdigkeiten zu zeigen. Es sei denn, es gibt etwas Dringendes?«

»Wenn du zurück bist, ist noch genügend Zeit, um mit der Arbeit zu beginnen.« Black Jacks Blick glitt zu Brigette. »Du scheinst gut ausgeruht zu sein, Mädchen. Wo ist dein Tier?«

»Sicher eingeschlossen in unserem Zimmer, wo er besser bis zu unserer Rückkehr bleibt.«

Black Jack brach in Gelächter aus. »Keine Sorge«, versicherte er. »Dein Ehemann ist dein Herr und Gebieter. Wenn er dir erlaubt, das Tier zu behalten, dann habe ich nichts dagegen einzuwenden.« Black Jack warf Iain einen flüchtigen Blick zu und fügte dann trocken hinzu: »Ich bin nur der Graf und sein Vater.«

Percy, der noch in der Nähe stand, brach in johlendes

Gelächter aus, und der Graf warf seinem jüngsten Sohn einen scharfen Blick zu. Percys Lachen erstarb abrupt zu einem gedämpften Kichern.

Iain konnte das Unvermeidliche nicht mehr länger hinauszögern. Er wandte sich zu der Frau, die neben Black Jack saß.

Antonia MacKinnon MacArthur war eine langbeinige, vollbusige, schlanke, aber wohlgeformte Schönheit. Ihren göttlichen Körper krönte das Gesicht eines Engels. Sie hatte blaue Augen, eine kleine, gerade Nase und eine Haut wie elfenbeinfarbene Seide. Ihr dickes hellblondes Haar war aus dem Gesicht gekämmt und zu einem Zopf geflochten, der ihr bis zur Taille fiel.

Die beiden Frauen sahen sich mit steinerner Miene an und konnten sich auf den ersten Blick nicht ausstehen. Brigette war wütend, daß Antonia sich unrechtmäßig den Platz der ranghöchsten Dame von Dunridge angeeignet hatte. Antonia wußte, daß Brigette der Grund dafür war, daß ihr Plan, die nächste Gräfin von Dunridge zu werden, fehlgeschlagen war.

»Brigette, dies ist Lady Antonia, die Witwe meines Bruders Malcolm«, sagte Iain steif. »Antonia, das ist Lady Brigette.«

Fest entschlossen, der jüngeren Gegnerin das Gefühl zu geben, ein Außenseiter zu sein, mußterte Antonia sie und lächelte kalt. Brigette erwiderte den frostigen Blick und nickte nur zurück. Ihre hochmütige Geste verblüffte die andere Frau.

Iain hoffte, den heranziehenden Sturm vermeiden zu können, indem er Brigette zum Ende der Tafel führte. Später würde er Antonia befehlen, den Platz zu räumen, den sie bisher innegehabt hatte. Malcolm war tot, und ihr war es nicht gelungen, einen Erben hervorzubringen. Brigette war die ranghöchste Dame von Dunridge und würde auch so behandelt werden.

»Tss! Tss!« flüsterte Antonia laut genug dem Grafen zu. »Ich glaube, englische Frauen lernen offensichtlich kein gutes Benehmen.«

Brigette wirbelte herum. »Verzeihung?«

»Darum solltet Ihr allerdings bitten«, raunte Antonia. »Ihr habt nicht vor mir geknickst.«

»Das werde ich auch niemals tun«, sagte Brigette mit einer Stimme, die Überlegenheit ausströmte, was den Zuhörern außerordentlich gefiel. »Ich bin die ranghöchste Dame von Dunridge. Daß Ihr Euch meines Stuhles bemächtigt habt, ändert nichts an Eurer Position.«

Black Jack und Percy brachen in Gelächter aus. Antonia warf ihnen einen verächtlichen Blick zu und wandte sich dann mit flehenden Augen hilfesuchend an Iain.

»Reg dich nicht auf, Liebling«, sagte Iain zu Brigette. Er schaute Antonia kalt an und fügte hinzu: »Das ist das letzte Mal, daß du auf diesem Stuhl sitzt.«

Iain führte seine Frau zum anderen Ende der Tafel, wo sie ein bißchen Privatsphäre haben würden. Nachdem Brigette sich gesetzt hatte, starrte Iain die Anwesenden, die alles mit kaum verhohlener Begeisterung beobachteten, unverblümt an. Es war allen klar, daß Iain von Amors Pfeil niedergestreckt worden war. Unter Iains hartnäckigem Blick zerstreuten sich die Männer, um ihren Pflichten nachzugehen, aber es hatte sich für sie auf jeden Fall gelohnt, so lange auszuharren.

»Guten Morgen.« Moireach tauchte aus dem Nichts auf, um sie zu begrüßen und lachte. »Oder was davon noch übrig geblieben ist.«

Sie stellte zwei Schüsseln mit dampfendem Haferbrei auf den Tisch, dazu Sahne und Honig. Außerdem gab es frisch gebackenes Brot, sahnige Butter, Marmelade und Käse. Sie brachte einen Becher braunes Ale für Iain und Milch für Brigette.

»Ich mag Milch nicht besonders gern«, sagte Brigette. »Ich hätte lieber Ale oder Wein.«

»Nun, Mylady«, beharrte die Wirtschafterin freundlich, »Ihr seid reif, ein Kind zu empfangen. Ihr müßt jeden Tag einen Becher Milch trinken. Ihr werdet natürlich noch mehr trinken, wenn ich sicher bin, daß der Schurke mit seinem Samen ins Schwarze getroffen hat. Es ist am besten, sie morgens zu trinken, wenn Ihr sie nicht besonders mögt. Dann müßt Ihr Euch nicht den lieben langen Tag daran denken.«

»Wie Ihr meint.« Brigette zwang sich dazu, die wohlmeinende Frau freundlich anzulächeln, hob dann den Becher und trank in kleinen Schlucken von der Milch.

»Ihr gebt ein so schönes Paar ab«, sagte Moireach überschwenglich. »Ich kann es gar nicht abwarten, eure Kinder zu sehen.«

Brigette verschluckte sich an der Milch, und Iain, der ein Lachen unterdrückte, schlug ihr hilfreich auf den Rükken.

»Nun, die Pflicht ruft mich«, sagte Moireach und drehte sich um. »Ich koche für heute abend Iains Lieblingsgericht – Haggis.«

»Haggis?« fragte Brigette und wandte sich zu Iain. »Was ist das?«

»Ein Spezialität aus den schottischen Highlands.«

»Und woraus besteht sie?«

»Herz, Leber und Lunge vom Schaf, gehackt in Nierenfett mit Zwiebeln, Haferschrot und Gewürzen.«

Iain grinste breit. »Dann wird alles zusammen im Schafsmagen gekocht.«

Brigette würgte. Sie mußte gegen ihre Übelkeit ankämpfen und schob ihren Teller weg.

»Ich glaube, ich bin doch nicht so hungrig, wie ich gedacht hatte«, flüsterte sie. Iain schluckte sein Lachen. »Sollen wir dann aufbrechen?«

Es war ein ungewöhnlicher Tag für die Highlands: Ein wolkenloser Himmel, dazu strahlender Sonnenschein und klare, frische Luft. Der Himmel war wie eine blaue Decke über einem Meer voller Farben – gold, rot und orange vermischten sich mit immergrünen Pflanzen.

Iain und Brigette starrten schweigend auf den wunderbaren Anblick vor ihnen. Loch Awe, der nicht umsonst als erfurchtgebietender See bezeichnet wurde, glitzerte, und Sonnenstrahlen tanzten auf dem strahlendblauen Wasser.

Brigette war überwältigt von der Schönheit der Natur, und selbst Iain, der an diesen Anblick gewöhnt war, blieb nicht ungerührt.

»Beeindruckend, nicht wahr?« fragte er, als er den begeisterten Gesichtsausdruck seiner Frau auffing.

»Ehrfurchtgebietend«, antwortete sie. Iain lachte leise. Ihm gefiel die Spitzfindigkeit seiner Frau.

Sie ließen den See zurück und besuchten einige der Kleinpächter, die sie mit echter Herzlichkeit empfingen und ihnen jede Gastfreundschaft zuteil werden ließen, die ihre bescheidenen Mittel erlaubten. Welche Zweifel Iain auch immer wegen seiner Frau gehabt haben mochte, sie verschwanden, als er sah, wie sie die Pächter und ihre Familien bezauberte.

Brigette für ihren Teil war beeindruckt von der einfachen Würde und Großzügigkeit der Pächter.

Es erfüllte sie mit Stolz zu sehen, wie hochgeschätzt Iain war, und sie bewunderte, wie er den Respekt dieser Menschen mit gleicher Münze zurückzahlte.

Am erfreulichsten aber war für sie, wie selbstverständlich sie von ihnen als ihre neue Herrin akzeptiert wurde.

Als sie nach Dunridge zurückkehrten, glitt Brigette von ihrem Pferd. In der Absicht, Sly im Garten auszuführen, stürzte sie ins Foyer und war gerade auf dem Weg zur Treppe, als sie ihrer Cousine begegnete, die den Fuchs trug.

Lächelnd zuckte Spring die Schultern. »Ich konnte sein einsames Wimmern nicht mehr ertragen.«

»Ich nehme ihn«, sagte Brigette und hob Sly hoch. »Laß mir ein Bad machen. Ich werde nicht lange bleiben.«

Brigette trat nach draußen und sah sich vorsichtig um. Kein Hund rannte frei herum. Sie setzte Sly ab und bemerkte dann ein kleines Mädchen, das alleine dasaß. In der Annahme, daß es sich um Iains Nichte handelte, spazierte Brigette hinüber und setzte sich neben sie. Sie lächelten sich an.

Die fünfjährige Glenda war das Ebenbild von Antonia. Der einzige Unterschied waren die Sommersprossen auf Glendas Nase.

»Du mußt Glenda sein«, sagte Brigette.
»Ja. Und Ihr seid Lady Brigette?«
»Ja, aber du mußt mich Brie nennen. Das tun alle meine Freunde.«
Das plötzliche Funkeln in Glendas Augen erinnerte Brigette an Loch Awe. »Dann sind wir also Freunde?«
Als Brigette den hoffnungsvollen Gesichtsausdruck des Kindes sah, spürte sie, wie sich ihr Herz zusammenzog. »Natürlich. Möchtest du meine Freundin sein?«
»Ja.«
»Weshalb sitzt du denn hier ganz allein?«
»Es ist meine Spielzeit.«
»Und weshalb spielst du dann nicht?«
Glendas Miene wurde betrübt. »Ich habe keine Freundin, mit der ich spielen könnte.«
»Das glaube ich nicht«, antwortete Brigette freundlich. »Ein so nettes Mädchen wie du muß doch ganz viele Freunde haben.«
»Ich habe dich.«
»Aber was ist mit den anderen Kindern auf Dunridge?«
»Mit denen darf ich nicht spielen. Einmal habe ich es getan und wurde bestraft.«
»Wer läßt dich nicht mit den anderen Kindern spielen?«
»Mutter«, erzählte Glenda. »Es hat keinen Sinn herumzuschleichen, denn wann immer ich etwas Schlimmes tue, erfährt sie es.«
»Ich verstehe.« Brigette wurde nachdenklich. Was für eine hochmütige Ziege Antonia ist! Als Kind durfte ich immer mit den anderen Kindern auf der Burg spielen. Weshalb sollte Glenda das nicht tun?
Sly setzte sich vor sie hin. Er legte seinen Kopf auf die Seite und wedelte mit seinem langen Schwanz.
Brigette kicherte. »Ich glaube, Sly möchte sich mit dir anfreunden.«
»Ist Sly dein Hund?«
»Er gehört mir«, sagte Brigette lachend, »aber er ist kein Hund. Sly ist ein Fuchs.«
»Ein Fuchs? Darf ich ihn anfassen?«

Glenda streckte die Hand aus, um Sly zu streicheln, der gleich die Gelegenheit ergriff, ihre Hand zu lecken. Als sie freudig überrascht kicherte, leckte er noch einmal.

»Sly ist ein ganz besonderer Fuchs«, übertrieb Brigette. »Als ich mich hoffnungslos im Wald verirrt hatte, hat er mir das Leben gerettet.«

»Du hast dich im Wald verirrt? Und er hat dein Leben gerettet?«

Brigette nickte feierlich mit dem Kopf und wollte ihre Geschichte weiter ausschmücken. »Und ...«

»Wie beeindruckend«, grinste Antonia, die plötzlich in voller Lebensgröße neben den beiden stand, höhnisch. Brigette sprang auf, aber Antonia ignorierte sie und ließ ihre ganze Wut an Glenda aus. »Du ungezogenes Kind! Ich habe dir gesagt, du sollst von der Engländerin wegbleiben. Geh sofort in dein Zimmer.«

»Bleib, wo du bist«, befahl Brigette und wandte sich dann an Antonia. »Das Kind hat nichts Unrechtes getan.«

»Kümmert Euch um Eure eigenen Angelegenheiten«, kreischte Antonia.

»Was ist hier los?« dröhnte Black Jacks Stimme, als er näherkam. »Was soll das ganze Geschrei?«

»Die Engländerin mischt sich in die Erziehung meiner Tochter ein«, tobte Antonia. »Dazu hat sie kein Recht!«

»Glenda hat nur mit mir gesprochen«, erklärte Brigette. »Sie hat keine Bestrafung verdient.«

»Ich stimme dir zu«, sagte Black Jack.

»Aber ich bin Glendas Mutter«, beharrte Antonia.

»Das ist eine Tatsache, an die du dich nur gelegentlich erinnerst«, sagte Black Jack und sein Ausdruck wurde düster vor Wut. »Glenda kann ihre Zeit verbringen mit wem sie will.« Als Antonia den Mund öffnete, um zu protestieren, fügte er hinzu: »Als Familienoberhaupt wird mir gehorcht. Verstanden?« Ohne ein weiteres Wort stolzierte Antonia davon.

»Danke, Mylord«, sagte Brigette.

»Mach dir um sie keine Gedanken. Sie ist wütend, weil Malcolm gestorben ist und damit ihre Hoffnung zerstört wurde, Gräfin zu werden.« Black Jack sah Glenda an, die ihn fast ehrfürchtig anstarrte. »Magst du deine neue Tante aus England?«

Glenda nickte. Sie war zu schüchtern, um mit diesem großen Mann zu sprechen, der ihr Großvater war.

»Und ihren listigen Freund hier?«

Wieder nickte das kleine Mädchen. Black Jack lächelte und beschloß, Glenda mehr Aufmerksamkeit zu schenken. »Würdest du gerne mit deinem Großvater spazierengehen?«

»Ja, gerne«, flüsterte sie und legte dann scheu ihre Hand in seine.

»Habe ich dir schon einmal erzählt, Kleines«, fragte Black Jack, als sie davongingen, »nach wem du benannt wurdest ...?«

Brigette und Sly gingen durch die Eingangshalle zur Treppe. Aus dem großen Saal drang Antonias wütende Stimme. Brigette ignorierte sie und begann die Stufen hinaufzugehen, blieb dann aber stehen, als sie Springs Stimme erkannte, die sich laut verteidigte. Wie konnte Antonia es wagen, ihre Cousine zu maßregeln! Ihre wütende Entschlossenheit war Brigette deutlich anzusehen, als sie in den großen Saal marschierte.

»Ich habe dir gesagt, du sollst meine Näharbeit holen«, schrie Antonia Spring an. »Und du tust es jetzt besser endlich.«

»Und ich habe Euch gesagt«, schrie Spring zurück, »daß ich mich um Lady Brigettes Bad kümmern muß.«

Antonia hob die Hand, um zuzuschlagen, aber Brigette ergriff sie von hinten und wirbelte sie herum. »Spring ist meine Zofe und keine Burgsklavin. Unterlaßt es, sie herumzukommandieren!« Die letzte Beherrschung, die Antonia noch über ihre Wut hatte, schwand. Mit wütendem Kreischen holte sie aus und schlug Brigette ins Gesicht.

Brigette übte sofort Vergeltung und schlug die blonde Schönheit ebenso fest.

»*Meine Damen*!« brüllte Iain und durchschritt den Saal.

»Wenn ich diesen Ausdruck einmal sehr frei benutzen darf.«

Als Antonia ihn ansah, schossen ihr die Tränen in die Augen.

»Lady Brigette hat mich ohne Grund angegriffen«, schluchzte sie.

»Hör auf, die Zofe meiner Frau herumzukommandieren«, befahl Iain, ungerührt von ihrem Weinen. »Und schlag meine Frau nicht noch einmal. Geh auf dein Zimmer und komm vor dem Abendessen nicht mehr zurück.«

»Sie hat mich geschlagen«, entgegnete Antonia. »Was ist mit ihr?«

»Um meine Frau kümmere ich mich selbst«, versicherte er. »Sie wird dich nicht noch einmal schlagen.«

»Bekomme ich jetzt die Schuld dafür?« Brigette war empört.

»Antonia«, wiederholte Iain und ignorierte den Ausbruch seiner Frau. »Ich habe gesagt, du sollst gehen.«

»Nun?« fragte Brigette herausfordernd, nachdem Antonia gegangen war. »Werde ich auf mein Zimmer geschickt mit dem Befehl, meine Hände bei mir zu behalten?«

»Ich würde dir nie befehlen, deine Hände bei dir zu behalten«, sagte Iain und grinste anzüglich. »Geh in dein Zimmer. Ich komme gleich nach.«

7

An einem kalten und trüben Novembernachmittag stand Glenda in dem nun öden Garten. Sie warf Sly einen Ball zu, und der fing ihn mit dem Mund auf, um ihn dann zu ihr zurückzubringen. Lachend klatschte Brigette in die Hände und freute sich über den neuen Trick, den der Fuchs gelernt hatte.

»Meine Zeit zum Spielen ist fast vorbei«, sagte Glenda traurig.

»Ich glaube auch«, antwortete Brigette. »Möchtest du, daß sie noch ein bißchen länger dauert?«

»Ja, aber Mutter wird wütend auf mich sein.«

Brigette lächelte schelmisch. »Ich habe mir ein System ausgedacht, wie ich immer tun kann, was ich will, aber nie Ärger bekomme.«

»Wie geht das?« Glendas Augen glänzten vor Aufregung.

Bevor sie sprach, schaute Brigette sich vorsichtig um, als wolle sie nach Lauschern Ausschau halten. »Im Leben gibt es immer zwei Wege, die man gehen kann. Den langen und den kurzen Weg«, erklärte sie dem kleinen Mädchen. »Wenn es eine Sache gibt, die ich nicht tun möchte, nehme ich immer den langen Weg. Auf diese Weise verzögere ich jede unangenehme Angelegenheit. Wenn zum Beispiel die Spielzeit vorüber ist, führt der kurze Weg durch das Gartentor. Der lange Weg ist ein Umweg bis zum vorderen Hof.«

»Und wenn Mutter oder Großvater wütend auf mich werden?«

»Dann gibt es zwei Vorgehensweisen. Wenn es ein Mann ist, so wie dein Großvater, dann mußt du einfach so mit den Wimpern klimpern.« Stark übertrieben schlug Brigette die Augen auf und nieder und kicherte, als Glenda sie imitierte.

»Ausgezeichnet!« rief Brigette. »Du darfst nie vergessen, daß eine schöne Frau, die vor einem Mann einen solchen Augenaufschlag macht, unwiderstehlich ist.« Glenda lachte, und Brigette fügte hinzu: »Es ist albern, aber wahr.«

»Und wenn meine Mutter wütend ist?«

»Wenn es eine Frau ist, wie deine Mutter«, antwortete Brigette, »dann mußt du dasselbe tun, was du tust, nachdem du bei einem Mann den Augenaufschlag gemacht hast.«

»Nämlich?«

»Du mußt lügen.«

»Aber Lügen ist eine schreckliche Sünde«, rief Glenda. »Das ist ungezogen.«

»Unsinn! So wie es zwei Wege gibt, die man gehen kann, so gibt es auch zwei Arten von Lügen«, erklärte Brigette. »Eine schlimme Lüge verletzt fast immer jemanden. Eine gute Lüge ist eine Entschuldigung und verhindert, daß ein geliebter Mensch verletzt oder wütend wird. Mit anderen Worten: Eine schlimme Lüge verursacht Schmerzen, eine gute hingegen verhindert sie.«

»Ich verstehe«, sagte Glenda. »Wenn Moireach mich fragt, ob meinen Porridge aufgegessen habe, muß ich ja sagen, auch wenn ich ihn Sly gegeben habe. Die Wahrheit würde Moireach wütend machen, und das wollen wir nicht.«

»Richtig.« Brigette umarmte sie. »Du hast die Wahl. Sollen wir auf dem langen oder dem kurzen Weg hineingehen?«

Glenda lächelte: »Auf dem langen.«

Gefolgt von Sly spazierten Brigette und Glenda Hand in Hand um den Bergfried. Der Graf stand im Vorderhof und begrüßte Iain und Percy, die gerade von ihren Pferden abstiegen.

»Wie ist es gelaufen?« fragte Black Jack seinen Ältesten. Iain wollte gerade antworten, als sein Blick auf seine Frau fiel. Lächelnd beobachtete er, wie sie auf die Männer zukam. »Du sollst deine Gedanken zusammenhalten, verdammt noch mal«, fluchte Black Jack. Sein jüngster Sohn mußte lachen. »Ich habe gefragt, wie es unten gelaufen ist.«

»Besser als wir gehofft hatten«, erzählte Iain. »Wir haben ungefähr 30 Stück von Menzies Vieh geholt.«

»Das sollte dem Mann in diesem Winter zu schaffen machen«, sagte Percy.

»Ich werde unsere eigenen Wachen bis zum ersten Schnee verdoppeln«, fügte Iain hinzu.

Der Graf lächelte. »Das ist eine gute Nachricht.«

»Nein, Kevin«, ertönte Moireachs gereizte Stimme. »Geh zurück an deine Arbeit. Du wirst den Herrn nicht mit einer so unbedeutenden Sache behelligen. Geh zurück, habe ich gesagt!«

Einer der Kochlehrlinge von Dunridge marschierte in den Hof. Moireach folgte ihm und protestierte die ganze Zeit über zornig. Als Kevin den Graf fast erreicht hatte, hielt er ein verstümmeltes Huhn in die Luft, damit alle es sehen konnten. »Das ist schon das dritte diese Woche«, verkündete er. »Keins ist gegessen worden, nur getötet.«

»Es tut mir sehr leid«, entschuldigte sich Moireach, »aber er wollte einfach nicht auf mich hören.«

»Ist schon gut«, versicherte ihr Black Jack und sah dann Kevin an. »Nun, mein Junge, hast du irgendeine Ahnung, wer das getan haben könnte?«

»Ich habe ganz genau aufgepaßt«, antwortete der junge Mann, »aber wer immer es auch gewesen sein mag, ist gerissen wie ein Fuchs.«

Bei Kevins Worten war die ganze Gruppe plötzlich in Schweigen gehüllt. Alle sahen nervös zu Sly und dann zu seiner Herrin.

»Weißt du irgend etwas darüber?« fragte Iain seine Frau.

»*Ich?*« rief Brigette. »Weshalb sollte ich ein Huhn töten?«

»Ich meine nicht dich persönlich«, entgegnete er mit grimmigem Gesichtsausdruck. »Aber vielleicht jemand, den du kennst?«

Einen Moment lang war Brigette verwirrt, aber dann

wurde ihr klar, was ihr Mann meinte. »Wie kannst du es wagen, eine so gemeine Behauptung aufzustellen!« rief sie. »Sly würde nicht zum Spaß töten, und hungrig ist er mit Sicherheit nicht.«

»Kannst du dich dafür verbürgen, was er letzte Woche jede Minute gemacht hat?« entgegnete Iain.

»Ja.«

»Brigette.«

»*Also gut*!« schrie Brigette. »Nein, aber das heißt doch nicht gleich ...«

»Genug!« unterbrach er sie. »Ihn hierher zu bringen, geschah gegen mein besseres Wissen. Und jetzt werde ich diesen Fehler berichtigen.«

Iain bückte sich, um den Fuchs auf den Arm zu nehmen, aber Brigette war schneller. Sie riß Sly hoch und rannte los. Iain streckte die Hand nach ihr aus und hätte sie auch gepackt, aber Glenda trat ihm heftig vor das Schienbein und verhalf so der Frau und dem Fuchs zu einem Vorsprung.

Brigette stürzte in den äußeren Hof. Iain war ihr dicht auf den Fersen.

»*Lauf, Sly*!« kreischte sie und schleuderte den Fuchs fort, als sie das Tor erreichten. Verängstigt floh Sly durch das Tor in die Welt außerhalb von Dunridge Castle.

Brigette wirbelte herum und sah ihrem Mann ins Gesicht. Sein Ausdruck spiegelte seine furchtbare Wut wider. Sie zitterte und zweifelte, ob sie wohl das Richtige getan hatte. Iain schlug fest zu und hinterließ einen roten Abdruck auf ihrer Wange. Dann packte er sie, bevor sie hinfiel. Er hielt ihren Oberarm brutal umklammert, so daß sie blaue Flecken bekommen würde, und zog sie zurück in den Innenhof. Ohne ein Wort oder einen Blick zwang Iain sie an dem Graf und den anderen vorbei.

»*Faß sie nicht an*!« kreischte Glenda und ging auf Iain los. Percy schnappte sich das Kind und nahm es auf den Arm.

Iain zog Brigette in die Eingangshalle. Am Fuß der Treppe versetzte er ihr einen groben Schubser. »Geh nach oben. Ich kümmere mich später um dich.«

Mit kerzengeradem stolzem Rücken ging Brigette die Treppe hinauf in ihr Zimmer. Iain sah ihr nach und ging dann in das Arbeitszimmer seines Vaters. Wenn er jetzt hinaufging, würde er sie vielleicht wieder schlagen. Er mußte sich erst beruhigen und seine Wut unter Kontrolle bekommen.

Iain goß sich einen Whiskey ein und trank ihn hastig. Dann goß er sich noch einen ein. Wie konnte sie es nur wagen, sich ihm in aller Öffentlichkeit zu widersetzen, dachte er wütend, stürzte den zweiten Whiskey hinunter und verließ das Arbeitszimmer. Als Iain sich auf den Weg in sein Zimmer machte, betraten Black Jack und Percy die Eingangshalle.

»Iain«, rief Percy in der Hoffnung, seine Schwägerin verteidigen zu können.

»Halt den Mund«, brummte Black Jack. »Seine Frau geht dich nichts an.«

Iain ignorierte die beiden und ging die Treppe zu seinem Schlafzimmer hinauf. Er drehte den Türknauf, aber die Tür ließ sich nicht öffnen. Seine Frau hatte sich eingeschlossen, was noch Öl auf das Feuer seiner Wut goß. Iain klopfte. Er erhielt nur Schweigen als Antwort.

»Brigette«, rief er. »Öffne die Tür.«

»Fort mit dir, du herzloser Bastard!« schrie sie zurück.

Iain hämmerte wild gegen die Tür. »Das eine sage ich dir, Brigette: Wenn du mich zwingst, die Tür aufzubrechen, wirst du es bitter bereuen.«

Nach einem Moment Stille wappnete sich Iain, die Tür einzutreten, hörte dann aber, wie der Riegel zurückgezogen wurde. Die Tür blieb geschlossen.

Iain öffnete sie und ging hinein, blieb dann aber in ungläubiger Überraschung stehen. Ein paar Schritte entfernt stand seine Frau mit einem seiner glänzenden Dolche in der Hand. Er knurrte drohend und ging weiter.

»Was immer du sagen willst, sag es schnell«, befahl Brigette und fuchtelte mit dem Dolch vor seinen Augen. »Bleib weg von mir, oder ich kitzele deine Rippen mit dieser Klinge.«

Iain streckte die Hand aus. »Gib ihn mir.«

»Wo hättet Ihr ihn denn gerne, Mylord?«

»Ich mache keinen Spaß, Lassie.«

»Ich mache auch keinen Spaß, Laddie.« Sie äffte seine Aussprache nach. »Rede und dann verschwinde.«

Wenn ich sie jetzt zu fassen kriege, dachte Iain, werde ich sie halbtot schlagen. »Ich hatte draußen im Hof keine andere Wahl«, erklärte er und ging langsam auf sie zu. »Sly ist schuldig. Das passiert nun einmal, Liebes, wenn man ein wildes Tier zähmen will.«

»Sly ist unschuldig«, entgegnete Brigette kalt. »Und außerdem hast du mich geschlagen.«

»Du hast dich mir öffentlich widersetzt und dafür einen öffentlichen Verweis verdient.« Iains Stimme war trügerisch leise und sanft, als er immer näher und näher kam.

Plötzlich sprang Iain vor und trat ihr den Dolch aus der Hand. Brigette kreischte auf und kämpfte, um ihn wiederzubekommen, aber er riß sie zurück und warnte sie: »Ziel nicht noch einmal mit einem Dolch auf mich, wenn du nicht vorhast, ihn zu benutzen.«

Brigette schlug um sich und traf sein Gesicht mit ihrer Faust. Mehr verärgert als verletzt schubste Iain sie auf das Bett und fiel auf sie. Wild zappelnd sträubte sich Brigette und versuchte, ihm zu entkommen, aber er hielt sie mühelos fest und wartete, bis sie müde wurde. Nase an Nase warnte er sie: »Deine Pflicht ist es, meine Söhne zu tragen und dich gebührend um mich zu kümmern. Wenn du das nicht begreifst, wird dein Leben weniger als wertlos sein und der Tod eine Erlösung. Denk daran, derjenige mit dem Schwanz gibt die Befehle, derjenige ohne hat sie zu befolgen.«

Iain stand auf und starrte auf sie hinab. Dann drehte er sich ohne ein weiteres Wort auf dem Absatz um und verließ das Zimmer.

Draußen blieb Iain stehen, um sich zu beruhigen, und lehnte sich an die Tür. Das gedämpfte Schluchzen seiner Frau drang an sein Ohr, und auf einmal erfüllten ihn Schuldbewußtsein und Reue. Fast wurde er von diesen Gefühlen überwältigt. Gütiger Himmel! Wie konnte er sie nur schlagen? geißelte er sich selbst. Wenn auch meine Wut gerechtfertigt war, meine Taten waren es nicht. Wenn Brie doch nur einmal an die Konsequenzen denken würde, bevor sie den Mund aufmacht!

An diesem Abend war es eine freudlose Aufgabe, das Essen an der erhöhten Ehrentafel zu servieren. Brigettes Stuhl blieb leer und Iain blickte düster drein. Black Jack und Percy unterhielten sich leise und wirkten fast niedergeschlagen. Brigettes Abwesenheit hatte einen Schatten auf den gesamten Saal geworfen. Selbst MacArthurs Männer wirkten gedämpft. Nur Lady Antonia war ausgezeichneter Laune und aß mit offensichtlichem Appetit.

Angewidert von den Ereignissen des Tages marschierte Moireach in die Küche. Sie packte Kevin grob am Ohr und zog ihn in Richtung des großen Saales.

»Du Tölpel«, knurrte Moireach. »Sieh, was du für einen Schaden angerichtet hast. Was ist der Tod von ein paar Hühnern im Vergleich zum Glück unserer Herrin? Begreifst du das nicht?«

Kevin starrte die Ehrentafel an. Sein Gesichtsausdruck wurde verdrießlich, als er Brigettes leeren Platz und Iains strenges Gesicht sah.

»Ich sehe, du hast endlich begriffen«, höhnte die Wirtschafterin. »Lady Brigette ist oben und weint sich in den Schlaf, weil Lord Iain sie geschlagen hat.«

»Es ist nicht mein Fehler«, beharrte Kevin. »Ich wurde angestiftet.«

»Angestiftet? Was sagst du da, Junge?«

»Ich möchte nicht, daß das jemand hört«, flüsterte Kevin und blickte sich vorsichtig um.

Mit verächtlich gekräuselten Lippen zog Moireach ihn durch die Eingangshalle in den Hof. »Und jetzt sag mir bitte, wer dich angestiftet hat.«

»Ihr werdet doch niemandem etwas weitersagen, oder?«

»Nun rede schon. Sonst werde ich mein Fleischermesser an deinem Fell wetzen«, drohte Moireach.

»Es war Lady Antonia!« platzte Kevin heraus und fuhr hastig fort: »Sie hat mir befohlen, die Hühner zu töten und dem Fuchs die Schuld zuzuschieben. Ich wollte es nicht, aber sie sagte, sie würde mich sonst fortschicken lassen. Bitte, Ihr müßt mir glauben.«

»Ich glaube dir.«

»Wenn Lord Iain die Wahrheit erfährt«, stöhnte Kevin, »wird er mich wegschicken. Oder schlimmeres.«

»Die Wahrheit macht die Sache jetzt auch nicht mehr besser. Im Gegenteil, sie würde noch mehr Unruhe in der Familie stiften«, sagte Moireach. »Laß mich nachdenken.« Wie ein General ging sie vor Kevin auf und ab. »Ich habe eine Idee, aber ich glaube nicht, daß du sie ausführen könntest. Warte hier. Ich hole meinen Jamie.«

»Jamie?« Kevin schluckte nervös. Der Mann war bekannt für seinen scharfen Umgang mit dem Schwert.

»Mein Sohn hat Zuneigung zu Lady Brigettes Kammerzofe gefaßt und wird meiner Bitte entsprechen.«

Ein paar Minuten später kehrte Moireach mit Jamie und Spring zurück. »Kevin, mein Junge, erzähl Jamie, was geschehen ist.«

»Lady Antonia hat mir befohlen, die Hühner zu töten und dem Fuchs die Schuld zu geben. Sie hat gedroht, mich zu entlassen, wenn ich es nicht tue.«

»Verdammt«, flachte Jamie.

»Verdammt noch mal«, bekräftigte Spring.

»Ich habe einen Plan, um alles wieder einzurenken«, sagte Moireach. »Wirst du deiner lieben Mutter helfen, mein Junge?«

Jamie grinste. »Mußt du denn eine so überflüssige Frage stellen?«

Moireach lächelte. »Du mußt einen Fuchs töten und das arme Tier dann hierherbringen. Kevin wird ihn zu Lord Iain bringen und sagen, das sei der Fuchs, der die Hühner getötet hat. Kannst du das tun?«

»Du mußt sehr vorsichtig sein«, warnte sie. »Sly trägt ein gelbes Halsband. Du kannst ihn also kaum mit einem andern Fuchs verwechseln.«

»Aber, und wenn ein anderer Fuchs getötet wird«, meinte Spring, »bringt das immer noch nicht Sly zurück.«

»Das ist wahr«, stimmte Moireach zu, »aber es könnte helfen, die Dinge zwischen den beiden wieder klarzustellen.«

»Es ändert aber nichts an der Tatsache, daß Lord Iain sie geschlagen hat.«

»Er hatte das Recht dazu«, warf Jamie aufgebracht ein. »Sie hat sich ihrem Ehemann widersetzt und das bekommen, was sie verdient hat!«

»Oh!« Spring war entgeistert bei diesen Worten. Ihre fest aufeinandergepreßten Lippen wurden weiß vor Wut.

»Still jetzt!« befahl Moireach. »Wenn wir uns auch noch streiten, hilft das dem Herrn und der Herrin auch nicht weiter. Was hältst du von dem Plan?«

»Nun«, lenkte sie ein, »es kann nichts schaden, und es besteht zumindest eine kleine Chance, daß es etwas nützt.«

»Das wäre also geregelt«, sagte Moireach. »Jamie, mach dich morgen früh direkt auf.«

Die nächste Woche verlief unglücklich für den Lord und seine Lady. Die Fuchsverschwörer waren auch nicht allzu glücklich. Offensichtlich war das Töten eines Fuchses schwieriger, als sie angenommen hatten. Die einzige wirklich glückliche Person auf Dunridge war Lady Antonia. Ihre Stimmung wurde mit jedem Tag, den Iain und Brigette einander entfremdet blieben, besser. Und die beiden waren entfremdet. Als seine Wut verraucht war, versuchte Iain, sich mit seiner Frau zu versöhnen. Unglücklicherweise hatte Brigette ganz andere Vorstellungen und wies seine Annäherungsversuche kalt zurück. Iain, der nicht an den Widerstand von Frauen gewöhnt war, wurde frustriert. Diese neue Erfahrung gefiel ihm ganz und gar nicht. Man konnte Brigette jedoch keinen Ungehorsam vorwerfen.

Sie ist überhaupt nicht ungehorsam, dachte Iain mehr als einmal. Meine Frau gehorcht auf den kleinsten Befehl und stellt jede meiner Launen über ihr eigenes Wohlbefinden. Tatsächlich behandelte sie ihn mit einer frostigen Höflichkeit, die langsam an seinen Nerven zerrte. Gar nicht zu reden von seinem Stolz. In Brigettes Nähe zu sein war so, wie mitten in einem Highland-Blizzard gefangen zu sein.

Eines Morgens begegnete Iain im Hof zufällig Brigette und bat sie, stehenzubleiben.

»Ja, Mylord?«

»Hättest du Lust, heute mit mir auszureiten, Liebling?« fragte er mit einem hoffnungsvollen Lächeln.

»Nein, danke«, lehnte sie ab, fügte aber schnell hinzu. »Wenn du darauf bestehst, werde ich natürlich gehorchen.«

Iains Gesicht zeigte deutlich, seine Enttäuschung. »Es war eine Einladung.«

»In diesem Fall entschuldige mich bitte.«

Damit ging Brigette weiter und überließ ihn seinem Kummer.

Eines Nachmittags kamen die beiden MacArthur-Brüder während Glendas Spielzeit durch den Garten. Fröhliches Lachen und wildes Toben waren von diesen Zusammenkünften ebenso verschwunden wie Sly von Dunridge. Der Garten war so still, als sei er verlassen, aber Iain sah sie. Wie zwei gefallene Engel, die in eine Welt des Jammers gestoßen worden waren, saßen Brigette und Glenda in der äußersten Ecke des kahlen Gartens. Iains Herz zog sich zusammen. In diesem Augenblick stellte er für sich fest, daß verzweifelte Zeiten auch verzweifelte Maßnahmen erforderten. Nur eines würde das Lächeln seiner Frau zurückbringen. In der Zwischenzeit …

Obwohl Iain sich geschworen hatte, daß er sie nie wieder zwingen würde, erwies es sich als die schlimmste aller Qualen, neben Brigette zu schlafen, ohne sie zu berühren.

Iain wurde täglich frustrierter und spürte, daß seine Geduld allmählich am Ende war. Wenn seine Frau so entschlossen war, Gehorsam zu zeigen, würde sie ihm dann wohl seine ehelichen Rechte verwehren? Die Zeit war reif für Verführung, eines seiner vielen Talente.

Iain schlüpfte ins Bett und beschloß, das Terrain zu sondieren. Brigette lag auf der Seite und wandte ihm den Rükken zu. Er drehte sich langsam in ihre Richtung und berührte ihre Schulter. Erschreckt drehte sie sich um und sah ihn an. Iain drückte sie gleich in die Kissen und bedeckte ihre Lippen mit einem verzweifelten, gierigen Kuß. Keine Reaktion. Seine Frau zu küssen war wie eine Leiche zu küssen, wenn auch eine warme. Iain zog sich zurück und sah in ihre kalten grünen Augen.

»Soll ich jetzt die Beine spreizen?« fragte sie kalt. »Wäre das nicht einfacher für dich?« Iains Verlangen versiegte. Leise fluchend drehte er sich um und ihr den Rücken zu.

Als sie die breiten Schultern ihres Mannes betrachtete, wurde Brigettes Kummer immer größer, er war fast körperlich zu spüren. Sie liebte ihn, aber konnte sie ihm vergeben, daß er sie geschlagen hatte und so grausam zu Sly gewesen war?

Die Verschwörer-Bande war erfolgreich gewesen, ein Fuchs war gefangen, und noch am gleichen Abend sollte das geplante Unternehmen stattfinden.

Von ihren Plätzen in der großen Halle aus beobachteten die Verschwörer ängstlich die Gesellschaft an der erhöhten Ehrentafel. Brigette saß mürrisch zwischen ihrem Mann und ihrem Schwiegervater.

»Wenn der Frühling kommt«, sagte Iain zu seinem Vater, »würde ich gerne mit Brie nach Edinburgh reisen. Das heißt, wenn du mich entbehren kannst.«

Brigette warf Iain einen Blick zu. Black Jack zog fragend eine Augenbraue hoch und überlegte, was das jetzt wieder für ein Spiel sein sollte. »Ich wüßte nicht, weshalb nicht.«

»Ich dachte, du möchtest vielleicht ein paar neue Kleider und andere Kleinigkeiten haben«, sagte Iain zu Brigette. »In Edinburgh gibt es viele gute Händler. Vielleicht möchtest du auch einige dieser importierten Teppiche aus dem Osten für unser Schlafzimmer kaufen?«

Ein Bestechungsversuch, dachte sie. Brigette sah ihn ausdruckslos an. Das war nicht unbedingt die Reaktion, die er erwartet hatte. »Wie Ihr wünscht, Mylord.«

»Verdammt«, brummte Iain und schlug mit der Faust auf den Tisch. »Was willst *du?*«

Unerschütterlich antwortete Brigette: »Ich möchte nur Euch dienen, Mylord. Wie du mir so freundlich erklärt hast, befiehlt derjenige, der den Schwanz hat, und der ohne muß gehorchen.« Sie lächelte humorlos. »Als ich das letzte Mal nachgesehen habe, war ich noch diejenige ohne.«

Black Jack verschluckte sich an seinem Wein, Percy lachte schallend und Iains Gesicht wurde rot vor Wut. »Vergiß, daß ich davon gesprochen habe«, zischte er und wandte sich ab.

»Wie Ihr wünscht, Mylord.«

In diesem Moment trat Moireach zu ihnen. »Lord Iain, der junge Kevin möchte mit Euch sprechen. Es ist dringend.«

Froh seiner Frau entkommen zu können, ging Iain zum Eingang, wo Kevin wartete. Brigette sah ihm nach und beobachtete, wie er mit dem jungen Mann sprach. Als Kevin den Fuchs hochhielt, damit Iain ihn genau betrachten konnte, hielt Brigette entsetzt die Luft an und stand von ihrem Stuhl auf. Hypnotisiert von dem toten Tier durchquerte sie den Raum und ging zu ihrem Mann.

»Das ist der Fuchs, der die Hühner getötet hat«, sagte Iain und sah sie an.

»Sly trägt ein gelbes Halshand.«

Mit einem Nicken entließ Iain Kevin. Brigette starrte ihm und seiner schaurigen Trophäe nach. »Sly ist nicht schuldig. Bist du jetzt glücklich?«

»Glücklich?« Brigette starrte ihn ungeduldig an und deutete dann auf den vollen Saal: »Sly ist nicht bei uns, Iain. Er ist allein im Wald – wenn er überhaupt noch lebt. Ich werde dir niemals verzeihen.«

»Mach dich nicht lächerlich«, schimpfte Iain und ergriff ihren Arm. »Sly ist ein Tier, nicht dein Kind. Wenn du etwas zum Bemuttern brauchst, kannst du von mir ein eigenes Baby haben.«

Brigette riß ihren Arm los. »Du kannst mir alles Mögliche befehlen, aber nicht einmal du kannst einer Frau befehlen, dich zu lieben. Ich möchte kein Kind von dir.« Damit floh sie aus der Halle.

Die nachfolgenden Wochen waren noch schlimmer als die vorherigen. Die Fuchs-Verschwörer waren entmutigt, nachdem es ihnen nicht gelungen war, den Streit zwischen dem Lord und seiner Lady zu schlichten. Moireach wollte einen neuen Plan aushecken, aber Jamie war dagegen. Sie hatten ihr Bestes gegeben, aber jetzt war es an Iain und Brigette, ihre Eheprobleme selbst zu lösen. Spring stand auf Jamies Seite, und Moireach fügte sich widerwillig.

Es schien keine Aussicht zu bestehen, daß Iain und Brigette sich versöhnen würden. Iain zahlte die Kälte seiner Frau inzwischen mit gleicher Münze zurück. Jeden Morgen, bevor sie aufwachte, ritt Iain von Dunridge fort und kehrte erst zum Abendessen zurück. Nachts suchte er sein Schlafzimmer erst auf, wenn er sicher sein konnte, daß Brigette schlief.

Nachdem Iain Brigette einige Tage ignoriert hatte, war ihre Eitelkeit gekränkt. Sie begann sich zu fragen, wohin ihr Mann ging und wen er traf, wollte ihm aber nicht die Genugtuung gönnen, ihn danach zu fragen. Iain ließ sie allein, überlegte Brigette, und das war es doch, was sie wollte. Oder etwa nicht?

Lady Antonia war außer sich vor Freude, und so war sie das einzige Mitglied der Familie MacArthur, das sich wirklich auf Weihnachten freute. Nichts konnte sie aus der Fassung bringen. Sie schimpfte nicht länger mit den Bediensteten und lächelte gelegentlich sogar Brigette an, die sofort mißtrauisch wurde. Standen Antonias Lächeln und Iains Verschwinden in irgendeinem Zusammenhang?

Es war nur noch eine Woche bis Weihnachten. Iain kam an diesem Abend nach Hause, als gerade das Essen serviert wurde. Brigette, die neben ihm saß, spürte eine Veränderung in seinem Verhalten. Er schien entspannter zu sein als in den letzten Wochen.

Brigette war wütend. Mein Mann hat sich eine Geliebte genommen. Sie kochte innerlich und schob ihren Teller weg. Aber die Rache wird mein sein, dachte sie, jedoch ohne Befriedigung. Er kann von seiner Geliebten keinen Erben bekommen.

Nachdem Iain seine Mahlzeit beendet hatte, streckte er seine Beine aus. Er nippte an seinem Wein und beobachtete Brigette, die sich unter seinem forschenden Blick unwohl fühlte.

»Ich bin müde«, verkündete sie, als sie es nicht länger aushalten konnte. »Ich glaube, ich werde mich zurückziehen.«

»Eine ausgezeichnete Idee.« Iain gähnte und streckte sich übertrieben. »Ich komme mit.« Er nahm ihren Arm und sagte Black Jack und Percy gute Nacht, die ihre Heiterkeit über Brigettes bestürzten Gesichtsausdruck unterdrückten.

Schweigend gingen sie die Treppe hinauf. Iains leichte Berührung auf ihrem Arm ließ sie erschauern, und ihr Herz schlug schneller. Brigette wollte ihrem Mann auf keinen Fall nachgeben, auf der anderen Seite vermißte sie verzweifelt, was er mit ihrem Körper anzustellen wußte. Gütiger Gott, fluchte sie innerlich. Das Leben einer Jungfrau war um so vieles einfacher!

In ihrem Zimmer wollte Brigette schnell ihr Nachthemd anziehen, aber Iain hinderte sie daran. »Du mußt bei mir schlafen, wie Gott dich geschaffen hat«, erklang seine amüsierte Stimme hinter ihr.

»Aber …«

»Das ist ein Befehl, mein Liebling.« Er grinste frech.

»Wie Ihr wünscht, Mylord.«

Brigette huschte schnell ins Bett, legte sich ganz an den Rand, umklammerte die Bettdecke und drehte ihrem Mann den Rücken zu. Iain kuschelte sich an sie und drückte seinen Körper gegen ihren seidigen Rücken. Als er seine Hand über ihren Körper gleiten ließ und eine ihrer Brüste umfaßte, verkrampfte sich Brigette.

»Es ist mein Wunsch, so zu schlafen«, flüsterte er.

Einige Augenblicke später erkannte Brigette an seinem gleichmäßigen Atmen, daß Iain schlief. Seine verführerische Nacktheit und seine besitzergreifende Hand verschworen sich gegen Brigette, die sich nach dem sehnte, was sie in dieser Nacht nicht würde genießen können. Es dauerte sehr, sehr lange, bis sie endlich einschlafen konnte.

Als Brigette erwachte, war ihr Körper mit Iains eng verschlungen. Ein Arm lag über seinem Bauch und ein Bein war zwischen seinen muskulösen Schenkeln gefangen. Ihr Gesicht hatte sie gegen das dichte Gewirr schwarzer Haare gepreßt, das seine Brust bedeckte. Brigette öffnete die Augen und sah direkt in das lächelnde Gesicht ihres Mannes.

»Was tust du hier?« fragte sie überrascht.

»Das ist mein Bett«, erwiderte er. »Wo sollte ich denn sonst sein?«

»Du bist in letzter Zeit doch immer so früh aufgestanden.«

»Meine Aufgabe ist erledigt«, grinste Iain. »Ich habe ein paar Tage frei. Ist das nicht eine gute Nachricht?«

»Ja.« Sie erstickte fast an ihren eigenen Worten. »Das ist eine wunderbare Neuigkeit.«

Später am Morgen traf Iain Brigette im Hof und bat sie, einen Moment stehenzubleiben.

»Ja, Mylord?«

»Würdest du gerne mit mir ausreiten?«

»Nein, danke.«

»Das ist ein Befehl, Liebling, keine Einladung.« Als sie bestürzt den Mund öffnete, fügte er hinzu: »Und du wirst vor mir auf meinem Pferd sitzen.«

Iain hob Brigette in den Sattel, stieg dann hinter ihr auf und preßte seinen festen Körper an sie. Als sie zurückkehrte, war Brigette sicher, daß sie verrückt werden würde, gequält von dem sanften Angriff ihres Mannes auf ihre Sinne. Ihr Körper wurde langsam zum Verräter!

Zwei Tage vor Weihnachten erlebten sie den ersten Blizzard des Winters. Brigette und Glenda verzichteten auf den Garten und saßen vor dem Kamin in der großen Halle.

Einige MacArthur-Krieger, darunter Iain und Percy, stapften in die Halle und schüttelten den Schnee von ihren Plaids. Als er die beiden niedergeschlagenen Engel vor dem

Kamin sah, ging Iain zu ihnen. »Das ist ein wunderbarer Tag, um Blindekuh zu spielen«, sagte er. »Habt ihr Lust?« Glenda nickte eifrig, aber Brigette schüttelte den Kopf.

»Das ist ein Befehl, meine Süße.« Iain lächelte freundlich über die Grimasse seiner Frau. »Ich werde die Blindekuh sein.« Brigette konnte nicht anders als kichern. Sie sprang zurück und versuchte, ihm auszuweichen, aber jemand schubste sie in Iains ausgestreckte Arme. Sie wand sich und versuchte loszukommen, war aber im stählernen Griff ihres Mannes gefangen.

»Aha!« lachte Iain. »Wer kann das wohl sein?«

Seine Hand glitt über Brigettes seidige Wange, dann über die Linie ihres Halses bis zu ihren Schultern. »Laß mich überlegen«, dachte Iain laut nach. Seine Hand glitt über eine wohlgeformte Hüfte und kniff dann in ihre volle Brust. »Ich kenne diese Brüstchen – das ist meine Frau!«

Zutiefst beschämt und hochrot bis an die Haarwurzeln schlug Brigette seine Hand fort und lief aus dem Saal. Heiseres Lachen verfolgte sie noch den ganzen Weg die Treppe hinauf.

Am Heiligabend begriff Brigette, daß sie wohl als einzige unglücklich war. Selbst Glenda war in Erwartung des Feiertages weniger deprimiert über Slys abrupten Fortgang von Dunridge.

»Wie kannst du den Männern nur erlauben, an Heiligabend Würfel zu spielen?« beschwerte sich Antonia bei Black Jack, als die Familie sich zum Abendessen versammelte. »Das ist Blasphemie.«

»Weihnachten sollten alle glücklich sein«, antwortete der Graf. »Wenn das Würfelspielen ihnen Spaß macht, ist dagegen nichts einzuwenden.«

Antonia warf ihm einen ärgerlichen Blick zu und wandte sich dann an Brigette. »Wo ist Iain?«

»Er holt Bries Geschenk«, antwortete Percy, »damit am Festtag ihre frohe Stimmung zurückkehrt.«

In diesem Moment betrat Iain die Halle. In seinen Armen kuschelte sich Sly, geschmückt mit einer gelben Schleife, die zu seinem Halsband paßte.

Sprachlos öffnete Brigette den Mund. Iain grinste und legte ihr den Fuchs in den Schoß. »Frohe Weihnachten, Liebling«, sagte er und beugte sich vor, um ihre Wange zu küssen. Brigette hatte einen dicken Kloß im Hals, als sie von dem Tier zu ihrem Mann aufsah.

»Dieser Abend wird in die Geschichte eingehen«, witzelte Iain. »Zum erstenmal ist meine Frau sprachlos.«

Brigette vergrub ihr Gesicht in Slys Nacken und weinte. Die Männer lächelten einander zu, und Glenda hockte sich neben Brigette, um den Fuchs zu streicheln. Angewidert verließ Antonia die Halle.

»Bist du nicht glücklich?« fragte Glenda.

»D-Doch«, schluchzte Brigette, »sch-schrecklich g-glücklich.«

»Komm bitte mal mit«, sagte Iain und streckte seine Hand aus. »Ich möchte unter vier Augen mit dir sprechen.« Er geleitete Brigette zu Black Jacks Arbeitszimmer und schloß die Tür.

»Ich möchte das nicht vor den anderen zugeben«, sagte er, »aber ich hatte unrecht, und es war falsch, dich aus Wut zu schlagen. Kannst du mir verzeihen?«

»Ja«, antwortete Brigette. »Und ich gebe zu, daß es falsch war, sich dir in der Öffentlichkeit zu widersetzen. Kannst du mir verzeihen?«

Iain lächelte zärtlich und beugte sich dann vor, um Brigette sanft zu küssen. Ihre Körper verschmolzen, und der Kuß wurde inniger.

»Ich habe dich vermißt«, flüsterte er über ihren Lippen.

»Ich habe dich auch sehr vermißt«, schwor sie, und sie küßten sich erneut.

8

Der März in den Highlands war kalt, viel kälter als Brigette diese Jahreszeit im Süden Englands in Erinnerung hatte. Mit rosigen Wangen hatten sie und Glenda eine Stunde lang im Garten mit Sly Ball gespielt. Sie nahmen den langen Weg und spazierten gemütlich durch den Garten, bevor sie zum vorderen Hof gingen.

»Knospen«, rief Brigette und blieb an einem Baum stehen.

»Was?«

»Schau!« Brigette zeigte auf einen Zweig. »Der Baum bekommt Knospen. Weißt du, was das bedeutet?« Glenda schüttelte den Kopf. »Es bedeutet, daß der Winter vorbei ist, und der Frühling kommt.«

Glenda kicherte. »Da kommt er schon.«

»Brie«, rief Spring und lief auf sie zu. »Es ist Besuch gekommen, und man erwartet dich in der Halle.«

»Besuch?« wiederholte Brigette überrascht. »Wer?«

Spring zuckte die Schultern. »Offensichtlich jemand Wichtiger. Die Halle ist voll mit seinen Männern.«

Gefolgt von Sly betrat Brigette den großen Saal und stellte fest, daß er in der Tat voll fremder Männer war. Ihre Augen wanderten durch den Raum, und sie sah, wie Antonia vor einem älteren Mann knickste, der mit Black Jack, Iain und Percy vor dem Kamin saß.

Archibald Campbell, Herzog von Argyll, war in demselben Alter wie sein Verwandter Black Jack MacArthur. Sein Gesicht war markant, und seine dunkelbraunen Haare waren an den Schläfen leicht grau getönt, was ihm einen distinguierten Ausdruck verlieh. Den scharfen grauen Augen des Herzogs entging nichts. Wenn sie mit Mißfallen auf einer Person ruhten, konnten diese Augen durchdringender und schmerzhafter sein als jedes glänzende Schwert.

»Mylord«, stellte Black Jack vor, »das ist Lady Brigette,

Iains Braut. Brie, bitte mach einen Knicks vor dem Herzog von Argyll, dem Oberhaupt unseres Clans Campbell.«

»Mylord.« Brigette lächelte und knickste.

»Iain, Junge«, sagte der Herzog und erwiderte Brigettes Willkommenslächeln, »da hast du aber ein hübsches Mädchen.« Seine Augen wanderten zu Sly, der neben seiner Herrin saß. »Sehe ich da, was ich zu sehen glaube?«

»Wenn du glaubst, daß du einen Fuchs siehst«, sagte Iain trocken, »dann siehst du, was du zu sehen glaubst. Dieses Kuscheltier ist Sly.«

»Was in Gottes Namen«, fragte der Herzog Black Jack, »macht ein Fuchs in deinem Haus?«

»Er lebt hier«, antwortete Percy, und seine Augen funkelten vor Heiterkeit.

»Lebt hier!« rief Campbell in ungläubigem Erstaunen. »Bist du jetzt senil, Black Jack, daß du so etwas zuläßt?«

»Bei allem Respekt.« Brigette sprach laut, ohne Rücksicht auf den warnenden Blick ihres Mannes. »Sly ist mein Haustier.«

»Dein *Haustier*?«

»Dies ist nicht Euer Haus«, schnaubte sie, ihn und ihre grünen Augen blitzten erbost. »Und ich bin nicht Eure Frau. Wie wir auf Dunridge leben, geht Euch überhaupt nichts an!«

»*Brie*!« riefen Black Jack und Iain entsetzt.

»Ist schon gut«, versicherte ihnen der Herzog mit einer abwiegelnden Handbewegung. »Schimpft nicht mit der Maid wegen ihrer Grobheit. Was sie sagt, ist zweifellos wahr.« Er beugte sich zu Black Jack und sagte: »Ich hätte gleich wissen müssen, daß ihr Temperament zu ihren feurigen Haaren paßt. Wenn du dich erinnerst, meine verstorbene Frau war auch rothaarig.« Campbell blickte zu Iain und lächelte mitfühlend: »Ich habe große Erfahrung mit rothaarigen Frauenzimmern, mein Junge, falls du mal einen Rat brauchst.«

»Ich bin eine Lady, Mylord, kein Frauenzimmer.« Brigette lächelte gewinnend. »Außerdem bin ich die Tochter eines Grafen, und man hat mir Respekt beigebracht.«

»Respekt hat man dir beigebracht?« spottete der Herzog, und seine Augen ruhten wohlwollend auf der unterhaltsamsten verbalen Gegnerin seit dem Tod seiner Frau. »Und was hast du also gelernt?«

Brigette grinste koboldhaft: »Offensichtlich aber auch nicht das Geringste.«

Der Herzog brach in schallendes Gelächter aus und wünschte sich, dreißig Jahre jünger zu sein. Ein Prachtstück wie Lady Brigette, dachte er, war an jüngere Männer wie Iain oder seinen eigenen Sohn Magnus nur verschwendet. Die Jugend ließ sich von wohlgestalteten Gesichtern und Figuren blenden. Ein erfahrener Mann jedoch wußte die Intelligenz, den Witz und die Unschuld, die ihr erlaubte, alles frei heraus zu sagen, zu schätzen.

»Der Respekt, den du von ihr erhältst, wird schwer zu erringen und wohlverdient sein«, sagte er zu Iain, als er Brigette nachsah, die fortging, um sich ihren Pflichten als Gastgeberin zu widmen. »Viel Glück.«

»Ich beneide dich um die Enkel, die du von ihr bekommen wirst«, sagte der Herzog zu Black Jack. »Mein Magnus ist mit Huntlys Jüngster seit dem Tag ihrer Geburt verlobt. Ich bin langsam wirklich verzweifelt, weil er überhaupt keine Eile hat, zu heiraten und mir einen Erben zu zeugen.«

»Wie geht es Cousin Magnus?« fragte Iain.

»Woher zum Teufel soll ich das denn wissen?« bellte der Herzog. »Er ist andauernd für die Königin unterwegs. Inkognito, muß ich dazu sagen.«

»Du kannst stolz sein«, sagte Black Jack, »daß du ihm eine solche Loyalität zur Königin eingeprägt hast.«

»Ich wüßte ein bißchen Loyalität mir gegenüber auch zu schätzen«, schnaubte der Herzog. »Inverary braucht einen Erben und Huntlys Kind ist reif. Und wenn es das letzte ist, was ich tue: Ich werde dafür sorgen, daß Magnus sie heiratet. Wenn sie ein paar Gören geworfen hat, kann er sich meinetwegen als Teufel verkleiden und zur Hölle fahren.«

Black Jack lachte. »Ich muß zugeben, in dieser Hinsicht

kennt Iain seine Pflichten. Du glaubst ja gar nicht, wieviel Stunden er damit verbringt, mit Brie im Bett zu liegen.« Iains Gesicht wurde rot vor Verlegenheit, und Percy brach in schallendes Gelächter aus.

Jetzt war es an dem Herzog zu lächeln. »Ich hatte vergessen, wie es ist, mit einem hübschen Weib verheiratet zu sein. Wir werden wohl langsam alt. Da wir gerade von alt sprechen, Black Jack: Ich habe eine traurige Nachricht unseren Verwandten Breadalbane betreffend. Colin ist kürzlich erkrankt und verschieden. Wirst du mit mir kommen, um ihm die letzte Ehre zu erweisen?«

»Ja, und Iain soll auch mitkommen.« Black Jack wandte sich an seinen jüngsten Sohn. »Glaubst du, Percy, daß du hier vierzehn Tage lang die Verantwortung übernehmen kannst? Ich möchte nicht wegen irgendwelcher Nichtigkeiten nach Hause zurückkommen müssen.« Jetzt wurde Percy rot vor Verlegenheit, und Iain lachte schallend.

»Wie lange wirst du fort sein?« fragte Brigette und streckte die Arme nach Iain aus, als er neben ihr ins Bett glitt.

Er küßte sie innig. »Nicht länger als zwei Wochen, Liebes.«

»Ich werde dich vermissen.«

»Besonders im Bett?«

»Ganz besonders im Bett.«

Bei diesen Worten drückte Brigette ihn auf seinen Rükken und rutschte auf ihn. Sinnlich rieb sie ihren weichen Körper gegen seine kampfgestählten Muskeln. Ihre rosigen Lippen öffneten sich und senkten sich auf seinen Mund. Dann ließ sie sich langsam und verführerisch von seinem Speer aufspießen.

Iain brummte genüßlich, als sie jeden Teil seines Körpers mit ihrem eigenen liebkoste. Er hielt sich zurück und beobachtete, wie ihre Augen sich in überraschter Selbstvergessenheit öffneten, als sie sich in einer zitternden Welle heißer Ekstase auflöste.

»Dein Knopf hat sich an mir gerieben«, flüsterte Iain

heiser. Dann rollte er sie auf ihren Rücken und stieß tief in sie hinein. Brigette klammerte sich an ihn und legte ihre Beine um seine Hüften. Sie bog ihm ihren Körper entgegen und trieb ihn zu weiteren kraftvollen Stößen an.

»Schenk mir einen Sohn«, keuchte Iain.

»Ja«, stöhnte Brigette und gemeinsam erschauerten sie.

Lady Antonia erwachte früh und zog sich schnell an. Dann lief sie die Treppe hinunter in den großen Saal. Iain würde im Morgengrauen fortreiten, und sie hoffte daß Brigette seine Abreise verschlafen würde und sie einen kurzen Moment mit Iain allein sein konnte. Sie mußte Iain dazu bringen, Brigette beiseite zu schieben, bevor sie ein Kind empfangen hatte. In ihrer Liebe zu Iain war Antonia fest entschlossen, die warmen Gefühle, die er einst für sie gehegt hatte, wieder zu entzünden, um die nächste Gräfin von Dunridge zu werden. Nichts würde sie aufhalten, und wenn sie die Engländerin mit ihren eigenen hübschen Händen erledigen müßte.

Wie Lady Antonia so im Eingang zu dem bevölkerten Saal lauerte, bot sie ein Bild ätherischer Schönheit. Das frühe Aufstehen hatte ihrer Anmut keinen Abbruch getan. Ihre Schläfrigkeit verlieh ihren Augen einen glutvollen Schimmer.

Iain saß alleine an der Ehrentafel. Antonia lächelte und setzte sich neben ihn. »Guten Morgen«, begrüßte sie ihn strahlend.

»Morgen«, erwiderte er, ohne sie anzusehen. »Will Brie dich nicht verabschieden?«

»Sie kommt gleich runter.« Iain sah sie aus den Augenwinkeln an. »Was bringt dich zu so früher Stunde schon hierher?«

»Ich muß mit dir sprechen.« Antonias Augen flehten ihn an.

»Es ist dringend.«

Iain zog fragend eine Augenbraue hoch. »Ich höre.«

Antonia zögerte, und ihr Blick glitt über den vollen Saal.

»Ich muß alleine mit dir sprechen.«

Iain sah sie einen langen Moment an und stand dann auf. »Ich werde mir in Black Jacks Arbeitszimmer anhören, was du zu sagen hast.«

Antonia ging vor. Da sich Iain ihrer Hinterhältigkeit sehr wohl bewußt war, ließ er die Tür einen Spalt weit offen und stand direkt dahinter. Als sie sich zu ihm umdrehte, sah Antonia, wie Sly auf seinem Weg in den Garten vorbeihuschte, und wußte, daß Brigette dicht hinter ihm sein würde.

»Ich liebe dich«, erklärte sie laut.

Bevor Iain auch nur ein Wort sagen konnte, warf Antonia sich an ihn und küßte ihn leidenschaftlich. Ihre Arme umklammerten seinen Hals und hielten ihn fest. Iain blieb steif und teilnahmslos, aber das konnte Brigette von dem Platz, an dem sie stand, nicht sehen. Tausend Dolche durchbohrten ihr Herz, und sie lief schnell hinter Sly her.

Iain schubste Antonia fort. »Tu das ja nicht noch einmal«, knurrte er.

»Es gab einmal eine Zeit, als ich dir nicht gleichgültig war.«

»Ja, aber ich war jung und dumm«, erwiderte Iain, und seine Stimme war voller Verachtung, »und du wolltest unbedingt Gräfin werden. Was ich damals für dich empfunden habe, ist verschwunden. Ich liebe meine Frau.« Damit drehte er sich auf dem Absatz um und verließ das Arbeitszimmer.

Antonias Stirnrunzeln verschwand, und um ihre Lippen spielte ein verschlagenes Lächeln. Wenn die Engländerin erst fort ist, dachte sie, werde ich Iain heiraten und Gräfin von Dunridge werden. Und wenn das nicht klappt, werde ich meinem Bruder schreiben. Finlay hat immer einen guten Rat für mich gewußt.

Iain fand Brigette im Garten. Er trat hinter sie, legte ihr die Hände auf die Schultern und flüsterte ihr direkt ins

Ohr: »Ich habe dich gesucht. Was ist denn das?« fragte er, denn als sie sich umdrehte, sah er die Tränen auf ihren Wangen.

»Nichts.«

»Lüg mich nicht an.«

»Ich-ich fühle mich so einsam.«

»Ich werde in zwei Wochen wieder zurück sein«, sagte er, tätschelte ihren Bauch und grinste verschmitzt: »Vielleicht bekommst du ein Kind, und das macht dich sentimental?«

»Nein.«

»Wir müssen uns mehr anstrengen, um Black Jack glücklich zu machen.« Iain küßte sie innig. »Ich liebe dich, Brie.«

Brigette lächelte traurig, als ihr Mann sich zurückzog, und spazierte dann durch den Garten in der Hoffnung, die frische Morgenluft würde die düsteren Wolken aus ihrem bekümmerten Herzen vertreiben. Ich liebe ihn, dachte sie, aber ich weigere mich, seine Zuneigung mit einer anderen zu teilen.

Antonia hat Iain geküßt. Dieser Gedanke hämmerte in ihrem Kopf und quälte sie. Was soll ich nur tun? fragte sich Brigette besorgt und setzte sich hin, um über ihre Zukunft nachzudenken.

Lady Antonia war sehr zufrieden mit sich, als sie sah, daß ihre Rivalin verlassen in der äußersten Ecke des Gartens saß. Die Engländerin scheint nicht allzu glücklich zu sein, dachte sie schadenfroh. Wie klug von mir, die unerwartete, aber doch so günstige Gelegenheit ergriffen zu haben! Iain zu überreden, sie beiseite zu schieben, wäre unmöglich gewesen, aber jetzt ...

Antonia ging entschlossen auf Brigette zu, aber als sie sich ihrer Gegnerin näherte, spürte Sly die Feindseligkeit der Frau und bleckte knurrend seine Zähne. Antonia trat schnell einen Schritt zurück. »Er wird mich doch nicht etwa beißen?«

»Nein, leider nicht.«

»Das ist aber nicht nett von Euch, Brie«, tadelte Antonia.

»Lady Brigette.«

»Was?«

»Nennt mich Lady Brigette. Nur meine Freunde nennen mich Brie.« Sie stand auf und sah Antonia mit einem stechenden Blick an.

»Sind wir keine Freunde?«

»Ich verabscheue den Boden, auf dem Ihr steht«, zischte Brigette.

Antonia verschlug es den Atem ob Brigettes Gehässigkeit. Nachdem sie sich wieder gefangen hatte, sagte sie: »Ich wäre gerne Eure Freundin – wenn Ihr mir eine Chance geben würdet.«

»Ihr versucht, Euch an meinen Mann heranzustehlen.«

»So!« Antonia zog hochmütig eine Augenbraue hoch. »Iain hat Euch also endlich alles gesagt?«

»Was gesagt?«

Antonia schien verdutzt. »Ich hätte wohl besser nichts gesagt.«

»Ich habe Euch und Iain im Arbeitszimmer gesehen.«

»Wir waren wohl nicht fair zu Euch«, sagte Antonia, und Tränen des Mitgefühls stiegen ihr in die Augen.

»Was immer Ihr sagen wolltet«, befahl Brigette, »kommt zur Sache.«

»Es wäre wohl freundlicher, endlich offen zu sprechen«, sagte Antonia und beherrschte den starken Drang, einfach zuzuschlagen. »Bevor ich Malcolm heiratete, kam ich mit Iain zusammen. Wir hatten uns in Edinburgh kennengelernt und ineinander verliebt, aber Black Jack hatte bereits mit meinem Vater vereinbart, daß ich Malcolm heiraten sollte. Da ich eine gehorsame Tochter bin, befolgte ich die Wünsche meines Vaters. Unter einem Dach zu leben, war schwierig für uns, aber wir haben uns immer ehrenhaft verhalten.«

»Wie überaus beeindruckend«, schnaubte Brigette.

»Nachdem der arme Malcolm gestorben war«, fuhr Antonia fort, Brigettes Sarkasmus ignorierend, »hat Iain mich natürlich in meinem Kummer getröstet.«

»Natürlich.«

»Zu dem Zeitpunkt wurde uns klar, daß wir immer noch viel füreinander empfanden, aber Black Jack hatte sich bereits verpflichtet, Iain mit Euch zu verheiraten. Da Iain ein ehrenwerter Mann ist, hätte er seinen Vater niemals blamiert, indem er den Vertrag brach, aber er kann seine Gefühle für mich auch nicht verdrängen. Ihr versteht?«

»Ich kann es mir ungefähr vorstellen«, antwortete Brigette kalt.

»Es tut mir so leid«, heuchelte Antonia und berührte mitfühlend Brigettes Arm. »Iain will Euch nicht abschieben, aber er braucht Euch nur, damit Ihr einen Erben für Black Jack zur Welt bringt. Er kann Euch nicht so lieben, wie er mich liebt. Wie erbärmlich muß es doch sein, nur eine Zuchtstute zu sein!«

Brigette wandte der anderen Frau den Rücken zu. Sie war nicht fähig, das Zittern ihrer Lippen und den Strom heißer Tränen, der über ihr Gesicht floß, zu beherrschen. Überwältigt von Schmerz und Eifersucht dachte sie überhaupt nicht daran, die Wahrheit von Antonias Worten in Frage zu stellen.

Schenk mir einen Sohn, hatte Iain im Augenblick höchster Ekstase gekeucht.

Vielleicht bekommst du ein Kind? hatte er gefragt, bevor er mit dem Herzog abgereist war.

Antonias Worte klangen wie eine Totenglocke für Brigettes Ehe. Mit einem Schluchzer holte sie tief Luft und erlangte ihre Fassung wieder. Aus Brigettes Schmerz wurde kochende Wut. Ohne einen Gedanken an mein Glück, schäumte sie, hat dieser arrogante Bastard mich geheiratet, um den Vertrag seines Vaters zu erfüllen. Wie kann er es wagen, in dem einen Moment seine Liebe zu mir zu bekunden und im nächsten in die Arme seiner Geliebten zu fliegen! Die ganze Zeit über hat sich dieser Schuft mit seinem Flittchen auf meine Kosten amüsiert. Brigette wirbelte herum, um Antonia anzusehen, aber die blonde Schönheit war verschwunden. In ihrem Kopf nahm der Gedanke an Rache Gestalt an. Wir werden noch sehen, wer in dieser erbärmlichen Angelegenheit zuletzt lacht. Es ist traurig, aber wahr, daß ein Bastard nicht erben kann, aber das ist alles, was die stolzen MacArthurs von Iain und Antonia bekommen werden. Ich werde nicht hier bleiben, um jedes Jahr ein Junges zu werfen.

Slys Jammer zog Brigettes Aufmerksamkeit auf sich, und sie kniete nieder, um den Fuchs zu umarmen. »So sehr ich dich auch liebe«, flüsterte sie gebrochen an seinem Hals, »du kannst nicht mitkommen. Basildon Castle bleibt mir verschlossen. Entweder wird Iain mich dort suchen oder meine Mutter wird mich nach Dunridge zurückschicken. Mein Ziel ist London, mein Schatz, und da kannst du nicht mitkommen. Außerdem wird Glenda Gesellschaft brauchen, wenn ich fort bin.«

Brigette, die ihr wärmstes Reitkleid und einen wollenen Umhang trug, blieb in der Eingangshalle stehen und überlegte, wo Glenda sein könnte. Dann fiel es ihr ein: in der Bibliothek, wo sie mit Vater Kaplan Buchstaben lernte. Brigette mußte trotz ihrer Sorgen lächeln. Wie seltsam, daß der Sohn eines jüdischen Kaufmannes Priester war! Aber genau das war Vater Kaplan. Der Sohn einer Schottin und eines jüdischen Kaufmanns war schon in frühen Jahren zum Waisen geworden und in einem katholischen Heim aufgewachsen.

Er hatte Aussichten auf ein Priesteramt, aber nachdem Vater Kaplan ordiniert war, nahm ihn wegen seiner ungewöhnlichen Herkunft niemand richtig ernst. Sei's drum, hatte er gedacht, und damit begonnen, sich um die geistigen und weltlichen Bedürfnisse der Obdachlosen und Außenseiter in Edinburghs ärmstem Stadtteil zu kümmern. Dort kannten die meisten ihren eigenen Vater nicht und scherten sich erst recht nicht um seinen. Vater Kaplan war sehr beschäftigt gewesen. Seine Welt war die der Armen, Heimatlosen und Verlorenen.

Dann war Black Jack MacArthur in sein Leben getreten. Eine Freundin von Black Jack hatte das Undenkbare getan: Sie hatte einen Selbstmordversuch unternommen. Von Schuld gezeichnet war Black Jack verzweifelt darum bemüht, daß die sterbende Frau den letzten Segen und ein ehrbares Begräbnis erhielt. Aber kein Priester, der die näheren Umstände des Notfalls erfuhr, wollte kommen … bis Black Jack Vater Kaplan fand.

Voller Mitleid für die Qualen des jungen Lords hatte der Priester begriffen, daß er sich mehr um Black Jack als um die unbekannte Dame kümmern mußte. Ohne auch nur einen Moment zu zögern, hatte Vater Kaplan Black Jack zum Haus seines Verwandten begleitet und der schönen, sterbenden Adeligen die letzte Ölung gegeben. Später hatte er ihr namenloses Grab gesegnet und damit MacArthurs Respekt und Freundschaft gewonnen.

Black Jack hatte Vater Kaplan gebeten, mit ihm nach Dunridge Castle zurückzukehren. Als der Priester zögerte, hatte Black Jack geschworen, daß es viele arme Pächter und Trunkenbolde in Argyll gab. Sie alle waren darauf angewiesen, daß jemand ihre Seelen rettete. Also hatte Vater Kaplan mit Black Jack Edinburgh verlassen und war die nächsten dreißig Jahre auf Dunridge geblieben.

Glenda strahlte, als Brigette und Sly in die Bibliothek kamen. »Es tut mir leid, Euch zu unterbrechen«, sagte Brigette zu dem alten Priester. »Dürfte ich wohl mit Glenda alleine sprechen?«

»Nun, es ist eigentlich noch keine Zeit zum Spielen«, antwortete er, »aber ich denke, wir können heute ausnahmsweise einmal etwas früher Schluß machen.«

»Laß mich sehen, was du heute gemacht hast«, sagte Brigette, nachdem der Priester gegangen war.

Glenda grinste und hielt ihr Pergament hoch. Darauf waren in großen, kindlichen Buchstaben Brigettes und Slys Namen geschrieben.

»Ausgezeichnet! Und dein eigener Name?«

G L E N D A!

Brigette applaudierte und hockte sich neben das Kind. »Wie du an meiner Kleidung siehst, will ich fort.«

»Fort?« schrie Glenda.

»Ich reite ein bißchen aus«, sagte Brigette und streichelte ihren Arm. »Ich möchte, daß du mir versprichst, für Sly zu sorgen, wenn ich fort bin.«

Glenda spürte, daß irgend etwas ganz und gar nicht stimmte. Mißtrauisch sah sie von Brigette zu Sly und wieder zurück.

»Möchtest du dich nicht um Sly kümmern?«

»Doch, aber ich würde noch lieber mit dir kommen.«

»Heute nicht, meine Süße«, antwortete Brigette. »Manchmal müssen die Menschen alleine sein und über ihre Probleme nachdenken.«

»Ich könnte dir helfen.«

»Du hilfst mir, indem du dich um Sly kümmerst«, sagte Brigette. »Willst du das tun?«

»Ja.«

»Du bist ein liebes Mädchen, und ich liebe dich. Komm, laß dich umarmen.«

Unsagbar traurig warf sich Glenda in Brigettes Arme, und die beiden umklammerten sich, während Sly um sie herumtrippelte und jammernd um Aufmerksamkeit buhlte. Brigette küßte das kleine Mädchen auf beide Wangen und schob sie zur Seite. Dann versetzte sie dem Fuchs einen schnellen Klaps und verließ die Bibliothek.

»Guten Morgen«, begrüßte Percy sie in der Eingangshalle. »Wo soll's denn hingehen?«

Brigette zögerte. »Ich – ich reite aus.«

»Ich werde mitkommen.«

»Nein!« lehnte Brigette entschieden ab, und Percy runzelte die Stirn. »Ich möchte lieber allein sein«, erklärte sie.

»Was fehlt dir, Brie?«

»Nichts, aber ich vermisse Iain so schrecklich.«

»Alleine auszureiten ist gefährlich«, sagte er.

»Ich verspreche, daß ich nicht weit fort reite.«

Unsicher schwieg Percy. Sollte Brigette irgend etwas zustoßen, würde sein Leben weniger als wertlos sein, wenn Iain davon erfuhr. Das letzte Mal, als er die Verantwortung getragen hatte, war sie fortgelaufen. Und was für eine Standpauke hatte er für diesen Vorfall bezogen!

»Bitte«, flehte sie.

Gegen besseres Wissen nickte Percy, warnte jedoch:

»Sei vorsichtig und reite nicht zu weit. Bleib nicht länger als eine Stunde außerhalb der Mauern.«

»Ja, Papa.« Um ihre Mundwinkel spielte ein Lächeln.

Ein paar Augenblicke später winkte Brigette den Turmwachen zu, als sie durch das äußere Tor ritt. In geringer Entfernung von dem Schloß parierte sie ihr Pferd durch und blickte zurück auf Dunridge Castle.

Iain! schrie ihr Herz. *Ich habe dich so geliebt!*

Mit schmerzlichem Bedauern wandte Brigette sich um und galoppierte davon.

9

Mit schwerem Herzen machte Brigette sich auf ihren einsamen Weg Richtung Südosten. Der Tag war rauh, und am Nachmittag fror sie unangenehm und war außerdem hungrig.

Was für ein Tölpel ich doch bin, schalt sie sich selbst. Ich hätte mich zwar verdächtig gemacht, wenn ich meinen pelzbesetzen Mantel getragen hätte, aber mir wäre warm gewesen. Und was noch schlimmer ist: Ich habe keinen Proviant mitgenommen.

Besorgt fragte sich Brigette, was geschehen würde, wenn es dunkel würde. Sicher war, daß sie die Nacht allein im Wald verbringen mußte. Es gab keinen Gasthof, wo sie das Geld ausgeben konnte, das sie mitgenommen hatte. Brigette hoffte nur, daß keine Wölfe in der Gegend waren.

Als sie um eine Kurve ritt, erspähte Brigette vor sich einen Fußgänger. Er blieb stehen, als er das Pferd hörte, und drehte sich um. Vorsichtig ritt sie näher.

Aus der Entfernung schien er ein seltsamer alter Mann zu sein, aber seine Haltung und sein Körperbau paßten nicht zu dem Gesamteindruck fortgeschrittenen Alters. Er trug ein langes, zerfetztes Gewand und einen dicken Wanderstab in der Hand.

Irgendein heiliger Mann, dachte Brigette. Als sie auf gleiche Höhe mit ihm war, erkannte sie, daß er viel jünger sein mußte, als er auf den ersten Blick schien, vermutlich genauso alt wie Iain.

Er war groß und breitschultrig. Sein langes zotteliges Haar war kastanienbraun. Nur sein sonderbares Gewand und die Stoppeln eines sprießenden Bartes erzeugten die Illusion eines alten Mannes.

Als der Mann sie neugierig betrachtete, parierte Brigette ihr Pferd durch. Ihre Augen trafen sich, und sie erschrak, denn der durchdringende graue Blick kam ihr sehr bekannt vor. Wo hatte sie solche Augen schon einmal gesehen?

Ohne daß er sie näher musterte, entging diesen scharfen grauen Augen nichts von der rothaarigen Schönheit auf dem Pferd. Der Mann bemerkte die Qualität ihrer gut gearbeiteten Kleidung, ihren Ehering und das MacArthur-Pferd. Als sie sprach, erkannte er ihren vornehmen englischen Akzent. Sehr vornehmes Englisch.

»Guten Tag, Mylady.« Der Mann lächelte und nickte.

»Guten Tag, Sir«, erwiderte Brigette. »Ist dies hier der Weg nach London?«

Als könne er das Ende des Weges sehen, warf er einen langen Blick gen Horizont und sah sie dann wieder an. »Ich glaube schon.«

»Gehört dieses Land, durch das ich hier reite, noch den MacArthurs?« fragte sie.

Der Mann betrachtete Brigette grüblerisch und entschied dann, daß sie für einen Pferdedieb zu vornehm war. Aber wer war sie? Eine entlaufene Braut? Soweit er wußte, hatte keiner seiner Cousins von der MacArthur-Seite in letzter Zeit geheiratet. »Wir sind auf dem Land der Campbells«, antwortete er. »Ihr habt das Land der MacArthurs schon einige Meilen hinter Euch gelassen, falls Ihr da hin wolltet.«

»Ich möchte nach London.«

»Bei allen Heiligen!« rief er aus, und ein charmantes Grinsen erhellte sein Gesicht. »Ich will auch nach London. Ich erzähle Euch eine Geschichte, wenn Ihr mich auf Eurem Pferd mitnehmt.«

Brigette wurde sofort mißtrauisch und betrachtete ihn aus den Augenwinkeln. Ein Stirnrunzeln verdunkelte ihr Gesicht.

»Magnus ist mein Name«, stellte er sich vor und verbeugte sich höflich. »Gaberlunzie ist mein Beruf. Seht Ihr das nicht an meinem Gewand?«

Brigette starrte ihn verständnislos an, und Magnus lachte leise. »Wißt Ihr, was ein Gaberlunzie ist?« fragte er.

»Nein.«

»Ein Gaberlunzie reist durchs Land«, erklärte er, »und erzählt Geschichten, für die er dann sein Abendessen bekommt. Und Ihr seid?«

»Brigette ... Mac ... Bria.« Sie schluckte nervös. »Ich hoffe, ich werde nicht in einer Eurer Geschichten vorkommen.«

Magnus grinste. Er war von der geheimnisvollen grünäugigen Engländerin äußerst bezaubert. »Nun, Brigette MacBria« neckte er, »der Preis für mein Schweigen ist ein Ritt auf Eurem Pferd.«

Brigette war mißtrauisch und deshalb nicht sicher, ob sie mit einem Fremden weiterreisen sollte, aber ihr Bedürfnis nach Gesellschaft war stärker als ihre Vorsicht. »Nennt mich Brie wie alle meine Freunde.«

Magnus stieg hinter ihr auf. Um ihren Körper herum ergriff er die Zügel. Brigette war angespannt und das war verständlich, denn außer mit »Ross« MacArthur war sie niemals mit einem fremden Mann alleine gewesen. Sie ritten weiter, und ihr Schweigen war freundlich. Es beruhigte ihre aufgeregten Nerven. Nach und nach entspannte sie sich und lehnte sich fast unmerklich gegen den männlichen Körper.

Das allerdings sorgte bei Magnus für wachsendes Unbehagen. Er spürte die zarte Wirbelsäule und staunte, was für ein zerbrechliches Wesen sie war. Ihr Kopf ruhte in seiner Halsbeuge und der frische Duft ihres Haares berauschte seine Sinne. Er spürte, wie sich unter seiner Kleidung seine Männlichkeit regte.

»Ihr wollt also nach England«, meinte Magnus in der Hoffnung, daß eine beiläufige Unterhaltung seine niederen Instinkte lindern würde.

»Ja.«

»Nach Hause zu Eurer Familie?«

»Woher wißt Ihr, daß ich Engländerin bin?« fragte sie mißtrauisch.

»Ihr sprecht nicht wie eine gebürtige Schottin.«

»Oh!«

»Habt Ihr Familie in London?«

»Nein.«

»Freunde also … Wen?« fragte er und spürte, wie sich ihr Körper versteifte. »Vielleicht kenne ich sie.«

»Das bezweifele ich«, antwortete Brigette kalt.

Sie ist weggelaufen, dachte Magnus. »Wo kommt Ihr denn her, Mädchen?«

»Das geht Euch überhaupt nichts an! Darf ich Euch daran erinnern«, informierte sie ihn hochmütig, »daß Ihr nur durch meine Großzügigkeit reitet? Wenn Ihr lästig werdet, mache ich meine Einladung rückgängig. Habt Ihr das verstanden?«

»Ich denke schon.« Er äffte ihren vornehmen Akzent nach und dachte, daß sie ganz schön mutig sei.

Sie ritten schweigend weiter, aber die Atmosphäre war nicht mehr so freundlich wie zuvor. Magnus räusperte sich und wagte sich dann wieder gerissen vor: »Diese Stute gehört MacArthur.« Brigette verkrampfte sich, und er wußte, daß er ins Schwarze getroffen hatte.

Anstatt wütend zu werden, beschloß Brigette, in das Spiel mit einzusteigen. »Eure Hände sind nicht die eines arbeitenden Mannes«, beobachtete sie.

»Ein Gaberlunzie arbeitet mit seiner Zunge, Mädchen.«

»Ach, wirklich?« Sie drehte eine seiner Hände um. »Die Schwielen in Eurer Handfläche zeugen von gründlicher Übung mit einem Schwert.« Magnus schwieg. Brigette hätte sich gern umgedreht, um seinen Gesichtsausdruck zu sehen. Dann fuhr sie fort: »Und obwohl Ihr den Eindruck fortgeschrittenen Alters macht, weiß ich, daß Ihr ein junger Mann seid. Ihr müßt in einem Alter sein mit …« Sie konnte ihre Zunge gerade noch rechtzeitig im Zaum halten.

»In einem Alter mit wem?«

»Niemand. Wer seid Ihr wirklich?«

»Ich bin stärker als Ihr«, flüsterte er rauh in ihr Ohr. »Ihr seid nur durch meine Nachsicht noch am Leben. Wenn Ihr lästig werdet … Ihr versteht?«

»Ich verstehe«, krächzte sie zitternd vor Angst. Welche Torheit, diesen mörderischen Gauner auf ihrem Pferd mitzunehmen. Und überhaupt, welche Torheit, die sicheren Mauern von Dunridge verlassen zu haben!

Magnus parierte das Pferd abrupt durch, und Brigette hielt den Atem an in der Gewißheit, daß ihr Ende bevorstand. Er stieg ab und zog sie nicht allzu freundlich aus dem Sattel. Als er in ihre grünen Augen starrte, die sich vor Furcht geweitet hatten, milderte sich sein strenger Gesichtsausdruck. »Es tut mir sehr leid, daß ich Euch bedroht habe«, entschuldigte er sich. »Ich glaube, wir sollten Waffenstillstand schließen, meint Ihr nicht?«

Brigette nickte schnell, und Magnus lächelte über ihre plötzliche Bereitschaft, einzulenken. »Wir haben beide Geheimnisse, die wir nicht preisgeben wollen. Können wir nicht weiterreisen, ohne neugierig zu sein?«

»Ihr habt damit angefangen.«

»Ich nehme alles zurück.«

Unerwartet fand er sich in den Tiefen ihrer smaragdgrünen Augen wieder, und Magnus beugte seinen Kopf vor, um sie zu küssen. Als sie sich fast berührten, knurrte Brigettes Magen laut wie ein wildes Tier.

Lächelnd trat Magnus zurück. »Seid Ihr hungrig?«

»Verhungert.«

»Weshalb habt Ihr nichts gesagt?« tadelte er.

»Habt Ihr etwas zu essen dabei?« Brigette lief schon das Wasser im Mund zusammen.

»Nicht bei mir«, gab Magnus zu, »aber wir werden etwas bekommen.«

»Wie?«

Magnus sah sich erst um und dann in den Himmel. »Es dämmert schon fast«, sagte er. »Wir werden für die Nacht Rast machen.«

»Werdet Ihr jagen?«

»Es gibt keinen Grund zu jagen. Hier in der Gegend wohnen überall Kleinpächter der Campbells.«

»Und was bringt uns das?« fragte Brigette irritiert.

»Es ist Brauch in den Highlands, Reisenden Gastfreundschaft anzubieten.«

»Ich möchte nicht so gerne, daß meine Reise Richtung Süden bemerkt wird.«

»Macht Euch keine Sorgen deshalb, meine kleine Engländerin«, und tippte ihr spielerisch auf die Spitze ihrer nach oben gebogenen Nase. »Es ist auch Brauch in den Highlands, nicht nach der Identität des Reisenden zu fragen ...«

Nachdem Brigette einen der beiden Stühle in der Hütte abgelehnt hatte, setzte sie sich auf den Boden vor dem kleinen Kamin und beendete ihr Mahl aus fleischlosem Eintopf, Käse und Brot. Niemals zuvor hatte sie besser gegessen.

Magnus hatte recht gehabt. Ohne Fragen zu stellen, hatten der ältere Pächter und seine Frau sie eingeladen, ihr mageres Abendessen und ihre Hütte zu teilen. Irgend etwas in ihrem Verhalten jedoch deutete darauf hin, daß sie Magnus schon früher getroffen hatten.

»Ihr habt einen mächtigen Appetit für eine so kleine Lady«, zog Magnus, der neben ihr saß, sie auf. »Der Eintopf hat Euch also geschmeckt?«

Brigette wurde rot. »Ich war hungrig. Und außerdem besser Eintopf als Haggis.«

Magnus lächelte. »Es ist Zeit, schlafen zu gehen. Wir werden bei Morgengrauen wieder aufbrechen.«

»Ihr könnt gerne in unserem Bett schlafen, Mylady«, bot die Frau des Pächters an.

Brigette betrachtete die ältere Frau und beschloß, daß die Jugend auf dem Boden schlafen sollte. »Nein danke«, lehnte sie ab.

»Wickelt Euch hier ein«, sagte der Pächter und gab Magnus ein Campbell-Plaid. »Das hält Euch warm.«

Magnus lächelte Brigette ironisch an. »Wenn wir uns nebeneinander legen und zusammen in die Decke wickeln, haben wir es beide schön warm.«

»Könnten wir nicht zwei Decken nehmen?« Ihre Wangen waren dunkelrot.

»Es gibt nur die eine.« Magnus grinste frech.

»Nun ja«, wich sie aus und überlegte, ob der Pächter und seine Frau wohl verläßliche Aufpasser sein würden.

»Ihr traut mir nicht?«

»Ich – ich glaube doch.«

»Für einen Highlander, Brie, gibt es nichts Unehrenhafteres als jemanden auszunutzen, der einem vertraut.«

»Seid Ihr ein gebürtiger Highlander?«

»Ja, bin ich«, bekräftigte Magnus feierlich, aber seine Lippen zuckten vor unterdrückter Belustigung.

Grüne und graue Augen trafen sich, und Brigette wußte, daß er aufrichtig gewesen war. Scheu glitt sie in seine Umarmung. Magnus faltete das Campbell-Plaid um sie beide, was die Kälte der Nacht aussperrte, und hielt sie fest umarmt. Brigette lehnte ihren Kopf an seine Brust und sein rhythmischer Herzschlag lullte sie bald in einen tiefen, traumlosen Schlaf.

Magnus drückte ihr einen zarten Kuß auf den Kopf und schloß seine Augen.

Klatsch! Der brennende Schmerz eines kräftigen Schlages auf ihr Hinterteil weckte Brigette. *Iain!* dachte sie alarmiert. Iain ist hier.

»Aufstehen, sage ich«, befahl eine strenge Stimme. Brigette öffnete die Augen und sah Magnus über sich stehen. »Faulpelz. Es ist schon eine Stunde hell, und die Campbells arbeiten schon hart. Wenn Ihr jetzt nicht aufsteht, lasse ich Euch hier zurück.« Sie ergriff seine ausgestreckte Hand und stand müde auf. »Auf dem Tisch steht Porridge für Euch.« Der Porridge war kalt. Da sie vermutlich den ganzen Tag lang nichts anderes zu essen bekommen würde, zwang Brigette sich zu essen und sah dann ihren Gefährten aus den Augenwinkeln an.

Nachdem Magnus das Campbell-Plaid ordentlich zusammengefaltet hatte, packte er es in einen Leinensack, den er über die Schulter schwang. Er begegnete ihrem fragenden Blick. »Sie haben darauf bestanden, daß wir die Decke und auch ein paar Vorräte mitnehmen.«

»Ist das auch Brauch in den Highlands, Durchreisende mit Proviant zu versorgen?«

»Nein, Mädchen, das ist die unnachahmliche Großzügigkeit des großen Clan Campbell.«

Die Schatten des Nachmittags verschwanden in der

Dämmerung, als Magnus den Weg verließ und in den Wald ritt. Sie hielten an einem Flüßchen, wo sie das Pferd tränken und ein Lager zur Nacht aufschlagen konnten.

Magnus stieg ab und hob die erschöpfte Brigette aus dem Sattel. »Dank den Campbells«, erzählte er ihr, »müssen wir heute abend nicht jagen. Wir machen auch kein Feuer.«

»Aber ich friere«, jammerte Brigette erbärmlich. Tränen des Kummers stiegen ihr in die Augen.

»Ich weiß ja«, sagte er und streichelte ihre Wange, »aber wir sind nicht mehr im Land der Campbells. Morgen wird es besser gehen, und ich werde mein Bestes tun, um Euch davor zu bewahren, heute nacht zu erfrieren. Also geht und erledigt Euer Geschäft.«

Brigette wurde rot und ging dann in den Wald. Als sie zurückkehrte, hatte Magnus das Sackleinen ausgepackt. Schweigend aßen sie ihr mageres Abendessen aus Brot und Käse.

»Es ist Zeit zu schlafen.« Magnus hielt einladend die Decke auf.

»A-Aber wir haben keine Anstandsdame.«

»Ich glaube auch nicht, daß wir hier eine finden werden. Kommt zu mir, ich halte Euch warm.«

Brigette legte sich neben ihn. Magnus wickelte die Dekke um sie beide, und seine Arme hielten sie auf ihrem erdenen Bett eng umschlungen. Als sie ihren Blick hob, sah sie, daß er sie beobachtete.

Fasziniert von seinen durchdringenden grauen Augen, hatte Brigette nicht die Kraft zu protestieren, als seine Lippen sich auf die ihren senkten. Für den Bruchteil einer Sekunde gab sie seinem Kuß nach, aber dann tauchte Iains Bild wie ein Gespenst vor ihrem geistigen Auge auf, und die Vernunft gewann wieder Oberhand. Ihre kleinen Hände drückten gegen seine Brust in dem Versuch, ihn wegzuschieben.

»Bitte«, flehte sie, als er ihre Augenlider und Schläfen küßte. »Ich bin eine verheiratete Frau.«

»Unglücklich verheiratet«, flüsterte er heiser, ohne seinen sinnlichen Angriff zu beenden.

»Glücklich oder unglücklich, das macht nichts«, sagte Brigette bitter. »Ich habe vor Gott geschworen. Und außerdem liebe ich meinen Mann.«

Magnus gab sich geschlagen und seufzte. »Und ich bin unglücklicherweise ein ehrenwerter Mann. Ihr seid sicher bei mir.« Sie kuschelten sich eng aneinander und schliefen ein.

Bald zwei Wochen später ritten sie an einem trüben regnerischen Tag durch das Bishopgate nach London hinein. Brigette war sprachlos vor Staunen, als sie mit großen Augen einen ersten Blick auf London warf. Nicht einmal in ihren kühnsten Träumen hätte sich Brigette einen so großen und geschäftigen Ort vorstellen können.

Massen von Menschen liefen hin und her und zogen ein Zickzackmuster durch die engen, matschigen Straßen. Die Londoner schienen alle in einem Wettrennen zu sein. Brigette malte sich aus, daß jeder darauf bedacht war, als erster seine Angelegenheiten zu erledigen, um dem Regen zu entkommen.

Magnus parierte das Pferd durch und stieg ab, bevor er Brigette aus dem Sattel half. Sie versank direkt im Matsch und kicherte, als Regentröpfchen von ihrer Nasenspitze tropften.

»Lieber Gott, wir sind endlich angekommen«, sagte Magnus und starrte in die bezaubernden grünen Augen.

»Ja, das sind wir.«

»Ich muß jemandem eine Geschichte erzählen. Ich muß Euch jetzt verlassen.«

»Oh!« In Brigettes Hals bildete sich vor Trauer ein Kloß.

»Ich könnte Euch noch zu Euren Freunden begleiten«, bot Magnus an.

»Nein«, lehnte Brigette schnell ab. »Nein danke.«

»Es würde keine Mühe machen«, fügte er hinzu, da er sie nur widerwillig verließ.

»Es ist wirklich nicht nötig«, versicherte sie ihm mit strahlendem Lächeln. »Mein Ziel liegt nicht weit von hier. Es ist alles in Ordnung.«

»Mit Euch zu reisen, Brie, war eine einzigartige Erfahrung. Einfach unvergeßlich.«

Brigette grinste. »Ist das nun ein Kompliment oder nicht?«

Magnus lachte leise und zog sie in seine Arme. Seine Lippen legten sich in einem innigen Kuß auf ihre. »Ich werde dich vermissen«, flüsterte er und ging weg.

Brigette fühlte sich verlassen, als sie ihm nachsah und geistesabwesend das Pferd streichelte. Das Pferd! dachte sie plötzlich. *»Magnus!* » rief sie und lief ihm nach, das Pferd hinter sich herziehend. *»Magnus!*«

Er wirbelte herum und lief zurück. »Was ist los?«

»Das Pferd.« Brigette gab ihm die Zügel. »Es ist ein Geschenk von mir.«

»Ich verstehe nicht.«

»Ich habe keine Verwendung dafür«, erklärte sie. »Reitet sie zurück nach Schottland, wenn Ihr zurückkehrt.«

»Seid Ihr sicher?«

»Ja.«

»Ich werde Eure Freundlichkeit nicht vergessen.« Magnus küßte ihre Wange, stieg auf und ritt fort. Er drehte sich noch einmal um, und sah Brigette wie ein Waisenkind dort stehen, wo er sie verlassen hatte. Dann wandte er das Pferd in Richtung Strand, Londons feinste Gegend.

Magnus bog vom Strand ab und ritt den engen Kutschweg hinauf, der zum Lennox House führte, und dann zu dessen Hintereingang. Er stieg ab und klopfte an die Tür. Als sie geöffnet wurde, schaute ein vergrätzter Lakai hinaus.

»Guten Tag«, grüßte Magnus den Bediensteten.

»Was willst du?« fragte der Lakai herrisch. »Hier wirst du kein Geld kriegen.«

»Ich komme direkt aus dem Norden«, sagte Magnus und beherrschte seinen Drang, dem Mann mit seiner Faust eins auszuwischen, »und ich habe eine interessante Geschichte für die Ohren des Grafen.«

»Du willst mit dem Graf sprechen?« fragte der Lakai ungläubig.

»Er erwartet mich.«

»Erwartet dich!« wiederholte der Lakai ungläubig.

»Wenn dir deine Stellung bei dem Grafen lieb ist«, drohte Magnus, »holst du ihn am besten sofort!«

»Sehr wohl.« Die Tür knallte zu.

Einige Momente später wurde die Tür wieder geöffnet. Der Graf von Lennox, in mittlerem Alter und teuer gekleidet, betrachtete den zerlumpten Geschichtenerzähler.

»Ich habe eine Geschichte für Euch, Lennox, über eine Königin auf der Suche nach einem angemessenen Gefährten. Würdet Ihr sie gerne hören?«

»Campbell?«

Der Graf von Lennox schüttelte seinen Kopf, angewidert von dem zerrissenen Gewand des anderen. »Müßt Ihr Euch unbedingt mit Lumpen verkleiden? Weshalb könnt Ihr nicht bessere Kleidung anlegen?«

Magnus zog spöttisch die Augenbrauen hoch. »Als was sollte ich denn Eurer Meinung nach durch Schottland und England ziehen? Als der Allmächtige Gott? Das wäre vielleicht unauffällig.«

Nachdem Magnus aus ihrem Blickfeld verschwunden war, blieb Brigette dort, wo sie stand – knöcheltief im Matsch. Sie fühlte sich erbärmlich allein und sah sich um. Wo sollte sie bloß hingehen? In ihrem voreiligen Plan hatte sie nicht bedacht, was sie tun sollte, wenn sie erst einmal wirklich in London angekommen war.

Ich werde der Menge folgen, beschloß sie. Die am stärksten bevölkerte Gegend ist vermutlich auch die sicherste. Brigette ignorierte den strömenden Regen und den tiefen Matsch und ging los. Ihre Gedanken wurden mit jedem Schritt trüber und trüber.

Langsam kamen ihr Zweifel auf, ob sie wirklich überleben würde. Welche Torheit, ohne einen vernünftigen Plan von Dunridge geflohen zu sein, schalt sich Brigette selbst. Jeder dieser Passanten hatte ein Ziel – eine Familie, ein Heim. Nur ich habe keine Zuflucht. Wenn ich es jetzt nicht selbst erlebte, würde ich niemals glauben, daß man in einer so bevölkerten, regen Stadt so allein sein kann.

Ohne zu wissen, wohin sie ging, kam Brigette zufällig zum Cheapside Market, der nur so vor Menschen wimmelte. Plötzlich wurde sie von einem Gassenjungen von hinten gestoßen, der sich entschuldigte, als er an ihr vorbeilief.

»Vorsicht«, warnte eine Stimme in der Nähe, »oder man raubt Euch die Taschen aus.«

Brigette sah sogleich nach, ob die Münzen noch da waren. Leer! Wütend raste sie hinter dem Jungen her, von dem sie sicher war, daß er ihr Geld gestohlen hatte.

Während sie mühsam versuchte, durch den Matsch zu laufen, verfing sich ihr durchnäßter Rock in ihren Beinen, und sie fiel hin. Müde, hungrig und verfroren gab sich Brigette geschlagen. Daß die Tochter eines Grafen so tief gesunken war!

»Hey!« Jemand stolperte über sie und landete neben ihr im Dreck. Durch einen verschwommenen Tränenschleier sah Brigette eine mit Matsch bedeckte junge Frau.

»Was zum Teufel macht Ihr denn da unten?« kreischte sie und sprang auf die Füße. Sie starrte Brigette kampflustig an, die noch heftiger weinte.

Ein zufälliger Beobachter hätte die wütende Frau vermutlich als derb bezeichnet. Mit ihrer durchschnittlichen Größe überragte sie Brigette um einiges, und sie war von der Natur reichlich ausgestattet worden. Ihr krauser Wuschelkopf war hellbraun, durchsetzt mit hellblonden Strähnen. Über einer unbeschreiblichen Nase, die zu allem Überfluß auch noch mit Sommersprossen versehen war, saßen intelligente haselnußbraune Augen.

Die Frau sah Brigette grüblerisch an. *Aha!* dachte sie, als ihr Blick auf Brigettes zarte weiße Hände fiel. Das ist kein einfaches Frauenzimmer, sondern eine vornehme Dame.

»Seid Ihr so dußlig«, schnauzte sie, »daß Ihr keine Lust habt, aus dem Regen zu kommen?«

»Ich – ich weiß ja nicht, wo ich hingehen soll«, schluchzte Brigette.

Weggelaufen! Irgendein feiner Herr wird eine ansehnliche Belohnung für ihre sichere Rückkehr bezahlen. Die Frau streckte ihre Hand aus und sagte: »Jetzt weißt du's.«

Brigette schaute verständnislos auf die ausgestreckte Hand und dann in die braunen Augen. »W-Was?«

»Ich sagte, du weißt jetzt, wo du hinkannst«, wiederholte die Frau. »Gib mir deine Hand und mach voran.« Brigette ergriff ihre Hand und stand auf. »Mein Name ist Marianne, aber nenn mich Randi. Das tun alle meine Freunde.«
»Mein Name ist Brigette, aber nenn mich Brie. Das tun meine Freunde.«

»Du hast Freunde?« fragte Marianne in gespieltem Unglauben. »Das hätte ich nicht gedacht, nachdem du dich eben im Matsch gesuhlt hast wie ein quietschendes Schwein.«

»Natürlich habe ich Freunde!« entgegnete Brigette entrüstet. »Viele Freunde! Nur ganz offensichtlich residieren sie nicht in London.«

»Zweifellos nicht.« Marianne äffte ihren hochnäsigen Akzent nach. »Ich bitte untertänigst um Verzeihung, Mylady. Wie peinlich nachlässig von mir, daß ich das nicht gleich erkannt habe.«

Trotz ihres Kummers brach Brigette in Gelächter aus, und Marianne zwinkerte ihr zu. »Komm mit. Der Rooster ist gleich um die Ecke.«

»Rooster?«

»Die Royal Rooster Taverne«, erklärte Marianne. »Wo ich lebe und arbeite.«

Die beiden Frauen stapften durch den Matsch. Bevor sie die Ecke erreichten, zog Marianne Brigette in eine schmuddelige, übelriechende Gasse. »Wir nehmen die Hintertür«, sagte sie. »So wie wir aussehen, möchte ich die Gäste nicht schockieren.«

Nachdem sie die Gasse halb hinuntergegangen waren, führte Marianne Brigette in die Küche der Taverne und schob sie unsanft auf einen Schemel. »Bleib da sitzen, Süße«, befahl sie. »Ich hole dir was zum Wiederbeleben.«

Brigette faltete züchtig die Hände im Schoß und sah sich um. In einiger Entfernung stand der Koch der Schenke und starrte sie an. Er war klein und ungeheuer korpulent, beinahe wie ein Elefant. Seine dicken Lippen waren wabbelig, und seine dunklen, wachen Augen erinnerten an eine Schlange. Brigette hatte noch nie einen abstoßenderen Mann gesehen.

»Trink das aus«, befahl Marianne. Sie gab Brigette einen Schluck Whiskey und bemerkte dann, daß der Koch sie anstarrte. »Was zum Teufel gibts denn da zu sehen, Bertie?«

Bertie öffnete den Mund, um zu antworten, aber Mariannes Zunge war schneller und scharf. »Weshalb machst du's dir nicht selbst, du Schwein?« Brigette verschluckte sich an dem Whiskey. Marianne schlug ihr auf den Rücken und stieß sie damit fast vom Hocker.

Die Tür zum Gastraum ging auf, und eine blonde Frau betrat die Küche. Sie war gut gebaut und wußte, wie sie ihre Reize ins rechte Licht rücken konnte. Das zeigte deutlich ihre offenherzige, tief ausgeschnittene Bluse.

Als sie die beiden matschbedeckten Frauen erblickte, blieb sie stehen. »Was zum Teufel hast du denn dieses Mal mitgebracht, Randi?« kreischte sie. »Wieder ein herrenloses Wesen?«

»Verschwinde, Lil, oder es wird dir leid tun!« knurrte Marianne. »Und nenn mich nicht noch einmal Randi. Der Name ist nur für Freunde reserviert.«

»Was ist hier los?« grollte eine tiefe Männerstimme. Sie gehörte zu einem muskulösen, auf grobe Weise gutaussehenden Mann, der in die Küche gerannt kam, nachdem er die wütenden Frauenstimmen gehört hatte. »Draußen warten Gäste. Bewegt euren verdammten Arsch!«

Bertie huschte zu seinen Töpfen, und Lil verzog sich in die Gaststube. Der Mann wandte seine Aufmerksamkeit Marianne zu. »Was zum Teufel ist los?« fragte er scharf. »Und wer ist das?«

»Ich bin auf der Straße über diese Lady gestolpert.« Ein süßes Lächeln zierte Mariannes Gesicht. »Brie, das ist Bukko Jacques, der Besitzer des Rooster. Bucko, diese junge Lady ist Brigette ...?«

»Brigette Devereux MacArthur. Es freut mich, Euch kennenzulernen, Mr. Jacques.«

Buckos dunkle Augen wurden schmal, und Marianne

zog an seinem Ärmel wie ein Kind. »Bucko, Lieber, können wir mal alleine reden?«

Bucko nickte und ging mit Marianne zum anderen Ende der Küche. »Das Frauenzimmer ist gar kein Frauenzimmer«, flüsterte sie, »sondern eine verzweifelte Lady. Früher oder später wird ein reicher Herr nach ihr suchen. Wenn wir sie hier in Sicherheit bringen, wird er überaus dankbar sein und uns für unsere Mühe mit einem Sack Gold belohnen.«

»Ich weiß nicht, Randi.« Bucko sah zweifelnd aus.

»Sie kann hier für ihren Unterhalt arbeiten, bis er kommt. Wir könnten ein bißchen Hilfe brauchen.«

»Und wo soll sie schlafen?« protestierte er. »Das Geschäft läuft gut, und wir haben keine freien Zimmer.«

Marianne lächelte kokett und rieb ihre üppigen Brüste an seinem Arm. »Wenn sie sich das Zimmer mit Lil teilt, müßte ich bei dir schlafen.«

»Eine ausgezeichnete Idee.« Buckos Augen blitzten vor lüsterner Erwartung. »Zusätzliche Hilfe, ein Sack Gold und du! Was könnte ein Mann noch mehr wollen?«

Bucko kehrte in den Gastraum zurück und wußte nicht, daß er in eine zarte Falle geraten war. Marianne lächelte zufrieden und holte dann ein Becken mit heißem Wasser und ein Stück Seife. »Komm mit«, befahl sie Brigette, die ihr sogleich folgte.

Sie gingen die enge, quietschende Treppe am anderen Ende der Küche hinauf. Oben wandte Marianne sich nach links, und sie betraten das erste Zimmer. Es war bedrükkend klein und fensterlos. Darin befanden sich zwei Feldbetten, zwei kleine Truhen und ein alter klappriger Tisch.

»Du teilst dir das Zimmer mit Lil«, sagte Marianne und stellte das Becken auf den Tisch. »Mehr kann ich nicht tun.« Sie durchwühlte eine der Truhen und zog ein altes, ausgefranstes Nachthemd hervor. Dann sah sie Brigette an, die sich noch nicht auf das Becken zubewegt hatte.

»Ausziehen!«

»Bitte?«

»Bitte, um was du willst«, entgegnete Marianne, »aber

zieh die Klamotten aus und wasch dich. Und dann zieh das Nachthemd an.«

Brigette zog ihren verschmutzten Mantel und das Kleid aus, behielt das Unterkleid aber an. Dann begann sie, sich zu waschen.

»Nennst du das ausziehen?« fragte Marianne scharf.

»W-Was?«

»Ausziehen bedeutet, alles abzulegen, Süße. Ich möchte dich pudelnackt sehen!«

»Verzeihung?«

»Du bist wirklich ein Unschuldslamm, oder?« Marianne lachte. »Hör mal, mein Engel, du hast nichts, von dem ich nicht mehr habe. Verstanden?«

»Eure Worte sind ziemlich deutlich.«

»Und ich meine es auch nicht böse«, fügte Marianne hinzu. »Ich möchte diese Sachen waschen.«

»Oh!« Brigette zog ihr Unterkleid aus und stand verlegen in ihrer Nacktheit da.

»Beeil dich und wasch dich.« Brigettes Befangenheit ignorierend packte Marianne die schmutzigen Kleider und ging zur Tür. »Ich bring dir etwas zu essen.«

Brigette wusch sich schnell und zog das zerrissene Nachthemd an. Dann setzte sie sich auf die Kante eines der Betten und wartete.

Ein paar Minuten später kehrte Marianne mit einem Tablett zurück. »So Baby«, sagte sie. »Ich habe dir Eintopf, Brot, Käse und Glühwein gebracht. Hau rein und iß alles auf.«

Marianne setzte sich auf das andere Bett und beobachtete sie. Die ganze Zeit über plapperte sie. »Ich schlafe am anderen Ende des Flurs. Laß dich von Lil nicht ärgern – die hat nur Titten, aber keinen Verstand.« Brigette öffnete den Mund, um zu sprechen, aber Marianne ließ das gar nicht erst zu. »Iß«, befahl sie. »Das Reden übernehme ich. Du bist zu dünn, und ich werde dafür sorgen, daß ein bißchen Fleisch auf deine Knochen kommt. Falls du es noch nicht weißt: Fleisch zieht Männer an, und Knochen ziehen Hunde an.«

Als Brigette alles bis auf den letzten Krümel aufgegessen hatte, stellte Marianne das Tablett zur Seite. »Es ist Zeit zum Schlafen, Süße. Ich werde dich früh wecken, und du kannst mit mir zum Cheapside Market kommen.« Mütterlich zog sie die Decke bis unter Brigettes Kinn und steckte sie fest.

»Ihr seid eine großartige Lady«, sagte Brigette weich, und in ihren Augen glitzerten Tränen. »Ihr wart ausgesprochen freundlich.«

»Es ist nett von dir, das zu sagen.« Marianne tätschelte ihre Hand.

»Wie kann ich das wiedergutmachen?«

»Keine Sorge«, sagte Marianne und grinste. »Ich bin sicher, mir fällt etwas ein.«

Allein in der Dunkelheit wanderten Brigettes Gedanken nach Schottland und legten die lange Reise in einem kurzen Augenblick zurück. Ich werde Iain nie wiedersehen. Ist er nach Dunridge zurückgekehrt? Weiß er, daß ich nicht da bin? Interessiert es ihn überhaupt? Brigette drehte ihr Gesicht in das Kissen und weinte sich in den Schlaf.

10

»Du dämlicher Bastard!« Iains Faust landete auf Percys Kinn, und der jüngere Mann fiel auf den Boden in Black Jacks Arbeitszimmer. Percy sprang behende wieder auf die Füße. Kampfbereit umkreisten sich die beiden Brüder.

»Brie ist fortgegangen, als ich die Verantwortung trug, aber sie ist nicht vor mir weggelaufen«, höhnte Percy. »Was hast *du* ihr angetan?«

Iain war aufgebracht und fluchte laut. Er packte seinen Bruder am Hemd und hob die Faust, um zuzuschlagen, wurde aber unerwartet von hinten gepackt.

»Sei nicht voreilig«, sagte Black Jack. »Dein Bruder ist ein Dummkopf, aber ihn abzuschlachten bringt deine Frau auch nicht zurück. Verstanden?«

Trotz seiner rasenden Wut leuchteten Iain die Worte seines Vaters ein. Er holte tief Luft, um seinen rasenden Zorn zu mäßigen, und nickte dann. Black Jack ließ ihn los und warf dann Percy einen vernichtenden Blick zu, der schmerzhafter war als Iains Faust.

»Herein!« bellte Black Jack, als er das fast zögernde Klopfen an der Tür hörte. Moireach und Spring betraten das Zimmer. »Meine Damen«, sagte er, »erzählt uns, was Ihr noch von Bries Abreise wißt.«

»Nichts.« Moireach schüttelte traurig den Kopf. »Ich könnte schwören, daß sie keine Lebensmittel mitgenommen hat.«

»Ich weiß, daß Ihr mit der Lady verwandt seid«, sagte Black Jack und wandte Spring seine Aufmerksamkeit zu, »aber sagt uns doch, was Ihr wißt.«

»Sie hat keine Kleider zum Wechseln mitgenommen und trug auch nicht ihren wärmsten Mantel.«

»Du schützt sie«, knurrte Iain. »Wo ist sie?«

»Ich schwöre, ich weiß nichts.«

»Vielleicht ist irgend etwas passiert«, überlegte Black

Jack laut. »Brie kann doch nicht so unvernünftig gewesen sein, ohne Kleidung und Proviant zu fliehen.«

»Doch, Mylord«, widersprach Spring. »Das kann sie.«

»Ich wußte, daß Lady Brie weggehen wollte«, verkündete eine zarte Stimme. »Sie hat es mir erzählt.« Alle Augen wandten sich zur Tür, wo Glenda stand.

»Weshalb hast du Percy das nicht vor zwei Wochen erzählt?« Iain brüllte und verängstigte damit das Kind. »Sag uns, was du weißt!«

Glendas Gesicht wurde leichenblaß. Ihre Unterlippe zitterte, als sie gegen die aufsteigenden Tränen ankämpfte.

»Halt den Mund«, brummte Black Jack. Er setzte sich in den Sessel vor dem Kamin, lächelte Glenda an und winkte sie zu sich. »Komm herein, Kleine. Du mußt keine Angst haben. Onkel Iain ist böse, weil er sich Sorgen um Lady Brie macht. Setz dich hier hin.«

Glenda ließ sich auf Black Jacks Schoß nieder. Er nahm sie in die Arme und gab ihr ein Küßchen auf die Wange. »Hast du mich vermißt, meine Süße?«

»Ja.«

»Ich habe dich auch vermißt. Jetzt erzähl mir doch mal, was du über Lady Brie weißt.« Glenda sah nervös zu Iain, der in dem Raum wie ein wildes Tier auf und ab ging.

»Du brauchst keine Angst zu haben«, versicherte Black Jack.

»Ich – ich hatte gerade Unterricht«, erzählte ihm Glenda. »Lady Brie hat Vater Kaplan gefragt, ob sie mit mir alleine sprechen könnte. Sie hat mich gebeten, für Sly zu sorgen, während sie weg ist. Ich wollte mitgehen, aber sie wollte allein sein, um über ihre Probleme nachzudenken.«

»Hat sie gesagt, wo sie hin wollte?« hakte Black Jack nach.

»Ausreiten.«

»Verstehe.« Black Jack lächelte seiner Enkelin zu. »Und hast du dich um Sly gekümmert?«

Glenda grinste. »Sehr sorgfältig.«

Black Jack umarmte das kleine Mädchen. »Sie wird sich freuen, wenn sie zurückkommt.«

»Lady Brie kommt also nach Hause?«

»Natürlich«, versicherte Black Jack. »Zweifelst du daran?«

»Ich habe Brie in der Eingangshalle getroffen«, unterbrach Percy. »Sie muß gerade von Glenda gekommen sein. Ich habe angeboten, sie zu begleiten, aber sie lehnte ab. Sie sagte, sie müßte allein sein.«

»Du hättest darauf bestehen müssen«, schnauzte Iain.

»Ich bin nicht derjenige, der sie unglücklich gemacht hat«, verteidigte sich Percy.

»In welcher Verfassung war sie«, fragte Black Jack, »als du sie zuletzt gesehen hast, Iain?«

»Sie schnurrte zufrieden, nachdem wir uns geliebt hatten.«

Black Jack lachte leise. »Ihr habt euch also oben voneinander verabschiedet?«

»Nein, Brie war im Garten, als ich ging.«

Antonia, deren leichter Schritt ihre ausgezeichnete Laune verriet, tänzelte förmlich in das Arbeitszimmer. »Oh, Iain«, stieß sie überschwenglich aus, »es tut mir so leid, daß Brie dich verlassen hat. Sie war doch irgendwie so ein süßes Ding.«

Als Iain Antonia gegenüberstand, erinnerte er sich daran, wie seine Schwägerin ihn genau in diesem Raum in die Ecke gedrängt und sich in seine Arme geworfen hatte. »Was hast du Brie angetan?« fragte er, packte sie an den Schultern und schüttelte sie grob.

»Nichts!«

Iain fluchte unflätig und schob sie von sich.

»Als du Brie im Garten gesehen hast«, fragte Black Jack noch einmal, »in welcher Verfassung war sie da?«

Iain ignorierte die Frage seines Vaters. Antonia hat mich geküßt, überlegte er, und dann fand ich Brigette seltsam entmutigt im Garten. Um in den Garten zu kommen, mußte sie an der Tür des Arbeitszimmers vorbei. An der *offenen* Tür.

»Ich glaube, meine Frau ist nach England zurückgekehrt«, informierte Iain seinen Vater. »Hoffentlich ist sie sicher dort angekommen. Ich werde morgen abreisen, um sie nach Hause zu holen.«

»Ich komme mit dir«, bot Percy an.

Iain starrte seinen Bruder mit einem mörderischen Funkeln in den Augen an. »Eher tobt ein Highland-Blizzard in der Hölle, bevor ich deine zweifelhafte Hilfe brauchen könnte.«

Marianne stupste Brigette freundlich an, um sie aufzuwecken. Sie legte einen Finger auf die Lippen, um ihren jungen Gast zu warnen, leise zu sein. Lil schlief noch in dem anderen Bett.

»Wasch dich und zieh dich an«, flüsterte Marianne. »Und dann komm nach unten.«

Brigette zog sich schnell an und ging dann hinunter. Bertie war alleine in der Küche. Brigette überwand ihren Ekel, lächelte und fragte: »Randi?«

»Muß gleich wieder dasein.« Bertie war beeindruckt von der Veränderung in Brigettes Äußerem. Nachdem er die Schönheit ihres Gesichtes eingehend begutachtet hatte, prüfte sein wacher Blick sorgfältig ihren Körper, als sei sie ein saftiger Leckerbissen. Der Koch, der es kaum erwarten konnte, ihr verlockendes Fleisch zu schmecken, schmatzte mit seinen fleischigen Lippen, und der Seiber tröpfelte ihm langsam über das Kinn.

»Ich möchte dein Freund sein«, murmelte er und ging auf Brigette zu, die das lüsterne Glitzern in seinen Augen sah und zurückwich. Mit einer Flinkheit, die man einem Mann seiner Statur nicht zugetraut hätte, überwand Bertie die Entfernung zwischen ihnen und kniff ihr in die Brust. Im nächsten Moment schob er Brigette gegen die Wand, aber sie reagierte mit einem Tritt gegen sein Schienbein. Berties Schmerzensschrei gellte durch die Schenke.

»Was zum Teufel ist hier los?« rief Bucko, als er mit Marianne aus dem Gastraum in die Küche gelaufen kam.

»Er hat mich angegriffen!«

»Sie hat mich angegriffen!«

»Laß deine schmierigen Hände von der Lady, du

Wüstling«, warnte Marianne mit tödlicher Stimme, »oder du bekommst es mit Bucko und mir zu tun.« Sie wandte sich an Brigette. »Sag mir Bescheid, wenn er dich belästigt, und ich werde ihn mir vornehmen. Nimm dir etwas Brot und Käse, dann können wir gehen.«

Marianne führte Brigette in den Gastraum. Es war ein überraschend geräumiger Raum mit zwei Kaminen, an jedem Ende einer. Neben einem Kamin führte eine Treppe zu den Schlafzimmern im zweiten Stock. In einer Ecke befand sich Buckos Reich: die Bar. Kleine Tische und Stühle waren im ganzen Raum verteilt. Selbst ohne Gäste strahlte die Schenke eine gemütliche und entspannte Atmosphäre aus.

Sie gingen hinaus. Der Regen des Vortages hatte aufgehört und Brigette sah sich neugierig um. Es war noch früher Morgen, aber die enge Straße bevölkerte sich schnell mit den verschiedensten Menschen: Hausfrauen, Händler, Lehrlinge, Verkäufer.

»Dies ist die Friday Street«, erklärte Marianne.

Brigette kicherte. »Wie komisch, eine Straße nach einem Tag zu benennen.«

Marianne zuckte die Schultern. »Vielleicht wurde sie an einem Freitag gebaut.«

»Wie auch immer, es ist ein schöner Tag, um endlich einmal einen Blick auf London zu erhaschen.«

»Einen Blick auf London erhaschen?« Marianne sah Brigette an. »Bist du noch nie in London gewesen?«

»Nein. Ich habe mein ganzes Leben auf dem Land verbracht.«

»Wo denn?«

»Das möchte ich lieber nicht sagen.«

Marianne zog eine Augenbraue hoch. »Vertraust du mir nicht?«

»Doch, natürlich«, antwortete Brigette, »aber ich möchte es trotzdem lieber nicht sagen.«

»Wenn wir Zeit haben«, versprach Marianne, »werde ich dich herumfahren und dir die interessantesten Sehenswürdigkeiten von London zeigen.«

»Wo denn?«

»Der Tower befindet sich zu unserer linken. Dort schickt die Queen dich hin, wenn sie nicht zufrieden mit dir ist.«

»Mein Vater war im Tower eingesperrt«, vertraute Brigette ihr an.

»Nein wirklich?« Marianne war beeindruckt. Im Tower wurde nur der abtrünnige Hochadel inhaftiert. »Hat man ihm den Kopf abgeschlagen?«

»Nein, so dramatisch war es nicht.« Brigette lachte leise. »Man hat Papa vergeben und ihn wieder freigelassen.«

»Wer ist dein Vater?«

»Niemand. Er ist seit einigen Jahren tot.«

»Oh!« Marianne wechselte zu einem angenehmeren Thema. »Da rechts ist Blackfriars. Eines Tages werden wir über die Blackfriars Bridge nach Southward gehen, wo die Bärenhatz-Wettkämpfe stattfinden. Möchtest du das sehen?«

»Ich glaube nicht.«

»Warum nicht? Es ist aufregend!«

»Es ist grausam, Tiere zum Vergnügen zu mißbrauchen.«

»Dann spazieren wir eben über die London Bridge«, verkündete Marianne. Sie kam näher und flüsterte in Brigettes Ohr: »Wo die Bordsteinschwalben sind.«

»Bordsteinschwalben?«

Marianne lachte. »Keine Vögel, sondern Huren!«

»Huren?« Brigettes Gesicht war dunkelrot. »Du meinst, wo ein Mann …«

»Genau«, unterbrach Marianne.

»Brigette MacBria«, rief eine vertraute Stimme.

Brigette suchte den Marktplatz nach dem Besitzer dieser Stimme ab. Plötzlich tauchte Magnus aus dem Nichts auf. Abgesehen von den vertrauten Bartstoppeln hatte sich der zerlumpte Geschichtenerzähler in einen schneidigen gutaussehenden Herrn verwandelt.

»Ihr seid so schön«, rief Brigette und warf sich ihm in die Arme.

»Ich danke, schöne Maid.« Seine Augen wanderten zu Marianne, die tief beeindruckt lächelte. »Ich bin erleichtert, daß Ihr Eure Freundin gefunden habt.«

»Randi«, stellte Brigette die beiden einander vor, »ich möchte dich mit Magnus bekanntmachen. Magnus, das ist Marianne, auch bekannt als Randi.«

Lächelnd verbeugte sich Magnus vor Marianne, die von seinen höflichen Manieren ganz hingerissen war. Bisher hatte sich noch niemand vor ihr verbeugt.

»Wo wohnt Ihr?« fragte er und wandte sich wieder an Brigette.

»Ich habe eine Stelle in der Royal Rooster Tavern gefunden.«

»In der Friday Street«, fügte Marianne hinzu.

»Ich muß bald zurück nach Schottland«, sagte Magnus. »Ich werde im Royal Rooster vorbeikommen, bevor ich abreise.«

»Unbedingt!« rief Brigette. »Ich wäre froh, Euch wiederzusehen.«

Magnus grinste und umarmte sie fest. Dann küßte er sie auf die Wange. Er wandte sich an Marianne und küßte ihre Hand, bevor er die beiden verließ.

»Lieber Gott!« fluchte Marianne. »Mir hat noch niemand die Hand geküßt.«

»Und was ist mit Bucko?«

»Bucko ist nicht der Handkuß-Typ, wenn du weißt, was ich meine«, sagte Marianne. »Aber ich liebe ihn trotzdem, und ich werde ihm schon die Ehe schmackhaft machen, selbst wenn es das letzte ist, was ich tue. Warst du schon einmal verliebt?«

Brigettes Blick trübte sich vor Kummer. »Einmal.«

An Brigettes bedrücktem Gesichtsausdruck erkannte Marianne, daß sie mit dem Thema Liebe einen wunden Punkt berührt hatte. »Wie kommt es, daß du einen schottischen Herrn kennst? Du klingst doch so englisch wie ich.«

»Mein Mann ist Schotte«, antwortete Brigette mit erstickter Stimme.

Marianne legte ihr tröstend den Arm um die Schulter. »Weshalb machst du es dir nicht ein bißchen leichter? Erzähl Randi, was passiert ist.«

Brigette seufzte. »Ich habe erfahren, daß mein Mann in die Witwe seines Bruders verliebt ist. Sie haben sozusagen ein Verhältnis.«

»Er hat zugegeben, daß er mit ihr ins Bett geht?« Marianne hatte die Augen vor Entsetzen aufgerissen.

Brigette wurde rot. »Antonia hat es mir erzählt.«

»Also, noch einmal, damit ich das richtig verstehe«, sagte Marianne, und ihre Augen funkelten intelligent. »Diese Antonia hat dir erzählt, daß sie und dein Mann sich lieben?«

»Stimmt.«

»Und du hast ihr geglaubt?«

»Weshalb sollte ich nicht?«

»Und was hat er gesagt?« fragte Marianne.

»Iain war zu der Zeit weg.«

»Du bist gegangen, ohne mit ihm zu reden?« Marianne konnte es einfach nicht glauben.

»Was hättest du denn getan?«

»Sie erwürgt und ihn kastriert!«

Das Abendessen im Royal Rooster war eine laute und lebhafte Angelegenheit. Die Schenke war umgeben von lauter Männern, von denen nur wenige in Begleitung einer Frau waren.

Marianne und Lil teilten sich den Raum bis auf die beiden Tische, die der Bar am nächsten waren. Diese wurden Brigette zugewiesen. Bucko war so klug gewesen, sie im Auge behalten zu wollen.

Tänzelnd ging Brigette auf ihre ersten Gäste zu, zwei erfolgreich aussehende Kaufleute. Der eine war rundlich und wirkte verfressen, sein Begleiter war schlaksig und hatte einen überwältigenden Zinken im Gesicht. Beide waren teuer gekleidet.

»Guten Abend, die Herren«, begrüßte Brigette sie. »Was hättet Ihr denn gern?«

»Was ist das denn?« fragte der Dicke verächtlich und zog wegen ihrer Aussprache die Augenbrauen hoch. »Ein Frauenzimmer, das sich aufspielt?«

Brigettes Augen wurden schmal, ein sicheres Zeichen für ihren drohenden Unmut. »Ich bin eine Dame, mein Herr, kein Frauenzimmer«, entgegnete sie scharf. »Aber Ihr seid offensichtlich kein Herr, wenn Ihr so sprecht, was auch immer Euer Wams gekostet haben mag.«

Das Gesicht des Mannes wurde fleckig vor Wut über ihre Grobheit, aber der mit der Hakennase lachte. »Gut gekontert, meine Liebe«, meinte er. »Wir hätten gerne einen Krug Ale und zweimal Buckos Eintopf.«

»Sofort, Mylord.« Brigette eilte zur Bar und gab Bucko ihre Bestellungen weiter. Neben ihr stand ein leicht betrunkener Gast, der sie ansah. Angetan von ihrem Anblick streckte er die Hand aus und kniff sie in ihr Hinterteil.

»*Au!*« schrie Brigette und sprang zur Seite.

»Was für ein Hintern!« Der Mann sah sie lüstern an. »Wie wär's denn ein bißchen mit uns beiden nach der Arbeit?«

Brigette fiel vor Ekel das Kinn herunter. Bevor sie sich wieder gefangen hatte, wurden ein Krug Ale und zwei Becher auf ihr Tablett gestellt.

»Bring deine Bestellung rüber«, befahl Bucko.

Brigette brachte den Männern ihr Bier und lief dann in die Küche, um den Eintopf zu holen. Ihr entging, daß ein neuer Gast den Royal Rooster betrat. Magnus setzte sich in die Nähe der Tür.

»Guten Abend, Sir«, sagte Lil, die sein gutes Aussehen und seine vornehme Erscheinung bewunderte. »Was darf's sein?« Sie beugte sich vor, so daß er seine Augen an ihrem gutbestückten Ausschnitt weiden konnte.

Magnus prüfte Lils verlockende Üppigkeit, hob dann seinen Blick zu ihren Augen und lächelte. »Ich möchte, daß das rothaarige Frauenzimmer mich bedient.«

»Sie ist beschäftigt«, fuhr Lil ihn an. Sie war es nicht gewohnt, daß jemand nicht auf ihre Reize ansprang. »Ihr müßt Euch mit mir begnügen.«

»Na dann, einen Krug Ale und einmal Eintopf.«

Lil lief zur Bar, wo Marianne stand. »Diese Neue ist schlecht fürs Geschäft«, beschwerte sich Lil. »Fünf von meinen Gästen haben schon nach ihr gefragt. Ist das eine Schenke oder ein Bordell?«

»Aauuu!« ertönte Berties lauter Schmerzensschrei aus der Küche.

»Laß gefälligst deine verdammten Hände von mir!« hörte man Brigettes wütende Stimme.

Marianne lief zur Küche, aber an der Tür kam ihr schon Brigette mit rotem Kopf entgegen. »Ich habe ihm das Knie in die Eier gerammt«, sagte sie selbstbewußt. Marianne warf den Kopf zurück und lachte anerkennend. Die Männer, die in Hörweite saßen, schauderten mitfühlend und berührten verstohlen die Schmuckstücke, die sich in ihre Leiste schmiegten.

Nachdem Brigette den Eintopf serviert hatte, wandte sie sich den Männern am nächsten Tisch zu. Sie lief zur Bar, um Ale für sie zu holen und stellte sich neben Marianne.

Bucko stellte den Krug mit Ale auf das Tablett. Brigette hielt ihn fest und drehte sich mit Schwung von der Bar weg. In diesem Moment stellte Marianne ihr ein Bein. Brigette stolperte, und das Tablett fiel ihr aus den Händen. Lil, die hinter ihr stand, wurde klatschnaß.

Chaos folgte. Kreischend ging Lil auf Brigette los, die sich duckte, um dem Schlag auszuweichen. Lils Faust traf Mariannes Wange. Marianne schlug sofort zurück, und die beiden Gegnerinnen fielen auf den Boden – beißend, kratzend und sich aneinander festklammernd. Bucko sprang über die Bar und versuchte, die wütenden Frauen zu trennen.

Unbemerkt am anderen Ende der Schenke, wischte sich Magnus den Mund ab. Er stand auf, warf ein paar Münzen auf den Tisch und verschwand durch die Tür. Wenn die Geschäfte der Königin erledigt sind, beschloß er, werde ich zurückkommen und Brie holen. Zum Teufel mit Huntlys Tochter!

Der Mond schaute als silbrige Scheibe durch die rasch vorüberziehenden Wolken auf Londons verlassene Straßen. Ein zerlumpter Geschichtenerzähler ging durch das Bishopgate und machte sich auf seinen einsamen Weg nach Norden.

11

Bewölkt und kühl war der Tag typisch für den April. Ein zerlumpter Geschichtenerzähler, der sich an seinen Erinnerungen an eine rothaarige Frau wärmte, folgte der Straße Richtung Norden hinaus aus York.

Nachdem ich der Königin berichtet habe, überlegte Magnus, werde ich nach London zurückkehren und Brie holen. Sie wird bis dahin genug von Tavernen haben, und wenn sie nicht will, werde ich sie eben entführen.

Wir werden nach Edinburgh zurückkehren und im Herrenhaus der Campbells leben. Wenn ich endlich in Erfahrung gebracht habe, wer ihr Mann ist, werde ich ihn durch einen Unfall aus dem Weg räumen. Dann wird Brie meine Frau, die zukünftige Herzogin von Argyll.

Während Magnus sich in angenehmen Träumereien verlor, vergaß er, sich auf die rasch nahende Gefahr zu konzentrieren. Eine Gruppe bewaffneter Männer ritt direkt auf ihn zu.

»Verdammt«, fluchte er, als ihm plötzlich klar wurde, daß man ihn gesehen haben mußte. »Lieber Gott!« Sie trugen das Karo der MacArthurs und würden sein Pferd sicher als ihr Eigentum identifizieren.

»Ergreift ihn!« rief Iain.

Magnus trat dem Pferd in die Flanken und versuchte zu fliehen. Dugie nahm die Verfolgung auf und wurde ohne weiteres mit seinem Opfer fertig. Die beiden Männer fielen auf die Straße. Bevor Magnus nach seiner Waffe greifen konnte, berührten fünf glänzende Schwerter seine Brust.

»Um Himmels willen, MacArthur!« brüllte Magnus. »Ruft Eure Männer zurück.«

MacArthurs Männer blieben regungslos, und ihre Schwerter waren nach wie vor bereit, Magnus aufzuspießen. Iain stieg vom Pferd ab und sah den Geschichtenerzähler streng an.

»Wollt Ihr Euren eigenen Cousin abschlachten?« fragte Magnus verzweifelt.

Iain bedeutete seinen Männern, die Schwerter wieder einzustecken. »Wer seid Ihr?«

»Euer Cousin«, stieß Magnus hervor. »Wenn Ihr mich umbringt, bevor ich einen Erben habe, läßt sich Argyll Euren Kopf auf einem silbernen Tablett servieren.«

Lächelnd streckte Iain seine Hand aus und half Magnus aufzustehen. »Weshalb seid Ihr so gekleidet, Cousin?«

»Ich bin im Auftrag der Königin unterwegs.«

Iain deutete auf das Pferd. »Und wie seid Ihr an mein Eigentum gekommen?«

Ein berauschtes Lächeln erschien auf Magnus' Gesicht. »Es war ein Geschenk von einem wunderbaren rothaarigen Frauenzimmer.«

Ohne jede Vorwarnung traf Iains Faust seinen Cousin am Kinn, so daß er der Länge nach in den Dreck fiel. »Das war kein Frauenzimmer«, schnaubte er. »Das war meine Frau.«

»Eure Frau!«

Iain zog eine Grimasse. Es demütigte ihn, daß sein Verwandter von seinen Eheproblemen erfahren sollte. Wieder streckte er die Hand aus. »Ich kann es Euch ja ruhig erzählen«, gab er säuerlich zu und half Magnus aufzustehen. »Dieser Dummkopf hatte die Unverfrorenheit, nach Hause nach England zu fliehen.«

Magnus lachte schallend, erkannte dann aber, daß sein Cousin nicht gerade zum Lachen aufgelegt war. Trotzdem fiel es ihm schwer, einen ernsthaften Gessichtsausdruck aufzusetzen.

»Wenn ich sie in die Finger kriege«, schimpfte Iain, »verpasse ich ihr eine Tracht Prügel, wie sie es noch nicht erlebt hat. Sie wird sich einen Monat lang nicht mehr hinsetzen können.«

Magnus konnte sich nicht länger beherrschen und mußte lachen. »Sie ist ganz schön eigensinnig, oder?«

»Ja«, schnauzte Iain, »aber ich werde sie bald kurieren. Wo ist sie?«

»Tut mir sehr leid, Cousin, aber meine Gönnerin hat mich Verschwiegenheit schwören lassen.« Iain brummte und holte aus. Magnus riß einen Arm hoch, um sich zu verteidigen. »Ich muß jedoch sagen«, fügte er schnell hinzu, »daß in London in der Royal Rooster Tavern ein ausgezeichneter Brie serviert wird. Um genau zu sein: in der Friday Street.«

»Eine Taverne?« Iain war überrascht.

»Eure Gräfin ist als Bedienung angestellt«, erzählte Magnus fröhlich.

»Ich werde sie umbringen!«

MacArthurs Männer drehten sich weg und versuchten, ihr Lachen zu unterdrücken. Diese Engländerin führte den zukünftigen Earl von Dunridge ganz schön an der Nase herum, aber irgendwann hatte alles einmal ein Ende. Gott habe Erbarmen mit der Lady, wenn Iain sie schließlich finden sollte!

»Jamie«, befahl Iain. »Begleite Lord Campbell, wo immer er hingeht. Dann kehre nach Dunridge zurück, und sage dem Grafen, daß ich meine Frau gefunden habe.«

»Ich brauche keinen Leibwächter«, protestierte Magnus.

»Ich bestehe darauf, Cousin. Wenn ich Euch alleine gehen lasse und etwas passiert, wird Argyll mir das nie verzeihen. Denkt daran, Cousin: Wenn Ihr keinen Erben produziert, wird unsere Familie wieder zum Oberhaupt des Clans.«

»Ihr könnt ja selbst wohl kaum einen Erben produzieren«, entgegnete Magnus, »wenn Eure Frau ständig in unbekannte Gefilde verschwindet.«

»Vergeßt Percy nicht«, meinte Iain. »Er ist zwar ein Dummkopf, aber das beeinträchtigt seinen Schwanz nicht im geringsten.«

Magnus lachte. »Wenn Ihr Eure Frau wieder eingefangen habt«, sagte er und schüttelte Iains Hand, »kommt doch nach Edinburgh. Der Hof entwickelt sich zu einem überaus interessanten Ort.«

MacArthurs Männer saßen auf und ritten in Richtung Süden. Magnus sah ihnen nach und es wurde ihm klar, daß sich damit sein Plan, Brigette zu heiraten, zerschlagen hatte. Kein Ehrenmann würde sich eines Verwandten entledigen und dann die Witwe heiraten. Magnus zuckte die Schultern und begrub seinen Traum. Vielleicht werde ich in Edinburgh doch einmal einen kurzen Blick auf Huntlys Tochter werfen, beschloß er.

Auf englische Art gekleidet, betraten Iain und Dugie den lärmenden Schankraum der Royal Rooster Tavern. Sie wurden von einem wahren Durcheinander von Geräuschen und Gerüchen begrüßt: unzählige Stimmen, donnerndes Gelächter, gebratenes Fleisch, kochender Eintopf und starke Getränke.

Iain bemerkte zwei Dinge, als er den Raum überblickte. Brigette war nirgendwo zu sehen, und die Taverne war fast nur von Männern bevölkert. Das gefiel ihm nicht sonderlich. Da sie beobachten wollten, ohne selbst gesehen zu werden, setzten sich die beiden Schotten an einen Tisch an der Wand, der am weitesten von Bar und Küche entfernt war.

Direkt zu ihrer Linken saßen am Nachbartisch junge Männer, offensichtlich Söhne von wohlhabenden Kaufleuten. Eine schlampige blonde Bedienung lächelte sie an. »Was darf's sein?« schnurrte Lil.

»Wir wollen von der Rothaarigen bedient werden«, antwortete einer von ihnen.

»Sie ist beschäftigt«, schnauzte Lil. »Ihr werdet euch mit mir begnügen müssen.«

Iain spitzte die Ohren. Sein dunkler intensiver Blick spießte den dummen Frechdachs, der nach Brigette verlangt hatte, förmlich auf. Offensichtlich hatte der Kerl mehr im Kopf als nur sein Abendessen. Verdammt noch mal, fluchte Iain innerlich. Vermutlich würde er sich den ganzen Abend mit jedem scharfen Lausebengel duellieren müssen, der hier Schlange stand.

Drei stutzerhaft gekleidete Männer betraten die Taverne und setzten sich direkt neben Iain an den Tisch. »Ich sehe sie nirgends«, meinte einer und reckte den Hals, um die Taverne besser überblicken zu können.

»Sie heißt Brie«, sagte ein anderer. »Eine von den anderen Frauen hat sie so genannt.«

»Ein einzigartiger Name fur ...« kommentierte der dritte.

»Für ein einzigartiges und erstklassiges Stück Fleisch«, beendete der zweite den Satz. Seine Gefährten lachten.

»Ja«, stimmte der erste zu. »Ich würde gerne einmal ihr Lendenstück probieren.«

Iain knurrte und wollte gerade aufstehen, um die drei umzubringen, aber Dugie legte ihm die Hand auf den Arm und hielt ihn zurück. Und da sah Iain zum erstenmal seit fast einem Monat seine Frau wieder.

Brigette trug ein Tablett mit Essen und kam aus der Küche in den Gastraum. Sie blieb an einem Tisch in der Nähe der Bar stehen und lächelte die Gäste strahlend an. Ein Mann ähnelte einem Schwein, und der andere hatte eine Adlernase. Zweifellos hingerissen von Brie, machte das Schwein eine Bemerkung, und alle drei lachten in ungezwungener Kameradschaft.

Iain hätte seine Frau gerne zur Rede gestellt, aber plötzlich stand Lil da, lächelte kokett und zeigte ihr Dekollete. »Was darf's sein, die Herren?« fragte sie.

Iains Blick glitt desinteressiert über ihre Reize, und dann sah er ihr in die Augen. »Zweimal Ale und Eintopf«, bestellte er und drückte ihr eine Goldmünze zwischen ihre üppigen Hügel. »Ich möchte von der Rothaarigen bedient werden.«

Wütend nickte Lil. Langsam hatte sie genug davon, immer im Schatten des rothaarigen Mädchens zu stehen. Sie eilte an die Bar.

»Brie?« Lil schlich sich an ihre schöne Rivalin heran und lächelte. »Würdest du mir einen Gefallen tun und den beiden Herren da hinten Eintopf und Ale bringen?«

»Ja.« Brigette sah Lil überrascht an. Normalerweise schnauzte die Blonde sie an, schimpfte mit ihr oder ignorierte sie einfach. Dies war das erste Lächeln, das sie von ihr erhielt. Brigette holte Eintopf und Ale und eilte dann durch den Raum.

»Brie«, rief Lil, als sie die Männer neben Iain bedienen wollte. »Hier.« Brigette war so eifrig darauf bedacht, nichts fallenzulassen, daß sie die Gäste an dem Tisch nicht einmal ansah. Lil lächelte verschlagen und stellte ihrer Rivalin ein Bein.

»*Aauuuu!*« Brigette stolperte, und das Tablett flog ihr aus den Händen.

»Du Tolpatsch!« Iain, an dem Eintopf und Ale heruntertropfte, sprang von seinem Stuhl.

Erschrocken über die bekannte Stimme sah Brigette von der beschmutzten Kleidung des Mannes in sein wütendes Gesicht. Ihre Augen wurden groß vor Entsetzen, und ihre Lippen formten ein lautloses »Oh« der Bestürzung. Sie wirbelte herum, denn ihr Überlebensinstinkt war schnell wieder erwacht.

Iain packte sie an der Schulter und drehte sie so gewaltsam um, daß sie gegen seinen unnachgiebigen Körper prallte. Er lud seine Frau wie einen Sack Mehl auf, warf sie über seine Schulter und ging in Richtung Treppe.

»Laß mich runter!« kreischte Brigette und trommelte auf seinen Rücken, was allerdings keinerlei Wirkung hatte. »Du streunender Bastard!« Ihr Fluchen wurde zu einem wütenden Schmerzensschrei, als er ihr auf den Hintern schlug.

Iain blieb oben an der Treppe stehen. »Welches ist dein Zimmer?«

»Du kannst mich mal!«

Wieder schlug Iain zu.

»Die letzte Tür hinten auf dem Flur.«

In dem schmuddeligen Zimmer verriegelte Iain die Tür und warf Brigette auf eines der Feldbetten. Brie sprang auf und wich zurück. Mit einer Hand strich sie über ihre schmerzende Rückseite. Iain beachtete sie zunächst nicht und zog seine schmutzige Kleidung aus. Dann wandte er sich in seiner prächtigen Nacktheit wieder Brigette zu, die vor Angst zitterte.

»Du verzogenes, eigensinniges Blag«, zischte er und ging auf sie zu.

»Bleib gefälligst wo du bist!« befahl sie und klang mutiger als sie sich fühlte.

»Du ehebrecherischer Hurenbock!«

Das brachte Iain zum Stehen. »Weshalb hast du mich verlassen?«

»Weshalb?« wiederholte Brigette ungläubig. Ihre Stimme wurde immer lauter vor selbstgerechter Wut. »*Weshalb?* Ich weiß alles über dich.« Sie schnaubte verächtlich. »Ich habe gesehen, wie du Antonia geküßt hast.«

»Habe ich nicht. Antonia hat mich geküßt.«

»Und wo zum Teufel ist da der Unterschied?« schleuderte Brigette ihm entgegen und stampfte mit dem Fuß auf, um ihrer Frage mehr Nachdruck zu verleihen.

Iain stürzte nach vorn, packte Brigette am Oberarm und schüttelte sie grob. »Wer hat dir solche Ausdrücke beigebracht?« Er setzte sich auf den Rand des Bettes und zog sie auf seinen Schoß. Dann riß er ihren Rock hoch, so daß ihr nackter Hintern zu sehen war.

»Ich werde dir schon beibringen, deinen Mann zu respektieren«, knurrte er. Mit der flachen Hand schlug er auf ihr Hinterteil. Kreischend versuchte Brigette zu entkommen, aber in den starken Armen ihres Mannes war sie hoffnungslos gefangen. Immer wieder versohlte Iain den weißen, makellosen Po seiner Frau, bis er rot wurde.

Brigette wehrte sich nicht länger, und aus ihren Schreien wurde ein herzerweichendes Schluchzen.

»Was zum Teufel ist hier drin los?« Marianne klopfte wild an die Tür. »Aufmachen, oder ich hole die Polizei!«

Iain verfluchte sämtliche Mitglieder der englischen Rasse und ließ Brigette unsanft auf das Bett fallen. Dann ging er durch das Zimmer.

Als die Tür aufgerissen wurde, sah Marianne in Augenhöhe eine behaarte muskulöse Brust. Ein prächtiger männlicher Oberkörper. Da sie Angst hatte, nach unten zu sehen, blickte sie in die dunklen funkelnden Augen. »Wer seid Ihr?« fragte sie und zwang sich, tapfer zu klingen.

»Iain MacArthur.« Er drückte ihr seine schmutzigen Kleidungsstücke in die Hand und drohte: »Seht zu, daß die gesäubert werden, oder ich lege Euch übers Knie, weil Ihr meiner Frau lauter Obszönitäten beigebracht habt.« Dann schlug er der verdutzten Marianne die Tür vor der Nase zu.

Iain wandte sich wieder seiner weinenden Frau zu. Sein Zorn schwand. Verdammt, er liebte dieses freche Biest. Ein Lächeln spielte um seine Lippen. Brigette hatte eine beachtliche Leistung vollbracht, indem sie sicher von Dunridge nach London gelangt war. Auf der anderen Seite hatte Magnus bestimmt zu diesem Erfolg beigetragen. Iains Lächeln verschwand. Wo hatten sie auf dem langen Weg übernachtet?

Iain verbannte den besorgniserregenden Gedanken, setzte sich auf das Bett und zog die nicht widerstrebende Brigette auf seinen Schoß. Sanft wischte er ihr die Tränen aus dem Gesicht und sah dann in die verhangenen Tiefen ihrer grünen Augen.

»Ich war krank vor Sorge«, gab er zu.

»Meinetwegen?«

Iain nickte. »Ich hätte Percy fast umgebracht, als ich feststellte, daß du fort warst.«

»Oh, das tut mir leid.«

»Du mußt dich bei Percy entschuldigen«, sagte Iain. Wie ein Kind, das ausgeschimpft wurde, senkte Brigette den Blick und betrachtete ausgiebig ihren Schoß. »Wenn du nur ein paar Sekunden länger gelauscht hättest.«

»Ich habe nicht gelauscht«, sagte Brigette heftig, und ihre Augen blitzten vor Wut.

»Ich beschuldige dich doch gar nicht, aber wenn du noch ein bißchen länger vor dem Arbeitszimmer geblieben wärest, hättest du gesehen, wie ich Antonia weggestoßen habe.«

»Du hast sie weggestoßen?«

»Das habe ich.«

»Du liebst sie also nicht?«

»Ich liebe dich, Liebling.« Iains Stimme war wie eine Liebkosung. »Weshalb sollte ich dich sonst in London gesucht haben?«

»Ich habe also einen Monat lang unaussprechliche Qualen für nichts gelitten!« rief Brigette.

»Wäre es dir lieber gewesen, wenn ich nicht gekommen wäre?« fragte Iain.

»Nein.« Brigette sah ihn mißtrauisch an und fragte dann: »Wie kann ich sicher sein, daß ich dir trauen kann?«

»Gilt mein Wort etwa nicht?« fragte Iain entrüstet. Als sie weiter schwieg, fügte er hinzu: »Ich werde dafür sorgen, daß Black Jack Antonia wieder zurück zu den Mac Kinnons schickt.«

»Nein, ich würde Glenda vermissen. Bist du auf Basildon gewesen? Wie hast du mich gefunden?«

»Ich habe unterwegs einen gemeinsamen Freund getroffen«, antwortete er hintergründig.

»Einen gemeinsamen Freund?« Brigette war erstaunt.

»Meinen Cousin, den Sohn des Herzogs von Argyll.«

»Den habe ich nie ...«

»Magnus Campbell«, unterbrach Iain.

»Magnus ist ...?«

»Du redest zuviel.« Iain erstickte ihre Worte und verschlang ihre Lippen in einem langen Kuß. Seine Zunge drang in ihren Mund ein und nahm ihr den Atem. Sie klammerte sich an ihm fest. »Ich bin hungrig auf dich«, flüsterte er über ihren Lippen.

Eine schöne Frau ihrer Kleider zu entledigen, ist eine kurze Aufgabe für einen gierigen Mann, und so ging es auch Iain. Er schob Brigette zurück auf das Bett und betrachtete einen Augenblick lang voller Erwartung die seltene Schönheit, die ganz allein ihm gehörte.

Iain war jedoch zu ausgehungert, um den Anblick ausgiebig zu bewundern. Er sehnte sich danach, sie zu spüren. Er legte sich auf ihren seidigen Körper, als ob sie miteinander verschmelzen sollten. Sie küßten sich endlos und genossen das Gefühl, wie sich ihre Körper auf verführerischste Weise berührten.

Brigette spürte, wie sich seine Männlichkeit hart gegen ihren Bauch preßte. Sie schob ihre Hand zwischen ihre Körper und berührte seinen harten Stab. Iain stöhnte bei der Berührung, spreizte dann ihre Schenkel und kniete sich zwischen sie.

»Er ist wie ein wütender Drache, der nur darauf wartet, einen Ahnungslosen anzugreifen«, flüsterte sie.

»Nein, Liebes, das Monster ist nur einsam und will nach Hause.«

»Die Höhle des Drachen ist hier.« Sie führte ihn an ihre feuchte Pforte. Iain stieß zu und Brigette schrie auf. Hart und leidenschaftlich paarten sie sich hemmungslos. Brigette bog ihre Hüften hoch, um jedem heftigen Stoß Iains zu begegnen. Die Höhle des Drachen wurde mit Leben erfüllt, als sie gemeinsam explodierten.

Als ihr Keuchen abflaute, rollte Iain zur Seite und fiel fast vom Bett. Mit einem erschreckten Kichern nahm Brigette seinen Arm. »Wie schläfst du nur auf diesem Ding, das vorgibt, ein Bett zu sein?« fragte er.

»Ich bin nicht so groß wie du.«

Er ließ seine große Hand über ihre Wirbelsäule gleiten und umfaßte ihren Po. »Du bist so wunderbar, Liebling.«

»Ich liebe dich«, sagte Brigette keß und küßte seine Nasenspitze. »Um deine Frage zu beantworten: Ich habe herausgefunden, daß man überall gesegneten Schlaf finden kann, wenn man wirklich müde ist.«

»Ist das so? Ich muß sagen, du gibst eine lausige Kellnerin ab.«

»Oh!« Brigette tat bestürzt und holte dann aus. Iain nahm ihre Hand und hielt sie fest gegen seinen muskulösen Körper gedrückt. Dann küßte er sie innig.

»Brie«, murmelte er und genoß ihre Nähe. »Mein Herz, schwöre, daß du mich nie mehr verläßt.«

»Ich schwöre.«

Die Nacht schien endlos zu sein in dem fensterlosen Zimmer. Obwohl das Bett viel zu schmal war, wollten sich die beiden versöhnten Liebenden einfach nicht trennen. Als Brigette zum zweiten Mal auf den Boden fiel, fluchte sie und wollte sich in das andere Bett legen, aber Iain hielt sie zurück und zog sie auf sich. So befriedigte er sie und hielt sie dann in dieser Position fest.

Iain öffnete die Augen und überlegte, ob Tag oder Nacht war. Brigette lag auf ihm wie eine seidene Decke. Ihr Atem kitzelte seinen Hals. Der Drache, jetzt harmlos schlaff, befand sich noch in den heißen Falten seiner Höhle.

Träge dachte Iain daran, Brigette mit einem kleinen Stoß zu wecken. Dieser erregende Gedanke weckte den Drachen aus seinem Schlaf. Iain hielt den Hintern seiner Frau umfaßt und schwoll in ihr an und bewegte sich.

»Mmmmm.« Brigette stöhnte im Schlaf.

Bumm! Bumm! Bumm! Jemand klopfte an die Tür. Iain murmelte fluchend vor sich hin und glitt unter seiner schlafenden Frau hervor. Dann lächelte er beim Anblick ihrer nackten Rückseite. Verdammt! Brie hatte wirklich einen ausnehmend entzückenden Rücken und Po.

Ohne auf seine Nacktheit Rücksicht zu nehmen, durchquerte Iain das Zimmer und riß die Tür auf. Sein Untergebener stand dort mit einer Waschschüssel und einem Paket unter dem Arm.

»Guten Morgen«, begrüßte ihn Dugie. »Ich habe frische Kleider.«

»Setz die Schüssel dort auf den Tisch«, wies Iain ihn an und nahm das Paket.

Dugie warf einen verstohlenen Blick auf das Bett. Brigettes prächtige Nacktheit breitete sich vor seinen Augen aus.

»Sie schläft«, flüsterte Iain und grinste frech. »Ich werde ihr nicht sagen, daß du hier warst.«

Als Dugie die Tür hinter sich geschlossen hatte, wusch sich Iain und zog sich an. Dann setzte er sich auf die Bettkante. Er beugte sich vor und streichelte mit der Zunge über Brigettes Nacken. Sie spannte sich an und drehte sich um. Dann lächelte sie verschlafen ihren Mann an, der nicht anders konnte, als an ihren Brüsten zu schnuppern und über die rosigen Warzen zu lecken. Brigettes Atem ging stoßweise. »Dein Körper könnte einen Mönch zum Lustmolch machen«, sagte Iain, lachte dann kehlig und fügte hinzu: »Ich bin sicher, der Papst würde deinen Brüsten durch das Tor zur Hölle folgen.«

»Und du?«

»Leider muß ich bis heute abend auf sie verzichten«, antwortete er, während er mit Daumen und Zeigefinger an einer Brustwarze spielte. »Dugie wartet auf uns.« Iain amüsierte sich über ihre offensichtliche Enttäuschung. »In dieser Tasche ist Kleidung und trödel nicht so lange. Wir haben heute eine lange Strecke vor uns.«

Iain blieb an der Tür stehen, um das schmale Bett zu betrachten. Wie gerne hätte er heute morgen Brigette mit einem kleinen intimen Stoß geweckt! »Ich glaube«, verkündete er, »ich werde uns für Dunridge ein Feldbett kaufen.«

Leichten Herzens tanzte Iain geradezu die Treppe in den Gastraum hinunter. Sofort bemerkte er die geladene Atmosphäre. Dugie saß an einem Tisch, Bucko an einem anderen, und die beiden sahen sich feindselig an.

Nachdem er Dugie einen verdutzten Blick zugeworfen hatte, setzte sich Iain zu Bucko. »Ich möchte mich für die hervorragende Betreuung meines Mädchens bedanken.«

»Hmm«, schnaubte Bucko.

»Gibt es ein Problem?« fragte Iain.

»Problem?« Bucko schlug mit der Faust auf den Tisch. »Euer Mann ist letzte Nacht ein bißchen zu kühn bei meiner Frau vorgegangen!«

Verärgert sah Iain Dugie an und dann wieder Bucko. »Ist das die Blonde?«

»Nein, die andere.«

»Sie gehört dir nicht«, beharrte Dugie.

»Dugie hat sich an Eure Frau herangemacht?«

»Nun ja ...« Bucko räusperte sich. »Randi ist eigentlich noch nicht meine Frau.«

»Eure Verlobte?«

»Ach, nein.«

»Guter Mann!« rief Iain. »Ihr könnt doch nicht behaupten, sie sei Eure Frau, wenn Ihr sie nicht geheiratet habt.«

»Ich habe ja vor, sie zu heiraten«, erklärte Bucko nachdrücklich, »aber wir müssen erst das Aufgebot verlesen lassen.«

»Unsinn! Wenn Ihr heute eine Braut haben wollt, habt Ihr eine. Seid Ihr Baptist?«

»Nein.«

»Dugie«, rief Iain. »Suche einen Pastor und gib ihm Geld, damit er diesen Mann mit seiner Liebsten verheiratet, ohne das Aufgebot zu verlesen.« Dugie nickte und ging lächelnd hinaus.

Auf Iains Vorschlag hin holte Bucko eine Flasche Whiskey. Sie hoben ihre Gläser und tranken auf ihre Damen.

»Möge Eure Zukünftige Euch alle paar Jahre ein Paar stramme Söhne schenken«, lautete Iains Trinkspruch.

»Wünsche ich Euch auch«, erwiderte Bucko und schluckte seinen Whiskey hinunter. »Schade, daß Brie geht«, fügte er hinzu. »Ihr hübsches Gesicht und ihre Figur waren gut fürs Geschäft.«

Iains Gesichtsausdruck verdüsterte sich. Dann fragte er: »War das Eure Zukünftige, die letzte Nacht an Bries Tür geklopft hat? Ihr solltet ihr mal den Mund mit Seife auswaschen.«

»Ich konnte sie nicht aufhalten.«

»Ihr konntet sie nicht aufhalten? Habt Ihr denn etwa vor, den Rooster von der Henne führen zu lassen?«

»Nein«, antwortete Bucko entrüstet, fügte dann aber ein bißchen verlegen hinzu: »Aber manchmal kann man Randi einfach nicht aufhalten.«

Iain schlug Bucko in männlicher Kameradschaft auf die Schulter. »Man muß bei den Mädchen eine feste Hand haben, mein Freund. Sonst zertreten sie uns unter ihren hübschen Füßen. Gelegentlich eine Tracht Prügel – aber nicht zu heftig – bewirkt wahre Wunder für die Ehedisziplin.«

»Tatsächlich? Und wieso ist Eure Frau dann weggelaufen?«

Iains Blick wurde düster. »Es war ein Mißverständnis. Es geht Euch zwar nichts an, aber sie dachte, ich würde es mir zwischen anderen Schenkeln bequem machen.«

Als Bucko den Mund aufmachte, um etwas dazu zu sagen, öffnete sich die Tür der Schenke. Dugie kam mit einem Pastor herein. Im nächsten Augenblick kamen Brigette und Marianne die Treppe herunter.

Überrascht von der Anwesenheit des Pastors wandte sich Marianne an Bucko: »Was zum Teufel ...?«

»Halt den Mund«, befahl er barsch, fügte dann aber freundlicher hinzu: »Der Pastor ist gekommen, um uns zu trauen. Willst du oder willst du nicht?« Marianne stand vor Schreck der Mund offen.

»Sie will«, antwortete Brigette für ihre Freundin.

Mit den MacArthurs als Trauzeugen wurden Bucko und Marianne im heiligen Stand der Ehe vereint. Der Pastor ging direkt nach der Zeremonie wieder. In seinen Taschen klimperten Iains Münzen. Die beiden Paare, Dugie und Bertie setzten sich zu einer improvisierten Hochzeitsfeier zusammen.

»Wo bist du die ganze Nacht gewesen, Lil?« fragte Bukko, als die Blondine in die Taverne stolzierte. »Nimm dir einen Stuhl und setz dich zu uns.«

»Was wird denn gefeiert?« fragte sie spöttisch. »Bries Abreise?«

Marianne lächelte triumphierend. »Bucko und ich wurden gerade von einem Pastor getraut.«

»Oh, Mist.« Lil blieb stehen, drehte sich um und verließ die Schenke.

»Der werd' ich's noch zeigen«, sagte Marianne zu Brigette. »Sie wird für jede Beleidigung deiner Person noch zahlen.«

»Du wirst nichts ohne meine Erlaubnis tun«, befahl Bukko.

Marianne fragte sich langsam, auf was sie sich da eingelassen hatte.

»Ich kann Euch beiden gar nicht genug danken, daß Ihr auf mein Mädchen aufgepaßt habt.« Damit brach Iain das Schweigen.

»Das war eine schwierige Aufgabe«, bemerkte Marianne, »besonders Bertie dazu zu bringen, seine fetten Hände von ihr zu lassen.«

Bertie schluckte nervös, als Iains drohender Blick auf ihn fiel. »Ich geh' mal in die Küche und mache Eintopf für heute abend«, sagte er und zog sich schnell zurück.

Bucko lachte. »Der Rooster bleibt heute geschlossen.«

»Was?« fragte Marianne. Bucko ignorierte sie.

»Bucko, mein Junge«, sagte Iain und stand auf, »wir müssen uns auf den Weg machen.« Er zog einen prall gefüllten Sack Münzen hervor und fügte hinzu: »Das ist für den Unterhalt meiner Frau und eine Art Hochzeitsgeschenk.«

»Ich möchte keine Belohnung dafür, auf einen so süßen Engel aufgepaßt zu haben«, betonte der Wirt. »Randi zu heiraten ist schon Belohnung genug.«

»Still«, zischte Marianne und sah dann Iain an: »Verzeihung, Mylord.« Sie drehte sich wieder zu ihrem Mann: »Der Rooster hat heute auf. Denk nur an das Geld, das wir verlieren!«

»Geld ist nicht das Wichtigste im Leben«, schimpfte Bucko.

»Und was, wenn ich fragen darf, ist wichtiger?«

»Ein Dutzend gesunde Söhne zu machen, die uns bei der Arbeit helfen.«

Marianne öffnete den Mund, um zu protestieren, aber Bucko zog sie in seine Arme und küßte sie, bis sie matt und benommen war. Der Wirt sah Iain an, der zustimmend nickte.

Brigette sah ihren Mann an. Sie wußte sehr wohl, daß der Wandel in Buckos Temperament in direktem Zusammenhang mit Iains Ankunft stand. Als könne er ihre Gedanken erraten, grinste Iain frech. »Sag auf Wiedersehen, Liebling.«

»Ich kann euch gar nicht genug danken«, sagte Brigette und umarmte Marianne. »Wenn du jemals in Not bist, komm nach Dunridge.«

»Mach ich.« Marianne sah verstohlen Iain an. »Wenn er dich nicht so behandelt, wie er sollte, kannst du jederzeit in den Rooster kommen.«

12

»Brie.« Die heisere männliche Stimme schwebte durch ihre Gedanken wie ein Seufzer auf einer sanften Brise. An die Brust ihres Mannes gekuschelt, murmelte Brie unverständlich im Schlaf.

»Wir sind da«, flüsterte Iain. »Soll ich dich reintragen?«

»Da?« Brigette öffnete die Augen und setzte sich auf.

»Ich kann es nicht fassen, daß du seit Edinburgh geschlafen hast. Vor uns liegt Campbell Mansion.«

Im Hof stieg Iain ab und hob Brigette vom Pferd. Sie gähnte und streckte sich auf höchst undamenhafte Weise. Dann nahm sie seinen Arm. Sie gingen auf das Gebäude zu.

»Brigette MacBria«, rief eine vertraute Stimme. Mit strahlendem Lächeln eilte Magnus auf sie zu.

»Magnus!« Brigette erwachte zum Leben. Sie ließ den Arm ihres Mannes los und lief zu Magnus, der lachte und sie umarmte. Als er sie auf den Mund küßte, runzelte Iain die Stirn und fragte sich zum wiederholten Male, wo die beiden auf dem Weg nach London geschlafen hatten.

»Ich bin froh, daß Ihr zu Besuch kommt«, sagte Magnus und schüttelte Iains Hand. »Kommt herein.«

Er führte sie in die große Halle, und die drei setzten sich vor den Kamin. Ein Diener brachte Wein.

»Ich hätte nicht gedacht, daß Ihr meine Einladung annehmt«, meinte Magnus.

»Vor einiger Zeit habe ich Brie eine Reise nach Edinburgh versprochen«, sagte Iain. »Eure Einladung kam gelegen.«

»Iain hat mir einen Großeinkauf versprochen«, warf Brigette dazwischen, und ihre Augen funkelten verschmitzt. »Und mein Mann hält seine Versprechen immer – im Gegensatz zu anderen, die ich kenne.«

»Es tut mir sehr leid, aber ich konnte nicht schweigen«,

entschuldigte sich Magnus und grinste alles andere als reumütig. »Wenn etwas nicht nach dem Willen Eures Mannes geht, neigt er zu Gewalt. Und außerdem hat sich doch alles zum Besten gewendet, oder?«

»Ja.« Brigettes blasse Wangen überzog ein zartes Rot.

»Gegrüßt seien der zukünftige Graf und die zukünftige Gräfin von Dunridge«, erklang eine Stimme hinter ihnen. Überrascht drehten sich Iain und Brigette um.

»Was zum Teufel machst du denn hier?« schnauzte Iain seinen Bruder an.

Percy grinste. »Ich konnte dir doch nicht den ganzen Spaß alleine lassen. Ich brenne darauf, an den Hof zu kommen und unsere schöne Königin zu sehen.«

»Du konntest nicht einmal zwei Wochen lang richtig auf Dunridge aufpassen«, sagte Iain. »Bist du so scharf darauf, Unglück über unsere Familie zu bringen?«

»Es war nicht sein Fehler, daß ich weggelaufen bin.« Brigette lächelte ihren Schwager verlegen an. »Wirst du mir verzeihen, daß ich so viel Ärger gemacht habe?«

»Ich verzeihe dir, wenn du schwörst, es nicht noch einmal zu tun. Zumindest nicht, wenn ich die Verantwortung trage.«

»Ich schwöre es.«

»Verdammt, Brigette«, grollte Iain. »Du entschuldigst dich bei Percy, aber bei mir hast du dich noch nicht entschuldigt!«

»Ich habe nichts getan, wofür ich mich bei dir entschuldigen müßte.«

»Du hast nichts getan?«

Brigette lächelte süß. »Du warst derjenige, der Antonia geküßt hat, nicht ich.«

»Ich habe Antonia nicht geküßt.«

»Entschuldigung«, erwiderte sie hochmütig. »Antonia hat dich geküßt.« Percy und Magnus brachen in Gelächter aus, was ihnen einen strafenden Blick von Iain einbrachte.

»Menzies ist bei Hofe«, informierte Percy seinen Bruder. »Er bringt die Königin gegen uns auf.«

»Ja«, bestätigte Magnus. »In diesen Tagen zieren viele unbekannte Gesichter den Holyrood Palast.«

»Zum Beispiel?« fragte Iain.

»Der Graf von Lennox und sein Sohn Lord Darnley sind kürzlich aus London gekommen. Die Königin hat ein Auge auf Darnley geworfen.«

»Was für ein Mann ist er?«

»Überhaupt kein Mann, fürchte ich«, sagte Magnus. »Und ich bedaure, daß ich dazu beigetragen habe, indem ich die Einladung aussprach. Er sieht gut aus – fast schon zu gut. Oberflächlich, könnte man sagen. Er wird keinen guten Ehemann für die Königin abgeben. Und er wird auch nicht gut für Schottland sein, besonders nicht für uns Highlander.«

»Ist sie denn so hingerissen von ihm?«

»Sie glaubt, sie ist in ihn verliebt.« Danach schwiegen sie nachdenklich.

»Frauen sind halsstarrige Geschöpfe«, sagte Iain schließlich, »und eine verliebte Frau ist doppelt schlimm. Hoffentlich wird Darnley sich ohne unsere Hilfe selbst ruinieren.« Er wandte sich an Brigette. »Du wirst ein passendes Kleid für den Hof brauchen.«

»Ich darf mitkommen?« fragte Brigette freudig überrascht. »Und die Königin kennenlernen?«

»Natürlich, Liebling, was hast du denn gedacht?«

»Wann werden wir gehen?«

»Sobald wir die passenden Kleider gekauft haben, Süße.«

»Ich bin heute zu müde zum Einkaufen«, sagte Brigette gähnend. »Ich möchte ein heißes Bad und ein weiches Bett.«

»Aggie wird Euch auf Euer Zimmer bringen«, sagte Magnus. Nachdem die Wirtschafterin Brigette aus der Halle begleitet hatte, wandte er sich an Iain: »Brie sieht nicht gut aus. Ihre Haut hat die gesunde Farbe verloren.«

»Sie hat dunkle Ränder unter den Augen«, fügte Percy hinzu.

»Ja, ich habe es auch bemerkt«, stimmte Iain zu. »Brie

ist ein zartes Persönchen. Die Reise und die Arbeit haben ihre zarte Gesundheit geschwächt.«

»Arbeit?«

»Als sie Dunridge verlassen hat, ist Brie nicht nach Basildon zurückgekehrt«, erzählte Iain seinem Bruder.

»Sie hat in London eine Stelle als Kellnerin gefunden«, mischte Magnus sich ein, »in der Royal Rooster Taverne.«

»Eine Taverne!« Percy lachte schallend, und Magnus tat es ihm gleich. Iain war zornig. Er konnte nichts Witziges dabei finden, wenn eine Gräfin sich als Bedienung ausgab, besonders wenn die Gräfin seine Frau war.

Iain öffnete die Augen. Das Gesicht an seine Brust gelehnt, lag Brigette an ihn gekuschelt. Ein Bein lag zwischen seinen muskulösen Schenkeln.

Seine schwielige Hand glitt langsam über ihre Wirbelsäule und streichelte sanft ihren Rücken. Brigette bewegte sich, wachte aber nicht auf. Vorsichtig drehte er sie um und senkte seinen dunklen Kopf auf ihre Brust. Seine Zunge spielte mit einer Brustwarze, um Aufmerksamkeit zu erregen.

»Mmmmmm.« Brigette murmelte zufrieden. Sie nahm seinen Kopf und drückte ihn fester auf ihre Brust.

»Nimm mich«, flüsterte sie und bog sich vor Verlangen. Iain hob den Kopf und lächelte liebevoll. Er spreizte ihre Beine, packte ihre Hüften und hob sie hoch. Dann stieß er zu und Brigette keuchte.

»Oh, nein!« Der brennenden Erregung folgte bestürzte Enttäuschung, als sich die Tür öffnete und Bedienstete hereinkamen.

Iain zog sich schnell zurück und flüsterte: »Bis heute nacht, Liebling.«

Der Vorhang am Bett wurde von einem jungen Mädchen, das ein Tablett mit Essen trug, zurückgezogen. Ihr Gesicht wurde rot vor Verlegenheit, als sie sah, daß die beiden nackt waren.

»Verzeihung, M-M-Mylord«, stotterte sie. »Lord M-Magnus b-bat uns, nach Euch zu sehen. Er dachte, Ihr möchtet vielleicht im Bett frühstücken, während das Bad für Eure Lady bereitet wird.«

Sie setzten sich auf. Brigette steckte die Decke unter ihren Armen fest, so daß nur ihre zarten Schultern und ihr verführerischer Brustansatz zu sehen waren. Sie sah auf das Tablett, das auf dem Schoß ihres Mannes stand.

»Ich nehme die Milch«, sagte sie, als die Mädchen begannen, vor dem Kamin das Bad zu richten.

Iain zog eine Augenbraue hoch. »Ich dachte, du machst dir nichts aus Milch?«

»Tue ich auch nicht, aber heute will ich sie einmal trinken.«

»Hier.« Iain gab ihr den Becher. »Iß was.«

»Nein, danke. Mein Appetit schläft noch.«

»Iß das«, befahl er und gab ihr ein Stück gebuttertes Brot. »Und mach mir kein Theater. Du hast gestern das Abendessen verschlafen, und man sieht langsam deine Knochen. Ich bin überrascht, daß ich mich nicht daran verletzt habe, als wir schliefen.«

»Sehr komisch.« Brigette aß das Brot.

Als das Bad fertig war, stand Brigette auf. Mit verführerisch schwingenden Hüften schlenderte sie durch das Zimmer, und Iain bewunderte die zarte Wirbelsäule und ihren reizend gerundeten Po. Alles rief förmlich danach, von ihm gestreichelt zu werden.

Bevor sie in die Wanne stieg, warf Brigette ihm einen unverhohlen koketten Blick zu, und Iain lachte schallend. Begeistert vom Anblick seiner Frau bei ihrer Morgentoilette stellte er das Frühstückstablett zur Seite und machte es sich in den Kissen bequem, um zuzusehen.

Während ein Dienstmädchen ihren Rücken schrubbte, wusch Brigette ein wohlgeformtes Bein, das sie in die Luft streckte, damit ihr Mann es sehen konnte. Das andere wurde ebenso unverfroren zur Schau gestellt, und Iain spürte, wie er mehr und mehr erregt wurde.

Brigette schäumte langsam ihre Brüste ein und massierte sie, bevor sie sie abspülte. Sie sah Iain aus den Augenwinkeln an und lächelte innerlich. Ihr Mann war hypnotisiert von ihrem Anblick.

Tropfnaß und prachtvoll anzusehen stieg Brigette aus der Wanne. Das Mädchen trocknete sie ab und wickelte sie in ein frisches Handtuch. Dann flocht sie ihre roten Locken zu einem langen Zopf.

»Du kannst gehen«, entließ Brigette das Mädchen, als Iain Anstalten machte, nackt aus dem Bett aufzustehen. Mit einem entsetzten Aufschrei lief das Mädchen fort.

»Darf ich Euch helfen, Mylord?« bot Brigette an.

Als Iain im Wasser versank, grinste er gierig. »Ich wüßte nicht, was ich mir mehr wünsche.«

Zuerst schäumte Brigette seinen Rücken ein und massierte ihn sanft. Sie bewunderte den breiten Rücken und die kräftigen Muskeln, die sich unter ihren Händen entspannten. Nachdem sie ihn abgespült hatte, wanderte sie zu seiner Brust. Iain lachte über den erwartungsvollen Gesichtsausdruck seiner Frau. Brigette schäumte seine Brust ein und glitt dann verführerisch mit den Fingerspitzen über seine Brustwarzen, die hart wurden. Ihre Hand glitt dann über seinen Brustkorb und seinen plötzlich zitternden Bauch bis zu seinem männlichsten Körperteil.

»Ahhh.« Iain stöhnte, als ihre Finger begannen, mit seiner angeschwollenen Männlichkeit zu spielen.

»Einkaufen oder Bett?« flüsterte sie. »Du hast die Wahl.«

»Warum nicht beides?«

»Eine kluge Wahl.« Sie bedeckte seine Lippen mit ihrem Mund, zwang sie auseinander und erforschte seinen Mund mit ihrer süßen kleinen Zunge.

Iain schauderte. Er stand auf und stieg aus der Wanne in der Absicht, sie zum Bett zu tragen.

Peng! Die Zimmertür flog krachend auf.

»Welch provozierender Anblick«, bemerkte Magnus bei ihrem Mangel an Bekleidung.

Brigette kicherte und wurde rot vor Verlegenheit. Verärgert machte Iain ein finsteres Gesicht und fragte: »Gibt es in diesem Haus keine Privatsphäre?«

»Offensichtlich nicht. Tut mir leid.« Magnus machte seine Entschuldigung mit einem Grinsen ungültig. »Meine Kutsche steht Euch zur Verfügung – falls Ihr vorhabt, heute dieses Zimmer zu verlassen.«

In dem Gedanken, daß sie ohnehin nur wieder gestört würden, zogen sich Iain und Brigette widerwillig an und gingen in den Hof. »Zur High Street«, wies Iain den Kutscher der Campbells an.

In der Upper Bow kaufte Brigette einige Kleider, die passend für den Hof waren. Da Iain wußte, daß die Männer bei Hofe wie die Bewohner des schottischen Tieflandes gekleidet waren, kaufte er einen dunkelblauen Anzug, der auf englische Art geschnitten war. Als sie bei einem Goldschmied vorbeikamen, bestand er darauf hineinzugehen und kaufte einige Schmuckstücke, die Brigettes neue Kleider zieren sollten. Abgesehen von ihrem Ehering waren das die ersten kostbaren Geschenke, die er ihr machte, und Brigette war entzückt.

Im Lawnmarket kaufte Brigette verschiedene Stoffe, die sie sich mit Spring teilen wollte. Ohne Mühe überredete sie Iain zu einer Puppe für Glenda, und beim Lederhandwerker schmeichelte sie ihm ein neues Halsband für Sly ab.

Als letztes gingen sie an diesem Morgen zum Schreiner. Iain bestellte ein Feldbett, aus bester Eiche gefertigt. Verdutzt fragte Brigette nach, aber Iain lächelte nur und sagte, es sei eine Überraschung.

»Wofür?« fragte Brigette matt.

»Ist dein Appetit erwacht?«

»Ich verhungere.«

Bald darauf saßen die MacArthurs in MacDonald's Tavern in der Princes Street. Sie aßen sich satt mit in Honig getunktem Buttergebäck, gekochten und mit Kräuter gewürzten Muscheln und Obsttörtchen mit Nüssen und Gewürzen. Dazu gab es Ale für Iain und Cidre für Brigette.

»Du ißt nicht«, sagte Iain, über den wundersam zurückgekehrten Appetit seiner Frau lächelnd, »du schlingst.«

»Ich möchte dich nicht verletzen, wenn wir miteinander schlafen«, erwiderte sie. Seinen Humor fand sie überhaupt nicht komisch.

Als das Mahl beendet war, warf Iain einige Münzen auf den Tisch und stand auf. Dann half er Brigette aufzustehen.

»Sind wir bankrott?« fragte sie.

»Vermutlich. Eine Frau zu unterhalten ist viel teurer als ich gedacht habe.«

»Aber jedes Goldstück wert?«

»Unbedingt.« Iain führte Brigette durch die volle Schenke.

Als sie die Tür erreichten, flog sie unerwartet auf. Zwei teuer gekleidete Männer versperrten ihnen den Weg. Brigette spürte, wie Iain sich anspannte, und sah die Männer genau an.

Der eine war in Iains Alter, ebenso groß, aber schwerer. Sein Gesicht wurde durch eine lange, eckige Narbe, die über eine Wange lief, entstellt. Seine Augen waren dunkel, kalt, bedrohlich.

Sein Gefährte war mindestens zehn Jahre älter als Iain. Er war nicht kräftig gebaut, strahlte aber eine ruhige Autorität aus.

Iain nickte dem älteren Mann respektvoll zu. »Guten Tag, Lord Stuart.«

»MacArthur.« Stuarts Blick wanderte nachdenklich zu Brigette.

»Darf ich Euch meine Frau vorstellen: Lady Brigette. Brie, das ist der Earl von Moray, der Bruder der Königin.«

»Mylord.« Brigette lächelte und sah dann Morays Gefährten an.

»Das ist Lord Menzies«, sagte Iain. Brigette nickte, und ihr Gesichtsausdruck blieb gelassen. Sie erkannte den verhaßten Namen Menzies wieder, den sie in Bruchstücken von Unterhaltungen zufällig gehört hatte.

»Lady MacArthur.« Sein Lächeln erreichte seine kalten schwarzen Augen nicht. Stewart und Menzies traten höflich zur Seite.

»Moray zusammen mit Menzies«, überlegte Iain laut,

als er sich neben Brigette in die Kutsche setzte. »Wie interessant.«

»Wird es Ärger geben?«

»Nein.« Er rückte näher und streifte ihre Lippen mit seinen. »Hättest du Interesse, Liebling, mit einem frisch verarmten Mann zu schlafen?«

Brigettes Hand ging zu seiner Leiste. »Mit Vergnügen.«

»Was könnte sie aufhalten?« fragte Percy und ging ungeduldig in der Eingangshalle auf und ab. Die drei Männer warteten seit dreißig Minuten darauf, daß Brigette aus ihrem Zimmer kam.

»Ganz ruhig«, riet Magnus. »Frauen brauchen immer länger, um sich anzukleiden. Das ist eine unumstößliche Tatsache und eine kleine Rache an uns Männern, weil wir die Welt beherrschen.«

»Ich hole sie.« Iain ging zum Fuß der Treppe.

»Das wird dir nicht guttun«, sagte sein Cousin voraus.

»Das werden wir ja sehen.« Iain wollte gerade die Treppe hinaufgehen, blieb aber abrupt stehen, als er die Erscheinung am oberen Ende der Treppe sah. Seine Brust schwoll vor Stolz.

Brigette hatte ein Kleid aus tannengrüner Seide gewählt. Der Ausschnitt war viereckig und tief, so daß ihr Brustansatz zu sehen war. Betont wurde er durch den goldenen Halsreif, den Iain ihr an diesem Tag geschenkt hatte. Ihr glänzendes kupferfarbenes Haar war zurückgekämmt und zu einem komplizierten Liebesknoten im Nakken zusammengenommen. Ihre Wangen waren gerötet vor Aufregung, und ihre smaragdfarbenen Augen funkelten wie Juwelen. Brigette war eine Frau, auf die jeder Mann stolz sein konnte.

Brigette nutzte den Moment und inszenierte einen großen Auftritt für ihr männliches Publikum. Langsam und anmutig schwebte sie die Treppe hinunter, aber kurz vor dem Ende schwankte sie, als eine plötzliche Benommenheit sie überkam. Iains Hand war sofort da, um sie zu stützen.

»Geht es dir gut?«

»Ja«, antwortete sie sanft, »nur schwindelig vor Aufregung.«

»Du siehst göttlich aus«, flüsterte er.

Magnus lief zu ihr und küßte ihre Hand. »Ihr erinnert mich an eine Märchenprinzessin.«

»Ja«, stimmte Percy zu. »Das Warten hat sich gelohnt.«

Brigette glühte förmlich vor Glück. »Ich glaube, der große Clan Campbell hat die bestaussehendsten und galantesten Männer der gesamten Christenheit.«

Die Königin von Schottland war verliebt, und der Hof, der um sie herumwirbelte, war fröhlich. Gefährliche Unterströmungen und bittere Rivalitäten waren immer noch im Überfluß vorhanden, aber nicht offensichtlich. Als Campbell und die MacArthurs den lauten Raum betraten, starrte Brigette mit großen Augen auf das Meer von strahlenden Farben, mit denen sich die vielen Höflinge schmückten.

Ein prächtig gekleideter Mann mittleren Alters stürzte sich auf sie, sobald sie den Raum betraten. Magnus stellte ihn als den Graf von Lennox vor. »Ihr seid auch eine Besucherin vom englischen Hof?« fragte er Brigette.

»Nein, Mylord«, antwortete sie aufrichtig und veranlaßte Iain zu einem Lächeln. »Dies ist das erste Mal, daß ich überhaupt bei Hofe bin.«

»Ich meine, Ihr seid eine Landsmännin«, erklärte Lennox, »eine Verbündete sozusagen.«

Brigette errötete wegen ihrer eigenen Dummheit. »Mein Bruder ist der Earl von Basildon.«

»Und jetzt seid Ihr mit dem jungen MacArthur verheiratet«, fuhr Lennox fort. »Das ist eine ausgezeichnete Mischung, die Engländer und die Schotten. Würdet Ihr das nicht auch sagen?«

»Eine großartige Mischung«, stimmte Brigette zu, »aber nicht ohne Reibungspunkte.«

Iain lachte, aber der Earl von Lennox verlor sein Lächeln. Er wollte, daß sein Sohn die schottische Königin heiratete und erachtete solche Reibungspunkte als unpassend für eine Diskussion bei Hof.

»Verdammt«, fluchte Magnus. »Huntly ist hier und auf dem Weg zu mir. Ich werde ihm ausweichen, indem ich der Königin meine Aufwartung mache.«

»Ich komme mit«, sagte Percy.

»Lady MacArthur.« Lord James Stuart tauchte aus dem Nichts auf. »Es ist eine Freude, Euer schönes Gesicht wiederzusehen.«

»Eure Erlaucht.« Brigette knickste vor dem Halbbruder der Königin.

Stuart schüttelte Iains Hand und lächelte dann Lennox kalt an. »Ich glaube, ich werde Euch die Ehre stehlen und Lady MacArthur der Königin vorstellen.« Er wandte sich an Brigette. »Würdet Ihr sie jetzt gerne kennenlernen?«

»Ja, aber ich bin ziemlich aufgeregt.«

»Es gibt überhaupt keinen Grund, nervös zu sein.« Stewart nahm Brigettes Arm und führte sie von dem verstimmten Lennox fort. »Meine Schwester ist jung und freut sich immer, zukünftige Freunde kennenzulernen. Zur Zeit ist sie vollkommen verzaubert von den Engländern.«

Mary Stuart wäre auch hoheitsvoll gewesen, wäre sie nicht als Königin geboren worden. Groß und anmutig schlank, besaß sie rotbraune Haare, bernsteinfarbene Augen und eine helle makellose Haut. Die Königin war eine charismatische Persönlichkeit, und mit ihrem strahlenden Lächeln zog sie wie ein Magnet die Menschen an.

»Iain MacArthur«, begrüßte die Königin ihn.

Lächelnd trat Iain vor und beugte sich tief über ihre Hand. »Eure Majestät, ich habe Euch eine wunderbare Überraschung mitgebracht.« Er wandte sich an James Stuart und sagte: »Ich glaube, ich werde selbst die Ehre haben, Mylord.« Stuart nickte, und Iain führte Brigette vor die Königin. »Eure Majestät, das ist meine Frau, Lady Brigette.« Auf ihr Stichwort knickste Brigette tief.

»Das ist der anmutigste Knicks, den ich je gesehen habe«, lautete das Kompliment der Königin.

»Wie freundlich von Eurer Majestät, das zu sagen«, sprudelte es aus Brigette heraus, »besonders da ich den ganzen Tag geübt habe.«

Die Königin lachte und warf dann einen schnellen Blick auf den gutaussehenden Höfling, der neben ihrem Sessel stand. »Ihr seid Engländerin, habe ich gehört.«

»Ja, Eure Majestät.« Brigette wurde klar, daß der Höfling Darnley sein mußte, und sie ergriff die Chance, um die Position ihres Mannes bei der Königin zu stärken. »Ich finde, Schotten und Engländer verstehen sich sehr gut miteinander. Sie passen gut zusammen«, vertraute sie ihr an und schaute Iain mit großen Augen an. »Sie ergänzen sich in jeder Hinsicht perfekt.« Das Lächeln der Königin wurde noch strahlender.

Was für eine raffinierte Hexe, dachte Iain und starrte seine Frau an. Brigette wäre eine äußerst talentierte Bühnenschauspielerin. Sie verwandelte sich mühelos von der Zigeunerprinzessin zur Gasthausbedienung bis hin zur politisierenden Gräfin.

»Kommt näher und setzt Euch zu mir«, sagte die Königin.

»Danke für die Ehre, Eure Majestät.« Brigette, die mit sich zufrieden war, trat vor und setzte sich auf einen Hokker.

»Sagt mir ganz offen«, bat die Königin, »wie ist mein Hof im Vergleich mit dem der Ketzerin?«

Als loyale Engländerin unterdrückte Brigette ein Stirnrunzeln. »Verzeiht, aber ich kann die beiden nicht vergleichen. Ich bin nie am Hof von Königin Elisabeth gewesen.«

»Euer Vater war ein Graf, nicht wahr?«

»Ja, Eure Majestät, aber er ist nur ganz selten bei Hofe gewesen.«

»Weshalb?«

»Meine Mutter war als Französin und Katholikin dort nicht willkommen«, erzählte Brigette.

»Wie ähnlich wir uns doch sind!« rief die Königin. »Meine Mutter war auch Französin. Haben die unterschiedlichen Religionen Euren Eltern keine Probleme bereitet?«

»Meine Eltern waren der Meinung, daß alle Probleme mit Liebe und Kompromißbereitschaft gelöst werden können.«

Die Königin warf ihrem Bruder einen vielsagenden Blick zu und lächelte dann Brigette an. »Ihr seid gerade aus London gekommen?«

»Ja, Eure Majestät.« Brigette war erstaunt, wie schnell sich die Nachrichten verbreiteten. Sie blickte zu ihrem Mann, der ausgesprochen unbehaglich aussah.

Iains Unbehagen entging James Stuart nicht. »Was«, fragte Stewart, »hattet Ihr denn in London zu tun, Lady MacArthur?« Ich habe zu viel geredet, wurde es Brigette auf einmal klar. »Das ist eine ganz persönliche Angelegenheit, Mylord.« Sie sah die Königin an, die offensichtlich sehr unzufrieden mit dieser Antwort war. Besser für einen Narren gehalten zu werden, beschloß Brigette, als für jemand gefährliches. Man hat schließlich noch niemandem dafür den Kopf abgeschlagen, daß er ein Dummkopf ist.

»Es ist außerordentlich peinlich«, gab Brigette zu, »und ich gebe zu, daß ich im Unrecht war. Seht, ich hatte Streit mit Iain und bin zurück nach England gegangen. Natürlich ist mein Mann mir gefolgt, und wie Ihr sehen könnt, sind wir jetzt das glücklichste Paar.«

»Ihr seid alleine gereist?« Die Königin war schockiert.

»Ich bin inkognito gereist.«

»Inkognito?«

»Ich trug meine ältesten Kleider.« Brigette sah zu Iain, der sie streng anstarrte und äußerst unglücklich über diese Unterhaltung war. »In London habe ich dann eine Anstellung als Bedienung in einem Gasthaus gefunden.«

Der eher verbissene James Stuart lachte lauthals los und zog damit die Aufmerksamkeit der meisten Höflinge auf sich.

»Ich gratuliere Euch zu Ihrem Mut.« Die bernsteinfarbenen Augen der Königin funkelten vor guter Laune.

»Lady Brigette ist ein reizendes Wesen, Iain. Werdet Ihr sie oft mit an den Hof bringen?«

»Wie Ihr wünscht, Eure Majestät.«

Am anderen Ende des überfüllten Raumes war Magnus schließlich doch noch von dem mächtigen und willensstarken Graf von Huntly in die Ecke getrieben worden. Lord George Gordon ließ sich nicht so einfach ignorieren und überlisten wie Magnus sich das vorgestellt hatte.

»Magnus, mein Junge.« Huntlys Stimme klang dennoch freundlich. »Ich habe versucht, mit Euch zu sprechen, seit Ihr angekommen seid.«

Magnus lächelte falsch und log. »Ich wußte gar nicht, daß Ihr in Edinburgh seid.«

»Natürlich, mein Junge.« Huntlys Lächeln war ebenso falsch. »Wenn Ihr es gewußt hättet, hättet Ihr mich sicher aufgesucht. Wir haben ja schließlich viel zu besprechen, nicht wahr?«

»Haben wir?« Magnus spielte den Unwissenden.

»Ich werde Euch jetzt ganz offen fragen. Seid Ihr bereit, Avril zu heiraten?«

»Avril?« Magnus Verwirrung war echt.

»Meine Tochter, Avril Gordon«, half Huntly nach und sah den jüngeren Mann finster an. »Eure Verlobte.«

Magnus besaß wenigstens den Anstand, rot zu werden. Er hatte all die Jahre immer nur von ›Huntlys Tochter‹ geredet und ihren eigentlichen Namen vergessen. »Nun, Sir«, wich er aus, »ich …, ich habe noch nicht darüber nachgedacht, weil ich so beschäftigt war mit den Aufträgen der Königin. Ist sie denn überhaupt schon reif für die Ehe? Ich glaube, als ich sie das letzte Mal gesehen habe, war sie es noch nicht.«

»Das ist zehn Jahre her«, raunte Huntly. »Damals war sie sieben Jahre alt.«

»Lieber Gott! Zehn Jahre, sagt Ihr?« Magnus sah überrascht aus. »Kein Wunder, daß sie damals noch nicht soweit war!«

»Nun, jetzt ist sie es«, antwortete Huntly. »Und ich muß wissen, was Ihr vorhabt. Menzies hat einen Antrag gemacht, aber aus Respekt für Euren Vater und die langjährige Verlobung lasse ich Euch den Vortritt. Es wird aber keine Animositäten geben, wenn Ihr sie nicht ehelichen wollt.«

Magnus runzelte die Stirn. »Menzies?«

»Ja.«

Die beiden Männer standen eine Zeitlang schweigend zusammen. Huntly, dieser gewitzte Mann aus dem Norden, hatte sein Anliegen geschickt eingefädelt und hielt den Moment, ein Miniaturbild von seiner Tochter zu zeigen, für gekommen. Er gab sie dem jungen Mann in die Hand. »Das ist Avril.« Als Magnus das Bild ansah, war er mehr als angetan.

Avril Gordon war eine ungewöhnliche Schönheit. Ihre feuerroten Locken erinnerten an Brigette, aber ihre Augen waren von einem so klaren Blau wie ein Herbsthimmel in den Highlands. Sie hatte ein herzförmiges Gesicht, ein eigensinniges, spitzes Kinn und eine kleine Nase.

»Wie hübsch sie geworden ist.«

»Sie ist außerdem sanft, bescheiden und fügsam.«

»Ich bin kein Narr, Huntly«, sagte Magnus verächtlich. »Ich glaube kaum, daß dieses Engelsgesicht sanft oder fügsam ist.«

Huntly zuckte die Schultern. »Das Leben kann sehr langweilig sein ohne ein bißchen Würze.«

»Da stimme ich Euch zu.« Magnus streckte seine Hand aus. »Argyll wird sie anbeten.«

»Wollt Ihr damit sagen, daß Ihr Avril heiraten werdet?«

»Hat es je irgendwelche Zweifel gegeben?« Magnus grinste.

»Wie wäre es im Herbst? Kann Avril bis dahin soweit sein?«

»Das wird sie, wenn ich es befehle.«

In einem anderen Teil des Raumes stand Percy mit einem der Höflinge zusammen. David Rizzio war ein italienischer Hofsänger, den Königin Maria begünstigt hatte, indem sie ihn zu ihrem Privatsekretär ernannte. Sehr zum Ärger und zur Bestürzung verschiedener Fraktionen am

Hof. »Und«, sagte Rizzio, »gefällt Euch Euer erster Abend bei Hofe?«

»Wie entzückend!« Percys Stimme klang verträumt. Ein paar Schritte entfernt stand die schönste Frau, die er je gesehen hatte.

Sie war reizvoll zierlich. Ihre Haut war wie elfenbeinfarbene Seide mit einem Hauch Rosa auf den Wangen. Sie bildete einen scharfen Kontrast zu ihrem ebenholzschwarzen Haar und ihren dunklen Augen. Sie erschien ihm wie eine Waldnymphe, deren Anblick für Percy einem Sirenengesang gleichkam.

»Ich bitte um Verzeihung?« Rizzio war verwundert über das seltsame Verhalten des jüngeren Mannes.

»Da drüben«, flüsterte Percy. »Wer ist die dunkelhaarige Schönheit?«

»Welche?«

Percys Blick ging zu Rizzio, der einen Scherz machte. Der jüngere MacArthur mußte über sich selbst lachen. »Wer ist sie?«

»Sheena Menzies«, antwortete Rizzio, »und gerade erst angekommen.«

»Menzies?« Der Name wirkte dämpfend auf Percys Enthusiasmus.

»Gibt es ein Problem?«

»Ja, die MacArthurs und die Menzies sind eingeschworene Feinde.«

»Ja und?«

»Und ich bin ein MacArthur«, erklärte Percy, »und sie ist eine Menzies, die nicht einmal mit mir sprechen wird. Von weiterem gar nicht zu sprechen.«

»Ich werde Euch bekanntmachen. Wenn Ihr darauf verzichtet, Eure Familiennamen auszutauschen, wird die Liebe blühen. Wenn eine Frau erst einen Mann liebt, macht es ihr nichts aus, wenn er der Sohn des Satans selbst ist. Das kann Euch jeder Italiener bestätigen.« Der Sekretär der Königin zog Percy mit sich. »Lady Sheena?«

»Guten Abend, Lord Rizzio«, begrüßte sie den Italiener mit einer sanften, melodiösen Stimme.

»Das ist Lord Percy, der Eure Schönheit bewundert hat.«

Sheena wurde rot. Ihr Blick wanderte zu Percy, der fasziniert von ihren geheimnisvollen schwarzen Augen war. Nachdem Percy sich wieder gefangen hatte, verbeugte er sich und sagte: »Mylady.«

Sheena lächelte schüchtern. Nachdem sie so lange die schroffe Heftigkeit ihres Bruders Murdac erlebt hatte, übten Percys unbekümmerte Haltung und sein ungezwungenes Lächeln eine unwiderstehliche Anziehungskraft auf sie aus.

»Mylord ...?«

»Nennt mich Percy«, sagte er, als Rizzio sich entfernte. »Wie alle meine Freunde.«

Sie lächelte gewinnend. »Wenn das so ist, dann nennt mich Sheena.«

»Wie alle Eure Freunde?«

»Wenn ich welche hätte, würden sie es tun.«

»Na, na«, spottete Percy freundlich. »Eine Dame wie Ihr muß doch eine ganze Menge Freunde haben.«

»Nein«, erzählte Sheena ihm. »Ich bin gerade erst von zu Hause angekommen, von Weem Castle. Und wo seid Ihr zu Hause?«

»Würdet Ihr gerne tanzen?« fragte Percy und ignorierte ihre Frage.

»Ja.« Hand in Hand gingen sie zu den anderen Tänzern.

Die Lords, James Stuart und Murdac Menzies waren in einer schattigen Ecke des Raumes in eine Unterhaltung vertieft. »Wie immer wart Ihr im Unrecht«, sagte Stuart abfällig. »An MacArthurs Reise nach England war überhaupt nichts Geheimes.«

Wütende Enttäuschung ließ die Narbe in Menzies' Gesicht weiß werden. »Was hatte er denn da zu tun?«

»Er war hinter seiner aufsässigen Frau her.« Stewart schnaubte höhnisch. »Ihre Sturheit wird für meine Schwester kein gutes Beispiel sein.«

Menzies öffnete den Mund, um zu antworten, aber er

verstummte plötzlich. Sheena tanzte mit dem jüngeren MacArthur. Ohne ein Wort zu sagen, ging Menzies auf sie zu, um die beiden zu trennen, die offensichtlich nur Augen für einander hatten.

Stuarts Hand schoß vor und hielt ihn auf. »Veranstaltet bloß keinen Skandal in Anwesenheit der Königin«, warnte er und schlug ihm statt dessen vor: »Wenn ein MacArthur mit einer Menzies tanzen kann, warum dann nicht ein Menzies mit einer MacArthur?« Murdac sah ihn verdutzt an.

»Fordert doch Lady MacArthur zum nächsten Tanz auf«, sagte er. »Ihr Mann kann nichts dagegen tun, solange sein Bruder mit Eurer Schwester tanzt.«

Ein grausames Lächeln überzog Murdac Menzies' Gesicht, und ein böses Licht erglühte in den Tiefen seiner schwarzen Augen. Er nickte Stuart zu und ging dann, um seine Beute zu fangen.

Als die Musik ausklang, lächelte Brigette dem Graf von Lennox matt zu und suchte die Halle nach Iain ab. Ihr Magen revoltierte übel gegen die Aufregungen des Tages, und ihr schmerzender Kopf war seltsam leicht. Der Raum war viel zu voll und zu laut, und Brigette sehnte sich verzweifelt nach frischer Luft. Sie hatte das unangenehme Gefühl, ersticken zu müssen.

»Lady MacArthur?« Menzies berührte leicht ihren Arm. »Ich wäre geehrt, wenn Ihr mit mir tanzen würdet.«

Trotz ihres benommenen Kopfes erkannte Brigette den narbengesichtigen Mann aus MacDonald's Taverne. »Ich ... ich«, stammelte sie, unsicher, was sie tun sollte. »Ich glaube nicht ...«

»Kommt«, unterbrach Menzies. »Ein Tanz könnte doch einiges dazu beitragen, eine erneute Freundschaft zwischen unseren Clans wieder aufflackern zu lassen.«

Wider besseres Wissen nickte Brigette und reichte ihm die Hand. Doch ihr sich wild drehender Magen hatte seinen eigenen Willen. Sie mußte würgen und versuchen, die Übelkeit zu unterdrücken.

Als sie tanzten, betrachtete Menzies sie durch verschleierte Augen. Ihre grünen Augen, das flammende Haar und die verführerischen Brüste verbanden sich auf reizendste Weise. Lady MacArthur ist hinreißend, dachte er, viel besser, als ihr Mann es verdient hatte. Wenn sie nur nicht so blaß wäre. »Ich hörte, Ihr seid kürzlich nach England gereist«, bemerkte Menzies in dem Versuch, einen geheimen Grund für die Reise ausfindig zu machen.

»Ja.« Brigettes Stimme war nicht lauter als ein Flüstern.

»Ein Besuch bei Eurer Familie?«

»Sozusagen.« Brigette wich ihm aus. Seine Frage war ihr ebenso unangenehm wie der stickige Raum.

Er zog eine Augenbraue hoch. »Eine überaus rätselhafte Antwort, würde ich sagen.«

Brigette konnte den lärmenden Raum nicht mehr länger ertragen. In ihrem verzweifelten Versuch zu fliehen, wirbelte Brigette von Menzies weg, der ihren Fluchtgrund falsch interpretierte. Er streckte seine Hand aus, packte ihren Oberarm und wirbelte sie nicht allzu freundlich herum.

»Oh!« rief Brigette und brach zusammen. Menzies war kampferprobt und hatte ausgezeichnete Reflexe. Er fing seine benommene Partnerin auf, bevor sie zu Boden fiel.

»Was habt Ihr mit meiner Frau gemacht?« wollte Iain wissen, der bei Brigettes Schrei sofort erschienen war.

»Nichts!«

»Jetzt ist nicht die Zeit für Schuldzuweisungen.« Das war die Stimme der Königin. »Mein Leibarzt wird sich um sie kümmern.«

Iain trug Brigette durch das Vorzimmer in ein Privatgemach der Königin. In Gegenwart der Königin und einiger Hofdamen setzte Iain sie vorsichtig auf die Couch.

Lord Ramsey, der Leibarzt, eilte herein. »Laßt uns bitte allein«, sagte er zu Iain, der sich innerlich gegen den Befehl sträubte.

»Das ist alles die Schuld von Menzies«, brummte Iain, als er auf dem Weg hinaus an der Königin vorbeikam.

Lord Ramsey wedelte mit einem Riechfläschchen unter

Brigettes Nase. Sie zuckte bei dem scharfen, wiederbelebenden Geruch. Sie öffnete ihre Augen und war sehr verwirrt.

»Wie geht es Euch?«

»Schrecklich.«

»Ich werde Euch untersuchen«, erklärte der Arzt, »und Euch ein paar Fragen stellen.« Brigette nickte.

Iain ging in dem Vorzimmer auf und ab, während Magnus, Percy und James Stewart es langsam leid waren, ihm zuzusehen. »Das ist Menzies' Schuld«, knurrte er den Bruder der Königin an.

Er hatte die Worte noch nicht ganz ausgesprochen, als sich die Tür öffnete. Die Königin und Lord Ramsey kamen in das Vorzimmer.

»Und?« fragte Iain.

»Ich hoffe aufrichtig, daß das, was Eure Frau quält, nicht Menzies Werk ist«, bemerkte der Arzt.

»Ärgert den Mann doch nicht, Ramsey«, tadelte die Königin, und ihre bernsteinfarbenen Augen funkelten vor Heiterkeit. »Sagt ihm schon, welche Krankheit sie hat.«

Verwirrt sah Iain von einem zum anderen.

»Lady Brigette ist schwanger«, verkündete Ramsey knapp.

»Schwanger?« Iain war fassungslos. Er sah die grinsenden Gesichter von Percy und Magnus und wandte sich dann an die Königin. »Mit Eurer gütigen Erlaubnis würde ich meine Frau gerne nach Dunridge bringen.«

»Nein, MacArthur«, warnte Lord Ramsey. »Wartet lieber bis zum zweiten Trimester. Dann wird die Reise für das Kind nicht so gefährlich.«

»Komm«, sagte die Königin zu ihrem Bruder. »Laß uns dem Hof versichern, daß alles in Ordnung ist.«

Iain betrat das Privatgemach. Die Hofdamen gingen hinaus, allerdings nicht ohne ihm einige schelmische Blikke zugeworfen zu haben. Iain setzte sich auf den Rand der Couch und lächelte Brigette an.

»Ich bin unangenehm aufgefallen.« Sie stöhnte.

»Das stimmt nicht.« Er streckte die Hand aus und streichelte ihre Wange. »Ich bin derjenige, der unangenehm aufgefallen ist.«

»Das verstehe ich nicht.«

Iain grinste. »Von dem Moment an, da du ohnmächtig geworden bist, habe ich wie ein Verrückter herumgeschimpft und behauptet, das alles sei Menzies Schuld.« Ein entsetztes Kichern kam aus Brigettes Kehle.

Iain beugte sich vor und drückte ihr einen Kuß auf die Stirn. Als er sich zurückziehen wollte, legte sie ihre Handfläche auf seine Wange. Ängstlich suchte sie seinen Blick. »Bist du glücklich darüber Iain?«

»Was ist denn das für eine Frage?« fragte er. »Ich möchte ein Mädchen, das genauso schön ist wie seine Mutter.« Brigette lächelte beruhigt. »Natürlich möchte ich das Mädchen erst, wenn du mir einen Sohn geschenkt hast, der mir helfen könnte, sie zu kontrollieren.«

Brigette warf sich in seine Arme. »Ich liebe dich.«

»Und ich liebe dich«, flüsterte Iain, als sich ihre Lippen trafen.

In Erwartung der Heirat zwischen Königin Maria und Lord Darnley wurden die MacArthurs und ihr Verwandter Campbell regelmäßige Gäste am Hof. Brigette tat Percys hoffnungslose Zuneigung zu der Schwester ihres Feindes leid und sie beschloß, Sheena Menzies ein bißchen auszuhorchen. Sie waren zwar gegensätzlich im äußeren Erscheinungsbild und im Temperament, wurden aber doch schnell Freundinnen. Sheena ersetzte Brigettes abwesende Schwester und Cousine. Brigette wurde die Schwester, die Sheena nie gehabt hatte.

An einem regnerischen Nachmittag ging Brigette durch den großen Saal von Campbell Mansion und entdeckte Percy. Er saß alleine da und starrte niedergeschlagen in den Kamin, in dem kein Feuer brannte. »Und, Percy?« rief sie. »Was tust du da?«

»Nichts«, antwortete er, ohne aufzusehen.

Ihre Lippen zuckten. »Schwert oder Dolch?«

»Was?«

»Du siehst so deprimiert aus. Soll ich ein Schwert holen, oder hättest du lieber einen Dolch? Gift wäre vielleicht auch nicht schlecht.«

Percy hob den Kopf. »Warum ist das Leben so furchtbar schwierig?«

»Das Leben ist einfach«, korrigierte Brigette, »es sei denn, wir machen es anders.«

»Schwangere Frauen sind immer zufrieden.« Mit einer abfälligen Handbewegung wollte er sie fortschicken.

»Was für eine freche Lüge!«

»Du kannst gut von der Einfachheit des Lebens reden«, schnaubte Percy. »Du bist nicht in Sheena Menzies verliebt.«

»Iain wäre schrecklich eifersüchtig«, witzelte Brigette, und Percy konnte nicht anders als lachen. »Ich wollte dir das eigentlich nicht sagen«, fügte sie hinzu, »ich breche nicht gerne das Vertrauen einer Freundin.«

»Was ist denn?«

Brigette zögerte, hatte dann aber doch zu viel Mitleid mit ihm. »Sheena hat zugegeben, daß sie eine gewisse Zuneigung für dich hegt.«

Percy sprang von seinem Stuhl hoch, hob seine erschreckte Schwägerin in die Luft und wirbelte sie herum. Schließlich ließ er sie wieder hinunter und gab ihr einen schmatzenden Kuß auf jede Wange. »Du hast mir wieder Hoffnung gemacht. Ich werde Sheena bekommen, und wenn ich auf einen der ältesten Bräuche in den Highlands zurückgreifen muß.«

»Alter Brauch?«

»Entführung!« Percy tanzte regelrecht aus der Halle und vor lauter Freude überrannte er beinahe seinen Bruder Iain.

»Was zum Teufel war das denn?« fragte Iain.

Brigette schaute in den leeren Flur und dann ihren Mann an.

»Percy ist verliebt.«

Iain rollte die Augen. »Wer ist die Arme?«

»Sheena Menzies.«

Das vertrieb das Lächeln aus seinem Gesicht. Iains Gesichtsausdruck wurde nachdenklich, fast berechnend.

Dieser Ausdruck läßt Böses ahnen, dachte Brigette. Aber für wen?

Am 29. Juli bei Sonnenaufgang heiratete Königin Maria Lord Darnley. Nach dem Gottesdienst verließen die Mac Arthurs Edinburgh und machten sich auf den Weg nach Dunridge Castle. Mit dem Segen seines Bruders blieb Percy zurück, um seine Bemühungen um Sheena Menzies fortzusetzen.

13

Im Garten von Dunridge Castle zeigte sich der Sommer von seiner besten Seite. Zwischen strahlenden Farben und sattem Grün sah man zwei blonde Köpfe dicht beieinander. Lady Antonia und ihr Bruder Finlay sprachen mit gedämpfter Stimme miteinander.

»Iain hat dann also die Engländerin geheiratet«, beschwerte sich Antonia. »Ich habe versucht, sie auseinanderzubringen, aber es hat nicht geklappt. Als sie fortgelaufen war, machte er sich auf die Suche nach ihr. Jetzt sind sie zusammen in Edinburgh.«

»Das ist wirklich Pech.« Ihr Bruder hatte Mitleid mit ihr. Finlay MacKinnon war ein schwacher Mann, innerlich wie äußerlich. Kleiner als seine Schwester, sah er beinahe zart aus. Er hatte dieselben blonden Haare und blauen Augen, aber seine Haut war blutleer und weiß. Ehrgeizig, raffiniert und grausam, war Finlay seiner älteren Schwester tief ergeben.

»Ich sollte Gräfin werden«, platzte Antonia los. »Was können wir denn bloß machen?«

»Laß mich einen Moment nachdenken.«

Auf seinem täglichen Spaziergang mit Glenda und Sly kam Black Jack in den Garten. »Finlay MacKinnon«, rief er. »Das ist ja schon eine Ewigkeit her, daß wir uns gesehen haben. Wann seid Ihr angekommen?«

»Heute morgen.« Finlay schüttelte Black Jack die Hand. »Ihr seht gesund und munter aus, Mylord.«

»Ich fühle mich auch gut«, antwortete Black Jack. »Für einen alten Mann zumindest.« Er sah Glenda an und sagte: »Begrüße deinen Onkel Finlay, Mädchen.«

Nachdem Glenda den Bruder ihrer Mutter genau gemustert hatte, stand für sie fest, daß sie ihn nicht mochte, und so blieb sie dicht bei ihrem Großvater. »Guten Tag, Onkel Finlay.«

»Du bist genauso hübsch wie deine Mutter.« Finlay lächelte das kindliche Ebenbild seiner geliebten Schwester an und streckte ihr dann die Hand entgegen. »Würdest du gerne einen Spaziergang mit mir machen, damit wir uns wieder kennenlernen?«

Glenda starrte zunächst die Hand an, dann in sein Gesicht. »Nein.«

Antonia war entsetzt über die Grobheit ihrer Tochter, und Finlays Lächeln erstarb. Black Jack lachte in sich hinein. Ihm gefiel es, daß er über alles geliebt wurde.

»Sie ist ein bißchen schüchtern«, erklärte er.

»Nun ja, ich denke, für ein kleines Mädchen ist Schüchternheit sicher angebracht«, bemerkte Finlay. »Was macht dieses wilde Tier denn hier?«

»Sly ist kein wildes Tier«, korrigierte Glenda ihn scharf.

»Er ist Lady Brigettes Haustier«, setzte Antonia mißbilligend hinzu.

»Vorhin ist ein Bote eingetroffen«, erzählte Black Jack. »Iain und Brie werden bis Ende der Woche wieder zu Hause sein.«

»Was für eine wunderbare Nachricht!« rief Antonia.

»Das ist noch nicht das Beste. Lady Brigette erwartet ein Kind.« Black Jack wandte sich an Finlay. »Wie lange werdet Ihr bleiben?«

»Nur diese Nacht.«

»Schön, Euch wiederzusehen.« Mit Glenda und Sly im Schlepptau ging Black Jack weg.

»Sie sei verflucht«, spie Antonia. »Jetzt werde ich nie Gräfin werden können.«

»Das stimmt nicht unbedingt«, widersprach Finlay.

»Was meinst du damit?«

Er lächelte kalt. »Wenn der Engländerin ein furchtbares Unheil widerfahren würde, wäre dein Weg zu Iain frei.«

»Und wenn sie einen Jungen gebiert«, sagte Antonia und erwiderte das Lächeln ihres Bruders, »werde ich nicht mehr fett werden müssen, um ein Kind zu bekommen. Was hast du vor?«

»Ich glaube«, antwortete Finlay, »die Engländerin wird eine tödliche Verabredung am Lady's Rock haben.«

»Lady's Rock?«

»Erinnerst du dich an die alte Geschichte von MacLean, und was er mit seiner Frau, einer Campbell, gemacht hat, als er ihrer überdrüssig wurde?«

»Nein, an die Geschichte kann ich mich nicht erinnern.«

»Im Sund von Mull gibt es einen großen Felsen, der überschwemmt wird, wenn die Flut steigt.«

»Sehr phantasievoll ausgetüftelt von dir.« Antonia grinste. »Es wird nicht einmal eine Leiche geben, die man begraben muß.«

Finlay war sehr stolz über das Lob seiner Schwester. »Natürlich«, fügte er mit betrübtem Gesichtsausdruck hinzu, »hatte das Frauenzimmer Campbell Glück. Ein paar vorbeikommende Fischer retteten sie, und die Campbells rächten sich, indem sie MacLean töteten. Aber glaubst du, daß sich ein so phantastischer Glücksfall wiederholen könnte?«

»Weshalb das Schicksal herausfordern?« entgegnete Antonia. »Laß dir einen Bart wachsen und trag den Überwurf der Menzies. Wenn Brie doch irgendwie gerettet werden sollte, wird man ihnen die Schuld geben.«

Finlay nickte. »Laß mich wissen, wenn sie das Kind geboren hat. Und jetzt sag mir, wie sie aussieht.«

»Nun ja …«

»Sei aufrichtig, Schwester. Ich möchte nicht die falsche Frau ergreifen.«

»Brie ist viel kleiner als ich«, erzählte Antonia. »Sie hat rote Haare und grüne Augen …«

»Grüne Augen!« Finlay machte ein Kreuzzeichen. »Das ist das Zeichen für eine Hexe.«

»Sei nicht albern. Hexen gibt es nicht.«

»Gibt es wohl«, beharrte er. »Du willst, daß ich eine Hexe entführe? Was wird sie daran hindern, *mich* umzubringen, bevor ich sie umbringe?«

»Finlay!« rief Antonia verärgert. Dann wurde ihre Stimme wieder weicher. »Glaubst du wirklich, daß ich dich in den Tod schicken würde?«

»Nein.«

»Es gibt nichts Magisches an der Engländerin«, versicherte sie. »Vertrau mir.«

Die Wachen an den Mauern von Dunridge jubelten und winkten, als sich MacArthur mit seinem Gefolge den äußeren Mauern näherte. Der Trupp passierte das äußere Tor und ritt weiter in den Innenhof. Familie und Personal warteten dort, um sie zu begrüßen.

In ihrer Begeisterung stürmten Glenda und Sly auf sie zu, ohne Rücksicht darauf, daß sie von den Pferden zertrampelt werden könnten.

Black Jack ergriff seine kreischende Enkelin, während Spring den aufgeregten Fuchs zurückhielt.

Iain stieg ab und wandte sich zu Brigette, um ihr vom Pferd zu helfen. Diese Aufgabe erwies sich als schwierig, da sie Glenda und Sly zuwinkte und ihnen etwas zurief.

Mit Freudengeschrei sprang Glenda in Brigettes offene Arme. Alle Augen in dem Hof hefteten sich auf den herzzerreißenden Anblick der Frau und des Kindes, die sich aneinander klammerten, während das verwöhnte Haustier herumtollte und um Aufmerksamkeit jaulte. Brigette kniete sich in den Schmutz, um ihre beiden Lieblinge zu begrüßen. Sie hielt sie fest umschlungen, und das Mädchen und der Fuchs schmiegten sich an ihren Hals. Brigette stiegen Tränen in die Augen und plötzlich mußte sie schluchzen.

»Du hast mich verlassen«, klagte Glenda sie an, »und ich habe dich furchtbar vermißt.«

»Und ich habe dich vermißt.« Brigette kämpfte gegen ihre aufwühlenden Gefühle. »Ich habe dir ein besonders schönes Geschenk mitgebracht. Wirst du mir verzeihen?«

»Versprichst du mir, mich nicht mehr zu verlassen?«

»Ich verspreche es.«

Glendas Blick fiel auf den Fuchs. »Sly hat sich auch ganz elend gefühlt.«

Brigettes Lippen zuckten. »Ich habe auch für Sly ein Geschenk mitgebracht. Meinst du, er wird mir vergeben?«

»Ich glaube schon.«

Brigette lachte und drückte ihr auf jede Wange einen dicken Kuß. Sly jaulte, damit auch ihm die gebührende Aufmerksamkeit zuteil wurde. Brigette versetzte jeden außer Glenda in Erstaunen, als sie auch dem Fuchs einen schmatzenden Kuß auf sein feuchtes Maul drückte.

Schließlich stand Brigette auf und begrüßte Spring, deren Gesicht feucht von Tränen der Erleichterung war. Die beiden Cousinen umarmten und küßten sich.

»Ich war außer mir vor Sorge«, gab Spring zu.

»Das tut mir leid«, entschuldigte sich Brigette und sah aus dem Augenwinkel Antonia an, die gerade in den Hof kam. »Es war ein furchtbares Mißverständnis. Wirst du mir verzeihen?«

»Ich habe mich noch nicht entschieden«, neckte Spring. »Hast du etwas zur Bestechung mitgebracht?«

»Das habe ich«, sagte Brigette lachend. »Ich habe in Edinburgh Stoffe gekauft und dachte, wir könnten sie uns teilen.«

»Dann vergebe ich dir.«

Brigette ging auf Black Jack zu, der mit Iain sprach. »Es tut mir leid«, begann sie zögernd, unsicher, ob ihr Schwiegervater sie willkommen heißen würde.

»Hör auf damit«, schalt Black Jack freundlich, zog sie dann an sich und küßte sie auf die Wange. »Das Baby, das du in dir trägst, macht deine Torheit mehr als gut.« Er tätschelte ihre Hand und blickte sich dann suchend im Hof um. »Ich kann Percy nirgends sehen. Wo ist er?«

»Percy ist in Edinburgh geblieben«, informierte Iain seinen Vater.

»Weshalb?« fragte Black Jack. »Meine Spione haben mir gesagt, daß Menzies nach Weem Castle zurückgekehrt ist.«

»Er ist verliebt«, platzte Brigette heraus.

»Verliebt?« Black Jack warf den Kopf zurück und lachte schallend. »Wer ist die Arme?«

»Sheena Menzies«, murmelte Iain und hoffte, sein Vater würde den Nachnamen nicht verstehen. »Sie dient der Königin.«

»Sheena Menzies?« wiederholte Black Jack.

»Sie ist ein nettes Mädchen«, fügte Brigette hinzu. »Du wirst stolz sein, sie zur Tochter zu bekommen.«

»Percy mag ja charmant sein, aber er ist auch ein Holzkopf, der es nie zu etwas bringen wird.« Schicksalsergeben zuckte Black Jack die Schultern. Er wußte, daß es Dinge gab, die er nicht bestimmen konnte.

»Liebling«, sagte Iain zu Brigette, »tust du mir einen Gefallen?«

»Jeden.«

»Spül dir den Mund aus, bevor ich dich küsse. Ich mag den Geschmack nach Fuchs nicht besonders.«

»In der Halle warten Erfrischungen«, rief Antonia fröhlich. Sie war fest entschlossen, sich so zu verhalten, als könne sie unmöglich der Grund gewesen sein, weshalb ihre Schwägerin Dunridge verlassen hatte.

Brigette ging mit den anderen in den großen Saal. Glenda weigerte sich, ihre Hand loszulassen, und Sly strich ihr wie eine Katze um die Beine. Brigette konnte kaum gehen, aber weder Kind noch Fuchs waren bereit, das Risiko einzugehen, sie wieder zu verlieren.

Alle setzten sich an die erhöhte Ehrentafel, bis auf Spring, die lieber bei Jamie sitzen wollte. Sobald Brigette sich gesetzt hatte, kletterte Glenda auf ihren Schoß.

»Geh herunter«, fuhr Iain seine Nichte an. Erstaunt und verletzt zitterte Glendas Unterlippe.

»Was ist denn los?« fragte Brigette Iain, während sie das kleine Mädchen umarmte.

»Sie wird dem Baby wehtun.«

Black Jack, der neben seiner Schwiegertochter saß, lächelte über die eifrige Besorgtheit seines Sohnes. Er erinnerte sich an frühere Zeiten, als ihm die Vaterschaft bevorstand, und wußte, daß die Ängstlichkeit seines Sohnes in den kommenden Monaten noch zunehmen würde.

»Es ist schon gut. Glenda kann bleiben, wo sie ist«, versicherte Brigette ihrem Mann. »Ich bin nicht so zart wie du glaubst, und das Baby auch nicht.«

»Welches Baby?« fragte Glenda.

Brigette führte Glendas Hand auf ihren leicht anschwellenden Bauch. »Hier drin wächst ein Baby, dein neuer Cousin.« Das kleine Mädchen strahlte vor Freude über das ganze Gesicht. »Bald wird er kräftig genug sein, um außerhalb von meinem Bauch zu leben, und wir werden alle zusammen im Garten spielen: du, Sly, das Baby und ich. Meinst du, das würde dir gefallen?«

»Ja, aber wo war er vorher?«

»Bei den Engeln im Himmel.«

Glenda runzelte die Stirn. »Und wie ist er aus dem Himmel in deinen Bauch gekommen?« Black Jack und Iain gluckste laut.

»Das war Onkel Iain«, antwortete Brigette und errötete. Sie lächelte ihn an und fügte hinzu: »Onkel Iain, erzähl ihr doch, wie dein Sohn in meinen Bauch gekommen ist.«

Iain runzelte die Stirn. »Das ist passiert, als ich ihr zeigte, wie lieb ich sie habe, Glenda.«

»Verstehe«, sagte Glenda. Iain lächelte selbstgefällig, fiel dann aber bei den folgenden Worten seiner Nichte beinahe von seinem Stuhl. »Ich habe kein Baby im Bauch«, sagte sie laut. »Hast du mich nicht lieb, Onkel Iain?« Brigette kicherte und erklärte dann: »Das ist eine andere Art von Liebe, mein Engel, die ein Onkel für seine Nichte empfindet.«

»Oh!« Das schien Glenda zufriedenzustellen, aber dann sah sie Brigette neugierig an. »Aber wie wird das Baby aus deinem Bauch herauskommen?«

»Iain, ich glaube, wir sollten jetzt unsere Geschenke überreichen«, schlug Brigette vor und ignorierte die Frage.

»Ja, das sollten wir.« Iain verteilte die Geschenke, die sie aus Edinburgh mitgebracht hatten. Glenda tanzte vor Freude über ihre neue Puppe, die sie sogleich Lady Autumn taufte. Als sie auf den ungewöhnlichen Namen angesprochen wurde, erklärte Glenda, daß Brigette im Herbst nach Dunridge gekommen war und sie sich immer an diesen glücklichen Tag erinnern wollte. Niemand bemerkte, wie sich Antonias Lippen zu einem verkniffenen Strich verzogen.

Spring bewunderte die schönen Stoffe. Als sie ein paar

Minuten später den Saal verließ, um Brigettes Bad zu bestellen, trug sie sie ehrfürchtig hinaus.

Iain hob Sly auf den Tisch und entfernte das alte gelbe Halsband. Dann befestigte er das neue am Hals des Fuchses. »Bitte schön«, sagte er. »Was hältst du ...?«

Slys Zunge schoß hervor und landete in seinem offenen Mund. *»Igitt!«* Iain wischte sich den Mund an seinem Hemdsärmel ab und trank einen Schluck Ale. Dann setzte er Sly auf den Boden.

»Vergiß nicht, dir den Mund auszuspülen, Liebling«, äffte Brigette die Aussprache ihres Mannes nach. »Ich mag den Geschmack von Fuchs nicht besonders.«

Das Familientreffen löste sich bald auf. Glenda ging widerwillig zu ihrem Unterricht mit Vater Kaplan, und Brigette ging die Treppe hinauf, um zu baden und sich auszuruhen.

Als sich Black Jack in sein Arbeitszimmer zurückzog, nahm Iain sich einen Becher Ale und setzte sich vor den Kamin. Entspannt streckte er die Beine aus, schloß seine Augen und träumte von dem Sohn, den Brigette unter ihrem Herzen trug.

»Deine Frau ist eine Hure«, schnaubte eine Stimme.

Iain öffnete schlagartig die Augen und sah Antonia an, die vor ihm stand. »Verbreite hier bloß keine abscheulichen Lügen«, warnte Iain. »Es wird dir sonst leid tun.«

»Es wird mir leid tun, die Wahrheit zu sagen?« entgegnete Antonia.

»Nein, dich in mein Leben einzumischen«, sagte Iain mit trügerisch ruhiger Stimme. »Du hast schon genug Probleme zwischen meiner Frau und mir geschaffen. Wenn das noch einmal passiert, schicke ich dich zu den MacKinnons zurück.«

»Und verlierst damit Malcolms Tochter?«

»Glenda ist eine MacArthur und bleibt in Dunridge.«

»Du Bastard!«

»Ich kann dir versichern, liebe Schwägerin«, sagte Iain, »daß Black Jack und meine Mutter ganz offiziell verheiratet waren.«

»Kannst du dich auch für das Kind verbürgen, das deine Frau trägt?« fragte Antonia und ignorierte den mörderischen Ausdruck auf seinem Gesicht. »Brie ist lange gereist, und ich wette, ihr sind ein paar Männer über den Weg gelaufen«

»Halt den Mund«, schnauzte Iain. »Brie war gut beschützt von Magnus Campbell.«

Antonia zog eine Braue hoch. »So, war sie das? Und wer, wenn ich fragen darf, hat sie vor Magnus Campbell beschützt?« Und damit entfernte sie sich.

Schockiert sank Iain in seinem Sessel zusammen. Was *war* ihr Quartier gewesen auf dem Weg nach London? dachte er zum tausendstenmal. Würde er je sicher sein können, daß sein Erstgeborener wirklich sein Sohn war?

Nachdem sie gebadet und ein Nickerchen gemacht hatte, zog Brigette sich zum Abendessen an. Zum ersten Mal seit sie Edinburgh verlassen hatten, fühlte sie sich sauber und hübsch, aber ihr Kleid war unbequem eng an Brust und Taille. Keines ihrer Kleider paßte mehr richtig, und Brigette beschloß, bald damit zu beginnen, die Nähte herauszulassen.

In der Hoffnung, alleine mit dem Graf sprechen zu können, ging Brigette direkt in den großen Saal, aber Black Jack war nirgendwo zu sehen. Als nächstes versuchte sie es im Arbeitszimmer. Entspannt vor dem Kamin sitzend, schien Black Jack sie zu erwarten.

»Ich habe über meinen ersten Enkelsohn nachgedacht«, sagte er ihr. »Wie geht es dir?«

»Ganz gut jetzt, da die Übelkeit vorbei ist. Du würdest dich doch nicht ärgern, wenn ich ein Mädchen zur Welt brächte, oder?«

»Nein, aber ich glaube nicht, daß Iain als erstes ein Mädchen zeugt.«

Brigette lächelte. »Wahrscheinlich hast du recht«, stimmte sie zu und stammelte dann: »Es-es tut mir leid, daß ich Dunridge verlassen habe. Ich weiß ...«

»Laß nur«, sagte Black Jack und wehrte ihre Entschuldigung mit einer Handbewegung ab. »Willst du mir sagen, weshalb du fortgelaufen bist? Hattest du Streit mit Iain?«

»Nein, ich-ich … Antonia …«

»Du brauchst gar nicht weiterzureden«, unterbrach Black Jack. »Dieses eine Wort sagt mir schon alles. Vielleicht sollte ich sie zu den MacKinnons zurückschicken.«

»Nein!« rief Brigette und überraschte damit den Grafen, der genau wußte, daß seine beiden Schwiegertöchter niemals Freundinnen werden würden. »Ich wäre unglücklich ohne Glenda.«

»Glenda ist eine MacArthur und würde auf Dunridge bleiben.«

»Man kann eine Mutter nicht von ihrem Kind trennen«, sagte Brigette, und ihre Hände wanderten instinktiv auf ihren Bauch.

»Du bist für Glenda mehr eine Mutter, als ihre eigene es jemals war.«

»Antonia würde das nicht so sehen. Sie würde behaupten, wir hätten ihr die Tochter weggenommen, und dann käme es zu Feindseligkeiten zwischen den Clans.«

Black Jack nickte. »Du bist sehr weise für dein Alter.«

»Ich bin ein Dummkopf«, gestand Brigette. »Weshalb wäre ich sonst weggelaufen?«

»Wenn du einsiehst, daß es töricht war, bist du kein Dummkopf mehr«, entgegnete Black Jack. »Magnus Campbell hat dich nach London begleitet?«

»Ja, er ist ein guter Freund und ein Ehrenmann.«

»Der Junge kommt nach seinem Vater.« Die beiden saßen eine Zeitlang freundlich schweigend zusammen. »Ich bin ein alter Mann, der schon viele Dinge gesehen hat, gute und schlechte«, brach Black Jack schließlich das Schweigen. »Ich gebe dir einen Rat: Konzentriere dich darauf, einen gesunden Erben für Iain zur Welt zu bringen. Sich über die Vergangenheit aufzuregen, bringt nichts für die Zukunft. Erinnerst du dich an den Tag deiner Ankunft auf Dunridge?« Black Jack mußte bei dem Gedanken daran lächeln. »Du sahst schlimmer aus als jeder Bettler und kamst hier hereinmarschiert, um mir zu befehlen, daß ich meine unerzogenen Hunde gefälligst einsperren solle, damit dein wertvolles Haustier nicht terrorisiert wird.«

Brigette wurde rot.

»Habe Geduld mit ihm«, riet Black Jack. »Iain ist wie ich. Es ist nicht leicht, mit uns auszukommen, aber mit dem Alter wird er weicher werden. Wollen wir essen?«

Brigette lächelte. »Ja.«

Black Jack begleitete Brigette in den großen Saal und an Antonia vorbei, die am Ende der Ehrentafel saß. Als ranghöchste Dame von Dunridge war Brigettes Platz zwischen dem Grafen und ihrem Mann. Iain war nirgendwo zu sehen.

Glenda, die an diesem Abend mit den Erwachsenen essen durfte, trippelte in den Saal. »Setz dich neben mich«, bat Brigette. »Onkel Iain wird an deiner anderen Seite sitzen. Würde dir das gefallen?«

Mit einem mürrischen Gesichtsausdruck kam Iain in die Halle. Brigette fragte sich, ob es wohl ein Problem gab. Ihr Blick wanderte zu Antonia, die ganz friedlich dasaß. Sie hat ihn wütend gemacht, überlegte Brigette. Die Hexe ist nur glücklich, wenn ein anderer leiden muß.

Als Iain sich hinsetzte und sie ignorierte, zwang sich Brigette zu einem freundlichen Lächeln und wandte sich an Glenda. »Ich sehe Lady Autumn gar nicht bei uns«, sagte sie. »Wo ist sie?«

»Lady Autumn ißt mit Lord Sly zu abend«, erzählte Glenda. »Sie hat Gefallen an ihm gefunden.«

Brigettes Lächeln war echt. »Ach, tatsächlich?«

»Ja. Du darfst es Großvater nicht erzählen«, fügte das kleine Mädchen hinzu, »aber Lord Sly hat sich eine schokkierende Frechheit Lady Autumn gegenüber herausgenommen.«

»Dieser Schuft«, rief Brigette aus und versuchte krampfhaft, nicht zu lachen. »Was hat dieser pelzige Schurke denn verbrochen?«

»Er hat es gewagt, ihre Hand zu halten.«

»Nein! Er hat doch nicht wirklich ihre Hand gehalten?« Brigette tat bestürzt, aber ihre Lippen zuckten.

»In seinem Maul.«

Brigette und Black Jack brachen in Gelächter aus. Selbst Iain brachte ein Lächeln hervor.

»Das ist eine glückliche Gesellschaft«, bemerkte Moireach, als sie mit dem Abendessen hereinkam. Nachdem sie die Familie bedient hatte, blieb die Wirtschafterin noch an der Ehrentafel, um Glenda zu helfen. Sie strahlte vor Stolz, als Brigette ein Kompliment über ihr Haggis machte.

»Hmmmm ..., köstlich«, lobte Brigette. »Was ist da noch einmal drin? Ich habe es vergessen.«

»Fragt nicht, eßt lieber.«

Langsam kaute Brigette noch einen Bissen und schluckte dann. »Das schmeckt wirklich gut.« Sie klopfte sich auf ihren Bauch, sah ihren Mann an und sagte: »Unser Baby kommt auf seinen schottischen Vater.«

Iain starrte sie kalt an und wandte sich dann ab. Ja, dachte er, aber welcher Schotte ist der Vater?

Ist er wütend auf mich? überlegte Brigette verwirrt. Habe ich irgend etwas getan oder etwas nicht getan, was ich hätte tun sollen?

»Hat Spring schon die gute Neuigkeit erzählt?« fragte Moireach laut in dem Versuch, die Wogen wieder zu glätten. »Sie und mein Jamie haben einen Vertrag geschlossen.«

»Vertrag?« Brigette sah zu Spring, die heftig errötete. Neben ihr grinste Jamie. »Ist das wie eine Verlobung?«

»Es ist eine Art Heirat«, erklärte Moireach.

Die Gabel, die auf dem Weg zu Brigettes Mund war, stockte auf halbem Weg und wurde dann wieder auf dem Teller abgelegt. »Eine Art Heirat?«

»Es ist vollkommen legal, keine Sorge«, versicherte die Wirtschafterin. »Sie werden ein Jahr zusammenleben und dann entscheiden, ob sie heiraten oder nicht.«

»Der Mann entehrt meine Cousine!« Wütend wandte sich Brigette an ihren Mann. »Ich bestehe darauf, daß sie sofort heiraten!«

Iains Gesichtsausdruck wurde noch düsterer. »Jamie zwingt Spring zu nichts. Kümmere dich doch einmal in deinem verqueren Leben um deine eigenen Angelegenheiten.«

»Verqueres Leben?« Brigette überging die Beleidigung ihres Mannes für den Moment. Er würde später dafür zur Rechenschaft gezogen. »Das ist ein Skandal«, klagte sie und sah den Grafen bittend an.

Black Jack setzte sich in seinem Stuhl zurück. Er nahm sich vor, die Angelegenheit unverzüglich in die Hand zu nehmen. »Moireach, schick Jamie und Spring zu mir.« Als die beiden vor ihm standen, wandte sich Black Jack an den Mann.

»Wärst du bereit, dich mit Spring von Vater Kaplan trauen zu lassen?«

»Wer sollte uns sonst trauen?«

Der Graf lächelte zufrieden. »Ich meine direkt nach dem Essen.«

»Ihr meint heute abend? Aber …«

»Lady Brigette ist nicht glücklich über eure Abmachung«, unterbrach Black Jack. »Wenn du Spring nicht wirklich heiratest, wird sie nach England zurückgeschickt.«

»Zurückgeschickt?« schrie Spring. »Wenn das so ist«, stimmte Jamie ohne zu zögern zu, »werde ich mein Mädchen jetzt heiraten.« Das Abendessen ging weiter. Brigette guckte verstohlen zu Iain. Sein verächtlicher Blick durchdrang ihr Herz tiefer als jeder Dolch. Wenn er wütend ist, überlegte sie, warum sagt er es nicht, damit wir die Sache bereinigen können?

»Als wir uns vorhin unterhielten«, sagte Brigette, der plötzlich der Schalk im Nacken saß, zu Black Jack, »sagtest du da ›weicher im Alter‹ oder ›saurer‹?«

Black Jack lachte und Brigette stimmte ein. Iain beobachtete sie mürrisch und war sicher, daß ihr Spaß auf seine Kosten ging.

»Onkel Iain ist nicht glücklich«, meldete sich Glenda, die seinen Mißmut bemerkte.

»Stimmt.« Brigette sah ihn aus den Augenwinkeln an.

»Als du weggegangen bist«, plapperte das kleine Mädchen weiter, »war Onkel Iain sehr wütend auf Onkel Percy. Es war schrecklich.«

»Was ist passiert?«

»Onkel Iain hat mit mir geschimpft«, erzählte Glenda, »aber Großvater ist hier der Herr im Haus und hat ihn zurechtgewiesen. Großvater hat gesagt, daß Onkel Iain krank vor Sorge um dich war.«

Über Glendas Kopf hinweg sah Brigette, wie ihr Mann auf ihren Bauch starrte und rot wurde. »Wenn du dich nicht benehmen kannst, schwatzhafte Glenda«, knurrte Iain, »dann darfst du nie wieder mit uns essen.«

»Laß deine schlechte Laune nicht an dem Kind aus«, erwiderte Brigette und nahm Glendas zitternde Hand. »Das schickt sich nicht.«

Moireach kam in diesem Augenblick, um den Tisch abzuräumen und bewahrte Brigette vor einer Standpauke. Der Graf rief Vater Kaplan, Jamie und Spring zu sich.

Es war eine einfache Zeremonie, die nur wenige Momente dauerte. Tatsächlich dauerte der leidenschaftliche Kuß von Braut und Bräutigam länger als die Trauung. Zumindest schien es Brigette so. Jubel füllte den Saal, als der Kuß nicht enden wollte. Damit Glenda nicht Dinge sehen oder hören konnte, für die sie zu jung war, brachte Moireach sie unter Protest aus dem Raum.

Der Graf stand auf und brachte einen Trinkspruch auf die Braut aus. Dann leerte er sein Kelchglas und warf es gegen die Wand. Seine Männer leerten ihre Krüge ebenfalls, waren aber vorsichtiger mit dem Eigentum ihres Herrn.

Brigette küßte ihre Cousine und wünschte ihr alles Gute. Dann ging sie den Tisch entlang, weil sie sich auf ihr Zimmer zurückziehen wollte.

»Phhh!« schnaubte Antonia.

Brigette blieb stehen, drehte sich um und ihr Blick traf den abfälligen Ausdruck ihrer Schwägerin. »Gibt es irgend etwas, was du sagen wolltest?«

»Du bist eine Heuchlerin«, bemerkte Antonia spöttisch.

»Komm auf den Punkt.«

Antonia, die sehr wohl wußte, daß alle Augen auf ihnen ruhten, stand auf und begegnete Brigettes festem Blick. »Du schamlose Schlampe, weißt du überhaupt, wessen Balg du trägst?«

»Du ..., du ... *Pißnelke!*« stieß Brigette hervor. Dann drehte sie sich auf dem Absatz um und stolzierte aus der Halle.

»Habt ihr diesen vulgären Ausdruck gehört?« jammerte Antonia zu Black Jack und Iain gewandt. Black Jack lachte und selbst Iain konnte ein Lächeln nicht unterdrücken. »Ich glaube«, informierte der Graf seine Schwiegertochter, »Brie hat dich gerade ein Stinktier genannt.«

Mit hängenden Schultern saß Brigette auf einem Schemel vor dem Kamin, in dem kein Feuer brannte. Die Tür öffnete sich, und als Brigette ihren Mann hereinkommen hörte, setzte sie sich auf, straffte ihre Schultern und bürstete wieder ihre Haare.

Iain durchquerte den Raum und setzte sich auf den Stuhl neben ihrem Hocker. Schweigend beobachtete er sie, aber Brigette ignorierte ihn.

»Es sind ein paar wichtige Fragen aufgetaucht«, sagte Iain plötzlich. »Ich brauche die Antworten – aufrichtige Antworten.« Brigette bürstete weiter ihre Haare.

»Verdammt«, schnauzte er. Seine Hand schoß vor und unterbrach das heftige Bürsten. »Schau mich gefälligst an, wenn ich mit dir rede!« Sie wandte sich ihm zu, und Iain sah die Tränen auf ihren Wangen. Er zögerte und fragte dann: »Trägst du ..., trägst du mein Kind?«

Brigette stockte der Atem. Die Bürste flog und traf Iain im Gesicht. »Es ist das Kind von Murdac Menzies, du Idiot!« kreischte sie.

Iain packte sie am Handgelenk, riß sie von dem Hocker hoch und zwang sie vor ihm auf die Knie. »Ich mache keinen Spaß.«

»Du hast mit Antonia gesprochen.«

»Mach sie nicht dafür verantwortlich, meine Gedanken auszusprechen. Wo hast du all die Nächte auf dem Weg nach London geschlafen?«

Zu Iains Überraschung brach Brigette in Gelächter aus. »Auf dem Weg nach London?« Ihr Lachen wurde heftiger und grenzte an einen hysterischen Anfall. »Du – du meinst M-Magnus u-und i-ich?« Iain schüttelte sie heftig und wartete, bis sie sich wieder beruhigte. »Du bist ein Narr«, zischte sie und wischte ihre Tränen fort. »Magnus Campbell ist ein Ehrenmann.«

Iain wurde rot. »Ich bin erleichtert, das zu hören, denn es würde mir nicht gefallen, einen Verwandten umzubringen. Und als du in London warst?« fragte er grausam nach. »Ist da jemand bei dir gewesen?«

Ihr entsetzter Gesichtsausdruck beantwortete die Frage. »Niemand ›war bei mir‹, wie du es so zartfühlend ausdrückst«, schnaubte Brigette. »Glaubst du wirklich, Bucko und Marianne hätten es zugelassen, daß irgend jemand in meine Nähe kommt? Ha! Dort war ich besser beschützt als ich es hier bin.«

»Ich glaube dir.«

»Wie überaus freundlich«, sagte sie und bekam einen Schluckauf.

Iain, der sich inzwischen schuldig fühlte, weil er an ihrer Treue gezweifelt hatte, streckte die Hand nach ihrer Schulter aus, aber Brigette schüttelte sie ab. »Du hast dich beklagt, weil ich dir nicht vertraut habe, aber du vertraust mir nicht«, sagte sie, und ihre Augen funkelten wütend. »Ich hoffe, das Baby ist ein Junge – wegen Black Jack.«

Eine gefährliche Kluft schien sich zwischen den beiden aufzutun. Brigette stand, aber Iain zog sie auf seinen Schoß und küßte sie. Keine Reaktion.

»Verdammt noch mal, Brie! Ich kann nicht dafür, daß ich eifersüchtig bin. Ich liebe dich.«

Das Geständnis seiner Liebe war eine stärkere Waffe als die schlimmste seiner wütenden Beleidigungen. Brigette kauerte sich an seine Brust und weinte.

»Es tut mir so leid, Liebling«, wiederholte er immer

wieder, und sein Herz zog sich mit jeder Träne, die sie vergoß, mehr und mehr zusammen.

Als ihr Schluchzen nachließ, hob Iain ihr Kinn und sah in ihre von Tränen schimmernden grünen Augen. »Schenk mir ein Lächeln«, überredete er sie.

Brigette lächelte zitternd, und Iain küßte sie auf die Wange.

»Das war ein langer, unangenehmer Tag«, flüsterte er. »Laß uns ins Bett gehen.«

Nachdem er sich ausgezogen hatte, ging Iain auf das Bett zu, wo ihn ein ungewohnter Anblick erwartete. Auf ihrer Seite des Bettes saß Brigette und massierte ihren Bauch und ihre Brüste mit einer Lotion.

»Was tust du da?« fragte Iain und ging um das Bett herum zu Brigette. Das schimmernde Kerzenlicht verlieh ihrer frisch geölten Haut einen verführerischen Glanz.

»Moireach hat das für mich gemacht«, antwortete Brigette, angetan von seinem muskulösen Körper im Kerzenlicht. »Sie sagt, es hilft gegen Dehnungsstreifen.«

»Kann ich dir helfen?«

»Ja.«

Iain kniete sich vor sie, und wenn sein Gesicht nicht im Schatten gewesen wäre, hätte Brigette sein schalkhaftes Grinsen sehen können. Nachdem er die Lotion in seinen Händen erwärmt hatte, begann Iain mit ihrem Bauch. Er strich langsam und wohltuend darüber, und Brigette staunte, daß diese von Kampfnarben gezeichneten Hände so zärtlich sein konnten. Während sie Iain beobachtete, der so konzentriert bei der Sache war, spielte ein zärtliches Lächeln um ihre Lippen.

»Es ist ein Wunder, wenn man darüber nachdenkt, was unter meinen Händen liegt«, flüsterte er. »In fünf kurzen Monaten wird er da sein.«

»Oder sie.«

»Ja, oder sie.«

Iain erwärmte mehr Lotion in seinen Händen und griff nach den beiden Dingen, die ihm auf der Welt am liebsten waren: den Brüsten seiner Frau. Brigette schloß ihre Augen. Mit denselben Bewegungen, die ihren runder werdenden Bauch liebkost hatten, erregte er ihre empfindlichen Brüste.

»Deine Nippel sind geschwollen und dunkel«, murmelte er und spielte mit Daumen und Zeigefinger an den Spitzen. »Sie erinnern mich an die Kirschen, die wir bei Hofe gegessen haben.«

Brigette lachte heiser. Wie ein Blitzstrahl schoß ein prikkelndes Verlangen von den Spitzen ihrer Brustwarzen zwischen ihre Schenkel.

Iain beugte sich weiter vor und küßte ihre weichen Brüste. Seine Zunge glitt über die harten Warzen und leise stöhnend umklammerte Brigette ihn fest. Als sie begann, ihre Hüften zu bewegen, schob er sie rückwärts auf das Bett.

Iains Lippen glitten ein Bein entlang. Er küßte ihren Fuß und leckte über die Innenseite ihres Beines. Dann drückte er seine Lippen auf ihren Bauch und murmelte: »Ich liebe dich.« Dieselbe verschwenderische Aufmerksamkeit ließen seine erfahrenen Lippen ihrem anderen Bein zuteil werden.

Nachdem Iains Kopf noch einmal zu Brigettes Bauch zurückgekehrt war, tauchte er tiefer bis zu ihrem Schoß. Er leckte sie, und als sie aufschrie, steckte er seine Zunge in sie hinein. Brigette zerschmolz gegen sein Gesicht, und Wogen der Lust trugen sie ins Paradies.

Iain beugte sich über ihr Gesicht. »Das Baby …?«

»Vermißt dich.«

Er stützte sein Gewicht auf seine Arme und glitt in ihre feuchte Scheide. Langsam stieß er zu und zog sich wieder zurück. Mit jedem Stoß wurde sein Tempo schneller. Brigette bog sich und trieb ihn an und begegnete jedem seiner Stöße. In ihrer Leidenschaft verschmolzen sie zu einem einzigen Wesen.

»Komm«, klagte sie. Und er folgte ihr und verströmte sich in ihr.

Als ihr Atem sich beruhigte, zog Iain Brigette unter seine Decke und umfing sie mit seinen Armen. »Manchmal bin ich ein richtiger Esel«, sagte er, um dann zu schwören: »Möge Gott mich zerschmettern, wenn ich dich jemals wieder aufrege.«

Brigette Schultern zuckten vor leisem Lachen.

»Na gut«, verbesserte sich Iain, »wenn ich jemals wieder an deiner Liebe zu mir zweifle. Ist das besser?«

»Viel besser.«

14

»Mist«, brummte Brigette und kämpfte mit ihrem Kleid. Sie brachte es nicht übers Herz, Spring am Morgen nach ihrer Hochzeit an ihre Pflichten zu erinnern, aber sich ohne die Hilfe ihrer Cousine anzuziehen, erwies sich als hoffnungsloses Unterfangen.

Brigette hatte sich in den voluminösen Falten ihres Kleides verfangen und konnte sich weder befreien noch die Ärmel finden. Weshalb ist eine erwachsene Frau nicht in der Lage, sich alleine anzuziehen? überlegte sie frustriert. Brigette kämpfte tapfer weiter. Ihre Entschlossenheit wuchs ebenso geschwind wie ihre Resignation.

Von der anderen Seite des Zimmers aus beobachtete Iain amüsiert den Kampf zwischen seiner Frau und deren Kleid. Ein ironisches Lächeln spielte um seine Lippen.

Geschafft! Brigette fand die Ärmel und glitt hinein. Das Kleid gab ihren Kopf frei und rutschte an die richtige Stelle. Blieben nur noch die Knöpfe. Brigette fand den Knopf an ihrer Taille, und jetzt wurde es erst richtig ernst. Sie verdrehte sich in diese und in jene Richtung, aber die beiden Seiten des Oberteils wollten einfach nicht zusammenkommen. Macht nichts, sagte sie sich. Dann würde sie eben oben anfangen.

Die beiden obersten Knöpfe waren trügerisch leicht zu schließen, und ihr Zutrauen wuchs. Brigette konnte den dritten Knopf erreichen, jedoch nicht die beiden Seiten des Oberteils zusammenziehen. Der vierte Knopf war unerreichbar, und durch die Anstrengung hatte sie bereits einen roten Kopf und war verschwitzt.

Starke Hände berührten Brigettes Schultern. »Kann ich dir helfen?« fragte Iain, und sein Atem kitzelte ihren Nakken.

»Ja.«

»Meine Finger sind ein bißchen zu groß für eine so

knifflige Aufgabe«, sagte er, als er versuchte, das Oberteil zusammenzuziehen. »Verdammt! Zieh den Bauch ein.«

»Tu ich ja.«

Ohne Rücksicht darauf, unter Umständen das Kleid zu zerreißen, zog Iain mit aller Kraft.

»Aufhören!« rief Brigette. »Ich bekomme keine Luft mehr.«

»Tss! Tss! Tss!« kicherte Iain angesichts ihrer Not. »Du bist zu fett für dein Kleid.«

»Es ist eins von meinen liebsten«, klagte sie.

»Ich habe die perfekte Lösung.« Iain drapierte einen Schal um Brigettes Schultern, so daß der Beweis für ihre wachsende Körperfülle nicht mehr zu sehen war, und band ihn vorne zusammen. »Wenn ich die Wahl habe«, sagte er und tippte ihr spielerisch auf die Nasenspitze, »dann kämpfe ich lieber mit deinen Knöpfen als deinen Kopf über die Schüssel zu halten.«

Im großen Saal saß Black Jack alleine an der hohen Ehrentafel. Iain und Brigette gingen zu ihm und bemerkten auf ihrem Weg durch den Raum, daß viele Bedienstete und Soldaten müde und erschöpft aussahen. Offensichtlich war bei Jamies und Springs Hochzeitsfeier eine Menge getrunken worden.

»Guten Morgen«, grüßte Black Jack erfreut über den freundlicheren Gesichtsausdruck seines Sohnes.

»Guten Morgen«, antworteten sie gemeinsam.

»Wie fühlst du dich heute, Brie?«

»Fett.«

Black Jack lachte leise. »Ich finde nicht, daß du fett aussiebst. Du siehst prächtig aus. Stimmt das nicht, mein Sohn?«

»Meine Frau ist die Perfektion selbst«, stimmte Iain zu, »aber ihre Kleider sind enger als eine jungfräuliche …«

»Iain«, sagte Brigette. »Du bist unverbesserlich. Weshalb mußt du mich ständig ärgern?«

»Wenn du dich ärgerst, bist du noch hinreißender als sonst.«

Black Jack tätschelte Brigettes Hand. »Kümmere dich

gar nicht um ihn. Wachsender Umfang ist doch normal für eine schwangere Frau. Wie solltet ihr denn zu zweit in ein Kleid passen?«

»Zu zweit?«

»Du und mein Enkel«, antwortete Black Jack. »Ich habe übrigens eine Neuigkeit für dich. Da wird es dir gleich besser gehen.«

»Was denn?«

»Antonia wird uns bei den Mahlzeiten solange keine Gesellschaft leisten, bis sie sich von deinen Beschimpfungen der letzten Nacht wieder erholt hat.«

»Wenn du nicht schwanger wärst«, neckte Iain, »würde ich dich ausbilden, damit du mich bei Überfällen begleiten könntest. Deine giftige Zunge hinterläßt blutige Spuren.«

»Da wir gerade von Überfällen sprechen«, sagte Black Jack, und Iain stöhnte, weil er wußte, was sein Vater sagen wollte. »Es ist August, und du hattest einen Tag und eine Nacht, um dich auszuruhen.«

»Was ist so wichtig am August?« fragte Brigette.

»Die Erntezeit ist die Zeit der häufigsten Überfälle«, sagte Iain.

»Im Gegensatz zum letzten Jahr, als Iain dir in der Jagdhütte den Hof machte«, fügte Black Jack hinzu, »verbringen wir üblicherweise den August damit, unsere Kampfbereitschaft zu schärfen und Strategien auszuarbeiten. Wenn ein Clan sich nicht angemessen schützen kann, folgt ein harter Winter.«

Ihr Frühstück aus Haferbrei, Haferkeksen, Ale und Milch kam.

»Guten Morgen«, sagte Moireach und stellte einen Becher vor Brigette. »Eure Milch.«

»Ich fühle mich langsam wie eine Kuh«, beklagte sich Brigette.

»Und du siehst auch langsam so aus«, witzelte Iain und hob dann in gespielter Ergebung die Hände, als Brigette sich ihm kampfbereit zuwandte. »Wegen der Euter, ich meine der Brüste«, verbesserte er sich. Brigette fand das gar nicht komisch.

»Komm her, meine Süße«, rief Black Jack Glenda zu, die in die Halle kam. »Komm, und sag mir guten Morgen.«

»Guten Morgen, Großvater.« Glenda kletterte auf seinen Schoß und zeigte einen Augenaufschlag, wie Brigette ihn ihr beigebracht hatte.

Er lächelte und fragte: »Hast du gut geschlafen?«

»Ja.«

Brigette beugte sich vor, um Sly zu streicheln, der auf dem Boden zwischen den Stühlen saß, und sah dann von der Seite das Mädchen an. »Ich frage mich«, sagte sie, »weshalb mein pelziger Freund letzte Nacht nicht bei mir geschlafen hat.«

»Lord Sly hat darum gebeten, bei Lady Autumn bleiben zu können«, log Glenda.

»Hat er das?« Skeptisch zog Brigette eine Augenbraue hoch.

»Ja, aber heute abend werde ich ihn in dein Zimmer bringen.« Brigette dachte über das Angebot nach und lächelte. »Wenn Lord Sly die Nacht lieber in deinem Zimmer verbringen möchte, habe ich nichts dagegen.«

»Wirklich?« Glendas Stimme klang aufgeregt.

»Um ganz ehrlich zu sein«, flüsterte Brigette und kam dicht an sie heran, »Onkel Iain wird eifersüchtig, wenn Sly bei mir im Bett liegt. Du würdest mir also einen großen Gefallen tun, wenn ...«

Sie wurde von Jubelgeschrei unterbrochen. Alle sahen auf. Jamie und Spring, dunkelrot vor Verlegenheit, betraten mit Verspätung die Halle.

Iain grinste über ihr Unbehagen und rief sie zu sich an den Ehrentisch. »Ich hoffe, du hast gut geschlafen, Jamie«, frotzelte er. »Der Graf hat befohlen, daß wir heute draußen mit den Übungen beginnen sollen.« Jamie sah bestürzt aus.

»Guten Morgen, Cousine.« Brigette lächelte Spring wissend an. »Ich werde heute deine Hilfe brauchen. Ich muß meine Kleider weiter machen.«

Black Jack stand auf, setzte Glenda auf seinen Stuhl und küßte sie auf den Kopf. »Ich habe heute viel zu tun«, verkündete er. »Du wirst mich bis zum Abendessen nicht sehen.« Als er den enttäuschten Gesichtsausdruck seiner Enkelin bemerkte, setzte er hinzu: »Aber ich werde zur gewohnten Zeit im Garten sein.« Glenda grinste.

»Ich werde das Kinderzimmer verändern«, informierte Brigette ihren Mann. »Was denkst du …?«

Iain überging ihre Frage, stand auf und trank sein Ale. Dann kniff er sie in die Wange und ging aus dem Saal. Stöhnend und brummend folgten die Männer ihm hinaus.

»Wir sind verlassen worden«, beobachtete Spring scharfsinnig und setzte sich auf Iains leeren Stuhl.

»Glenda«, rief Moireach vom Eingang. »Es ist Zeit für deinen Unterricht.« Das kleine Mädchen stellte sich taub. »Komm schon«, befahl die Wirtschafterin und kam auf die Ehrentafel zu. »Vater Kaplan sucht dich bereits. Und zwing mich nicht, zu schreien.«

»Ach!« rief Glenda unschuldig. »Ich habe dich gar nicht rufen gehört.«

Brigette biß sich auf die Unterlippe und unterdrückte ihr Lachen. Glenda hatte wohl ihre ›guten‹ Lügen geübt. Und zwar offensichtlich sehr sorgfältig.

»Komm mit«, bat Glenda den Fuchs. »Es ist Zeit für unseren Unterricht.«

»Nein«, befahl Moireach. »Du weißt ganz genau, daß Vater Kaplan ihn während des Unterrichts nicht duldet. Er stört nur.«

Als Glenda ging, kletterte der Fuchs auf den Schoß seiner Herrin. Geistesabwesend kratzte Brigette ihn hinter den Ohren, und Sly seufzte zufrieden.

»Danke, daß du so energisch auf meine Hochzeit mit Jamie bestanden hast«, sagte Spring, und ihre Wangen liefen rot an. »Du hättest mich doch nicht wirklich nach Hause geschickt, oder?«

Brigette grinste schalkhaft. »Ich habe nie gesagt, daß ich das tun würde.«

»Was?«

»Offensichtlich versteht es der Graf meisterhaft, mit seinen Männern umzugehen.« Die beiden Cousinen brachen in Lachen aus.

Allein in ihrem Zimmer, kochte Antonia vor Wut. Die Engländerin wird nicht mehr so selbstgefällig sein, wenn Finlay sie sich geschnappt hat, dachte sie. Wenn ich doch dann nur ihren Gesichtsausdruck sehen könnte. Ich würde sie am liebsten heute noch selbst umbringen, aber dann wäre ich verpflichtet, Iain einen Erben zu schenken.

Während Antonia sich auf ihrem Zimmer einschloß, verliefen die Tage auf Dunridge friedlich. Begleitet von ihren beiden Lieblingen, wanderte Brigette an jenem Tag durch den Garten, an dem unerwartet Antonia auftauchte. Glenda, die sich vor dem entschlossenen Glitzern in den Augen ihrer Mutter fürchtete, ergriff Brigettes Hand.

»Ich möchte etwas Zeit mit meiner Tochter verbringen«, verkündete Antonia gebieterisch. »Euch will ich nicht dabeihaben.« Sie streckte dem Kind die Hand entgegen. »Komm.«

Glenda umklammerte Brigettes Hand noch fester. »Nein.«

»Ihr versucht, Ärger zu machen«, klagte Brigette sie an und stellte sich zwischen die beiden. »Ihr habt doch vorher nie Interesse an dem Kind gezeigt.«

»Wie könnt Ihr es wagen, Euch zwischen meine Tochter und mich zu stellen!« Antonias Gesichtsausdruck war blutrünstig. »Laßt sie los.«

»Nein.« Brigette sah ebenso drohend aus. Die beiden schönen Gegnerinnen standen sich Nase an Nase gegenüber und keine war bereit, nachzugeben.

»Was ist hier los?« donnerte Black Jack, der seinen täglichen Spaziergang mit seiner Enkelin machen wollte.

»*Sly!*« schrie Glenda.

Alle blickten auf das Kind und folgten dann dessen entsetztem Blick. Slys Hinterbein war angehoben, und er urinierte auf Antonias Rock.

»Oh!« Antonia sprang zurück. Wütend drehte sie sich zu dem Fuchs um und versuchte, ihn zu treten. Sly kauerte sich hin, bleckte die Zähne und knurrte drohend.

Antonia floh aus dem Garten. Black Jack, Brigette und Glenda brachen in Lachen aus. Der Graf streckte seiner Enkelin einladend die Hand entgegen, zwinkerte dann Brigette zu und sagte: »Ich wußte, das verdammte Biest würde für irgend etwas gut sein.«

Mit dem Nahen der Erntezeit verbrachte Iain seine Tage damit, das Gebiet der MacArthurs zu verteidigen oder in das der Menzies einzudringen. Obwohl Brigette sehr beschäftigt war, vermißte sie seine Gegenwart sehr. Sie dekorierte das Kinderzimmer neben ihrem Schlafzimmer neu und nähte Anziehsachen für das Baby oder änderte ihre Kleider.

An einem Nachmittag Anfang Oktober ging Brigette durch den großen Saal. Überraschenderweise war Iain da und aß ungewöhnlich früh mit einer Gruppe seiner Männer zu abend. Brigette lächelte glücklich und ging zu ihm. »Welch seltene Freude, dich schon so früh am Tag hier zu sehen«, sprudelte es aus ihr heraus.

Iain tätschelte ihren geschwollenen Bauch. »Dein schönes Gesicht zu sehen, ist wirklich die größte Freude. Ich glaube, dein Körper wird langsam ziemlich schwerfällig, Liebling.«

»Aber weshalb ißt du schon jetzt zu abend?« Brigette ignorierte ausnahmsweise die Stichelei ihres Mannes.

»Ich werde später nicht mitessen können. Wir planen für heute nacht einen Überfall und werden nicht vor dem Morgen zurücksein.«

Brigette wurde blaß.

»Es ist nicht gefährlich, Süße«, log Iain, »es ist nur ziemlich weit entfernt.«

»Du weißt, daß ich nachts nicht gerne alleine bin«, rief sie.

»Du weißt, daß ich dich nicht gerne allein lasse.« Er sprach zu ihr wie zu einem Kind. »Aber ich habe in diesem Fall keine Wahl. Weshalb läßt du nicht Glenda und Sly bei dir schlafen?«

»Meine Sorge würde sie die ganze Nacht wach halten.« Brigette brach in Tränen aus. Iain hielt sie fest und versuchte, sie zu trösten.

Ich kann nichts tun, um ihn aufzuhalten, dachte sie. Wenn ich weine, wird er mit seinen Gedanken bei mir sein anstatt sich auf den Kampf zu konzentrieren. Brigette zwang sich zu einem Lächeln, wischte ihre Tränen fort und log: »Kümmer dich gar nicht um mich, Liebling, das Baby macht mich ein bißchen sentimental.«

Iain lächelte und küßte sie innig. Schließlich hob er sie von seinem Schoß und stand auf. Seine Männer folgten ihm aus der Halle.

Brigette saß alleine vor dem Kamin. Sie stützte ihre Ellbogen auf ihre Schenkel, bedeckte ihr Gesicht mit den Händen und weinte leise.

Schlupp! Etwas Nasses kitzelte ihre Hand. Brigette sah durch ihre gespreizten Finger. *Schlupp!* Slys Zunge glitt hindurch und leckte ihre salzigen Tränen ab. Als Brigette ihn streichelte, legte Sly seinen Kopf auf ihren Schoß und seufzte zufrieden.

In dieser Nacht kam Brigette nicht zur Ruhe und lag schlaflos ängstlich im Bett. Nachdem sie das Dutzend Kerzen angezündet hatte, das sie sich besorgt hatte, begann Brigette auf und ab zu gehen. Was, wenn Iain verwundet wird? Oder noch schlimmer? überlegte sie in großer Sorge um seine Sicherheit.

Es wurde spät. Brigette kniete sich neben das Bett, um zu beten, und schlief prompt ein. Viel später hob sie ihren Kopf und stand auf. Ihre Muskeln schmerzten bei jeder Bewegung. Eine nach der anderen löschte sie die Kerzen. Nur die auf dem Nachttisch ließ sie brennen.

Brigette durchquerte das Zimmer und sah aus dem Fenster. Der Nachthimmel war inzwischen schon hellgrau geworden. Sie legte die Hände auf ihren Bauch und spürte, wie das Baby sich bewegte. Nachdem sie ein letztes Gebet gesprochen hatte, legte sie sich aufs Bett und schlief ein.

Iain und seine Männer stiegen im Hof ab und liefen sogleich in den großen Saal, in dem Familie und Bedienstete frühstückten. Brigettes Platz war leer.

»Alles lief wie geplant«, berichtete Iain seinem Vater.

Müde rieb er sich die rotgeränderten Augen. »Wo ist Brie?«

»Sie ist noch nicht heruntergekommen«, antwortete Black Jack. »Geh und ruh dich aus. Wir sprechen uns später.«

Iain nickte und verließ die Halle. Vor seinem Schlafzimmer blieb er stehen, aber es war nichts von drinnen zu hören. Leise öffnete er die Tür und ging hinein. Brigette schlief.

Iains Nase zuckte. Das Zimmer roch wie eines von Vater Kaplans feierlichen Hochämtern. Er sah sich um und lächelte beim Anblick all der Kerzen, die jetzt erloschen waren. Seine furchtlose Frau hatte Angst vor der Dunkelheit.

Iain zog sich schnell aus und glitt ins Bett. Er war schokkiert, als er Brigettes Gesicht sah. Dunkle Schatten lagen unter ihren Augen und selbst im Schlaf war ihr Gesichtsausdruck erschöpft.

Eine ängstliche Frau bringt ein ängstliches Baby zur Welt. Seine schwangere Frau hatte einsam Wache gehalten und auf seine sichere Rückkehr gewartet. Ein Kloß der Rührung bildete sich in Iains Hals. »Brie«, flüsterte er und zog sie in seine Arme.

Ihre grünen Augen öffneten sich. Brigette lächelte müde und streichelte sein Gesicht. Iain küßte ihre Handfläche. Dann kuschelten sie sich aneinander und schliefen ein.

Der Oktober verging und Brigette wurde immer runder. Bis zum Vorabend von Allerheiligen war sie ungeheuer schwer und sehnte sich danach, von ihrer Brut erlöst zu werden. Aber noch lagen zwei endlose Monate des Wartens vor ihr.

Als sie immer dicker wurde, zog sich Brigette von den belanglosen Zänkereien und Frustrationen des Alltags zurück. Statt dessen schloß sie sich in der Gedankenwelt ihrer Schwangerschaft ein. Es drehte sich alles nur noch um die Geburt ihres Kindes.

Iain wurde ungewöhnlich geduldig und besorgt um Brigette. Da er sich Gedanken um ihre Gesundheit machte, verschonte er sie mit unangenehmen Themen. »Die Wachen überprüfen«, lautete sein allgemeingültiger Ausdruck für Überfälle und Verteidigungsgefechte.

Am Morgen des letzten Oktobertages saß Brigette zwischen ihrem Mann und ihrem Schwiegervater an der Ehrentafel. Sie war müde, deprimiert und griesgrämig. Ein Becher Milch und eine Schale Porridge wurden vor sie auf den Tisch gestellt, aber sie schob beides beiseite.

Ich möchte Ale, dachte Brigette rebellisch. Nie wieder werde ich Milch trinken oder Porridge oder Haggis essen.

Und meine Kleider! quälte sie sich weiter. Ich möchte meine schönen Kleider tragen. Brigettes Kleidung beschränkte sich inzwischen auf unförmige Hemdkleider, die allerdings aus den feinsten Stoffen gearbeitet waren. Sie mußte die Stoffe verwenden, die sie in Edinburgh gekauft hatten, und das hatte ihr fast das Herz gebrochen.

Brigette seufzte. Es war wirklich Pech, schon so früh so schwer zu werden. Schlafen konnte sie auch nicht mehr richtig. Jedesmal, wenn sie sich hinlegte, um zu ruhen, trat das Baby und trommelte in ihrem Bauch, als wollte es ihre Faulheit bestrafen. Das Baby konnte einen ebenso wütend machen wie sein Erzeuger.

»Die Zeit der Überfälle ist bald vorbei«, sagte Iain zu seinem Vater.

»Der Winter wird für Menzies nicht mager werden«, bemerkte Black Jack, »aber daß wir ihm sein Vieh genommen haben, das im Schatten von Weem Castle graste, war ein schwerer Schlag für seine Ehre.«

»Wir müssen aufpassen, bis der erste Schnee fällt.«

»Denk an meine Worte«, sagte Black Jack und dachte nicht an Brigettes Anwesenheit, »er wird es uns mit etwas ebenso Verheerendem heimzahlen.«

Brigette keuchte und wurde blaß. Nervös sah sie von einem zum anderen.

»Ich habe nichts Lebensbedrohliches gemeint.« Black Jack tätschelte ihre Hand. »Ich habe gemeint, daß er versuchen wird, unseren Stolz zu verletzen, indem er ganz in der Nähe von Dunridge zuschlägt.«

Brigette sah Iain an. Er nickte, um die Worte seines Vaters zu bestätigen, aber ihr Mißtrauen zerstreute sich nicht.

»Ich werde ausreiten, um die Wachen an den Grenzen zu überprüfen«, sagte Iain und stand auf.

»Ich komme mit dir.« Black Jack stand mit ihm zusammen auf.

»Du hast nicht viel gegessen«, tadelte Iain Brigette. »Aber wenn du fertig bist, helfe ich dir hoch.«

»Weshalb sollte ich diesen Stuhl verlassen?« murrte sie. »Ich kann ja doch nichts tun.«

Iain grinste über ihre Giftigkeit.

»Du wagst es, mich auszulachen? Das ist doch alles deine Schuld!«

»Schuldig im Sinne der Anklage.« Seine gute Laune konnte sie beim besten Willen nicht anstecken.

»Ich weiß, daß deine Männer Wetten abgeschlossen haben, wieviele Babys in meinem Bauch sind«, erzählte Brigette ihm. »Wenn es mehr als eins ist, werde ich dir das nie verzeihen. Niemals.«

»Wolltest du nicht einen Jungen für mich und ein Mädchen für dich?«

»Ich will keine zwei«, jammerte sie, und Tränen schossen ihr in die Augen. »Ich will nicht einmal eines.«

»Du weißt, daß du das nicht so meinst, Liebling«, redete Iain ihr gut zu und versuchte, ein ernstes Gesicht zu machen.

»Sieh mich doch an. Ich sehe grotesk aus!«

»Du bist nie schöner gewesen, Liebling.« Iain beugte sich vor, um sie auf die Wange zu küssen. »Soll ich dir nicht doch aufhelfen?«

»Ich bin kein Invalide.« Brigette schüttelte seine helfende Hand ab. »Wenn ich nicht mehr alleine aufstehen kann, bleibe ich hier sitzen bis zur Geburt.«

»Tu das – wenn dich Schwielen am Hinterteil nicht stören.«

Nachdem Iain gegangen war, nahm Brigette sein Ale und trank es schnell aus. Es hatte keinen Zweck, Moireach aufzuregen. Brigette bot Sly die Milch an. Der lehnte nie ab.

Ihren Bauch vor sich hertragend, sah Brigette sich den Garten an. Der Herbst hatte die Bäume bereits ihrer Blätter beraubt und die Luft frisch gemacht. Trotz der Schwangerschaft gingen während Glendas Spielzeit das stürmische Toben weiter, aber nur das kleine Mädchen und Sly rannten umher. Brigette folgte ihnen gemächlicheren Schrittes.

»Los, fang«, befahl Glenda und warf einen Stock durch den Garten. Man sah nur noch ein gelbes Halshand blitzen, und der Fuchs stürzte davon. »Vater Kaplan sagt, daß morgen früh alle in die Messe kommen müssen«, erzählte sie Brigette. »Es ist Allerheiligen.«

»Das bedeutet, heute ist Halloween«, antwortete Brigette. »Das ist magisch.«

»Magisch?«

»Morgen feiern wir alle Heiligen im Himmel«, erklärte Brigette, »aber heute zwischen Dämmerung und Mitternacht zieht das Böse über das Land.«

»Das Böse, sagst du?« Glenda zitterte. »Geister?«

»Die Dämonen sind lustig und vergnügt«, schmückte Brigette aus, »weil sie um Schlag Mitternacht zum Ort der ewigen Verdammung zurückkehren müssen.«

»D-D-Dämonen?«

»Ja.«

Sly rannte auf sie zu und ließ zwei Stöcke vor Glenda fallen. Er setzte sich hin, legte seinen Kopf zur Seite und wedelte erwartungsvoll mit dem Schwanz. Aber trotz seiner großartigen Leistung wurde der Fuchs ignoriert.

Glenda griff nach Brigettes Hand. »Glaubst du nicht, wir sollten besser reingehen?«

»Weshalb?«

»Die D-Dämonen könnten ja vielleicht f-früher k-kommen.«

»Ich bin ganz sicher, daß das nicht passiert«, versicherte Brigette. »Geister sind pünktlich.«

»Oh!« Glenda war nicht davon überzeugt und klammerte sich an ihre Hand. »Onkel Iain hat dich aber sehr lieb.«

»Was?« Brigette war überrascht über den plötzlichen Themenwechsel.

»Dein Bauch ist ganz dick geworden. Du siehst aus, als hättest du irgend etwas in einem Stück verschluckt.«

»Danke«, sagte Brigette trocken.

»Meinst du, daß Großvater böse auf mich ist? Er ist heute nicht mit mir spazierengegangen.«

»Onkel Iain und er sind heute ausgeritten. Er wird bald nach Hause kommen.« Brigette sah Glenda an. Dem Kind liefen Tränen über das Gesicht. »Weshalb weinst du?«

»Die D-D-Dämonen werden Großvater wehtun!«

»Nein.« Brigette tat es leid, daß sie das Kind geängstigt hatte, und sie versuchte, Glenda zu trösten, konnte sich aber nicht hinknien, um sie an sich zu ziehen. »Onkel Iain und dein Großvater werden lange vor Einbruch der Dämmerung wieder zu Hause sein … Schsch!«

Gedämpfte Rufe und Alarmgeräusche wurden von dem Wind an Brigettes Ohren getragen.

So schnell ihre massige Gestalt es erlaubte, zog Brigette Glenda durch die Gartentür und rannte über den Flur zur Eingangshalle. Überall standen Krieger und Bedienstete, alle in heller Aufruhr.

»Lieber Gott!« rief Brigette und rannte weiter.

Von Iain und Jamie gestützt, stolperte Black Jack durch die Halle. Ein Pfeil hatte seine Brust durchbohrt. Durch sein Hemd sickerte Blut.

»Großvater!« kreischte Glenda.

»Bringt sie weg«, rief Moireach und lief durch die Halle, um dem Graf zu helfen.

»Das waren die bösen Dämonen!« schrie Glenda Brigette an, die sie sprachlos anstarrte. Spring tauchte auf und zog das hysterische Kind in den großen Saal.

Brigette dachte an den frühen Tod ihres Vaters und zitterte vor Angst. Trotzdem ging sie weiter, um zu sehen, wie Moireach Black Jack untersuchte. Ihr ungeborenes Kind trat fest zu und schien gegen den Aufruhr zu protestieren.

Brigette keuchte und hielt ihren Bauch fest.

»Ihr werdet doch jetzt bloß keine Wehen bekommen!« warnte die Wirtschafterin, die die plötzliche Bewegung im Augenwinkel gesehen hatte. Sie schlug Black Jack leicht ins Gesicht und fragte: »Wer seid Ihr?«

»Guter Gott!« bellte er. »Ich bin aufgespießt wie ein Schwein, und du fragst, wer ich bin? Bist du von allen guten Geistern verlassen?«

»Er ist durch den Blutverlust nicht durcheinander«, sagte Moireach zu Iain. »Wir müssen ihn hinaufbringen und den Pfeil entfernen.«

Den Graf zwischen sich, gingen Iain und Jamie die Treppe hinauf. Benommen folgte Brigette ihnen in das Zimmer des alten Mannes.

»Setzt ihn hierher«, befahl Moireach. »Jamie, fache das Feuer an, damit ich sehen kann, was ich tue.«

»Es ist mein Fehler«, stöhnte Brigette. »Ich habe die bösen Geister heraufbeschworen, weil ich von ihnen gesprochen habe.«

Black Jack sah sie an und lächelte schwach. »Das waren keine bösen Geister. Ich hätte nie gedacht, daß Menzies soweit gehen würde.«

»Nicht sprechen«, warnte Iain. »Du hast viel Blut verloren.« Black Jack fing den Blick der Wirtschafterin auf und sah Brigette an. Sie war so weiß, wie ein lebender Mensch nur werden konnte.

»Geht nach unten, Lady Brigette«, befahl Moireach. »Wir brauchen kochendes Wasser und so viele Kerzen, wie Ihr bekommen könnt.« Brigette, die unbedingt helfen wollte, eilte aus dem Zimmer.

»Haltet ihn fest«, sagte Moireach. »Gebt mir Euer Messer, Iain, und sorgt dafür, daß der verdammte Pfeil hier nicht so herumwackelt.«

Mit einem Minimum an Bewegung schnitt Moireach die Spitze und das Ende des Pfeils ab, und nachdem sie beides sorgfältig untersucht hatte, warf sie es weg. Mit ruhiger Hand zog sie den Schaft heraus. Black Jack stöhnte, und aus beiden Seiten der Wunde floß Blut. Nachdem sie sein Hemd aufgeschnitten hatte, hob Moireach ihren Rock, zog ein Stück von ihrem Unterrock hoch und tupfte vorsichtig die Wunden ab.

»Jamie, bring heißes Wasser, alle Zutaten für einen Breiumschlag und frische Tücher. Und laß Lady Brie nicht zurückkehren, bevor du wiederkommst.«

»Weshalb?«

»Stell keine Fragen. Du verschwendest nur wertvolle Zeit.«

Black Jack, der von Iain gestützt wurde, setzte sich auf die Bettkante. Moireach kniete sich vor ihn hin und versuchte, die Blutung zu stillen. Black Jack sah die Wirtschafterin fragend an, die mit einem kaum merklichen Kopfschütteln antwortete.

»Was ist?« fragte Iain.

»Sag es ihm, bevor die anderen zurückkehren«, sagte Black Jack.

Moireach holte sich die Spitze des Pfeiles und zeigte sie Iain, damit der sie genau betrachten konnte. »Seht hier. Er war in Gift getaucht. Es wird vermutlich weder schnell gehen noch besonders schmerzhaft sein, aber auf jeden Fall wird es tödlich sein.«

»Nein!« tobte Iain. »Gibt es kein Gegenmittel?«

Moireach schüttelte den Kopf.

»Ich werde diesen feigen Bastard mit meinen bloßen Händen umbringen!«

»Ich habe keinen Zweifel, daß du ihn töten wirst, mein Sohn.« Black Jacks Stimme klang resigniert. »Im Moment jedoch mußt du die Verantwortung für Dunridge übernehmen.«

Er sah Moireach an und fragte: »Wieviel Zeit habe ich?«

Die Augen der Wirtschafterin waren tränenverschwommen. »Lange genug, um Iain auf den rechten Weg zu bringen.«

»Gut.« Black Jack lächelte mit grimmiger Zufriedenheit. »Lange genug, um meinen ersten Enkel zu sehen?«

Moireach, die dem forschenden Blick nicht sehen konnte, zuckte die Schultern und sagte: »Wenn Lady Brigette früh niederkommt.«

Ein Ausdruck unbeschreiblicher Traurigkeit ging über das Gesicht des Grafen, wurde aber schnell durch ernste Resignation ersetzt. »So sei es denn«, sagte Black Jack und akzeptierte sein Schicksal. »Wenn die Wunden versorgt sind, Iain, hole bitte Vater Kaplan. Ich muß meine Sünden beichten. Versprecht mir, daß das, was hier zwischen uns gesprochen wurde, nicht weitergegeben wird. Ich möchte nicht, daß jemand trauert, bevor ich tot bin. Moireach?«

»Ich schwöre.«

»Was ist mit Percy?« fragte Iain.

»Schick nach deinem Bruder, aber sobald ich unter der Erde bin, muß er nach Edinburgh zurückkehren. Sheena Menzies ist ein zu wertvoller Preis, um ihn zu verlieren.«

Iain sah seinem Vater ins Gesicht, das im Laufe eines einzigen Tages so unfaßbar gealtert war. »Ich schwöre.«

»Du bist ein guter Sohn und wirst ein guter Graf sein.« Iain war sich da nicht so sicher. »Wenn ich morgen früh noch atme«, fügte Black Jack hinzu, »bringt Glenda zu mir.«

Jamie und Spring eilten in das Zimmer. Einen Moment später folgte ihnen eine leicht atemlose Brigette.

»Ich möchte, daß ihr bei Glenda bleibt«, wies Moireach Jamie und Spring an, als sie begann, die Wunden des Grafen auszuwaschen. »Das arme Ding muß ganz krank vor Angst sein, und von ihrer Mutter wird sie kaum Trost bekommen. Der Graf wird wieder gesund und hat darum gebeten, daß sie ihn morgen früh besucht. So, und Ihr geht jetzt besser auch, Lady Brigette.«

»Nein! Ich lasse mich nicht wegschicken.«

Iain öffnete den Mund, um sie hinauszuschicken, aber Black Jack war schneller. »Komm her, und setz dich zu mir.«

Moireach mischte den Breiumschlag und trug ihn vorne und hinten auf. Dann begann sie, die Wunden zu verbinden.

»Beruhige dich, Brie«, sagte Black Jack, der sehr wohl wußte, daß seine Schwiegertochter vor Angst verging. »Ich werde nicht sterben. Welch phantastischer Hohn wäre es, wenn Er Seinen schillerndsten Sünder ausgerechnet an Allerheiligen zu sich rufen würde.«

»Du bist kein Sünder.«

»Genug jetzt«, sagte Moireach. »Auf, Lady Brigette. Wir sollten ihn jetzt auf die Kissen betten, Iain.« Gemeinsam legten sie den Grafen vorsichtig zurück. »Ich werde ihn ausziehen. Bringt Ihr Eure Frau zu Bett und kümmert Euch dann um die andere Sache.

Iain führte seine verwunderte Frau hinaus und begleitete sie in ihr eigenes Zimmer. Er half ihr, ein Nachthemd anzuziehen und brachte sie ins Bett. Iain wartete einen Moment, schob ein paar Haarsträhnen aus ihrer Stirn und küßte sie dann sanft. Als er versuchte, sich zurückzuziehen, hielt Brigette seine Hand krampfhaft fest.

»Oh!«, rief sie gequält.

»Bist du krank, Liebling?«

»Ich bin krank vor Angst.«

»Es gibt keinen Grund zur Sorge.« Iain kämpfte darum, seine aufgewühlten Gefühle zu beherrschen. »Moireach hat gesagt, daß Black Jack in kurzer Zeit wieder gesund und munter sein wird.«

»Bist du sicher?« Brigette wollte ihm verzweifelt gerne glauben. »Es ist dasselbe wie damals mit Vater ...« Sie brach ab und war einfach nicht in der Lage weiterzusprechen.

»Schschh.« Iain setzte sich auf die Bettkante und streichelte ihre Wange. »Es tut mir sehr leid. Ich hatte das mit deinem Vater vergessen. Schließ die Augen und versuche zu schlafen, während ich bei Black Jack wache.« Als sie gehorchte, kniff er sie in die Wange, stand auf und verließ das Zimmer.

»Er ruht, ist aber wach«, sagte Moireach, als Iain und Vater Kaplan das Zimmer des Grafen betraten. »Auf dem Tisch steht ein Schlaftrunk gemischt mit Wein. Gebt ihm davon, wenn Ihr fertig seid.«

Vater Kaplan ließ sich auf der Bettkante nieder und nahm die Hände des Grafen in die seinen. Iain wollte hinausgehen, aber Black Jack hielt ihn zurück. »Geh nicht, mein Sohn.«

Verwirrt drehte sich Iain um. »Ich werde draußen …«
»Nein!« befahl Black Jack mit erstaunlich fester Stimme. »Es ist angebracht, daß der nächste Graf von Dunridge erfährt, wie die Fehde mit dem Clan Menzies begann.«

15

»Tut es weh?«

»Ein bißchen.«

»Wirst du sterben?«

»Heute nicht.«

»Morgen?«

»Ich weiß nicht.« Black Jack lächelte Glenda an, die ernst neben seinem Bett stand.

»Kann ich mit dir gehen?« fragte sie, und in ihren blauen Augen zeigte sich ein plötzlicher Hoffnungsschimmer.

»Mit mir?« wiederholte er. »Sterben ist etwas, das jeder alleine tun muß. Verstehst du?«

»Nein.« Die blauen Augen füllten sich mit Tränen.

»Setz dich hierhin.« Black Jack klopfte auf die Bettkante und zwinkerte ihr zu. »Wie ich sehe, hast du auch Lady Autumn mit zu Besuch gebracht.«

»Ja.« Glenda sah niedergeschlagen aus. »Liebst du mich, Kleines?«

»Ja.«

»Und vertraust du mir?«

»Was ist das?«

»Vertrauen bedeutet«, erklärte Black Jack, »daß du glaubst, was ein Mensch dir sagt.«

»Ich vertraue dir.«

»Gut! Ich bin ernsthaft verwundet worden«, erzählte er ihr, »aber ich hoffe, in ein paar Tagen wieder gesund und munter zu sein. Aber ich bin ein alter Mann, der sein Leben in vollen Zügen genossen hat. Wenn ich nicht mehr gesund werde und auf die andere Seite gehen muß, werde ich dort auf dich warten. Wenn dein Leben vorbei ist, werden wir für immer in Gottes Garten spazierengehen. Verstehst du?«

Glenda nickte. »Ich werde dich vermissen, wenn du weggehst.«

»Du kannst mich vielleicht nicht sehen, aber ich werde immer hier sein«, sagte Black Jack und legte seine Hand über ihr Herz.

Die Tür öffnete sich und Brigette kam herein und lächelte sie zur Begrüßung an. »Nein, Sly!« Der Fuchs sauste an ihr vorbei. Er lief zu dem Bett und sprang an Glenda hoch, die sich vorbeugte, damit er über ihr Gesicht lecken konnte.

»Mach dir keine Gedanken, er kann bleiben«, sagte Black Jack und schimpfte dann mit seiner Enkelin: »Und du laß dir von dem Tier nicht das Gesicht ablecken. Menschen küssen Menschen und Tiere küssen Tiere.«

»Lady Brie läßt sich *ihr* Gesicht von Sly küssen«, antwortete Glenda.

Brigette ignorierte den scharfen Blick des Grafen und setzte sich in den Stuhl neben dem Bett. Dann fragte sie: »Wie geht es dir heute?«

»Viel besser«, log er, »besonders seit meine beiden Lieblingsdamen hier zu Besuch sind. Und wie geht es dir?«

»Viel besser, jetzt da ich meinen Lieblingsschwiegervater besuche«, witzelte sie und grinste schelmisch.

Black Jack lächelte. »Du wärest eine gute Diplomatin geworden.«

»Glaubst du wirklich?«

Bevor der Graf eine Antwort geben konnte, hörte man Glendas wütende Stimme: »Sly!«

Der Fuchs hatte sich Lady Autumn geschnappt und schoß als kupferfarbener Pelzball aus dem Zimmer. Glenda rannte hinterher, blieb aber an der Türschwelle plötzlich stehen und lief wieder zurück zu dem Grafen. »Sly hat eine gewisse Zuneigung zu Autumn gefaßt«, erzählte sie. »Ich bin froh, daß du heute nicht sterben wirst. Ich wäre einsam ohne dich.« Sie küßte seine unrasierte Wange und lief dann hinter Lady Autumns Entführer her.

Black Jack und Brigette sahen einander an und lachten. »Ich bin auch froh, daß du nicht ernsthaft verletzt bist«, fügte sie ihre eigenen Gedanken denen Glendas hinzu. »Ich würde dich auch vermissen.«

Die Stirn des Grafen verzog sich zu einem Runzeln, das aber sofort wieder verschwand. »Ich habe vor, meinen Enkel in den Armen zu halten«, sagte er. »Zweifelst du daran?«

»Nein.« Brigette schüttelte ihren Kopf und lächelte, um das unangenehme Gefühl zu verbergen, daß alles im argen lag.

Eine Woche verging. Der Graf wurde nicht gesund und munter, wie er versprochen hatte. Statt dessen wurde er immer schwächer. Brigette zweifelte im stillen daran, daß er noch die Kraft besaß, ein Baby zu halten, aber verwirrt von Iains Optimismus schwieg sie zu dem Thema.

Brigette verbrachte lange, angenehme Stunden in der Gegenwart des Grafen. Er freute sich zu sehen, wie die Babysachen unter ihren Fingern Gestalt annahmen so wie das Baby in ihrem Bauch. Während sie nähte, sprach Brigette von unwichtigen Dingen, was ihn zu beruhigen schien. Andere Male erging sich Black Jack in Erinnerungen an seine früheren Jahre mit Iains Mutter. Wann immer sich Brigettes Bauch bewegte oder sie bei einem plötzlichen Tritt nach Luft schnappte, strahlte der Graf.

»Percy«, rief Brigette, als sich eines Tages die Tür öffnete und Iain zusammen mit seinem Bruder hereinkam.

»Bei Gott, du bist aufgeblüht!« Percy grinste, mehr als nur ein bißchen überrascht über ihren Umfang. »Die kleine Glenda hatte recht. Du siehst *wirklich* aus, als hättest du etwas in einem Stück verschluckt.«

»Nun vielen Dank, Percy«, entgegnete sie trocken. »Ich habe deine hinreißend schmeichelhafte Art vermißt.«

»Würdest du uns alleine lassen, Brie?« fragte Black Jack. »Ich möchte mit meinen Söhnen alleine sprechen.«

Iain war sofort an ihrer Seite, um ihr beim Aufstehen zu helfen, und brachte sie dann zur Tür. Als sie draußen war, blieb Brigette einen Moment stehen, lehnte sich an die Tür und dachte nach.

Alles ist längst nicht so wie es sein müßte, dachte sie zum wiederholten Mal. Weshalb sollte Percy Edinburgh verlassen, wenn Black Jack nicht in Gefahr war. Es ist fast, als hätte man ihn nach Hause gerufen, weil ... *Nein!* Das konnte nicht sein! argumentierte Brigette mit sich selbst. Iain würde so etwas doch nicht vor mir verbergen. Aber welchen anderen Grund könnte Percy für seine Rückkehr haben?

Brigettes Herz war ebenso schwer wie ihr unbeholfener Körper, als sie die Treppe hinunter in den großen Saal ging, wo sie vermutlich Glenda und Sly finden würde. Der Fuchs hatte sich vor dem Kamin zusammengerollt, aber das Kind war nirgends zu sehen.

Bumm! Bumm! Bumm! Sly wedelte mit dem Schwanz, als Brigette sich in einem Stuhl niederließ. Als seine Herrin ihn zu sich winkte, setzte der Fuchs sich neben sie, und als sie begann, das seidige Fell unterhalb seiner Schnauze zu streicheln, seufzte Sly, mit sich und dem Leben zufrieden.

»Wie ich sehe, hast du endlich dein Zimmer verlassen.« Antonia stand neben ihr.

»Ich war bei dem Grafen.« Brigette sah die blonde Frau an und fügte hinzu: »Percy ist nach Hause gekommen.«

»Ich habe ihn gesehen. Ich weiß wirklich nicht, weshalb du deine Zeit mit einem sterbenden alten Mann verschwendest.«

»Er stirbt nicht«, rief Brigette wütend. Sie versuchte aufzuspringen, um sich ihrer Schwägerin gegenüberzustellen, war aber nicht in der Lage, ihren schwerfälligen Körper zu erheben. »Und nenne ihn nicht einen alten Mann.«

»Du wirst Gräfin sein, wenn er tot ist«, entgegnete Antonia. »Du solltest für seinen Tod beten.«

»Ich könnte niemandem den Tod wünschen. Nicht einmal dir.«

Beleidigt stolzierte Antonia davon. Brigette stiegen Tränen des Ärgers und des Kummers in die Augen. Ihre Gefühle unter Kontrolle zu halten, war ein vergebliches Unterfangen. Dicke Tränen rollten ihr über die Wangen.

»Was ist denn los?« fragte Iain und hockte sich neben ihren Stuhl.

»Ich-ich hatte eine Auseinandersetzung mit Antonia,

und als ich versuchte aufzustehen, konnte ich es nicht. Es war demütigend.«

Iain lachte leise.

»Percy ist doch nicht nach Hause gekommen, weil ...« Brigette suchte in seinen Augen nach der Wahrheit. »Black Jack wird doch wieder gesund, oder?«

»Natürlich.« Iain wischte sanft ihre Tränen fort. »Das habe ich dir doch gesagt. Vertraust du mir nicht?«

»Doch«, antwortete sie, ohne zu zögern. Iain, der wußte, daß er log, spürte, wie sich ihm das Herz zusammenkrampfte.

Brigette saß zwischen ihrem Mann und ihrem Schwager an der erhöhten Ehrentafel und schob ihr Essen auf dem Teller hin und her. Der Gedanke, daß Black Jack sterben könnte, beunruhigte sie, besonders seit Percy nach Hause gekommen war. Tatsächlich verschlechterte sich der Zustand des Grafen rapide.

»Du ißt nicht gerade viel«, beobachtete Iain.

»Ich habe keinen Hunger.«

»Was ist denn los?«

»Wenn du es genau wissen willst«, Brigette wandte sich mit einem Ausdruck zu ihm, der zeigte, daß sie litt, »die Haut über meinem Bauch juckt schrecklich. Es ist eine unbeschreibliche Tortur, und ich traue mich hier nicht, mich zu kratzen.«

»Welch Elend, als Frau geboren zu sein«, witzelte Percy mit vorgetäuschtem Mitgefühl. Brigette warf ihrem Schwager einen wenig amüsierten Blick zu und wandte sich dann wieder an Iain. »Ich glaube, ich werde mich zurückziehen, um in Ruhe kratzen zu können. Hilfst du mir auf?«

Als sie die Halle verließ, bedeutete sie Spring, daß sie ihr nicht folgen brauchte. Sauer dachte sie, daß sie seit Monaten nicht in der Lage war, sich in ihre schönen Kleider zu zwängen. Ich sehe nicht wie eine Gräfin aus, sondern wie eine Küchenmagd. Noch dazu wie eine *fette* Küchenmagd!

In ihrem Zimmer zog Brigette das bestickte zeltähnliche

Hemdkleid über den Kopf, streifte die Träger ihres Unterkleides hinunter und ließ es auf den Boden fallen.

Den aufgeblähten Bauch heftig zu reiben, brachte keine Erleichterung. Sie setzte sich hin und massierte sich mit Moireachs Lotion. Das beruhigte das quälende Jucken.

Erleichtert zog Brigette ein Nachthemd über den Kopf und band dann die Bänder zusammen, die vom Ausschnitt bis zum Nabel verliefen. Nachdem sie ihren Morgenrock übergezogen hatte, verließ sie ihr Zimmer, um Black Jack zu besuchen.

Moireach kam aus dem Zimmer des Grafen. Sie trug das Tablett mit seinem unberührten Abendessen. »Er hat keinen Hunger«, brummte die Wirtschafterin.

»Das ist kein gutes Zeichen.«

»Vielleicht«, entgegnete Moireach, »folgt er Eurem Beispiel. Ihr habt heute abend auch nicht viel gegessen.«

Brigette ignorierte die Ermahnung und rauschte an ihr vorbei in das Zimmer des Grafen. Seine Augen waren geschlossen und er lag reglos da. Ohne ein Wort zu sagen, setzte sich Brigette in den Sessel neben seinem Bett.

»Bist du das, Brie?«

»Ja. Wie geht es dir?« Brigette sah den glasigen Blick seiner Augen.

»Ich habe schon bessere Zeiten gesehen.«

Brigette stand langsam aus dem Sessel auf und ließ sich auf der Bettkante nieder. Sie legte ihre Handfläche auf Black Jacks Stirn und fand, daß er sich sehr warm anfühlte. Brigette nahm seine Hände in ihre, zögerte und fragte dann: »Du – du wirst nicht mehr gesund, oder?«

Nur ein Toter hätte ihre Qual nicht gesehen. Black Jack schwieg einen langen Moment. »Nein, Mädchen«, gab er schließlich zu, »ich werde nicht mehr gesund.«

Brigette schluckte mühsam und kämpfte gegen ihre Tränen. »Warum hat Iain es mir nicht gesagt?« Ihre Stimme war ein verletztes, verwirrtes Flüstern.

»Auf meinen Befehl hin hat er geschwiegen«, sagte Black Jack. »Ich wollte nicht, daß irgend jemand, vor allem nicht Glenda oder du, trauert, bevor ich tot bin.«

»Ich liebe dich inzwischen wie einen Vater.« Ihre Stimme brach vor Bewegung. »Was soll ich nur ohne dich tun?«

»Derjenige, der stirbt, ist auf dem sicheren Weg«, sagte Black Jack, »aber derjenige, der zurückbleibt, muß durch dieses Jammertal gehen, das man Leben nennt ... Und ich liebe dich wie die Tochter, die ich nie hatte. Erinnerst du dich an deinen allerersten Tag auf Dunridge? Ich fragte Iain, ob du einfältig seist.«

Brigette lächelte ironisch. »Und ich nannte dich einen hartherzigen, alten Mann.« Der sterbende Graf und die zukünftige Gräfin lachten leise bei der Erinnerung.

Die Tür öffnete sich leise. Iain trat ein, blieb aber im Schatten, weil er ihre Zweisamkeit nicht stören wollte.

»Nur eines tut mir leid«, gab Black Jack zu, »daß ich nicht hier sein kann, wenn mein Enkel auf die Welt kommt.«

»Aber er ist doch schon da.« Brigette schüttelte ihren Morgenmantel ab und löste die Bänder ihres Nachthemdes unterhalb des Busens bis zu ihrem Schoß. Sie zog die beiden Seiten auseinander und enthüllte ihren geschwollenen Bauch.

»Dein Enkel ist hier«, sagte sie und führte die Hand des Grafen auf ihren Bauch.

Zunächst spürte Black Jack nichts. Dann kam ein Flattern, eine sanfte Bewegung. Plötzlich trat das Baby heftig.

»Oh!« keuchte Brigette.

Ein Ausdruck vollendeten Glücks tauchte auf Black Jacks Gesicht auf. »Der Junge ist ganz schön munter.« Er schloß seine Augen und konzentrierte sich auf das dumpfe Pochen im Bauch seiner Schwiegertochter.

Eine Hand berührte Brigettes Schulter. Erschreckt sah sie in Iains Gesicht.

»Ich liebe dich«, flüsterte er.

Black Jack öffnete seine Augen, als er die Stimme seines Sohnes hörte. »Ich lerne meinen Enkel kennen«, sagte er, und Iain lächelte traurig. »Es ist auf jeden Fall ein Junge. Ich merke das an seinen Bewegungen. Unter deiner Führung wird er sich zu einem guten Mann und Krieger entwickeln.«

»Mein Sohn wird sich *nicht* zu einem Krieger entwikkeln«, beharrte Brigette. Iain und Black Jack lächelten sich an.

»Ruh dich ein bißchen aus«, schlug Black Jack vor. »Morgen werden wir ein paar Stunden damit verbringen, diesen Punkt ausführlich zu besprechen.«

Brigette grinste, zog die beiden Seiten ihres Nachthemdes zusammen und stand von dem Bett auf. Iain half ihr in den Morgenmantel. Sie beugte sich vor, küßte den Graf auf die Stirn und flüsterte: »Schlaf gut.«

Iain setzte sich auf die Bettkante und betrachtete seinen Vater. Sein Gesicht war zusammengesunken, seit Brigette gegangen war.

»Sie ist ein tapferes Mädchen«, bemerkte Black Jack, »auch wenn sie Engländerin ist.«

»Ich bin dir sehr dankbar, daß du auf die Heirat bestanden hast«, antwortete Iain.

»Sie wird kräftige Söhne zur Welt bringen.«

»Ja.«

»Versprich mir, mein Sohn«, bat Black Jack, »der Tag wird kommen, daß du Antonia zurück zu den MacKinnons schicken wirst. Behalte Glenda auf Dunridge. Sie ist das einzige Kind deines Bruders Malcolm. Und vergiß nicht, Percy zurück nach Edinburgh zu schicken. Wenn die Zeit reif ist, wird er Sheena Menzies bekommen. Sie ist der einzige schwache Punkt des Bastards. Sei der Königin treu, aber deine erste Loyalität muß unserem Clan gelten. Die Stuarts sind denen, die ihnen am besten dienen, nicht immer treu.«

»Ich habe verstanden.«

»Als ich in deinem Alter war«, erinnerte sich der Graf, »habe ich nicht geglaubt, daß ich als alter Mann im Bett sterben würde.«

Iain war zutiefst bewegt. Hoffnungsloser, überwältigender Schmerz schloß sich um sein Herz und machte es ihm schwer zu atmen.

»Ich werde morgen nicht mehr da sein«, keuchte Black Jack. »Nimm meine Hand.«

Iain brach das Herz. Er sehnte sich danach, sich wie ein Kind in die Arme seines Vaters zu werfen und seinen Jammer laut herauszuschreien. Statt dessen nahm Iain aber die Hand seines Vaters und machte ihm den Übergang von diesem Leben zum nächsten leichter. Die Augen des Grafen schlossen sich müde. Er entglitt ihm und war für immer gegangen. Iain seufzte stoßweise und küßte die Hand seines Vaters. Er legte sie an seine Wange und weinte bittere Tränen.

Schließlich stand Iain auf, küßte seine Wange und flüsterte gebrochen: »Gott schütze dich.«

Es war weit nach Mitternacht, als Iain in sein Zimmer ging. Das Bett war leer. In eine Decke gewickelt saß Brigette vor dem Kamin und starrte ausdruckslos in die schwelende Glut.

»Bist du krank?« fragte er ängstlich und durchquerte das Zimmer mit schnellen Schritten, um vor sie hinzuknien.

»Ich konnte nicht schlafen. Iain?«

»Ja.« Iains Stimme brach. »Er ist tot.«

Brigette öffnete ihre Arme und zog ihn dicht an sich. Er bettete seinen dunklen Kopf auf ihren Bauch und gemeinsam weinten sie. Es würde eines dieser seltenen Male in einem langen, langen gemeinsamen Leben sein, daß sie ihren Mann weinen sah.

Die Glocken der Kapelle schlugen für John Andrew Mac Arthur, den gefallenen Graf von Dundrige. Der Leichnam des Grafen war in dem großen Saal aufgebahrt. Sein einfacher Holzsarg war dort aufgebockt.

Bevor die Trauergäste eintrafen, brachte Iain Brigette und Glenda zu dem toten Grafen. Der große Saal war verlassen bis auf Jamie und Dugie, die den Sarg bewachten. Iains Blick traf sich mit Brigettes. Er hob den Deckel des Sarges und trat vor, um dem Grafen ein letztes Mal Lebewohl zu sagen.

In seinen schwarzgrün karierten Festtagsanzug gekleidet, schien der Tote zu schlafen. Black Jack hatte die Grenze zwischen den beiden Welten friedlich überschritten. Sein Ausdruck war friedvoll, seine tödliche Verletzung hatte in seinem Gesicht keine Spuren hinterlassen.

Brigette berührte seine Wange und beugte sich dann vor, um sie zu küssen. Sie richtete sich auf und sah ihren Mann an, der um seine starre Fassung rang.

Als nächstes kam Glenda. Iain hob sie hoch und hielt sie neben den Sarg.

»Schläft er?« flüsterte sie laut.

Iains Lippen zuckten. »Ja, aber er wird erst am Tag des Jüngsten Gerichts wieder aufwachen.«

Glenda ahmte Brigette nach und beugte sich vor, um ihren Großvater auf die Wange zu küssen. »Lebewohl«, sagte sie feierlich. »Ich vermisse dich. Bis zum Tag des Jüngsten Gerichts. Und vergiß nicht, auf mich zu warten, damit wir gemeinsam in Gottes Garten spazierengehen können.«

Die vier in der Halle kämpften gegen ergriffene Tränen an. Iain stellte Glenda auf ihre Füße und schloß dann den Deckel des Sarges. »Nimm Glenda mit nach oben«, wies er Brigette an. »Ich möchte, daß ihr euch ausruht, bevor die Campbells kommen.«

Brigette nickte und brachte Glenda weg, aber die Worte des Kindes drangen zurück zu den drei Männern. »Brie? Wann ist der Tag des Jüngsten Gerichts? Nach Weihnachten ...?«

Der Herzog von Argyll und sein Gefolge, darunter Magnus und seine Braut Avril, erreichten Dunridge, als die langen Schatten des Nachmittags zur Abenddämmerung wurden. Iain, Percy und Antonia standen im Hof, um sie zu begrüßen.

Der Herzog stieg ab und schüttelte erst Iains Hand, dann Percys. Er war stark erschüttert durch den vorzeitigen Tod eines seiner standhaftesten Freunde, auf den er sich im Laufe der Jahre immer verlassen konnte. Der Herzog fühlte sich mitverantwortlich an Black Jacks Tod.

Schließlich, dachte er schuldbewußt, hätte die Fehde mit Menzies nie begonnen, wenn … Bah! Diese Torheit hatte er vor so vielen Jahren begangen.

»Das ist ein trauriges Ereignis, das uns zusammenbringt«, bemerkte der Herzog. »Wer hätte das gedacht? So viele meiner besten Freunde sterben. Das ist sicher ein Vorbote meines eigenen Schicksals.« Alte, schmerzliche Erinnerungen kamen hoch und quälten den Herzog. »Bevor er starb, hat Euer Vater da noch gesprochen von …?«

»Ja«, unterbrach ihn Iain. »Aber was mich interessiert, ist die jüngste Vergangenheit. Daß er meinen Vater umgebracht hat, wird Menzies das Leben kosten.«

»Iain. Percy.« Magnus schüttelte ihnen die Hände und zog dann sanft seine Braut nach vorne. »Das ist meine Frau Avril, Huntlys Balg – ich meine, Tochter.«

Avril knickste. »Mylords. Gräfin.«

»Mylady«, korrigierte Antonia lächelnd. Der falsche Titel gefiel ihr. »Die Gräfin wird gleich bei uns sein.«

»Das ist Lady Antonia«, stellte Iain die beiden Frauen einander vor. »Die Witwe meines Bruders Malcolm.«

Er führte die Gruppe in die große Halle, wo das Abendessen serviert werden würde. Ein paar Augenblicke später erschien Brigette im Eingang, und unter den amüsierten Blicken aller eilte Iain an ihre Seite und begleitete sie an die Ehrentafel.

In freundlichem Überschwang umarmte Magnus sie. »Du bist gewachsen, seit ich dich das letzte Mal gesehen habe.«

»Ja.« Brigettes Gesicht wurde rot. »Vergebt mir, daß ich nicht knickse«, sagte sie zu dem Herzog. »Wie Ihr seht, bin ich zu einer solchen Bewegung zur Zeit nicht fähig.«

»Ihr seht schön aus«, bemerkte der Herzog. Erfahrungsreiche Jahre hatten ihn gelehrt, daß schwangere Frauen besonders sanfter Behandlung bedurften. »Es gibt keinen schöneren Anblick für einen Mann als eine Frau, die ein Kind erwartet.« Er sah Iain an. »Besonders, wenn es die eigene Frau ist. Ich hoffe«, fügte er hinzu, »daß es nicht allzu lange dauert, bis unsere Avril genauso aussieht.«

Avril schluckte nervös. Ihre blauen Augen waren groß vor entsetzter Faszination, als sie auf Brigettes enormen Bauch starrte.

»Brie«, stellte Magnus vor, »das ist meine Frau Avril.«

»Meine besten Wünsche zu Eurer Heirat«, sagte Brigette lächelnd. »Es tut mir leid, daß wir nicht zur Trauung kommen konnten, aber meine Umstände erlauben keine Reisen.« Avril nickte und erwiderte das Lächeln, aber ihre Augen blieben auf Brigettes Bauch haften.

»Die liebe Brie hat so ungeheuer zugenommen«, meldete sich Antonia mit zuckersüßer Stimme. »Man fragt sich, ob sie sich wohl mit dem Zeitpunkt der Empfängnis verrechnet hat.« Die Bedeutung der Bemerkung entging allen bis auf Iain und Brigette, die aber beschlossen, sie zu ignorieren.

Aus verständlichen Gründen war die Stimmung beim Abendessen sehr gedämpft. Es wurde Lachs, Hammelfleisch, Brot und andere Leckereien serviert.

»Was plant ihr als Rache?« fragte der Herzog.

Iain öffnete den Mund, um zu antworten, spürte dann aber Brigettes Hand auf seinem Arm. Als sich die dunklen und die grünen Augen trafen, war es ihm unmöglich, ihrer stummen Bitte zu widerstehen. »Ich habe mir so meine Gedanken gemacht«, antwortete er dem Herzog. »Ich würde gerne nach der Beerdigung Eure Meinung hören.«

Der Herzog nickte, und sein Blick glitt zu Brigette. »Lebt Euer wildes Tier immer noch hier?«

»Ja.« Brigette entspannte sich. Sie war dankbar, daß sie nichts über die Pläne ihres Mannes von Krieg und Tod hören mußte.

»Wildes Tier?« fragte Avril überrascht.

»Sly ist mein zahmer Fuchs«, erzählte Brigette. »Er hat sich mir im Wald angeschlossen, als ich vor Iain weggelaufen bin.«

»Ihr seid weggelaufen?« Avrils Augen funkelten, und sie sah ihren eigenen Mann aus den Augenwinkeln an. »Das ist eine Lösung, die ich bisher noch gar nicht in Betracht gezogen habe.«

»Du hast nie Lösungen gebraucht, Liebling«, spottete

Magnus, »weil du nie Probleme hattest. Huntly hat dich schrecklich verwöhnt.«

In Avrils Augen flackerte Wut auf, aber Magnus lachte nur leise und küßte sie auf die Wange. »Komm jetzt bloß nicht in Rage«, ermahnte er sie dicht an ihrem Ohr. »Denk daran, weshalb wir hier sind und benimm dich.«

Avril hielt den Mund, und Magnus wandte sich an Percy. »Wirst du nach Edinburgh zurückkehren, Cousin?«

»Ich werde in ein paar Tagen abreisen.«

»Du kannst gerne in Campbell Mansion wohnen«, unterbrach der Herzog.

»Und ich werde nach Silvester auch da sein«, fügte Magnus hinzu.

Brigette unterdrückte ein Lachen, nachdem sie einen Blick auf Avril geworfen hatte. Höchste Wut ließ die Wangen der jungen Frau erröten. Offensichtlich würde Lady Avril auf Inverary bleiben, während ihr Mann sich in die Dienste der Königin begab.

»Stell nur sicher, daß Avril ein Kind im Leib hat, bevor du dich im Auftrag der Königin töten läßt«, warnte der Herzog.

»Ich kann nichts versprechen«, entgegnete Magnus freundlich, »aber ich werde mein Bestes tun.«

Nach dem Abendessen spielten die Dudelsackspieler ein Klagelied. MacArthurs Männer erwiesen ihrem Anführer die letzte Ehre, indem sie sich zum traditionellen Trauertanz durch die Halle bewegten. Am Ende gingen sie auseinander, aber die Familie blieb zur Totenwache bis zur Beerdigung am folgenden Morgen.

»Weshalb bringst du Avril nicht auf ihr Zimmer und gehst dann zu Bett?« sagte Iain zu Brigette. »Es ist nicht nötig, daß du bei der Totenwache bleibst.«

»Ich bleibe.«

»Ich werde Lady Avril ihr Zimmer zeigen«, bot Antonia an, die nicht wegen eines toten Mannes auf ihren Schlaf verzichten wollte und sich außerdem gerne mit der zukünftigen Herzogin von Argyll anfreunden wollte.

Die Familie setzte sich auf eine harte Holzbank, die neben die Bahre gestellt worden war. Brigette rutschte unruhig hin und her. Das Baby war sehr aktiv und bewegte ihren Bauch von einer Seite zur anderen.

»Es geht dir nicht gut«, flüsterte Iain. »Geh zu Bett.«

»Ich bleibe«, beharrte sie. »Das Baby wird mich oben auch wachhalten.«

Iain schüttelte den Kopf, stand dann auf und verließ den Saal. Ein paar Minuten später kehrte er zurück und gab ihr einen Schluck Whiskey. »Das wird das Baby beruhigen.«

Brigette hielt sich die Nase zu und schluckte den Whiskey. Dann zog sie eine Grimasse und schüttelte sich leise. Kurze Zeit später beruhigte sich das Baby, und Brigette wurde schläfrig. Ihre Augen fielen vor Müdigkeit zu.

»Ich bringe dich nach oben«, flüsterte Iain und legte seinen Arm um sie. »Und fang nicht an, mit mir zu streiten.« Brigette war zu müde, um zu protestieren. Ihre Augen öffneten sich kurz beim Klang seiner Stimme. Er nahm sie auf die Arme und trug sie aus dem Saal.

Bei Morgengrauen war der große Saal gedrängt voll mit Trauergästen für die Beerdigung. Acht MacArthur-Krieger, darunter Dugie und Jamie, dienten als Sargträger für den Grafen und gingen somit voran. Dann kam Vater Kaplan, gefolgt von der Familie des Grafen und den geladenen Gästen. Den Dudelsackspielern, Mitgliedern des Clans und den Bediensteten folgten die Pächter, die gekommen waren, um ihrem Lehnsherr die letzte Ehre zu erweisen – einem Mann, der sie immer fair behandelt hatte.

Die düstere Prozession machte sich auf den Weg zur Kapelle, wo Vater Kaplan die feierliche Totenmesse zelebrierte. Als die Träger den Sarg des Grafen anhoben, um ihn in sein Gewölbe gleiten zu lassen, umklammerte Brigette sowohl Iains als auch Percys Hand. Indem sie ihre Finger mit denen der Männer verschränkte, versuchte sie, die wenige Kraft, die sie hatte, an sie weiterzugeben.

Anstatt Erleichterung zu verspüren, daß die Zeremonie vorbei war, fühlte Brigette sich ruhelos. Sie verließ die anderen in dem großen Saal und ging in den Garten, wo Sly herumstrich.

Sly kam mit einem Geschenk zu ihr. Brigette tätschelte seinen Kopf und nahm den Stock an. Dann warf sie ihn quer durch den Garten. Sly rannte los, um ihn wiederzuholen.

Das Leben auf Dunridge wird ohne Black Jack anders werden, dachte sie. Sein Tod hatte ein Vakuum hinterlassen, an das sich jeder erst gewöhnen mußte.

»Ist das der Fuchs?« erklang Lady Avrils Stimme hinter ihr.

»Ja.« Mit einem grüßenden Lächeln drehte sich Brigette zu der Stimme um. Ihr Lächeln gefror, als sie die Verachtung sah, die der anderen Frau ins Gesicht geschrieben stand. »Ich werde gleich zur Sache kommen«, verkündete Avril kurz angebunden. »Tragt Ihr den Bastard meines Mannes?«

Brigette war entgeistert.

»Ich fragte, ob Ihr ...?«

»Ihr dummes Kind«, schimpfte Brigette, und ihre grünen Augen verengten sich zu mißbilligenden Schlitzen.

»Dumm!«

»Ihr habt Euch Antonias gehässige Geschichten angehört«, warf ihr Brigette vor.

»Sie war so ehrenwert, diese Möglichkeit zu erwähnen«, gab Avril zu.

»Wenn Ihr ihren bösartigen Geschichten glaubt«, warnte Brigette, »wird Antonia Eure Ehe zerstören, so wie sie es mit meiner versucht hat.«

»Weshalb sollte sie mir Ärger machen?« fragte Avril höhnisch. »Außerdem habt Ihr meine Frage noch nicht beantwortet.«

»Antonia macht *mir* Schwierigkeiten, nicht Euch. Sie hatte auf den Titel der Gräfin von Dunridge gehofft. Eure Ehe interessiert sie überhaupt nicht.«

Avril schwieg ein paar Augenblicke, während sie diese Information zur Kenntnis nahm. »Ich werde Euch glauben«, sagte sie schließlich, »wenn Ihr schwört, daß es nicht der Bastard meines Mannes ist.«

Bevor Brigette ihren Mund öffnen konnte, packte eine

Hand Avril an der Schulter und wirbelte sie herum. Mit der flachen Hand schlug Magnus fest zu. »Wie kannst du es wagen! Wie kannst du Brie einer solchen Sache beschuldigen, wenn sie acht Monate mit dem Erben von Dunridge schwanger ist!«

»A-A-Aber ...«

»Halt den Mund«, brüllte Magnus. »Glaubst du wirklich, ich hätte Iains Frau entehrt? Außerdem hättest du mich fragen können. Dein Verhalten ist absolut ungehörig für eine Herzogin von Argyll. Entschuldige dich sofort.«

Avrils Gesicht war dunkelrot. »Es tut mir sehr leid, daß ich Euch aufgeregt habe. Wirklich sehr leid.«

»Antonias Gift kann sehr überzeugend wirken«, antwortete Brigette. »Ich bin ihm auch schon einige Male zum Opfer gefallen.«

»Ich bitte auch um Entschuldigung«, fügte Magnus hinzu. »Ich würde um nichts in der Welt Iain oder Euch Probleme machen wollen.«

In der folgenden Woche fegte der erste Blizzard des Winters durch Dunridge, und zwang Brigette und Glenda, ihre Freizeit vor dem Kamin in dem großen Saal zu verbringen. Die Spielzeit am Nachmittag verlief ganz anders als früher. Das Kreischen von Blindekuh und anderen wilden Spielen hallte nicht länger durch den Raum.

Dunridge war ein Geisterschloß. Black Jacks Gegenwart wurde schmerzlich vermißt. Percy war nach Edinburgh zurückgekehrt und wartete wie ein Raubvogel darauf, sich im geeigneten Moment sofort auf Sheena Menzies zu stürzen. Iain war sehr beschäftigt mit seinen neuen Aufgaben als Graf von Dunridge und Oberhaupt der Familie MacArthur.

Als Weihnachten nahte, senkte sich Brigettes Bauch und machte sie noch unbeweglicher. Ihr Watscheln war langsamer als Schneckentempo.

Brigette versuchte, die Feiertage fröhlich zu gestalten, scheiterte jedoch kläglich. Es gelang ihr jedoch, Glenda und Iain ein herzhaftes Lachen zu entlocken, als sie Sly sein Geschenk überreichte. Der Fuchs wurde stolzer Besitzer eines Wams, der aus einem MacArthur Plaid gearbeitet war.

Das Abendessen an Silvester verlief ruhig, obwohl Mac Arthurs Männer heftig tranken und mit Würfelspielen begannen, sobald die Sargböcke weggeräumt waren. Lady Antonia war nicht anwesend. Sie zog es vor, das neue Jahr alleine in ihrem Zimmer zu begrüßen. Als Moireach Glenda ins Bett brachte, saßen Iain und Brigette allein an der Ehrentafel.

Brigette sah ihn aus den Augenwinkeln an und dachte, wie müde er doch aussah. »Ich gehe zu Bett«, verkündete sie und erregte damit seine Aufmerksamkeit. »Ich habe furchtbare Kopfschmerzen und der Rücken tut mir auch weh. Bleib doch hier und trink noch etwas mit deinen Männern.«

Iain half ihr aufzustehen, aber als er sie nach oben begleiten wollte, lehnte sie ab und sagte: »Spring wird sich um mich kümmern.«

»Ich werde nicht lange bleiben«, versicherte er und küßte sie auf die Wange.

In einen schweren Morgenmantel gekleidet saß Brigette vor dem lodernden Kamin. Nachdem Spring ihr beim Umziehen geholfen hatte, entfernte sie sich kurz, um wenige Zeit später mit einem Glühwein wiederzukommen. Moireach hatte ihn verordnet, um Brigettes Rückenschmerzen zu lindern. Er half nicht nur gegen ihre Beschwerden, sondern ließ auch ihre Augen schläfrig zufallen.

Iain fühlte sich entspannt wie seit einem Monat nicht mehr, als er die Treppe zu seinem Zimmer hinaufging. Mein Vater wurde von uns genommen, dachte er, aber mein Sohn wird diese Lücke fallen. Oder Tochter, erinnerte er sich selbst, und betrat das Schlafzimmer.

»Ohhh ...« Ein leises Stöhnen erklang neben dem Kamin.

Iain ging schnell durch das Zimmer und kniete sich vor Brigette. Dann stieß er sie an, um sie zu wecken. Ein durchdringender Krampf packte ihren Unterleib, so daß sie sich vor Schmerzen krümmte.

»Ich bin naß!« Ihre Augen zeigten deutlich ihre Angst und Verwirrung.

»Das ist das Baby. Ich werde Moireach holen.« Iain stand auf, blieb dann aber wie angewurzelt stehen.

»Steh da nicht so rum!« Brigettes Stimme wurde laut vor Panik.

»Kannst du denn alleine bleiben?« fragte er nervös.

»Hol Moireach oder willst du die Hebamme spielen. Ohhhh!«

Iain kam wieder zu Sinnen und stürzte aus dem Zimmer.

Ein paar Minuten später kam Iain mit Moireach und Spring zurück. »Erstgeborene sind notorisch langsam«, sagte die Wirtschafterin. »Das wird eine lange Nacht.«

»Ich habe mich ganz naß gemacht«, sagte Brigette.

»Hol ein frisches Nachthemd«, befahl Moireach Spring. »Dann wecke Kevin und sag ihm, er soll Wasser kochen.«

»Ohhh!« Wieder ergriff Brigette ein Krampf. Sie stöhnte wie ein verwundetes Tier und umklammerte die Hand ihres Mannes.

Moireach lachte in sich hinein, als sie Iains Blässe sah. Der wildeste Krieger zitterte hilflos angesichts der Wehen seiner jungen Frau. »Vielleicht dauert es gar nicht so lange, wie ich dachte«, bemerkte sie und half Brigette, ein frisches Nachthemd anzuziehen. »Iain, helft ihr hoch. Ich möchte, daß Ihr mit ihr herumgeht.«

»Ich kann nicht laufen«, schrie Brigette. »Ich habe starke Wehen.«

»Starke Wehen?« Moireach grinste. »Seid doch kein Dussel. Wenn Ihr herumgeht, wird das die Geburt leichter machen. Wenn der Schmerz kommt, haltet Euch an Iain fest und keucht. Ihr werdet schon merken, wenn die Wehen stark werden.«

»Schlimmer als jetzt?«

»Habt keine Angst.« Moireach tätschelte ihre Schulter. »Ihr seid in guten Händen.«

Die Zeit verging nur langsam. An Iains schützendem Arm ging Brigette im Zimmer auf und ab. Jedesmal, wenn ein schmerzhafter Krampf sie packte, stöhne Brigette und lehnte sich schwer an seinen kräftigen Körper.

»Ich höre Glocken«, sagte sie einmal.

»Ja, weißt du«, antwortete er. »Vater Kaplan läutet das Neue Jahr ein.«

»Ein neues Jahr und ein neues Leben«, murmelte sie. Ein entsetzlicher Schmerz, schlimmer als alles zuvor, traf Brigette. Sie schrie auf und fiel beinahe auf die Knie.

»Bringt sie ins Bett«, sagte Moireach. Iain hob Brigette hoch und trug sie durch das Zimmer zum Bett. Ganz selbstverständlich schob die Wirtschafterin Brigettes Nachthemd hoch und legte ihren geschwollenen Bauch und die geschwollenen Brüste frei. Dann untersuchte sie sie vorsichtig. »Geht hinunter, Iain, und schickt Spring mit dem Wasser hoch.«

Iain nickte. »Ich werde nicht lange bleiben«, versicherte er Brigette.

»Ihr müßt bei Euren Männern in der Halle bleiben«, beharrte Moireach.

»Aber ...«

»Eure Frau wird es Euch morgen nicht danken, wenn Ihr bei der Geburt dabei seid.«

»Laß mich nicht allein«, klagte Brigette, als ein weiterer Krampf ihren Unterkörper durchstach.

»Ich werde dich nicht verlassen, Liebling.«

»Hmm!« schnaubte Moireach verächtlich. Die Frau fiel unter der freundlichen Ermutigung des Mannes zusammen. Auf diese Weise würde es Tage dauern, bis das Kind geboren war. »Lady Brigette«, tadelte sie, »Euer Verhalten ist ungehörig. Eine Highlanderin trägt ihre Last tapfer.«

»Ich bin keine Highlanderin, du alte Tante! *Ich bin Engländerin!* Sag es ihr, Iain. Sag ihr, daß ich Engländerin bin.« Diese absurde Behauptung ließ Iain breit grinsen.

»Du Bastard«, kreischte Brigette. »Du wagst es, deine sterbende Frau auszulachen? Was tust du mir an. Ohhh!« Wieder durchfuhr sie ein Krampf.

»Hecheln«, befahl Moireach. »Hechel dagegen an.«

Durch ihren Schmerz hörte Brigette die befehlende Stimme und gehorchte.

»Entspannt Euch«, sagte Moireach in beruhigendem Singsang und massierte Brigettes Bauch. »Ich schicke Iain nach dem Wasser.« Brigette nickte, zu müde, um protestieren.

»Kommt erst zurück, wenn ich nach Euch schicke«, flüsterte die Wirtschafterin aus dem Mundwinkel. »Verstanden?« Er nickte und ging.

Erschöpft zog sich Iain in den großen Saal zurück. Einige Gruppen von Männern tranken immer noch in den hinteren Ecken des Raumes und spielten Würfel. Iain winkte Dugie und Jamie zu sich, setzte sich an die Ehrentafel und bestellte Ale.

»Wie geht es Lady Brigette?« fragte Dugie.

»Sie leidet furchtbar.«

»Das ist wohl so bei der Geburt.«

»Aber sie ist in guten Händen«, warf Jamie dazwischen.

»Es gibt Frauen, die bei der Geburt sterben«, sagte Iain unglücklich.

»Unsere Mutter hat zwei geboren«, meinte Dugie, »und ist gesund und munter und hilft Lady Brie.«

Iains Gesichtsausdruck hellte sich etwas auf. »Meine eigene Mutter hat drei gesund auf die Welt gebracht.«

»Lady Antonia hat die kleine Glenda geboren«, setzte Jamie hinzu.

»Maria von Guise hat unsere schöne Königin Maria geboren«, setzte Dugie noch eins drauf.

»Und die Mätresse des Papstes …«

Iain brach in Gelächter aus und schlug dann vor, sich vor den Kamin zu setzen. Dieses Mal bat er um Whiskey.

Stunden vergingen. Anstatt sich zu leeren, füllte sich der Saal, als sich die Nachricht von der bevorstehenden Geburt auf Dunridge verbreitete.

Kurz vor Morgengrauen verließ Iain mit Sly die Halle. Er blieb im Foyer stehen und schaute ängstlich auf die Treppe und ging dann in den schneebedeckten Garten.

Sly lief hierhin und dorthin, während Iain, krank vor

Angst, hektisch auf und ab ging. Blutige Schlachten waren nichts im Vergleich zu den Qualen seiner Frau. Nicht zu wissen, was geschah, war das Allerschlimmste, sagte er sich immer wieder. Wenn er die Wahl hätte, dann wäre er lieber derjenige, der das Kind zur Welt bringt. Er lächelte innerlich und dachte, seine Frau wäre da bestimmt anderer Meinung.

Langsam krochen die ersten Sonnenstrahlen an dem östlichen Himmel herauf. Iain rief Sly, und die beiden kehrten in den großen Saal zurück, der jetzt zum Bersten gefüllt war mit Kriegern und Bediensteten.

»Mylord!« Bei Springs Ruf wirbelte Iain herum. »Es ist ein Junge!«

Ein ohrenbetäubender Jubel erschütterte die Dachsparren. Iain stand vor Schock der Mund offen, aber seine Füße bewegten sich. Er stürzte aus dem Saal und nahm dann zwei Stufen auf einmal. Als seine Hand den Türknauf berührte, hörte er das Schreien eines Babys. Mein Sohn! dachte er völlig verwundert und ging dann hinein.

»Herzlichen Glückwunsch!« Moireach lächelte. »Black Jack wäre stolz auf Euch.« Dann war sie verschwunden.

Brigette saß im Bett. Ihre Brüste waren bloß und an einer lag ein winziger dunkler Kopf und machte sich genüßlich an einer Brustwarze zu schaffen.

»Hier ist unser Sohn«, sagte sie mit einem müden, aber dennoch triumphierenden Lächeln. Sie löste das Baby von ihrer Brust und drehte ihn so, daß sein Vater ihn sehen konnte. »Ist er nicht vollkommen? Er sieht dir ähnlich.«

Iain setzte sich auf die Bettkante und musterte seinen Sohn.

Das Baby war groß für einen Neugeborenen, dunkelhaarig, mit roter Gesichtsfarbe und faltig wie ein weiser alter Mann.

»Nun ja«, wich Iain aus, »er hat meine Haar- und Gesichtsfarbe, aber ich bin nie so häßlich gewesen.«

»Iain!«

»Keine Sorge, Liebling. Seine Haut wird mit der Zeit glatt werden – hoffe ich zumindest.«

»Iain!«

Das Baby schrie, als wollte es gegen die Beleidigungen seines Vater protestieren. Gurrend legte Brigette ihn wieder an. Das Baby beruhigte sich sofort, was seinen Vater lächeln ließ.

»Was ihm rein äußerlich fehlt, macht er durch seinen Verstand wieder wett«, witzelte Iain, und seine dunklen Augen glühten liebevoll. »Welcher intelligente Mann würde sich nicht nach dem Geschmack deines süßen Körpers sehnen?« Er streichelte ihre Wange, beugte sich vor und küßte sie zärtlich. »Danke für meinen Sohn, Liebling.«

»Möchtest du ihn mal halten?«

»Ja.« Iain streckte die Arme nach seinem Sohn aus und kuschelte ihn unbeholfen an seine Brust. »Sein Name wird John Andrew sein, nach meinem Vater.«

»Einverstanden. Wer sollen seine Paten sein?«

»Magnus und Avril Campbell«, antwortete Iain. »Der Herzog oder sein Erbe wird immer Pate beim Erben von Dunridge. Das ist Tradition. Vielleicht verloben wir ihn mit ihrer ersten Tochter.«

Brigette zog eine Augenbraue hoch. »Auch eine Tradition?« Iain grinste. »Nein, Politik.«

Das Baby wimmerte und Brigette streckte die Arme nach ihm aus. »Schmiede du deine Pläne, wenn es sein muß«, entgegnete sie, »aber ich habe das, was John Andrew auf dieser Welt am meisten begehrt.« Damit bot sie dem Baby wieder ihre Brust. Als sie ihren Sohn betrachtete, erfüllte eine tiefe Zufriedenheit ihr Herz. Mit ihrem Mann an ihrer Seite und ihrem Sohn in den Armen erfuhr Brigette einen Frieden, den sie sich niemals hätte vorstellen können. Nichts konnte jemals ihren Schutzwall aus Liebe durchdringen, um sie zu verletzen. Nichts.

16

Brigettes Nasenspitze kitzelte und zuckte. Als sie ihre Augen öffnete, starrte sie auf die dichten schwarzen Haare, die Iains Brust bedeckten. Sie lagen auf der Seite, und ihre nackten Glieder waren eng miteinander verschlungen.

Brigette sah vorsichtig in Iains Gesicht. Er schlief. Ein lüsterner Glanz flackerte in ihren Augen auf. Ganz vorsichtig glitt ihre Hand über seinen Oberkörper und strich über seinen Bauch, um dann in der Leiste sein Glied zu streicheln. Ihre Fingerspitzen umkreisten die Spitze, bis es anschwoll und beinahe wütend pulsierte.

»Mädchen, die mit dem Feuer spielen, verbrennen sich die Finger«, ertönte über ihrem Kopf Iains heisere Warnung.

Überrascht sah Brigette in seine dunkel glühenden Augen, aber ihre Finger stockten nicht in ihrer verführerischen Bewegung. »Sei lieber selbst vorsichtig«, forderte sie ihn heraus.

Iain lachte kehlig und machte Anstalten, sie zu packen, aber Brigette war schneller. Sie drehte ihn auf seinen Rükken und setzte sich rittlings über ihn. Träge lächelnd blickte sie ihn an.

»Ich gebe auf«, ergab sich Iain. »Mach mit wir, was du willst.«

»Das ist ja einfach«, murmelte Brigette, senkte ihre Hüften und setzte sich auf seinen erigierten Schaft. Beide keuchten bei dem unglaublichen Vergnügen von weiblicher Weichheit, die auf männliche Härte trifft, und sie begann, sich aufreizend auf und ab zu bewegen.

Als Iain mit seinen Daumen über die dunklen Knospen ihrer Brüste strich, schoß glühendheißes Verlangen von ihren Brustwarzen bis zum Kern ihrer Weiblichkeit. Brigette brannte und pochte. Die erste Welle pulsierender Lust brach über sie herein und trug sie unnachgiebig mit sich fort.

Iain zog sie herunter. Wild saugte er an einer milchgefüllten Brust.

»Iain!« Brigette explodierte und klammerte sich an ihn.

Mit einer schnellen Bewegung drehte Iain sie auf den Rücken.

Er zog ihre Beine über seine Schultern und rammte seinen wütenden Drachen in ihre heiße, pochende Höhle.

»Brie!« rief er und erlebte schaudernd seinen Höhepunkt.

Schwer atmend blieben sie bewegungslos liegen. Als sein Atem sich beruhigte, küßte Iain ihre Lippen und ihre Nasenspitze. Dann sah er in ihre Augen und lächelte. »Was ist nur aus meiner jungfräulichen Zigeunerin geworden?« fragte er.

»Du hast sie verführt.«

Zack! Die Zimmertür flog auf, und Moireach kam mit ihrem schreienden Sohn auf den Armen herein.

»Oh«, rief Brigette verlegen. Iain lächelte und rollte von ihrem Körper. Dann zog er die Decke bis zur Hüfte hoch und lehnte sich gegen das Kopfende des Bettes.

»Sagt bloß nicht, Ihr hättet geschlafen«, warnte Moireach. »Ich habe Euer Paarungsgeheul bis unten gehört. Der kleine Black Jack ist hungrig und sehr wütend auf seine Mutter.«

»Ich habe doch schon gesagt«, korrigierte Brigette und griff nach ihrem Sohn, »John Andrews Spitzname ist Dubh. ›Black Jack‹ ist kein angemessener Spitzname für ein drei Monate altes Baby.«

»Autsch!« Dubh attackierte wild die Brustwarze seiner Mutter und zeigte ihr, wie dumm es war, ihn auf sein Frühstück warten zu lassen.

»Es ist nichts Ungehöriges daran, ihn ›Black Jack‹ zu nennen«, argumentierte die Wirtschafterin. »Dubh ist das gälische Wort für ›dunkel‹ und ›Black Jack‹ bedeutet auch nichts anderes als ›Schwarzer Jack‹. Wo ist der Unterschied?«

»Iain und mir ist es lieber«, beharrte Brigette. »Und wir sind ja schließlich seine Eltern, oder?«

»Kommt mir bloß nicht mit diesem hochnäsigen Ton, Gräfin«, schalt Moireach und blieb in der Tür stehen. »Ich bin diejenige, die ihn gehalten hat, als er aus Eurem Körper glitt.« Ihre Augen wandten sich zu Iain. »Percys Bote wartet unten.«

Iain hielt seinem Sohn einen Finger hin und lächelte, als sich die winzige Hand des Babys darum schloß. Dubh's Augen waren riesig, als er seinen Vater ansah, aber sein Mund hörte nicht auf, weiter an seiner Mutter zu saugen.

»Ich kann es nicht fassen, wie stark Dubh ist«, staunte Iain.

Brigette rollte die Augen und war sich sicher, daß vermutlich alle Väter ähnlich beeindruckt von ihren Söhnen waren, besonders von dem ersten. Iain zwinkerte ihr zu und stieg aus dem Bett. Dann wusch er sich und zog sich an.

»Ich bekomme als Gräfin weniger Respekt als ich als zweite Tochter eines Grafen bekam«, beschwerte sich Brigette und legte Dubh an ihre andere Brust.

Nachdem Iain seine Stiefel angezogen hatte, durchquerte er das Zimmer und hob ihr Kinn zu sich hoch. »Du meinst wohl die unbeschreiblich verwöhnte zweite Tochter eines Grafen, Liebling.«

Brigette kniff die Augen zusammen, sagte aber nichts. Sie weigerte sich, sich durch seine Zankerei aus der Ruhe bringen zu lassen.

»Ich sehe dich unten«, sagte er und ging zur Tür. »Und ich muß deine Selbstbeherrschung loben. Vor einem Jahr hättest du dich sofort von diesem Köder hinreißen lassen.«

»Ich bin kein Bär, der sich ködern läßt«, entgegnete sie und die Andeutung eines Lächelns spielte um ihre Lippen. »Nur deine leidende Frau.«

»Jede arme Seele hat ihr Kreuz zu tragen«, entgegnete Iain. »Und du bist meins.« Er verschwand aus dem Zimmer, bevor sie etwas nach ihm werfen konnte.

Nachdem sie Dubh gefüttert und ihn zurück ins Kinderzimmer gebracht hatte, wusch sich Brigette und zog sich schnell an. Dann ging sie in den großen Saal. Sie setzte sich neben Iain an die Ehrentafel und bekam eine Schale mit Haferporridge.

»Es ist ein Notfall«, erzählte er ihr. »Ich werde in einer Stunde abreisen.«

Ein Löffel Porridge, der auf dem Weg zu Brigettes Mund war, hielt inne und kehrte zur Schale zurück. »Notfall?«

»Eine Gruppe von loyalen Adligen hat den Sekretär der Königin ermordet. Du erinnerst dich doch an Rizzio, den Italiener.« Iain lehnte sich in seinem Stuhl zurück, und seine Hand berührte ihre Schulter. »Die Königin ist im sechsten Monat schwanger und wird gefangengehalten.«

Brigette war schockiert. »Wird die Königin umgebracht?«

»Das würden die Verräter nicht wagen«, schnaubte Iain, »zumindest nicht, bis sie einen Erben geboren hat. Entgegen den Befehlen der Königin haben sie den armen Rizzio direkt aus ihrer Gesellschaft herausgeholt und ihn erstochen. Das Schlimmste ist, daß Darnley an diesem Komplott beteiligt war.« Iain lachte freudlos. »Der Gatte der Königin weiß nicht, daß es mit seiner Nützlichkeit vorbei ist, wenn sie einen Jungen zur Welt bringt. Sein eigenes königliches Leben kann von sehr kurzer Dauer sein. Ich nehme an, auch Jamie Stuart hat da seine Hand im Spiel gehabt.«

»Aber warum mußt du gehen?« protestierte Brigette. »Magnus wird doch sicher ...«

»Magnus ist nicht in Edinburgh«, unterbrach Iain. »Er ist irgendwo für die Königin unterwegs, und Argyll ist auf Inverary. Abgesehen davon ist der Herzog ein alter Mann. Die Bastarde waren klug genug zu warten, bis alle Campbells aus Edinburgh abgereist sind.«

»Und was könnt ihr, du und Percy, erreichen, abgesehen davon, getötet zu werden?« Brigettes Stimme klang besorgt.

»Keine Panik, Liebling«, neckte Iain. »Deine Milch wird sonst noch sauer. Ich habe nicht vor, mich töten zu lassen. Loyale Truppen planen die Flucht der Königin. Wenn Mary entkommt, während ich unterwegs bin, wird sie immer noch jeden Mann brauchen, der mit ihr reiten und die Bastarde vernichten kann. Ich überlasse Jamie die Verantwortung und bitte dich, ihm keine Schwierigkeiten zu machen.«

»Ich?« Brigette grinste schalkhaft. »Anderen Ärger machen?«

Iain beugte sich vor, und seine starke Hand legte sich um ihren Hinterkopf. Seine Lippen schwebten dicht über ihren. »Du hast eine Schwäche für Schwierigkeiten, also paß auf.«

Eine Woche später saß Brigette alleine in ihrem Zimmer. Dubh saugte an ihrer Brustwarze und knetete das weiche Fleisch ihrer Brust. Sie lächelte ihn an und streichelte seine flaumige Wange. Immer noch keine Nachricht von Iain, dachte sie zum hundertsten Mal. Er muß inzwischen Edinburgh erreicht haben. Bitte, Brigette schickte ein stummes Gebet zum Himmel, laß mich nicht zur Witwe werden.

»Brauchst du Hilfe?« Spring kam herein und unterbrach die düsteren Gedanken ihrer Cousine.

»Hast du eine Brustwarze für einen hungrigen Jungen übrig?«

»Dubh würde verhungern.« Spring setzte sich auf einen Hocker neben Brigettes Sessel. »Danke, daß du keine Probleme machst, während mein Mann die Verantwortung trägt.«

»Iain hat Percy fast dafür umgebracht, als du von Dunridge fortgegangen warst«, antwortete Spring. »Er hätte keine Skrupel, dasselbe mit Jamie zu machen. Ich lege nicht viel Wert darauf, Witwe zu werden.«

»Ich habe gerade dasselbe gedacht«, kommentierte Brigette trocken.

»Was?«

»Mir gefällt der Gedanke nicht, Witwe zu werden, und ich habe noch nichts von Iain gehört.«

»Ich bin sicher, daß alles gut wird«, sagte Spring aufmunternd. »Wenn Dubh schläft, könntest du doch mit Glenda zum See reiten?«

»Jamie könnte es verbieten.«

»Das ist nicht so weit, und das Land ist gut bewacht.« Spring zog eine Augenbraue hoch. »Du bist doch schließlich die Gräfin von Dunridge, oder?«

»Das bin ich.« Brigette grinste. »Wer würde es wagen, der Gräfin in ihrem eigenen Haus zu widersprechen?«

Nachdem sie Dubh in den Schlaf gewiegt hatte, zog Brigette Rock und eine alte Bluse an. Dann nahm sie ihren schäbigsten Reitmantel. Als sie die Treppe zur Eingangshalle hinunterging, hörte sie schon Moireachs wütende Stimme, bevor die Wirtschafterin mit Glenda und Sly im Schlepptau auftauchte.

»Ich habe es dir schon mehrfach gesagt«, schimpfte Moireach mit dem kleinen Mädchen. »Du kommst besser, wenn ich dich rufe. Vater Kaplan wartet in der Bibliothek.«

»Ich habe dich nicht rufen gehört«, verteidigte sich Glenda heftig.

»Lüg mich nicht an, du ungezogenes Kind. Das ist eine ganz schlimme Sünde.«

»Ich lüge nicht«, schoß Glenda zurück. »Kann Sly nicht auch seinen Unterricht bekommen?«

»Nein!« Moireach war unerbittlich. »Er stürzt sich auf die Federn und frißt das Pergament.«

Brigette kam in die Eingangshalle, und Glenda wandte sich an sie. »Kann Sly nicht mit mir zum Unterricht kommen? Er hat es nötig.«

Brigette sah von Glenda zu Moireach, aber das Stirnrunzeln der Wirtschafterin entmutigte das in ihrem Hals aufsteigende Lachen. »Moireach hat ›nein‹ gesagt.«

»Du bist die Gräfin«, meinte Glenda, »und sie ist deine Dienerin. Es ist dein Privileg, sie herumzukommandieren.«

Moireachs Augen verengten sich in wütender Bestürzung. Brigette trat unter dem festen Blick der Frau unbehaglich von einem Bein aufs andere und war so klug, das Thema zu umgehen. »Ich bin die Gräfin«, sagte sie diplomatisch, »aber der Graf ist im Moment nicht anwesend.«

»Wenn Onkel Iain nicht hier ist«, überlegte Glenda, »dann hast du die Verantwortung.«

»Onkel Iain hat Jamie die Verantwortung übertragen«, entgegnete Brigette.

»Sag Jamie, daß er Moireach sagen soll, daß Sly mit zu meinem Unterricht kommen darf«, verlangte Glenda verzweifelt.

»Das würde nichts nützen.«

»Warum?«

»Weil Blut dicker ist als Wasser.«

»Das verstehe ich nicht.«

Brigette kniete sich vor Glenda und war auf Augenhöhe mit dem Kind. »Moireach ist Jamies Mutter, und er ist verpflichtet, ihr zu gehorchen.«

»Hat Moireach dann die Verantwortung für Dunridge?« rief Glenda. Brigette mußte lachen.

»Ich wüßte gerne, was Ihr diesem früher so fügsamen Kind beigebracht habt«, spekulierte die Wirtschafterin.

»Vielleicht möchte Lady Autumn ja mit zu deinem Unterricht kommen«, sagte Brigette zu Glenda. »Ich reite aus ...«

»*Nein!*« Glenda warf sich in Brigettes Arme und bettelte: »Laß mich nicht wieder allein. Ich verspreche, ich werde auf Moireach hören ... und ihr auch gehorchen ... Bitte, verlaß mich nicht!«

Brigette hielt das Kind fest und sprach beruhigend auf sie ein. »Ich reite nur zum See und werde außerdem Sly mitnehmen. Was meinst du?« Glenda schwieg und hatte ihr Gesicht an Brigettes Hals vergraben. »Es ist ein schöner Tag, meine Süße, und weißt du was?«

»Was?«

»Dubh war noch nie im Garten.«

»Noch nie?« Glenda war erstaunt.

»Nicht einmal. Wenn ich wiederkomme, sollen wir dann Dubh die Knospen an den Bäumen zeigen?«

»Das wäre schön.«

»Hm«, schnaubte Moireach. »Ich hoffe, mein Jamie weiß, wo Ihr seid.«

»Ich werde ihn erst um Erlaubnis bitten«, sagte Brigette und stand auf. »Komm mit, Sly.«

Als Brigette in den Hof kam, sah sie Jamie mit einigen von MacArthurs Soldaten sprechen. Ein paar Schritte von den Männern entfernt zögerte sie, weil sie nicht wußte, wie sie mit dem Mann ihrer Cousine umgehen sollte. Einer der Männer stieß Jamie an und zeigte auf sie.

Jamie drehte sich um. »Guten Morgen«, grüßte er. »Guten Morgen. Kann ich mit Euch reden?«

»Natürlich.« Jamie fragte sich, ob es jetzt mit seinem Glück vorbei war.

»Ich werde zum See reiten.« Brigette lächelte freundlich. »Ich werde etwa in einer Stunde zurück sein.«

Jamie hob die Augenbrauen. »Fragt Ihr um Erlaubnis oder sagt Ihr mir Bescheid?«

»Ich frage um Erlaubnis. Iain hat Euch doch die Verantwortung übertragen, oder?«

»Hat er«, antwortete Jamie gelassen, »und ich halte es nicht für klug von Euch, alleine auszureiten, besonders wenn Euer Mann nicht hier ist.«

»Ich bin nicht allein«, erwiderte Brigette strahlend. »Sly wird mich begleiten.«

Jamies Blick fiel auf den kleinen Fuchs, der folgsam neben seiner Herrin saß. »Das kleine Tier ist doch kein Schutz gegen ein Verbrechen oder einen Überfall.«

»Das Land ist doch gut bewacht, oder?«

»Ja.«

»Dann ist ein Überfall unwahrscheinlich«, schloß sie. »Was könnte sonst passieren?«

»Seid Ihr sicher, daß Ihr nicht weglauft, vielleicht nach England?« platzte Jamie heraus.

»Und meinen Sohn hier zurücklasse?«

»Vermutlich nicht«, räumte er ein und fragte dann mißtrauisch: »Ihr wollt nicht hinter Iain her, um sicher zu sein, daß er sich nicht in Gefahr befindet?«

»So tapfer bin ich nicht.«

»Nein, aber so närrisch.«

Brigettes Gesichtsausdruck wurde steinern, und Jamie verfluchte seine taktlose Zunge. »Dann reitet also los«, gab er nach. »Aber wenn irgend etwas passiert, und Iain sein

Schwert an meinem Körper wetzt, schwöre ich, daß ich wiederkomme und Euch als Geist verfolge.«

»Keine Sorge«, rief Brigette ihm über die Schulter zu, als sie zu den Ställen ging. »Es ist alles in Ordnung.«

»Alles in Ordnung«, brummte Jamie vor sich hin. »Das hat sie zu Percy auch gesagt.«

Als sie durch das Tor kam, winkte Brigette den Turmwachen fröhlich zu. Sie fühlte sich frei, dem Gefängnis entronnen, das Dunridge ohne Iains Gegenwart war.

»Hier, Sly«, rief sie den Fuchs, der ziellos herumlief, fast ebenso aufgeregt über die Freiheit wie seine Herrin.

Der Tag war für die Highlands ungewöhnlich schön: blauer Himmel und strahlender Sonnenschein. Vögel zwitscherten laut und bauten eifrig ihre Nester auf den Ästen, die die ersten Knospen trugen. Sly trippelte hin und her, schnaubte, nieste und beschnüffelte alles, was in Sichtweite kam.

Erfreut über die herrlich Umgebung um sie herum, lenkte Brigette ihr Roß Richtung Loch Awe und ritt den ausgetretenen Pfad durch die Wälder hinunter. Die ganze Welt und ihre wunderbaren Kreaturen werden neu geboren, dachte sie in einem selten philosophischen Augenblick und kicherte vor schierer Freude. Die große Verantwortung, Ehefrau, Mutter und Gräfin zu sein, konnte sie für einen Moment vergessen. Für ein paar erfrischende Augenblicke erging sich Brigette in dem Gefühl, jung zu sein und an einem herrlichen Tag auszureiten.

Und dann zerbrach die Idylle. Sie hatte das unheimliche Gefühl, beobachtet zu werden. Ihre Nackenhaare kribbelten, und es lief ihr eiskalt den Rücken hinunter. Sie war fast versteinert vor Panik, aber ihr Pferd ging weiter.

Die Ländereien meines Mannes sind gut bewacht, sagte sie sich. Ich habe wahrscheinlich nur Angst vor dem Alleinsein, und meine wilde Fantasie geht mit mir durch. Mit einem erleichterten Seufzer verließ Brigette den Wald und ritt an das sonnenüberflutete Ufer des Sees.

Sly lief an ihr vorbei. Seine Nackenhaare waren gesträubt.

Gefahr! Brigette trieb ihr Pferd an und galoppierte das Ufer entlang.

Plötzlich sauste irgend etwas an ihr vorbei. Ein herzzerreißender Schmerzensschrei zerriß die Luft. Sly ging zu Boden, und aus seiner rechten Hüfte ragte ein Pfeil.

»Heilige Mutter Gottes!« kreischte Brigette. Sie riß an den Zügeln und parierte durch, so daß sie fast kopfüber aus dem Sattel fiel. Dann lief sie zu ihrem Tier, das vor Schmerzen heulte.

»Sly.« Brigette kniete neben ihm und streckte eine zitternde Hand nach ihm aus, aber dann fiel ein Schatten über den verletzten, sterbenden Fuchs. Sie wirbelte herum, um ihren Angreifer zu sehen.

Schwarzweißes Karo – Menzies! Brigette hob ihren Blick, sah aber nur blaßblonde Haare, die ein Gesicht umrahmten, das jedoch im Schatten lag.

Sly wimmerte und Brigettes Zorn entlud sich mit vulkanischer Kraft. »Du verdammter Bastard!« Wutschnaubend sprang sie auf wie eine Katze, die einen Löwen angreift. Dann traf die Faust des Fremden ihren Kiefer.

»Ooohh!« Brigette brach in seinen Armen zusammen.

Ohne auf das Wimmern des verletzten Fuchses zu achten, zog der Mann eine Kordel hervor und band Brigettes Hände fest zusammen. Dann hob er sie hoch und warf sie über sein Pferd. Offensichtlich ungeachtet der Gefahr, die es bedeutete, noch zu verweilen, lehnte er seinen Kopf gegen den Sattel. Er hatte so lange darauf gewartet, die Engländerin zu fangen, dachte er und fühlte sich elend. Er durfte jetzt nicht schwach werden. Antonia verließ sich auf ihn!

»Verdammt«, fluchte Finlay MacKinnon leise. Sein ganzer Körper war schweißnaß vor Aufregung, und seine Hände zitterten stark. Die Engländerin ist auf jeden Fall eine Teufelin, dachte er mit wachsender Beklommenheit. Ihre grünen Augen und ihre Wildheit verraten das Herz einer Hexe. Finlay machte vorsichtshalber ein Kreuzzeichen und stieg dann hinter seiner bewußtlosen Gefangenen auf. Er trieb sein Pferd in den Schutz des Waldes. Slys schmerzvolles Wimmern folgte ihm auf jedem Schritt.

Brigette kam langsam wieder zu Bewußtsein. Zuerst dachte sie, sie träumte. Dann dachte sie, daß Iain das ganze Bett in Beschlag nahm, so daß sie an der Kante hing. Jeder Muskel in ihrem Körper wehrte sich gegen die unbequeme Lage und die Bewegungen des Pferdes.

»Bitte!« Sie stöhnte.

Beim Klang ihrer Stimme parierte Finlay das Pferd durch, stieg ab und zog sie dann vom Pferd. Brigette brach sofort zusammen, da ihre Beine eingeschlafen waren. Sie senkte den Kopf in ihrer Not und weinte leise.

Finlay betrachtete die zierliche Schönheit, die zu seinen Füßen lag. Sie ist hübsch, dachte er und hockte sich neben sie, auch wenn sie eine englische Hexe ist. »Wenn Ihr schwört, keinen Ärger zu machen«, flüsterte er dicht an ihrem Ohr, »werde ich die Fesseln lösen.«

Brigettes Kopf schoß hoch, und sie sah zum erstenmal sein Gesicht. Er war schlank und wirkte beinahe zart, mit blasser Haut, blonden Haaren und blauen Augen. Obwohl Brigette sicher war, daß sie sich nie begegnet waren, hatte sein Gesicht irgend etwas Vertrautes, besonders seine Augen.

Finlay starrte in ihre bezwingenden grünen Augen und kämpfte gegen den Drang, ein Kreuzzeichen zu machen. Ihm war klar, daß es dumm sein würde, die Hexe wissen zu lassen, daß er in ihrer Gegenwart nervös wurde. Nur ein Abkömmling des Teufels, Iain MacArthur, hatte den Mut, eine Teufelin zu heiraten.

Brigette nickte gehorsam. Finlay zog seinen Dolch und durchschnitt die Kordel um ihre Handgelenke.

»Mein Mann wird Euch dafür umbringen«, zischte sie.

Das furchteinflößende Bild von Iain MacArthur mit einem Schwert in der Hand nahm in Finlays Kopf Formen an, und eine Welle der Angst lief über seinen Rücken. »Ruhe«, schnauzte er, zwang Brigette auf das Pferd und stieg hinter ihr auf.

Sie ritten weiter, scheinbar endlos lange. Brigette hatte keine Augen mehr für die herrliche Natur um sie herum. Ihre Beine, die aus ihrem Schlaf erwachten, kribbelten schmerzhaft. Brigette tastete vorsichtig ihren klopfenden Kiefer ab und versuchte, das Ausmaß des Schadens festzustellen. Er war bestimmt gebrochen. Am ärgerlichsten waren ihre Brüste, schmerzhaft mit Muttermilch gefüllt.

Wie wird Dubh essen? fragte sich Brigette, und ein wahres Sperrfeuer beunruhigender Gedanken schoß ihr durch den Kopf. Was wird Menzies mit mir machen, wenn wir in Weem Castle angekommen sind? Und Sly! Mein geliebtes Tier liegt verwundet da, vermutlich tot.

Leise Tränen liefen Brigette über das Gesicht. Verschwommen sah sie, wie Finlays Hände sich hoben, um ihre Brüste zu streicheln.

»Laß deine dreckigen Hände von mir«, schnauzte sie. »Sonst wird es dir leid tun.«

Finlays Hände senkten sich augenblicklich. Überrascht, aber erleichtert überlegte Brigette, weshalb er, nachdem er sie entführt und geschlagen hatte, auf ihre Drohungen achtete.

»Ihr habt mein Tier getötet«, klagte sie ihn an.

»Ihr meint Euren Hausgeist.« Er schnaubte.

»Meinen was?«

»Ihr könnt mich nicht zum Narren halten«, höhnte Finlay. »Ihr seid eine Hexe, und das Tier war Euer Hausgeist.«

Brigette gab keine Antwort. Hexe? Hausgeist? Der Mann war verrückt. Sie würde froh sein, wenn sie auf Weem Castle ankamen.

Der Nachmittag ging in die Dämmerung über. Ein scharfer Salzgeruch kitzelte Brigettes Nase, und ihre Nüstern blähten sich, um die Quelle zu entdecken. Der Geruch wurde mit jedem weiteren Schritt stärker.

»Das ist das Meer«, murmelte Brigette, als sie den Wald verließen und an eine winzige Bucht kamen.

»Der Sund von Mull«, sagte Finlay, stieg ab und zog sie aus dem Sattel. »Hinsetzen.«

Mit einem lauten Stöhnen setzte Brigette sich auf den nächsten Felsbrocken. Finlay kniete sich vor sie und band ihre Knöchel und Handgelenke zusammen.

»Was tut Ihr da?« protestierte sie.

»Wir können nicht vor dem Gezeitenwechsel weiter, und ich will nicht, daß Ihr in der Nacht flieht.« Finlay zog eine Reiseflasche hervor. »Trinkt.«

Ausgetrocknet von der langen Reise nahm Brigette einen riesigen Schluck. Ihre Augen weiteten sich vor Entsetzen. Sie würgte und keuchte, als der starke Whiskey brennend ihre Kehle hinunterlief.

Finlay lachte und schlug ihr grob auf den Rücken. Dann begann er, ein Feuer zu machen. Nachdem das Feuer brannte, nahm er ein paar Haferkekse aus seinem Leinensack und bot Brigette einige an, die sie hungrig knabberte.

»Wie heißt Ihr?« fragte Brigette. Keine Antwort. »Wie soll ich Euch ansprechen?«

»Gar nicht.«

Brigettes Augen verengten sich gefährlich. »Ich verlange, daß Ihr mich auf der Stelle freilaßt! Es wäre ein tödlicher Fehler, es nicht zu tun, Sir Gar nicht.«

Finlay sah sie mißtrauisch an. Drohte die Gefahr von Iain MacArthur oder ihren Zauberkräften?

»Und?«

»Haltet Euren Mund«, bellte er. »Oder ich werde ihn Euch schließen.«

Brigette war so klug zu schweigen. Unglücklich auf dem Felsen kauernd überdachte sie ihre Situation. Jamie hatte recht. Ich hätte nicht ohne Begleitung ausreiten dürfen. Oh, warum mußte Iain in Edinburgh sein? Er hätte mich längst gerettet. Mein armer Sohn muß weinen vor Hunger. Und Sly! Brigette verbarg ihr Gesicht in den Händen und weinte.

»Was ist denn jetzt los?« fragte Finlay gereizt. Wie er wimmernde Frauen haßte!

»Wenn Ihr es genau wissen wollt« – ihre Stimme klang gedämpft – »Meine Brüste schmerzen, weil ich meinen Sohn stillen muß.«

»Faß mich an«, flüsterte Finlay heiser. »Ich werde an deinen Titten saugen, um den Schmerz zu lindern.«

Brigette hob ruckartig den Kopf. Finlay stand mit entblößtem schlaffem Glied neben ihr. Aus ihren grünen Augen sprang tiefster Haß, und ihre Lippen verzogen sich verächtlich.

Ohne nachzudenken trat Finlay zurück und bekreuzigte sich. Dann jaulte er: »Hexe!«

»Schlappschwanz!«

Die Beleidigung hing einen kurzen Moment in der Luft, dann schlug Finlay Brigette fest ins Gesicht. Sie fiel von dem Fels und blieb liegen. Sie lag am Boden, war aber nicht besiegt.

»Tut das noch einmal, und ich verwandele Euch in die Kröte, die Ihr eigentlich seid.«

Finlay schrak zurück und suchte auf der anderen Seite des Feuers Schutz – und Mut. »Morgen früh werdet Ihr ganz anders reden.«

Brigette rollte sich zur Seite und wandte ihm den Rükken zu.

Sie schloß die Augen und betete, daß MacArthurs Männer vor Morgengrauen kämen. Ihre Gebete wurden nicht erhört. Am nächsten Morgen wurde sie von einem Stiefel, der sie brutal trat, geweckt. Sie drehte sich auf den Rücken und öffnete die Augen.

»Es ist Zeit«, sagte Finlay über ihr. Ohne ein weiteres Wort ging er weg und zog ein heruntergekommen aussehendes Dingi hinter einem Felsen hervor, das er dann ans Wasser schob.

»Da klettere ich nicht hinein«, sagte Brigette fest. »Ich weigere mich! Ich kann nicht schwimmen.«

Finlay lächelte böse. »Dann braucht Ihr die ja nicht mehr.«

Er hockte sich vor sie und zerschnitt ihre Hand- und Fußfesseln. Dann wedelte er mit seinem Dolch vor ihrer Nase. »Steht langsam auf und geht zu dem Dingi.«

Widerwillig gehorchte Brigette. Den Dolch zwischen den Zähnen schob Finlay das Boot hinaus und sprang dann hinein. Er nahm die Ruder und begann, in den Sund zu rudern auf eine Felsengruppe zu, die bei Ebbe hervorschaute.

»Wo bringt Ihr mich hin?« fragte Brigette.

»Wo Iain MacArthur Euch niemals finden wird.«

Brigette schluckte nervös. Es gab keine Fluchtmöglichkeit.

Als sie den größten Fels erreicht hatten, griff Finlay mit einer Hand danach, während er in der anderen den Dolch hielt und vor Brigette herumfuchtelte. »Hochklettern.«

»Nein!« schrie sie. »Ihr könnt mich nicht hier zurücklassen!«

»Ich kann und tue es auch. Raufklettern!«

Brigette verfluchte ihren Entführer mit den Augen, stand auf und griff nach dem Felsen. »Verflucht sollst du sein. Du und die deinen. Für immer und ewig.«

Panische Angst stand in Finlays Augen. »Nimm das zurück!« schrie er und griff nach ihr.

Brigette klammerte sich an dem Felsen fest und trat zu. Sie erwischte ihn in der Leiste. Finlay verlor das Gleichgewicht, stolperte und das Boot kenterte mit ihm. »Ich kann nicht schwimmen! Rette mich!«

Brigette kletterte auf die Spitze des Felsens und sah nach unten. Finlay war verschwunden. »Liebe Mutter Gottes!« klagte sie und sah zu, wie das Dingi abtrieb. »Ich bin allein mitten auf dem Meer ... *Hilfe! Hilfe!*«

Nur die kreischenden Möwen konnten ihre verzweifelten Schreie hören.

17

»Hilfe!« krächzte Brigette. Ihr Hals erlag den langen Stunden sinnlosen Schreiens. Vor Kälte zitternd, sah sie auf die sprudelnde See, die rasch bis zur Spitze des Felsens anstieg.

Ich bin zu jung zum Sterben, dachte sie hysterisch. Lieber Gott, ich schwöre, ich werde die perfekte Ehefrau sein, in jeder Hinsicht folgsam. Laß mich nicht alleine hier sterben! Durch ihre tränenverschleierten Augen suchte Brigette den Horizont ab und entdeckte einen dunklen Punkt in der Ferne. Mit jedem Moment, der verging, wurde er größer. Sie mochte ihren Augen kaum trauen, blinzelte und schüttelte den Kopf.

Ein Boot! Wie konnte sie bloß seine Aufmerksamkeit erregen. Dann fiel ihr etwas ein. Brigette zog ihre Bluse aus und schwenkte sie wild über ihrem Kopf.

Der junge Danny MacDonald saß im Ausguck an Bord des Piratenschiffes *The Jaded Lady* und langweilte sich. Irgend etwas in der Ferne fesselte seinen Blick. Danny starrte angestrengt und konnte kaum glauben, was er da sah. Verzweifelt winkend stand eine halbnackte Frau auf dem berüchtigten Lady's Rock.

»Hey! Onkel!« rief Danny Alasdair zu, dem Piratenoberhaupt der MacDonalds von Oban. »Lady's Rock!« Der Junge zeigte in die Richtung.

Auf dem unteren Deck hob Alasdair MacDonald sein Fernrohr in Richtung Lady's Rock.

»Was ist los?« fragte sein Gefährte. Wortlos gab MacDonald dem Abgesandten der Königin, Magnus Campbell, das Fernglas. »Eine gestrandete Frau. Können wir sie retten?«

Alasdair MacDonald blickte auf den Diener der Königin hinab und fragte: »Weshalb?«

»Sie wird ertrinken.«

Der Pirat zuckte lässig die Schultern. »Wenn ein Mann seine Frau loswerden will, weshalb sollte ich ihm dann einen Strich durch die Rechnung machen?«

»Man kann sie doch nicht einfach hier sterben lassen! Das ist unmenschlich!«

»Wenn der Ehemann das Mädchen nicht will«, meinte Alasdair, »dann haben wir sie am Hals.«

»Ich übernehme die Verantwortung«, versicherte Magnus.

»Na gut«, willigte der Pirat ein und war sich sicher, daß der junge Lord einen schweren Fehler machte. »Rob! Du und Colin, ihr setzt das Dingi ins Wasser.« Er wandte sich wieder an Magnus. »Ihr könnt gerne mitgehen und Eure Beute holen.«

Halbnackt und ohne Stimme schreiend, kam Brigette den drei Männern in dem Boot wie eine Verrückte vor. Der frische Wind peitschte ihr hüftlanges Haar umher, so daß ihr Gesicht verborgen war. Als sie näherkamen, fiel Brigette auf die Knie und weinte vor hysterischer Erleichterung.

»Schwimmt zu dem Dingi!« rief Rob, der nicht das Risiko eingehen wollte, an dem Felsen zerschmettert zu werden. Brigette schüttelte heftig den Kopf.

»Scheiße!« Rob zog seine Stiefel und seine Jacke aus und glitt in das kalte Wasser. Nahe bei dem Felsen tauchte er wieder auf, schwamm mühelos das letzte Stück, kletterte dann auf den Felsen und half Brigette aufzustehen.

»D–Danke«, schluchzte sie und klammerte sich an ihm fest.

Wie sein Vater ein riesiger Mann, sah Rob auf die zierliche Frau hinunter, deren Kopf nur bis zu seiner Brust reichte. »Du bist sicher bei mir, Mädchen«, beruhigte er sie. »Wir schwimmen zusammen zum Dingi.«

»Bringt das Dingi her!« schrie Brigette. »Ich kann nicht schwimmen!«

»Das kann ich nicht. Häng dich an mich, und ich trage dich hinüber. Du wirst schwimmen, also keine Panik. Zieh die Schuhe aus. Und jetzt den Rock.«

»Meinen Rock?«

»Der Stoff ist zu schwer«, erklärte er. »Er wird uns hinunterziehen.«

Brigette zog den Rock aus. Bis auf ihr Spitzenunterkleid war sie nackt.

Rob wartete einen Moment, um die außergewöhnliche Schönheit der Frau zu bewundern. Dann sagte er: »Ich gehe vor, dann kommt Ihr nach. Verstanden?«

Brigette nickte und sah sorgenvoll auf die steigende Flut. Als sie dann wieder Rob ansah, erkannte er das lauernde Entsetzen in ihren Augen. Er hob die Faust, um zuzuschlagen, aber Brigette ersparte ihm den Ärger, indem sie ohnmächtig wurde.

Nachdem er sie über die Schulter gehoben hatte, kletterte Rob langsam hinunter in das eiskalte Wasser. Er drehte Brigette in seinen Armen um, hielt ihr Kinn mit einer Hand fest und schwamm dann zurück zum Dingi.

Die beiden Männer im Boot zogen sie hoch. Magnus zog seinen Mantel aus und legte ihn um die bewußtlose Frau. Dabei sah er zum erstenmal ihr Gesicht. »Lieber Himmel! Brie!«

»Ihr kennt sie?« fragte Rob und kletterte in das Dingi.

»Sie ist die Frau meines Cousins.«

Rob lachte. »Wird er Euch wohl verzeihen, daß Ihr seine Pläne durchkreuzt habt, sie loszuwerden?«

»Ich bin sicher, daß Iain nichts damit zu tun hat, daß sie hier ist«, sagte Magnus.

Rob sah auf Brigette blasses Gesicht hinunter. »Ich verstehe nicht, weshalb ein Mann einen Engel loswerden wollte.«

Als sie in Oban angekommen waren, trug Magnus Brigette zu dem Häuschen, das MacDonald ihm zur Verfügung gestellt hatte, und setzte sie vorsichtig auf das Bett. Nachdem er sie ausgezogen hatte, wickelte er sie in mehrere Decken. Dann machte er Feuer und setzte sich neben sie auf die Bettkante.

»Wie geht es dem Mädchen?« erklang Alasdairs Stimme aus dem Eingang.

»Sie bekommt Fieber.«

»Ich lasse was zu essen bringen«, bot der Pirat an und durchquerte das Zimmer. »Kann ich sonst noch was für Euch tun?«

»Schickt einen Boten nach Dunridge Castle«, sagte Magnus. »Informiert den Grafen, daß seine Frau hier ist.«

»Eine Gräfin?« Überrascht blickte Alasdair neugierig zu Brigette. Sie sah eher wie ein Waisenkind aus, weniger wie eine Adlige.

»Habt Ihr eine Amme hier«, fragte Magnus, »die weiß, wie man Muttermilch zum versiegen bringen kann?«

»Muttermilch?« wiederholte Alasdair verwundert.

»Die Gräfin hat vor kurzem ein Kind zur Welt gebracht«, erklärte Magnus. »Ich habe gesehen, daß sie unbedingt …, na ja …«

»Verstehe.« Alasdair wandte sich zum Gehen und sagte: »Ich werde meine Frau schicken.«

Während Brigette im Fieberdelirium lag, wich Magnus kaum von ihrer Seite. Wenn sie vor Kälte zitterte, schürte er das Feuer und wickelte sie fest in Wolldecken. Wenn das nicht half, kroch er zu ihr unter die Decken und wärmte sie mit seinem Körper. Wenn es Brigette zu heiß wurde und sie die Decken wegtrat, badete er sie in kühlem Wasser und hüllte sie dann wieder ein.

In regelmäßigen Abständen flößte Magnus ihr Wasser und Kräutersuppe ein. Er lehnte ihren Kopf an seine Brust, zwang ihr die Flüssigkeit in den Mund und streichelte sanft ihren Hals, um ihr das Schlucken zu erleichtern.

Wenn MacDonalds Frau Ina in das Häuschen kam, scheuchte sie Magnus hinaus und bestand darauf, daß sie sich um die beschmutzten Bettücher und die unangenehme Aufgabe, Brigette sauberzuhalten, kümmern würde. Ina sagte, Magnus dürfe in keiner Weise die Würde der Gräfin verletzen, auch wenn sie krank und nicht ganz bei sich war. Magnus ignorierte MacDonalds Frau und kehrte zu dem Häuschen zurück, um die Frau seines Verwandten zu pflegen.

Magnus verbrachte die langen Stunden damit, über sein

Leben nachzudenken. In Black Jacks vorzeitigem Tod sah er das Ableben seines eigenen Vaters. Bevor er starb, hatte der Herzog ein paar Enkel verdient. Das Schicksal ist eine launische Frau, dachte er, und es wäre klug, wenn ich sie nicht weiter herausforderte. Seine Entscheidung war gefallen. Nachdem er der Königin Bericht erstattet hatte, würde er nach Inverary zu Avril zurückeilen. Die Füße auf die Bettkante gestellt, döste Magnus in einem der beiden Stühle des Häuschens.

»Magnus«, flüsterte Brigette schwach.

Beim Klang ihrer Stimme erwachte Magnus und starrte in ihre grünen Augen, die durch die Krankheit eingefallen und von Schatten umgeben waren. Einen Moment fragte er sich, ob sie immer noch im Delirium war, aber dann zeigte sich ein verzerrtes Lächeln auf ihrem Gesicht.

Magnus setzte sich auf die Kante des Bettes und legte seine Handfläche auf ihre Stirn. Sie war kühl. »Wie fühlst du dich?«

»Schrecklich.«

»Das kann ich mir denken.«, sagte er. »Du hast mir einen ganz schönen Schrecken eingejagt.«

»Wasser.«

Magnus brachte eine Tasse Wasser, hob ihren Kopf und hielt ihr die Tasse an die ausgetrockneten Lippen. Nie hatte Brigette irgend etwas besser geschmeckt als dieser erste erfrischende Schluck.

»Wie hast du mich gefunden?« fragte sie in der Annahme, daß er zu einem Suchtrupp gehörte.

»Zufällig, aber davon wollen wir jetzt nicht sprechen. Ich hole Ina und bringe dir etwas Suppe. Schließ die Augen und ruh dich aus, während ich weg bin.«

MacDonalds Frau befahl Magnus, eine Stunde dem Häuschen fernzubleiben. Als er zurückkehrte, war Brigette wieder eingeschlafen.

»Hallo«, begrüßte Magnus sie fröhlich, als sie die Augen öffnete. Er setzte sich auf die Bettkante und befahl: »Setz dich hin, ich füttere dich mit Haferbrei.«

Brigette, die unter der Decke nackt war, setzte sich auf

und zog sie sittsam unter ihre Arme. Als sie Magnus ansah, starrte er auf ihr Dekolleté.

Brigette wurde dunkelrot und Magnus ebenfalls, als er sah, daß sie errötete. Sie kicherte, und er stimmte ein. Ihr Gelächter verscheuchte den peinlichen Augenblick.

»Du hast abgenommen«, bemerkte er und hielt ihr einen Löffel Porridge hin. »Ich möchte, daß du diese ganze Schale aufißt.«

»Wie hast du mich gefunden?«

»Mach den Mund auf. Braves Mädchen. Ich habe mit MacDonald im Auftrag der Königin gesprochen, als wir zufällig auf dich gestoßen sind. Wie bist du dahin gekommen?«

Brigette öffnete den Mund, um zu antworten, aber Magnus füllte ihn mit Porridge. Sie kaute und schluckte, dann lehnte sie sich zurück und sagte: »Ich kann nicht mehr essen. Ein Mann von Menzies hat mich entführt und dort hingebracht, damit ich ertrinke.«

»Bist du sicher, daß es ein Menzies war?«

»Er trug das schwarzweiße Karo.«

»Verstehe.« Magnus hielt einen Löffel Porridge hoch. »Du mußt noch ein bißchen essen.«

»Ich kann nicht«, widersprach sie.

Magnus ignorierte ihre Worte und hielt den Löffel vor ihren Mund. Sie drehte ihr Gesicht weg, aber der Löffel verfolgte sie.

»Nein!« Brigette lachte, und der Löffel glitt in ihren Mund.

Unerwartet wurde die Tür aufgerissen, und ein düster dreinblickender Iain stand auf der Schwelle. Er war unangenehm überrascht vom Anblick seiner Frau, die offensichtlich nackt unter der Decke war, lachte und sich mit seinem Cousin amüsierte. Auf den ersten Blick schien sie nicht im geringsten gelitten zu haben.

»Iain«, rief Brigette so erleichtert, daß sie das strenge Funkeln in seinen dunklen Augen nicht wahrnahm. Sie streckte die Arme aus, erinnerte sich dann aber an ihre Nacktheit und zog die Decke hoch.

»Bei allen Heiligen!« brüllte Iain. »Was zum Teufel tust du mit meiner Frau?«

Magnus stand auf und sah ihn an. »Was meinst du, Cousin?«

»Was machst du da?« knurrte Iain. »Weshalb sitzt du mit Brie auf diesem lächerlichen Bett, und sie ist nackt wie am Tag ihrer Geburt? Und weshalb bist *du* immer derjenige, der sie rettet?«

»Brie hatte hohes Fieber«, knirschte Magnus. »Und ich habe sie zufällig gerettet – oder wäre es dir lieber gewesen, wenn sie im Meer ertrunken wäre?«

»Im Meer ertrunken?«

»Ja«, schnaubte Magnus. »Man hat sie auf einem Felsen inmitten des Sunds ausgesetzt.«

»Ich war krank vor Sorge«, sagte Iain und hob seine Hände in einer entschuldigenden Geste.

Iain ging an seinem Cousin vorbei, setzte sich auf das Bett und nahm Brigette in die Arme. Ihr Gesicht war blaß und ausgemergelt, bemerkte er, und ihre Augen, die normalerweise smaragdgrün funkelten, lagen stumpf und eingefallen in ihrem kleinen Gesicht. Iain hob ihr Gesicht zu seinem und küßte sie zärtlich.

»Geht es dir besser?« fragte er und hielt sie fest.

Brigette, die sich in seiner Umarmung sicher fühlte, entspannte sich und nickte.

Iain küßte sie auf den Kopf und gestand: »Ich war so nahe daran, dich zu verlieren, Liebling. Ich weiß nicht, was ich ohne dich tun würde. Du bist mein Leben, der Grund, daß ich lebe.«

Brigette seufzte. »Deine Worte machen es *fast* der Mühe wert, um ein Haar getötet worden zu sein.«

Iain lachte. »Ich bin froh, daß du deinen Sinn für Humor nicht verloren hast.« Dann sah er Magnus an und sagte: »Setz dich, Cousin, und erzähle mir, was du mit den MacDonalds zu tun hattest.«

»Die Königin hat ihnen Amnestie zugesichert, vorausgesetzt, sie rauben unsere schottischen Schiffe nicht aus.«

»Du hast Aufregendes verpaßt«, erzählte ihm Iain.

»Rizzio wurde ermordet und die Königin gefangengehalten.«

»Was!« Magnus sprang auf. »Wir müssen etwas tun.«

»Schon geschehen, du Tölpel.«

Magnus setzte sich wieder hin. »Was ist passiert?«

»Die Königin hat ihren wimmernden Ehemann davon überzeugt, daß die Verschwörer als nächstes ihn töten würden. Darnley hat ihr bei der Flucht geholfen, und sie haben sich mit Bothwell und anderen, die noch loyal sind, getroffen. Die Verschwörer sollten eigentlich sterben, aber Jamie Stuart schwafelt von Vergebung und Gnade.«

»Vergebung ist dumm«, bemerkte Magnus und schüttelte seinen Kopf.

»Ich stimme dir zu, aber Jamies Schwester hört auf ihn. Sie erkennt nicht die Gefahr, die darin liegt, ihrem machthungrigen Bruder zu vertrauen.«

»Und was ist mit mir?« meldete sich Brigette.

»Wenn du nichts dagegen hast«, sagte Iain lächelnd zu Magnus, »wäre ich gern ein bißchen mit meiner armen, vernachlässigten Frau alleine.«

»Jetzt erzähl mir, was geschehen ist«, sagte Iain, nachdem Magnus gegangen war.

»Ich bin zum See geritten«, begann Brigette und schauderte, als sie sich an jenen schrecklichen Tag erinnerte. »Einer von Menzies Leuten lauerte mir auf und ließ mich auf diesem Felsen im Sund zurück, damit ich ertrinken sollte. Die Flut stieg und stieg, und ich habe dauernd um Hilfe geschrien. Ich drohte zu ertrinken, als die MacDonalds mich endlich fanden.«

»Bist du sicher, daß der Mann ein Menzies war?«

»Er trug das schwarzweiße Karo.«

»Ich werde den Bastard mit meinen bloßen Händen umbringen!«

»Keine Sorge«, verkündete Brigette triumphierend. »Ich habe ihn bereits erledigt.«

»Du hast was?« Iain war überrascht.

»Als er versuchte, mich zu ertränken«, informierte sie stolz ihren Mann, »habe ich ihn ertränkt.«

»Du blutrünstiges Weib.« Iain lachte leise und streichelte ihre Wange. »Er hat dich doch nicht angerührt? Ich meine …«

»Nein, ich habe ihm Angst eingejagt.«

»Das kann ich kaum glauben, Liebling.« Iains Stimme zeugte von seinen Zweifeln.

»Es stimmt aber«, bekräftigte Brigette. »Er hielt mich für eine Hexe … MacDonalds Frau hat mir Kräuter gegeben, damit meine Milch versiegt. Wie soll ich Dubh stillen?«

»Mach dir keine Sorgen. Moireach läßt ihn schon nicht verhungern.«

»Und Sly!« Brigette konnte ein Schluchzen nicht unterdrücken. »Mein heißgeliebter Sly ist tot!«

»Sly ist nicht tot.« Iain lachte, als er an den Fuchs dachte. »Er lebt, wenn er auch ein bißchen bandagiert ist. Als ich Dunridge verließ, quälte Glenda ihn gerade. Sie und Lady Atumn sind für seine Genesung verantwortlich.«

Früh am nächsten Morgen saß Brigette allein in dem Häuschen.

Sie trug einen geliehenen Rock und eine Bluse, die beide schon bessere Zeiten gesehen hatten, und hatte ihre Haare zu einem dicken Zopf geflochten. Das Zimmer war aufgeräumt, und jetzt gab es nichts mehr zu tun, als auf die Rückkehr ihres Mannes zu warten.

»Bist du fertig, Liebling?« fragte Iain, als er durch die Tür kam.

»Ja.«

Iain nahm sie in seine Arme und küßte sie leidenschaftlich. »Ich schwöre, deine Sicherheit mit meinem Leben zu schützen«, versprach er. »Du wirst nie wieder Angst haben müssen, das verspreche ich.«

»Bitte fühle dich nicht schuldig«, bat Brigette. Ihr Herz verkrampfte sich bei der verzweifelten Qual in seiner Stimme. »Ich war so dumm. Es tut mir leid, daß mein sorgloses Verhalten dir Kummer bereitet hat.«

»Danke, Liebling«, sagte Iain. Er küßte sie noch einmal, nahm dann den geliehenen wollenen Umhang vom Bett und wickelte ihn fest um sie. »Kuschel dich hinein. Ich möchte nicht, daß du dir wieder eine Erkältung holst.«

Draußen warteten Magnus und zehn von MacArthurs Männern, darunter der Mann ihrer Cousine, Jamie. Sie waren bereits aufgestiegen. In ihrer Mitte standen Alasdair, seine Frau und einige ihrer Leute. Brigette nahm Ina MacDonalds Hände und küßte die ältere Frau auf die Wangen. Dann dankte sie Alasdair und seinem Sohn Rob, der zum Felsen geschwommen war und ihr das Leben gerettet hatte.

Iain hob Brigette auf sein Pferd und wandte sich dann noch einmal an das Oberhaupt der Piraten. Er zog einen schweren Beutel hervor und gab ihn Alasdair. Dann schüttelte er ihm die Hand und sagte: »Ich sichere Euch für alle Zeit meine Freundschaft zu.«

»Ihr seid ein außergewöhnlicher Mann, MacArthur«, meinte Alasdair trocken. »Manch einer wäre mein eingeschworener Feind geworden, nachdem ich seine Frau gerettet habe. Die Gräfin muß etwas ganz Besonderes sein.«

»Nein«, entgegnete Iain und stieg hinter seiner Frau auf. »Wenn sie gesund ist, gibt ihre Zunge keine Ruhe.« Alle außer Brigette lachten. Die MacArthurs wandten ihre Pferde Richtung Osten und begannen ihre Reise nach Dunridge.

Brigette lehnte sich an ihren Mann und entspannte sich. Sie genoß es, seine Stärke in ihrem Rücken zu spüren. Verstohlen blickte sie zu Jamie, der rechts von ihr ritt, und fragte sich, ob er oder Spring je wieder mit ihr reden würden. »Jamie«, entschuldigte sie sich. »Es tut mir leid, daß ich Euch Ärger bereitet habe.«

Jamie sah sie aus den Augenwinkeln an und nickte. Was sollte er auch tun? Als einfacher Soldat konnte er trotz aller Wut nicht die Gräfin tadeln, auch wenn sie töricht war.

»Und«, fuhr Brigette mitteilsam fort, »ich bin froh, daß mein Mann davon Abstand genommen hat, sein Schwert an Eurem Körper zu schärfen.«

»Ich bin viel zu ausgeglichen, um so unbesonnen zu

handeln«, behauptete Iain. Magnus, der links von ihnen ritt, gluckste und erntete einen ermahnenden Blick von seinem ›ausgeglichenen‹ Cousin.

Einige Meilen ritten sie schweigend. Die gleichmäßige Bewegung des Pferdes machte Brigette schläfrig, und sie schloß ihre Augen. Sie schlief nicht ein, sondern verfiel in die tranceähnliche Benommenheit, die Bewußtsein und Schlaf verbindet.

»Was hast du Alasdair gegeben?« fragte Brigette schläfrig.

»Gold.«

»Gold?« Bei dem Wort spitzte sie ihre Ohren.

»Der Schurke hat ein Lösegeld verlangt, weil er dich gerettet hat«, erzählte Iain.

Brigette kicherte über die Dreistigkeit des Mannes und schwieg dann für einen langen, nachdenklichen Moment. »Und?« fragte sie schließlich.

»Was und?«

»Wieviel bin ich in Gold wert?«

Iain lächelte auf ihre roten Haare hinunter. Er kannte seine Frau gut genug, um zu wissen, daß ihr beiläufiger Tonfall brennende Neugier verbarg. »Die Frage ist unfair, Liebling«, antwortete er ausweichend. »Es war ein ungleiches Geschäft.«

»Einige der besten Dinge im Leben sind teuer«, sagte sie. »Also, wieviel genau habe ich dich gekostet.«

»Glaub mir, Liebling, du bist nicht günstig.«

Brigette runzelte die Stirn und war sich nicht sicher, ob das ein Kompliment oder eine Beleidigung war. Mein Preis muß hoch gewesen sein, beschloß sie, und ein erfreutes Lächeln zierte ihre Lippen. »Ich bin sicher«, sagte sie bescheiden, »deine hohe Meinung von mir basiert auf Liebe, nicht unbedingt auf meinem Wert.«

Lachend schmiegte sich Iain an ihren Hals. »Ich liebe dich«, brummte er ihr ins Ohr, »aber ich würde dich noch mehr lieben, wenn du weniger kosten würdest.«

»Ohh! Du bist unmöglich.«

»Aber du liebst mich?«

»Als wenn du das nicht wüßtest.«

Die Entourage erreichte Dunridge bei Anbruch der Dämmerung. Geschwächt durch ihre Krankheit schlief Brigette, den Kopf an Iains Hals geschmiegt.

Als sie durch das äußere Tor ritten, riefen die Wachen ihnen Grüße zu. Brigette bewegte sich, wurde jedoch nicht wach. Iain stieß sie sanft an, als sie im Hof hielten.

»Soll ich dich hineintragen?« fragte er.

»Nein.« Sie gähnte und streckte sich.

Iain stieg ab und griff nach Brigette, um ihr herabzuhelfen. Ihre Augen waren glutvoll von Schläfrigkeit. Gnädiger Gott! dachte er und spürte, wie sich seine Männlichkeit regte. Ich kann es kaum abwarten, bis das Abendessen vorbei ist und wir alleine in unserem Zimmer sind.

Mit ihrem Mann an der einen Seite und Magnus an der anderen ging Brigette in den bevölkerten großen Saal. Vor Freude aufschreiend warf sich Glenda in Brigettes offene Arme.

»Es tut mir leid, daß ich weggegangen bin«, sagte Brigette und hielt das kleine Mädchen fest. »Ich wollte nicht ...«

»Der böse Mann hat dich geschnappt!«

»Ja, du mußt Cousin Magnus danken, denn er hat mich vor dem Ertrinken gerettet.«

»Und was ist mit Onkel Iain?« fragte Glenda laut. Onkel Iain runzelte die Stirn bei der Erinnerung daran, daß sein Cousin ungewöhnliches Talent dafür hatte, seine Frau zu retten.

»Onkel Iain hat mich nach Hause gebracht«, fügte Brigette hastig hinzu.

»Danke für die Rettung von Lady Brie«, sagte Glenda zu Magnus und sah dann Iain an. »Und danke, Onkel, daß du sie nach Hause gebracht hast.« Sie zog an Brigettes Ärmel und sagte: »Komm mit. Sly wartet auf dich.«

Brigette lächelte ihren Mann an, zuckte die Schultern und wurde fortgeführt.

Bumm! Bumm! Bumm! Sly klopfte mit seinem buschigen Schwanz zur Begrüßung auf den Boden, als Brigette sich neben ihn kniete. Sie streckte die Hand aus, um ihn zu streicheln, aber die Zunge des Fuchses war schneller und leckte ihre Hand.

»Mein armer, armer Sly«, tröstete ihn Brigette und untersuchte seinen Verband. Der Fuchs jammerte erbärmlich und gewann so noch mehr Mitleid.

Brigette stand auf, um Moireach und Spring zu begrüßen. »Es tut mir leid, daß ich für Ärger gesorgt habe«, entschuldigte sie sich und umarmte zuerst ihre Cousine und dann die Wirtschafterin.

»Es war nicht Euer Fehler«, sagte Moireach.

Spring nickte. »Du siehst nicht gut aus, Brie.«

»Ich war krank, aber es geht mir schon viel besser«, erzählte sie. »Aber ich bin fast verhungert.«

»Setzt Euch«, sagte die Wirtschafterin, »ich bringe das Abendessen.«

»Hol bitte Dubh«, sagte Brigette zu Spring und streckte dann Glenda ihre Hand hin. »Setz dich zu mir, während ich esse.« Sly humpelte ihnen hinterher.

Brigette saß zwischen Iain und Magnus an der Ehrentafel. Glenda klebte an ihrer Seite, bis Iain sie auf seinen Schoß hob und ihr befahl, dort zu bleiben. Slys Jammern nach Aufmerksamkeit störte Brigette. Sie hob ihn auf ihren Schoß, und er leckte über ihr Kinn, was alle zum Lachen brachte. Magnus nahm den Fuchs, als Dubh kam. »Mein Sohn«, rief Brigette und streckte die Arme nach ihm aus. Dubh fuchtelte mit seinen winzigen Armen und Beinen und machte es ihr schwer, ihn fest an sich zu drücken. »Er erinnert sich an mich.«

Iain lachte. »Hast du gedacht, er würde seine eigene Mutter vergessen?«

Brigette küßte Dubh auf die Wangen. »Ich habe dich vermißt, mein Sohn.«

»Und was ist mit mir?« fragte Glenda bockig.

»Ich habe dich auch schrecklich vermißt«, antwortete Brigette. Sly jaulte. »Und dich habe ich auch vermißt, mein Kleiner.«

»Und was ist mit mir?« Iain äffte Glenda nach.

Brigette zog eine Augenbraue hoch. »Dich ganz besonders, mein Liebling. Heute nacht werde ich dir zeigen, wie sehr genau.« Sie wandte sich an Moireach und fragte: »Hast du für Dubh eine Amme geholt?«

Die Wirtschafterin grinste und schüttelte den Kopf. »Er hat warme Ziegenmilch aus einem Weinschlauch getrunken.«

Jetzt kam Lady Antonia herein und schenkte Brigette ein offensichtlich falsches Lächeln. »Ihr seid zurück – wie wunderbar!«

Brigette wollte sich ihre Rückkehr nicht madig machen lassen und beschloß, sie zu ignorieren.

»Cousin Magnus«, sagte Antonia. »Es ist wunderbar, Euch wiederzusehen. Ihr habt ein Talent dafür, meine liebe Schwägerin zu retten.«

Magnus grinste. »Es ist auch wunderbar, Euch wiederzusehen, Lady Antonia. Ihr habt immer so gute Laune. Was das andere angeht ...« Er zuckte die Schultern. »Sagen wir, es war Schicksal.«

»Erzählt uns, was geschah«, drängte Antonia.

»Laßt mich zunächst sagen«, begann Brigette, »daß das, was geschah, mein eigener Fehler war, nicht Jamies. Ich war so dumm, ohne Begleitung auszureiten. Auf jeden Fall, als ich zum See ritt, schoß ein Mann von Menzies Sly nieder und schlug mich bewußtlos. Er ließ mich auf einem Felsen im Sund von Mull zurück, wo ich ertrinken sollte. Glücklicherweise kamen zufällig die MacDonalds vorbei und retteten mich.«

»Hattest du Angst?« fragte Glenda mit großen Augen.

»Hättest du Angst gehabt?« konterte Brigette, und das kleine Mädchen nickte. »Siehst du, ich auch.«

»Habt Ihr vor, den Menzies damit davonkommen zu lassen?« fragte Antonia Iain.

»Ihr kennt mich doch wohl besser.«

»Was ist mit dem Mann, Brie?« fragte Antonia mit beiläufigem Tonfall. »Könnt Ihr ihn beschreiben?«

»Es gibt keinen Grund für Beschreibungen«, sagte Iain laut. »Meine furchtlose Frau hat den Bastard erledigt.« Donnernder Beifall erschütterte die Dachbalken.

Antonia wurde blaß. Finlay! Die Engländerin hat meinen Bruder ermordet! Niemand bemerkte, daß sie hinausging.

Die Unterhaltung an der Ehrentafel wandte sich anderen, erfreulicheren Themen zu. Dubh wurde von Mutter zu Vater zu Patenonkel und dann zurück zu seiner Mutter gereicht.

»Es ist Schlafenszeit«, verkündete Brigette, »für kleine Kinder und genesende Tiere.« Glenda wich nicht von ihrer Seite, als Brigette Dubh aus der Halle trug. Sly humpelte ihnen hinterher.

»Dugie! Jamie!« rief Iain, und als die Brüder vor ihm standen, befahl er: »Als erstes werdet ihr morgen früh die Männer auf Krieg vorbereiten.«

»Jawohl.« Dugie grinste.

»Mit Vergnügen«, fügte Jamie hinzu und ging dann mit seinem Bruder davon.

»Ihr habt eine glückliche Familie«, meinte Magnus und streckte seine Beine aus. »Da bekomme ich direkt Sehnsucht nach Inverary.«

»Wer hätte gedacht, daß eine kleine Engländerin mich glücklich machen würde? Wie geht es Avril?«

»Ich habe sie in den letzten beiden Monaten nicht gesehen«, antwortete Magnus, »aber sobald ich der Königin Bericht erstattet habe, reite ich nach Inverary. Es ist höchste Zeit, daß ich mich niederlasse und Argyll ein paar Enkel beschere, die er verhätscheln kann.«

Iain lachte. »So kann ich mir Argyll gar nicht vorstellen. Hättet Ihr Interesse, Eure erste Tochter mit meinem Dubh zu verloben? Sie würde immerhin Gräfin werden.«

»Abgemacht.« Magnus lächelte und schüttelte die Hand seines Cousins. Dann wechselte er das Thema: »Wie wollt ihr Menzies aus Weem Castle scheuchen?«

Iain grinste breit. »Percy wird ihn aufscheuchen.«

»Percy?« wiederholte Magnus zweifelnd. »Dieser Holzkopf?«

»Wenn Ihr ihn in Edinburgh seht, richtet ihm etwas von mir aus.«

»Nämlich?«

»Angriff.«

18

Edinburgh Castle

»Es macht dir nichts aus, meinen Dienst bei der Königin zu übernehmen?«

»Ich sage, dir sei heute nicht gut.«

Die jüngsten Hofdamen der Königin sahen äußerlich nahezu vollkommen gegensätzlich aus, dennoch ergänzten sie sich aufs engste. Beide waren zierlich, aber Sheena Menzies dunkle Augen und Haare standen in scharfem Kontrast zu Dorothea Drummonds flachsblonden Locken und blaßblauen Augen. Jede für sich war eine Schönheit, um so mehr bezauberten sie ihre Umgebung, wenn sie zusammen auftraten.

»Es ist ja sooo romantisch«, schwärmte Dorothea in ihrer jugendlichen Fantasie. »Lord MacArthur und du heimlich in einer verbotenen Liebe ... ein heimliches Rendezvous ... Ohh! Ich wünschte, ich wäre du!«

»Wir werden heute mittag nur ein gemeinsames Picknick machen.« Sheena lachte. »Aber bei dir hört es sich gleich so verboten an.«

»Gestohlene Augenblicke verbotener Ekstase.« Dorothea seufzte.

»Damit hast du schon recht«, stimmte Sheena zu. »Wenn Murdac am Hofe wäre, würden wir nicht so mutig durch Edinburgh spazieren.«

»Highlander sind wild – nichts für ungut, Sheena. Vielleicht wird Lord MacArthur dich auf sein Schloß entführen.«

»Keine Ursache, Dorothea.« Sheenas dunkle Augen funkelten vor Vergnügen. »Percy hat kein Schloß. Sein Bruder ist der Graf und Herr von Dunridge.«

»Aber was würdest du tun«, fragte Dorothea, »wenn er dich auf das Schloß seines Bruders zaubern würde?«

»Nun, ich würde einen Priester rufen lassen«, witzelte Sheena und brachte ihre Freundin damit zum Lachen. »Ich werde vor dem Abendessen zurück sein und deinen Dienst heute abend übernehmen.«

Sheena verließ das Zimmer und ging über den langen Flur zur Treppe. Draußen eilte sie zu den Ställen, wo ihr Pferd bereits gesattelt wartete. Sie schenkte dem sommersprossigen Stalljungen ein Lächeln und drückte ihm eine Münze in die Hand.

Percy wartete auf der Schloßpromenade. Wie immer durchlief Sheena ein Schauer bei seinem Anblick. Seine lachenden blauen Augen und sein ungezwungenes Lächeln waren weit entfernt von der grimmigen Heftigkeit ihres Bruders.

»Wo bringt Ihr mich hin?« fragte Sheena und sah ihn schüchtern unter ihren dunklen Wimpern an.

»Es ist ein schöner Tag«, meinte Percy, als sie über die High Street ritten. »Ich dachte, wir reiten vor die Stadt. Habt Ihr Lust, mein Mädchen?«

»Nur, wenn Ihr daran gedacht habt, Proviant mitzunehmen.«

»Wie könnt Ihr nur annehmen«, fragte er mit gespielter Entrüstung, »daß ich etwas so Wichtiges wie Proviant vergessen würde?«

Obwohl die Sonne nicht schien, waren die Wolken licht, und der Tag war ungewöhnlich mild für diese Jahreszeit. Edinburgh lag bald hinter ihnen.

»Es ist herrlich, auszureiten und sich nicht darum zu kümmern, wer uns sieht«, sagte Sheena und genoß das unerwartete Vergnügen, mit dem Mann, den sie liebte, allein zu sein. »Wenn Murdac doch nur ständig auf Weem bleiben würde, dann könnte jeder Tag für uns so sein.«

»Das ganze Leben ist voller ›Wenns‹«, bemerkte Percy. »Menschen, die wirklich Erfolg haben, verlassen sich nicht auf das Schicksal. Sie schmieden selbst ihr Glück.«

Sie verließen den Weg, nahmen eine Abkürzung durch den Wald und hielten an einem Fluß. Percy stieg ab und half dann Sheena. Nachdem die Pferde getrunken hatten, band Percy sie an und hängte Futtersäcke um ihren Hals.

»Wie ich sehe, habt Ihr an alles gedacht«, sagte Sheena grinsend.

»Natürlich.« Er zwinkerte ihr zu und sagte: »Und jetzt zu unserem Mittagessen.«

Percy zog aus einer Satteltasche eine Decke hervor und warf sie Sheena zu. Während sie sie unter einem Baum ausbreitete, brachte er Brot, Käse, frischen Schinken und Wein.

Nachdem sie gegessen hatten, legte sich Percy auf die Decke, während Sheena die Reste ihres Mahls zusammenpackte. Er streckte die Hand aus, um ihren Rücken zu berühren, und Sheena drehte sich lächelnd um.

Percy zog sie auf seine Brust und küßte sie innig. Sie seufzte und er stöhnte. Dann drehte er sie sanft auf den Rücken. Sein Mund bedeckte ihre Lippen und er brandmarkte sie mit einem glühendheißen Kuß.

Percy blickte sehnsüchtig in Sheenas glänzende dunkle Augen. »Ich liebe dich«, flüsterte er.

»Und ich liebe dich. Wenn nur ...«

»Verdammtes ›wenn nur‹!« fluchte er. »Willst du mich heiraten, Sheena?«

»Ja«, antwortete sie, ohne zu zögern, und er lächelte. »Aber wie sollen wir Murdac jemals davon überzeugen, seine Einwilligung zu geben? Vielleicht könnte die Königin ...«

»Zum Teufel mit unseren Brüdern und der Königin«, brummte Percy, und sein Lächeln verschwand. »Ich kann nicht länger warten.«

»W–Was meinst du damit?« fragte Sheena plötzlich besorgt.

Die Wut ihres Bruders heraufzubeschwören, war kompletter Wahnsinn, gar nicht zu reden von Selbstmord.

»Ich meine, wir werden nicht nach Edinburgh zurückkehren. Wir werden auf Dunridge heiraten.«

»Nein!«

Mit grimmigem Gesicht stand Percy ohne ein weiteres

Wort auf und ging zu seinem Pferd. Verwirrt setzte sich Sheena auf und beobachtete ihn.

Aus seiner Satteltasche zog Percy ein Seil und ein Stück Stoff und schlenderte dann entschlossen zu ihr zurück. »Kommst du freiwillig mit«, fragte er, »oder muß ich dich wegtragen?«

Entsetzt erinnerte sich Sheena einen kurzen Moment lang an ihre Unterhaltung mit Dorothea. Aber wo war Percys gute Laune geblieben? Wo war das ungezwungene Lächeln, das ihr Herz erobert hatte? Sheena fing sich wieder und sprang auf.

Sie wollte weglaufen, aber Percy ergriff ihren Arm und wirbelte sie herum. Als Sheena ihre Hand hob, um zuzuschlagen, packte er sie brutal und zwang sie auf den Boden. Dann band er ihre Handgelenke zusammen und riß sie auf die Füße.

Sheena öffnete ihren Mund, um zu schreien, aber Percy knebelte sie mit dem Stück Stoff. Aus ihren dunklen Augen schoß ihm beißende Wut entgegen.

»Es tut mir leid, daß ich dir das antun muß«, entschuldigte sich Percy und zog sie zu den Pferden, »aber es gibt keine andere Möglichkeit.« Er hob sie auf sein Pferd, band dann beide Pferde los und stieg hinter ihr auf. Sheenas Pferd am Zügel führend, ritt Percy westwärts Richtung Dunridge Castle.

Zwei Tage später kamen sie nach Argyllshire, der Heimat der Campbells und MacArthurs. Percy sah in der Entfernung einen einsamen Reiter auf sie zukommen. Argyllshire war nicht ungefährlich. Sollte er auf dem Weg bleiben oder lieber in dem Wald Deckung suchen? Bei allen Heiligen! beschloß Percy. Ich werde mich doch nicht auf meinem eigenen Gebiet verstecken!

Als der Reiter näherkam, verzog sich Percys Gesicht zu einem breiten Grinsen. Cousin Magnus!

Als er auf gleicher Höhe mit ihnen war, hielt Magnus an und blickte von dem erröteten Percy zu der zerzausten Sheena und dann wieder zurück zu seinem Cousin. Seine Heiterkeit gewann die Oberhand, und Magnus brach in schallendes Gelächter aus. »Seid gegrüßt, Cousin«, begrüßte er sie. »Mistress Menzies.« Hinter Sheenas Knebel war ein gedämpftes Geräusch zu hören.

»Guten Tag«, sagte Percy und dachte, daß Entführung vielleicht doch keine so gute Idee gewesen war. »Kommt Ihr von Dunridge?«

»Ja. Und wenn ich etwas sagen darf, Cousin, dann glaube ich, Ihr seid Hellseher.«

»Hellseher?«

»Iain bat mich, Euch zu sagen, Ihr sollt angreifen.« Magnus warf einen amüsierten Blick auf Sheena. »Aber wie ich sehe, habt ihr bereits zugeschlagen.«

»Ich wünsche mir langsam, ich hätte es nicht getan.«

»Weshalb das denn?« Magnus grinste breit und fügte hinzu: »Und weshalb ist Mistress Menzies gefesselt und geknebelt?«

»Weil sie einfach ihren Mund nicht halten will«, schnauzte Percy und setzte dann mit schwer leidgeprüfter Stimme hinzu: »Ich kann Euch sagen, eine Braut zu entführen ist nicht so einfach, wie man einen Mann glauben machen will.«

»Es ist gar nicht so einfach, überhaupt eine Braut zu nehmen, wie man uns glauben machen will«, entgegnete Magnus trocken. »Lady Brigette hat Iain kürzlich quer durch Schottland nach Oban reiten lassen.«

»Brie?«

»Menzies hatte sie geschnappt und versucht, sie umzubringen.« In Anerkennung der erstickten Protestschreie von Sheena nickte Magnus ihr zu. »Nichts für ungut, Mistress Menzies.«

»Ist Brie unverletzt?« fragte Percy.

Magnus nickte. »Sie hatte Glück. So gerne ich auch das Ende Eures romantischen Abenteuers miterleben würde, ich kann nicht länger bleiben.« Er streckte seine Hand aus, um Percys zu schütteln und lächelte Sheena spöttisch zu. »Die besten Wünsche für Eure bevorstehende Hochzeit, Mistress Menzies. Möge Euer Heim mit Harmonie und einem Dutzend prächtiger Söhne gesegnet sein.«

Empörte heisere Schreie drangen aus dem Knebel. Lachend ritt Magnus davon.

Es war Abendessenzeit in Dunridge, und der große Saal war voller Leben. Brigette kam im Laufschritt herein und eilte zu der Ehrentafel.

»Du kommst spät«, bemerkte Iain.

»Ich habe Dubh gefüttert«, antwortete Brigette und griff nach dem Brot. »Ich kann es kaum glauben, wie gut er aus dem Weinschlauch trinkt.« Dann schickte sie noch einen Gedanken hinterher: »Ich bete nur, daß Dubh sich nicht zu einem Trinker entwickelt.«

»Nur weil er Ziegenmilch aus einem Weinschlauch trinkt, wird er noch lange nicht zum Trinker.«

»Bist du sicher?«

Iain rollte mit den Augen. »Du hast doch nicht etwa vor, die nächsten achtzehn Jahre damit zu verbringen, dir darüber Gedanken zu machen?«

Als Brigette nicht antwortete, sah Iain sie an. Ihr Gesicht war plötzlich blutleer. »Liebling?« Er drehte sich um und sah in die Richtung, in die sie starrte.

Im Eingang der Halle stand Percy mit Sheena Menzies, die gefesselt, geknebelt und schmutzig war. Alle in der Halle schwiegen plötzlich, als auch sämtliche Männer und Bedienstete das merkwürdige Paar bemerkten. Dann bewegte sich Percy und trug seine Gefangene unter aller Augen durch den Raum zur Ehrentafel.

»Percy!« schrie Brigette entsetzt. »Wie konntest du nur so etwas Abscheuliches tun?«

»Wie hast du meine Nachricht so schnell bekommen?« fragte Iain verwirrt. »Magnus ist doch erst …«

»Wo ist Vater Kaplan?« unterbrach Percy.

»Laß sofort Sheena frei«, verlangte Brigette.

Percy machte Anstalten, sich zu weigern, aber Iain sah ihm in die Augen. »Wenn ich du wäre, Brüderchen«, riet er ihm, »würde ich mich nicht mit meiner Frau anlegen. Brie hat bereits einen Mann erledigt, und sie ist gefährlich, wenn man sie provoziert.«

Percy sah von Iain zu Brigette. Widerwillig entfernte er Sheenas Knebel und band ihre Hände los.

»Geht es Euch gut?« fragte Brigette. Sheena nickte trostlos.

»Holt jetzt den Priester«, befahl Percy.

»Du Bastard!« kreischte Sheena ihn an und versetzte jeden in der Halle in Erstaunen. »Ich würde dich nicht einmal heiraten, wenn du der letzte Mann in Schottland wärest!«

»Du wirst mich heiraten«, sagte Percy grimmig, »oder ich schlage dich grün und blau.«

»Ich will nicht!« Sheena stampfte nachdrücklich mit dem Fuß auf.

»Ruhe!« schrie Brigette und sprang von ihrem Stuhl auf. »Es wird keine Hochzeit geben, bevor Lady Sheena nicht gebadet und gegessen hat.«

Percy zögerte und stimmte dann mürrisch zu: »Na gut.«

Brigette ging um den Tisch, nahm Sheenas Hand und führte sie aus der Halle. »Armes Ding. Kommt mit mir«, tröstete sie das erschöpfte Mädchen. Iain grinste Percy an, der sich neben ihn gesetzt hatte. »Ich hätte nicht gedacht, daß soviel in dir steckt, Brüderchen.«

Percy machte ein böses Gesicht, was den Sarkasmus seines Bruders noch verstärkte.

»Das Mädchen wird dich vielleicht heiraten«, fuhr Iain fort, »aber ich bezweifle, daß sie mit dir ins Bett geht, wenn du nicht auch badest.« Mit einem Brummen stand Percy auf und verließ die Halle.

Brigette und Sheena saßen zusammen in einem der Schlafzimmer im ersten Stockwerk. Auf Sheenas Schoß stand ein unberührter Teller mit Essen.

»Ich habe keinen Hunger«, sagte sie kalt.

»Wie Ihr wollt«, antwortete Brigette und fragte dann: »Ganz ehrlich, wollt Ihr Percy nicht heiraten?«

»Das habe ich doch bereits gesagt, oder nicht?«

»Ich bin sicher, daß Iain keine Heirat erzwingen würde. Ihr liebt Percy also nicht?«

Sheena schwieg.

Gütiger Himmel, dachte Brigette. Sie erinnert mich an mich selbst. Und ich komme mir vor wie meine Mutter! »Sheena, liebt Ihr Percy oder nicht?«

Ihre Blicke trafen sich. »Ich liebe ihn«, gab Sheena zu.

»Und wo liegt dann das Problem?« Brigettes gereizter Ton verriet eine aufkommende Ungeduld.

»Er ist ein Tier«, schrie Sheena. »Ich bin in meinem ganzen Leben noch niemals so mißhandelt worden.«

»Grausamkeit ist ganz gegen Percys Natur«, bemerkte Brigette. »Er muß Euch sehr lieben, wenn er sich so barbarisch benimmt.«

»Glaubt Ihr wirklich?« fragte Sheena unsicher. Von der Seite hatte sie das noch nicht betrachtet.

Brigette nickte. »Die Entscheidung liegt bei Euch, Sheena. Heiratet Percy heute abend oder lebt für alle Zeit ohne ihn.« Unter dem Schmutz wurde Sheena blaß, und Brigette nutzte ihren Vorteil aus. »Also, wofür entscheidet Ihr Euch?«

»Ich – ich werde ihn heiraten.«

Brigette seufzte erleichtert. Meine Mutter muß so empfunden haben, dachte sie, nachdem ich die Heiratsdokumente unterzeichnet hatte.

Als das Bad fertig und der letzte Diener gegangen war, zog Sheena sich aus und kletterte in die Wanne. Sie seufzte und tauchte in das dampfende, parfümierte Wasser. »Stimmt es, was Lord Campbell uns erzählt hat?« fragte sie Brigette. »Hat Murdac Euch überfallen?«

»Ja.«

»Es tut mir leid. Wie könnt Ihr dann so freundlich zu mir sein?«

»So eine Gans! Ihr seid doch nicht verantwortlich für seine Taten.« Brigette reichte Sheena ein Handtuch. »Wikkelt Euch damit ein. Ich werde gleich wieder zurück sein.«

Sheena stieg aus der Wanne, trocknete sich ab und wikkelte sich in das Handtuch. Brigette kam zurück und brachte das atemberaubendste Kleid, das Sheena je gesehen hatte. Es war eine exquisite Schöpfung aus Satin und Spitze, geschmückt mit Hunderten von Perlen.

»Schaut«, verkündete Brigette, »Euer Hochzeitskleid.«

»Wie schön! War es Eures?«

»Es sollte meines sein.« Brigette betrachtete das Kleid wehmütig. »Ich habe statt dessen ein schwarzes Trauerkleid getragen.«

»Nein!«

»Ich war beleidigt, weil Iain Percy als seinen Stellvertreter geschickt hat. Um mein Mißfallen deutlich zu zeigen, trug ich ein Trauerkleid meiner Mutter.« Brigette grinste schelmisch und fügte hinzu: »Eine ausgesprochen gelungene Maßnahme, um meinen Mann zu bestrafen. Findet Ihr nicht?«

Sheena lachte laut und umarmte Brigette. »Ich bin froh, daß wir Schwestern sein werden.«

Die gute Nachricht verbreitete sich schnell, und der große Saal war bald bis auf den letzten Platz gefüllt. Die gesamte Schloßgemeinde war versammelt.

Vater Kaplan und die Brüder MacArthur warteten vor dem Kamin auf die Braut. Als Brigette und Sheena im Eingang erschienen, wurde der Saal still. Percy drehte sich um und sah seine Braut an. Er staunte mit offenem Mund über den traumhaften Anblick, der sich ihm bot.

Sheena lächelte schüchtern und ging langsam auf ihn zu. Als sie schließlich vor ihm stand und zu ihm aufsah, senkte Percy seinen Kopf und küßte sie leidenschaftlich.

Wilde Jubelrufe und Pfiffe drangen durch den Raum. Vater Kaplan räusperte sich, wurde aber ignoriert. »Percy?« Der alte Priester legte dem jüngeren Mann die Hand auf die Schulter und sagte: »Es ist besser, damit bis nach der Trauung zu warten, mein Sohn.«

Percy unterbrach seinen Kuß, lächelte verlegen und entschuldigte sich: »Tut mir leid.« Sheena drehte sich um und sah den Priester an.

»Wir sind hier versammelt«, begann Vater Kaplan, »um diesen Mann und diese Frau im heiligen Stand der Ehe zu vereinen.«

Iain schlich sich zu seiner Frau. »Vielleicht«, flüsterte er dicht an ihrem Ohr, »ist Percy doch kein Holzkopf.«

Brigette sah ihn aus den Augenwinkeln an, und ihre Antwort vertrieb das Lächeln aus seinem Gesicht. »Er ist ein Barbar – genau wie du.«

»Los, hol ihn!« Glenda warf einen Stock und Sly humpelte so schnell es seine Verletzung erlaubte hinterher. Es war noch früh am Morgen, und das Kind und der Fuchs waren allein im Garten. Anstatt den Stock zurückzugeben, huschte Sly an Glenda vorbei, die herumwirbelte und Brigette sah.

»Guten Morgen«, rief Glenda und lief zu Brigette. »Du bist früh heute.«

»Ich gehe Onkel Iain aus dem Weg.«

»Weshalb?«

»Weil ich ihn einen Barbaren genannt habe«, antwortete Brigette, ohne nachzudenken.

»Was ist das?«

»Ein anderes Wort für Highlander«, log Brigette und wechselte dann schnell das Thema. »Sly läuft schon viel besser.«

»Ja, aber er humpelt.«

Brigette tat so, als würde sie den Garten absuchen. »Ich kann Lady Autumn nirgendwo entdecken.«

»Sie war heute morgen sehr müde«, flüsterte Glenda laut aus den Mundwinkeln. »Lord Sly hat sie die ganze Nacht über wachgehalten.«

Brigette sah Glenda überrascht an. Das Kind konnte doch unmöglich *darauf* anspielen? »Weshalb hat Sly Lady Autumn die ganze Nacht über wachgehalten?«

»Er hat an ihrer Hand gekaut.«

»Der Schurke!« Brigette mußte lachen. »Weißt du, daß dies ein besonderer Morgen ist, Glenda?«

»Besonders?«

»Du hast seit heute morgen eine neue Tante.«

»Wirklich?« Glenda war beeindruckt, aber verwirrt. »Wer?«

»Lady Sheena ist deine neue Tante, weil sie Onkel Percy geheiratet hat. Wollen wir frühstücken?«

Hand in Hand betraten sie den großen Saal, der bereits mit Männern und Bediensteten gefüllt war, die dort frühstückten. Iain und Antonia saßen an der Ehrentafel.

Brigette ließ Glenda zwischen sich und Iain sitzen. Sly saß zwischen ihren Stühlen. Er wußte, daß alles, was das kleine Mädchen fallen ließ, ihm gehörte.

Glenda fühle sich sehr wichtig, da sie auf dem Stuhl der Gräfin saß. Sie sah Iain an und deutete auf die Männer MacArthurs: »Sieh mal, Onkel. Der Saal ist voller Barbaren.« Iain hielt mitten in der Luft mit seinem Löffel inne. Er sah Brigette an, die sich auf die Unterlippe biß, um nicht zu lachen, und warf dann einen schnellen Blick auf Antonia, die rasch die Hand vor den Mund gelegt hatte, um das aufsteigende Lachen zu unterdrücken.

Iain grinste, und Brigette konnte sich nicht mehr beherrschen. Verwirrt sah Glenda von einem zum anderen.

»Und hier ist der kleinste Barbar von allen«, witzelte Brigette und nahm Dubh samt seines Weinschlauches von Spring entgegen.

Jubel wurde laut, als ein grinsender Percy und eine errötende Sheena im Eingang zur großen Halle stehen blieben. Der jüngere MacArthur führte seine Braut an die Ehrentafel und stellte sie erst Antonia und dann Glenda vor.

»Du bist meine neue Tante«, verkündete Glenda.

»Das bin ich, ja.«

Als sie sich neben Brigette setzte, war Sheena von Glück überwältigt. Die Heirat mit Percy hatte Sheena etwas gegeben, wonach sie sich ihr ganzes Leben gesehnt hatte: eine Familie. Bis jetzt war Murdac ihr einziger lebender Verwandter gewesen, und er konnte nur schwer als liebevoll oder zärtlich bezeichnet werden.

»Dieser kleine Kerl ist mein Sohn Dubh.« Brigette drehte das Baby so, daß es Sheena ansehen konnte.

Sheena streckte einen Finger aus, aber Dubh wollte nicht nach ihm greifen. Schreiend äußerte er sein Mißfallen, bis er bekam, wonach sein Herz verlangte: den Weinschlauch.

»Er ist ein hübscher Junge.« Mit diesem Kompliment konnte sich Sheena Iains Freundschaft sicher sein. »Und ich glaube, er ähnelt dem Earl.«

»Besonders wenn er den Mund aufmacht«, fügte Brigette hinzu und warf ihrem Mann einen triumphierenden Blick zu.

Lächelnd servierte Moireach den Frischvermählten ihr Frühstück. »Hier ist Euer Ale, Percy«, sagte sie und stellte zwei Becher auf den Tisch. »Und für Euch, Mylady, frische Milch.«

»Milch?«

»Jetzt, da Ihr bald schwanger werdet, müßt Ihr jeden Tag einen Becher Milch trinken.«

Brigette lachte über Sheenas leidenden Ausdruck und flüsterte: »Sie hat mir an meinem ersten Morgen auf Dunridge dasselbe gesagt.«

In diesem Moment erspähte Sheena Sly, der seine Pfote bettelnd auf Glendas Arm gelegt hatte. »Was tut das wilde Tier hier?«

»Sly ist kein wildes Tier«, rief Glenda empört.

»Sly ist mein Haustier«, erklärte Brigette. »Ich habe ihn im Wald gefunden, als er noch ein Baby war und seine Mutter verloren hatte.«

»Als ich ein kleines Mädchen war«, sagte Sheena, »habe ich mir immer ein Kätzchen gewünscht.«

»Und hat sich dein Wunsch erfüllt?« fragte Percy.

Sheena schüttelte den Kopf. »Natürlich gab es viele Mäusefänger auf Weem, aber ich sehnte mich nach meinem eigenen Tierchen, das mir nachts Gesellschaft leistet.« Sie streckte die Hand aus, und Sly schlich um Brigettes Stuhl, um sie zu beschnüffeln und dann zu lecken.

»Sly mag dich«, sagte Glenda.

»Aber weshalb hast du kein Kätzchen bekommen?« fragte Percy. »Murdac hat es nicht erlaubt. Er hatte importierte Teppiche für mein Zimmer gekauft und dachte, das Kätzchen würde sie ruinieren.«

»Was für ein gemeiner Mann«, erklärte Glenda.

»Es ist nicht nett, so etwas über Lady Sheenas Bruder

zu sagen«, ermahnte Iain das kleine Mädchen. Auch wenn es stimmt, dachte er für sich.

Errötend sah Glenda auf den Tisch. »Es tut mir sehr leid, Lady Sheena.«

Percy entschuldigte sich und stand vom Tisch auf, als ein Kurier die Halle betrat und auf die Ehrentafel zukam. Der Mann trug die Livree der Devereux.

»Jemand ist gestorben«, flüsterte Brigette und wurde blaß.

Der Kurier blieb vor Iain stehen, verbeugte sich und sagte: »Grüße von dem Grafen und der Gräfinwitwe von Basildon.« Iain nickte, und der Bote übergab Brigette die Nachricht. Sie riß den Umschlag auf und überflog den Inhalt. Dann lachte sie. »Bucko und Marianne sind stolze Eltern einer Tochter, Theresa. Und Lil hat den fetten Bertie geheiratet!«

Lachend wandte sich Iain an den Kurier. »Such dir einen Platz und iß. Die Gräfin wird dir eine Nachricht mitgeben wollen.«

Percy kehrte zurück und trug einen sich windenden Ball aus flauschigem weißen Fell. »Euer Wunsch ist mir Befehl, Madame«, sagte er und setzte seiner Frau ein Kätzchen auf den Schoß.

»Oh!« Sheena schossen Freudentränen in die Augen. »Wo hast du es her?«

Percy zuckte die Schultern. »Hier gibt es immer einen Wurf von irgendeinem Tier.«

»Sie ist wunderbar. Oder ist es ein er?«

»Ich bin nicht sicher«, sagte Percy grinsend, »aber es sieht aus wie eine sie.«

»Ich werde sie ›Bana‹ nennen«, verkündete Sheena und knuddelte das Kätzchen.

»Bana?« fragte Brigette.

»Das ist gälisch für ›schön‹.«

Sly legte seinen Kopf auf Sheenas Schoß und beschnüffelte die verängstigte, maunzende Fellkugel. Schlupp! Die Zunge des Fuchses schoß heraus und leckte das Kätzchen.

Brigette sah ihre Nichte aus den Augenwinkeln an und

sagte: »Es scheint, daß Lord Sly Zuneigung zu Lady Bana gefaßt hat.«

»Gut«, antwortete Glenda, »vielleicht findet Lady Autumn jetzt ein bißchen Ruhe.«

Bei dem Kleinpächter Duncan machte sich Nervosität breit, als er das Foyer betrat. Noch nie zuvor war er innerhalb der Mauern von Weem Castle gewesen, obwohl er sich als kleiner Junge oft gewünscht hatte, es einmal zu sehen. Jetzt tat es Duncan leid, daß sein Wunsch erfüllt worden war, aber es gab kein Entrinnen.

Murdac Menzies, Graf von Meinnich, war ein harter Mann, und die Nachricht, die Duncan überbringen mußte, war nicht gut. Würde der Graf seine Wut an dem Überbringer der schlechten Nachricht auslassen? überlegte Duncan besorgt. War das Goldstück, das der Fremde ihm gegeben hatte, mehr wert als sein eigenes Leben?

Flankiert von zwei Soldaten des Grafen betrat Duncan den großen Saal und zitterte unwillkürlich. Er sah durch den riesigen Raum hindurch zur Ehrentafel, an der der Graf saß.

Murdac Menzies war kräftig gebaut und sah grausam aus. Sein Gesicht wäre recht ansehnlich gewesen, wäre es nicht durch eine eckige Narbe, die über die gesamte Länge einer Wange verlief, entstellt gewesen. Was die Menschen aber eigentlich ängstigte, waren die Augen des Grafen. Es waren die kalten schwarzen Augen einer Schlange, die seinen Mangel an Mitgefühl verrieten.

Wie werden meine Frau und meine Kinder ohne mich zurechtkommen? sorgte sich Duncan, als die Männer ihn durch den Saal führten. Er war kein Feigling, aber seine Beine zitterten, als er auf die Ehrentafel zuging.

»Mylord.« Einer der Soldaten sprach, als der Pächter sich vor dem Grafen verbeugte. »Dieser Mann besteht darauf, eine Nachricht für Euch zu überbringen.«

Menzies sah Duncan an, der, wie er befriedigt feststellte, nervös unter seinem prüfenden Blick von einem Bein aufs andere trat. »Was hast du zu sagen?«

»M–M–Mein N–N–Name ist D–Duncan, Herr«, stammelte er und suchte in seiner Tasche nach der Goldmünze. »Ein Fremder gab mir dies und eine Nachricht für Euch.« Duncan machte eine Pause. Sein Mund war trocken. Er brachte die Worte nicht über die Lippen.

»Nun sag schon«, schnauzte Menzies mit finsterem Gesicht.

»MacArthur hat Lady Sheena entführt«, platzte der Pächter heraus. »Sie wird auf Dunridge Castle festgehalten.«

»Du lügst!« Menzies sprang auf, und sein Gesicht war fleckig vor Wut. Verängstigt trat Duncan zurück. Da auch sie sich vor Menzies fürchteten, traten die Soldaten ebenfalls zurück.

Plötzliche Unruhe am Eingang des Saales rettete die drei vor dem Zorn des Grafen. Begleitet von einem weiteren Mann des Grafen schritt ein Kurier forsch auf die Ehrentafel zu. Der Mann trug die Livree des Grafen von Moray, dem Halbbruder der Königin.

»Mylord Menzies?« Als Murdac nickte, übergab der Kurier ihm das Schreiben.

Menzies las die Nachricht schnell und sah auf. Aus der Tiefe seiner schwarzen Schlangenaugen funkelte tödliche Wut, und mit eisiger Stimme schwor er: »Ich werde Dunridge – nein, ganz Argyll – in eine Einöde verwandeln.«

19

Es wurde Sommer, und die Sonne stand hoch am Himmel. Aus Edinburgh traf im Juni die Nachricht ein, daß Königin Maria einen Sohn namens Jakob zur Welt gebracht hatte. Aber auf Dunridge gab es keinen Grund zum Jubeln.

Zwischen Iain MacArthur und Murdac Menzies tobte ein besonders bitterer Krieg. Auch die Frauen waren dadurch in Mitleidenschaft gezogen. Es war ihnen nicht länger gestattet, sich außerhalb der Schloßmauern zu bewegen, sehr zum Verdruß von Brigette, die sich von dem Garten in zunehmendem Maße eingeengt fühlte.

An einem Julimorgen sah Sheena zufällig, wie Brigette entschlossen auf die Ställe zuging. »Brie«, rief sie und lief zu ihr. »Wo gehst du hin?«

»Ich reite zum See«, antwortete Brigette. »Hast du Lust mitzukommen?«

»Zum See?«

»Genau das habe ich gesagt.«

»Aber der Graf hat uns verboten …«

»Der Graf ist ein Dummkopf«, maulte Brigette. »Ich weigere mich, in meinem eigenen Haus als Gefangene behandelt zu werden. Kommst du nun mit?«

Brigette wandte sich ab, und Sheena folgte ihr zu den verlassenen Ställen. Sie sattelten ihre Pferde selbst, stiegen auf und ritten durch das äußere Tor.

Unerwartet wurde ihr Weg aus dem Schloß versperrt. Iain, Percy und ein Trupp von MacArthurs Kriegern füllten den Eingang. Sie waren draußen gewesen, um den Schaden zu begutachten, den Menzies Männer in der vergangenen Nacht angerichtet hatten.

»Darf man fragen, wo ihr hinwollt?« knurrte Iain und ergriff Brigettes Zügel.

»Deine Bitte, innerhalb der Mauern zu bleiben, kann ich nicht mehr länger befolgen«, sagte sie.

»Das war ein Befehl, keine Bitte.«

»Ich bin nicht deine Gefangene.«

»Du bist meine Frau und wirst mir gehorchen.«

Herausfordernd zerrte Brigette an ihren Zügeln, aber Iain hielt sie in seinem eisernen Griff fest. Seine wütenden schwarzen Augen kämpften schweigend mit ihren. »Steig ab«, befahl er, »und geh zurück.« Brigette warf ihm einen vernichtenden Blick zu und stolzierte davon.

Iains Augen wanderten zu seiner Schwägerin. »Ihr auch, Lady Sheena.«

Sheena blickte zu Percy, der wegsah, als sei sie eine Fremde. Gedemütigt stieg Sheena ab und folgte Brigette.

»Die Damen dürfen auf keinen Fall nach draußen«, rief Iain den Wachen zu. »Tut, was immer notwendig ist, um sie aufzuhalten.«

»Unerträglich, ... stur«, murmelte Brigette, als Sheena sie einholte.

»Und mein Mann hat mich nicht einmal verteidigt«, beklagte sich Sheena.

»Ich werde aus diesem baufälligen, heruntergekommenen Felsenkoloß ausbrechen«, schwor Brigette, »und wenn ich über die Mauern klettern muß.«

»Und ihre Pferde brauchen wir gar nicht«, setzte Sheena hinzu. »Wir können auch hinausgehen anstatt zu reiten.«

»Ha! So wie ich Iain kenne, hat er bereits die Wachen angewiesen, uns davon abzuhalten.«

»Wir könnten uns am hinteren Tor hinausschleichen«, schlug Sheena vor.

Brigette lächelte sie strahlend an. »Nanu, du bist ja noch hinterhältiger als ich.«

Sheena grinste.

»Danke.«

»Wenn Glenda ihren Unterricht bei Vater Kaplan hat«, sagte Brigette, »werde ich dich vor dem Tor treffen. Wir werden zurück sein, bevor jemand bemerkt hat, daß wir fort sind.«

Als Antonia an diesem Nachmittag den großen Saal verließ, bemerkte sie, wie Brigette am Ende des Ganges herumschlich, und trat zurück, um sie zu beobachten. Brigette blickte suchend den Garten ab und flitzte durch die Tür. Verdutzt folgte ihr Antonia.

Draußen huschte Brigette hinter eine Reihe Büsche, stürzte dann in den hinteren Teil des Gartens und versteckte sich hinter einem Baum. Einen Moment später verließ sie ihr Versteck und floh durch das hintere Gartentor.

Antonia erreichte die Rückseite des Gartens noch rechtzeitig genug, um zu sehen, wie Brigette durch das hintere Tor verschwand. Was in Gottes Namen tat die Engländerin da?

Die Neugier war stärker als Antonia, und so öffnete sie das hintere Tor. Eine Hand schoß vor und zog sie durch.

»Was zum Teufel tust du denn hier?« fragte Brigette wütend.

»Dasselbe könnte ich dich auch fragen«, antwortete Antonia und hob ihre Nase hoch in die Luft. Sie sah von Brigette zu Sheena und dann verächtlich zu Sly. »Ich werde es Iain erzählen.«

Brigette zog einen Dolch aus ihrem Rockbund und wedelte damit unter der Nase der Blonden. »Du kommst mit uns.«

»Ganz genau«, fügte Sheena hinzu. »Du wirst uns unser bißchen Vergnügen nicht kaputtmachen.«

»Wo geht ihr hin?« fragte Antonia.

»Zum See und zurück«, antwortete Sheena.

»Sehr gut, ich komme mit.«

»Und halt deinen Mund«, warnte Brigette. »Sonst werden wir erwischt.«

Schweigend spazierten sie durch den Wald und erreichten das Ufer von Loch Awe, ohne entdeckt zu werden. Die drei Frauen und der Fuchs spazierten gemächlichen Schrittes und genossen den Sommertag.

Sheena, die das Donnern von Hufen mehr spürte, als daß sie es hörte, drehte sich um und sah Sly, dessen Nackenhaare gesträubt waren, jaulen und in den Wald stürzen. *»Lauft!«* schrie Sheena und stürzte dem Fuchs hinterher in den Wald.

Brigette wirbelte herum und sah die Männer schnell auf sie zureiten. Schwarzweiße Menzies-Überwürfe! Sie wollte Sheena nach, bemerkte aber, wie Antonia in Panik am Ufer entlanglief.

»*Nein!*« kreischte Brigette und lief ihr nach. »*Lauf in den Wald!*«

Ein Arm packte Brigettes Taille und riß sie hoch. »Laß mich los, du Bastard«, schrie sie und kämpfte gegen ihn. Seine Faust traf sie seitlich im Gesicht, und Brigettes Kampf war beendet.

Die Dämmerung hatte die letzten malvenfarbenen Lichtstrahlen vom westlichen Himmel gelöscht, als Menzies' Männer mit ihren Geiseln auf Weem Castle ankamen. Brigette, die vor ihrem Entführer auf dessen Pferd saß, fühlte sich wie in einem immer wiederkehrenden Alptraum. Ihr pochender Kiefer war die einzige Verbindung zur Realität. Brigette riß sich zusammen und sah Antonia an, als sie im Innenhof von Weem anhielten. Die blonde Frau zitterte offensichtlich vor Angst.

Die kriegerische Gruppe stieg ab. Der Mann, der Brigette gefangengenommen hatte, riß sie grob von ihrem Pferd, und sie fiel dabei fast zu Boden. Brigette stieß wilde Drohungen aus, aber der Mann lachte nur über ihre zur Schau gestellte Tapferkeit. Es war, als würde man von einem Floh bedroht.

Der Mann packte sie am Oberarm und zog sie nach drinnen. Brigette wußte, daß sie davon viele Wochen blaue Flecken haben würde. Antonia wurde von einem Mann hinter ihr hergeführt, gefolgt von den anderen Kriegern.

Der große Saal von Weem war voll, denn es war Zeit zum Abendessen. Brigette wurde durch den Raum zur Ehrentafel geführt und erkannte Murdac Menzies sofort.

»Guten Abend, Ladys«, begrüßte Menzies sie und lächelte kalt. »Willkommen in meinem Haus.«

Erschüttert durch ihre aussichtslose Lage blieb Antonia ungewöhnlich schweigsam, aber Brigette blieb weiterhin aufsässig. Schließlich war sie seinen Klauen im Sund von

Mull auch entkommen. Weshalb nicht auf Weem? Brigette sah sich verächtlich in der Halle um.

»Das ist also das Wespennest«, sagte sie abfällig, und ihre grünen Augen blitzten ihn herausfordernd an.

Menzies warf seinen Kopf zurück und brach in schallendes Gelächter aus. Seine schwarzen Schlangenaugen zeigten jedoch nicht das geringste Zeichen von Heiterkeit. Er stand auf, ging um den Tisch und baute sich vor ihnen auf. Allein seine Größe wirkte bedrohlich.

»Es ist mir eine Freude, Euch wiederzusehen, Gräfin.« Eine seiner Pranken berührte den Bluterguß an Brigettes Kiefer. »Ich möchte mich für jegliche Unannehmlichkeiten entschuldigen, die meine Männer Euch bereitet haben«, sagte Murdac freundlich und fragte dann mit einem Blick auf Antonia: »Und wen habt Ihr mitgebracht?«

»Lady Antonia«, antwortete Brigette, »meine verwitwete Schwägerin.«

Murdac nahm Antonias Hand, hob sie höflich an seine Lippen und machte ihr ein Kompliment: »Wenn ich gewußt hätte, daß eine so schöne Frau wie Ihr auf Dunridge lebt, hätte ich Euch längst schon entführt.« Sprachlos starrte Antonia ihn an.

»Tatsächlich«, fuhr er fort, »kann ich mich außergewöhnlich glücklich schätzen, daß mich zwei so seltene Schönheiten besuchen.«

»Es wären sicher noch mehr«, entgegnete Brigette ungeachtet jeglicher Gefahr, »wenn Ihr nur genügend Männer hättet, die das Land durchkämmen und sie entführen.«

»Wie ich sehe, hat die Reise Euch sehr reizbar gemacht«, bemerkte Murdac. »Vielleicht möchtet Ihr Euch vor dem Abendessen erst noch etwas ausruhen?«

»Ich würde gerne nach Dunridge zurückgebracht werden«

»Das ist im Moment leider nicht möglich. Ihr werdet Weem erst verlassen, wenn meine Schwester wieder hier bei mir ist.«

»Tss! Tss!« tadelte Brigette. »Wollt Ihr etwa trennen, was Gott zusammengefügt hat?«

»Was meint Ihr damit?«

»Sheena hat Percy MacArthur geheiratet«, teilte sie ihm mit. »Freiwillig, darf ich hinzufügen. Wenn Ihr mir nicht glaubt, fragt Eure Männer. Sie werden Euch sagen, daß Sheena weggelaufen ist, als sie sie erkannte.«

Murdacs Blick schoß blitzschnell zu seinem Mann, der nickte und wegsah.

»Während wir uns hier unterhalten«, fuhr Brigette kühn fort, »ist mein Mann mit seinen Leuten auf dem Weg nach Weem. Ihr werdet ebenso Pech haben wie beim letzten Mal.«

»Beim letzten Mal?« wiederholte Murdac verdutzt.

»Spielt doch nicht den Unschuldigen«, raunte Brigette. »Auf Euren Befehl wurde ich auf diesen Felsen im Sund von Mull gebracht. Pech für Euch, daß ich fliehen konnte.«

»Euer Gatte muß viele Feinde haben«, schnaubte Murdac. »Ich war es jedenfalls nicht, der das veranlaßte.« Er musterte Brigette von oben bis unten, als prüfte er ihre Reize, lächelte anzüglich und sagte: »Mit einer schönen Frau weiß ich bessere Dinge anzufangen. Bringt sie weg.«

Oben waren Brigette und Antonia in einem der Schlafzimmer eingeschlossen. Antonia saß auf der Kante eines Bettes und blickte ausdruckslos zu Boden. Brigette ging in höchster Erregung auf und ab.

Sie durchquerte das Zimmer, drehte sich um und ging weiter. Wie können wir entkommen? überlegte Brigette. Ihr Geist war ebenso rastlos wie ihr Körper. Ich hab's! Ich werde mich hinter die Tür stellen und die nächste Person, die hereinkommt, überwältigen. Nein, das würde nicht funktionieren. Wir müßten uns immer noch unseren Fluchtweg erkämpfen.

Brigettes Blick fiel auf Antonia. Von ihr war keine Hilfe zu erwarten. Wenn nur Cousin Magnus in der Nähe wäre, auf einer seiner Missionen.

Ein Schlüssel drehte sich im Schloß, und einen Moment später öffnete sich die Tür. Eine Dienerin mittleren Alters kam mit einem Eimer dampfenden Wassers herein.

Die Frau setzte den Eimer auf den Tisch, legte Handtücher daneben und sah dann die beiden an. »Der Graf dachte, Ihr würdet Euch vor dem Abendessen gerne waschen«, erklärte sie. Brigette starrte sie kalt an. Die haßerfüllten grünen Augen jagten der Frau solche Angst ein, daß sie sich bekreuzigte und hastig zurückzog, wobei sie die Tür hinter sich verschloß.

Als Brigette erkannte, daß eine Flucht unmöglich war, seufzte sie und gab ihrer Müdigkeit nach. Sie setzte sich auf das Bett und schloß die Augen, aber der Gedanke an Flucht drehte sich unaufhörlich in ihrem Kopf.

Antonia stand abrupt auf, ging durch das Zimmer zu dem Tisch und wusch sich das Gesicht. Nachdem sie ihre Toilette beendet hatte, begann sie, im Zimmer auf und ab zu gehen.

Während sie herumlief, fiel Antonias Blick auf Brigette, und plötzlich schoß ihr ein berechnender Gedanke durch den Kopf. Menzies ist nicht verheiratet, und ich bin nicht gerade unattraktiv. Ich könnte ihn überreden, die Engländerin zu erledigen. Wenn Iain verliert, werde ich Murdac heiraten und Gräfin von Meinnich werden. Wenn Iain aber gewinnt, ist er frei, mich zu seiner Gräfin zu machen. Wie auch immer, ich kann nicht verlieren.

Antonia blieb neben dem Bett stehen. »Was hast du zu deiner Verteidigung zu sagen, du dämliche englische Schlampe?«

Brigette öffnete ein Auge zu einem grünen Schlitz. »Wie ich sehe, hast du dich wieder erholt«, kommentierte sie trocken.

»Das ist deine Schuld.«

»Meine Schuld?« Die grünen Augen öffneten sich weit.

»Wenn du Iain gehorcht hättest, wären wir jetzt nicht hier.«

»Gib mir nicht die Schuld.« Brigette stand auf und stellte sich direkt vor Antonia. »Wärest du uns nicht gefolgt, dann wärest du jetzt auch nicht hier. Und wenn du nicht wie eine Verrückte am Ufer entlanggelaufen wärest, wäre *ich* nicht hier. Du neugierige, dumme Ziege!«

Patsch! Antonias Schlag riß Brigettes Kopf zurück.

Patsch! Brigette zahlte mit gleicher Münze zurück.

»Meine Damen!« Murdac Menzies lehnte im Türrahmen.

»Gewalttätigkeit tut Eurer Weiblichkeit Abbruch. Ich bin gekommen, um Euch zum Abendessen zu begleiten«, fügte er freundlich hinzu und schlenderte in das Zimmer. »Ihr seht schon viel besser aus, Lady Antonia.«

»Danke, Mylord«, sagte sie lächelnd.

Dann wandte er sich an Brigette: »Ihr hättet Euch inzwischen auch waschen sollen, Gräfin.«

»Ich habe beschlossen zu warten und dann mit meinem Mann zu Abend zu essen«, entgegnete sie. »Er müßte jeden Augenblick hier sein.«

Murdac lachte rauh und warnte: »Ihr werdet verhungert sein, bevor der Earl von Dunridge auch nur einen Fuß in Weem Castle setzt.«

»In diesem Fall«, zischte Brigette wie eine wütende Katze, »werde ich mit Euch in der Hölle das Brot brechen.«

Murdacs gute Laune schwand, und die Narbe auf seiner Wange wurde weiß vor Wut. Er kämpfte gegen den Drang, sie zu schlagen, bis sie sich ergab, und starrte Brigette düster an. »Wie Ihr wollt«, sagte Murdac kalt, wandte sich dann an Antonia und reichte ihr lächelnd den Arm. »Ihr werdet sicher mit mir speisen?«

Antonia erwiderte sein Lächeln und legte ihre Hand auf seinen Arm. Gemeinsam verließen sie den Raum.

»Antonia!« kreischte Brigette und hämmerte gegen die Tür. »Du Verräterin!«

Hungrige Lippen senkten sich auf Brigettes und bedeckten ihren Mund mit wilder Intensität. »Iain ...« flüsterte sie gegen die Lippen. Ein Traum, dachte Brigette, und erwachte langsam, aber der Druck auf ihren Mund blieb. Sie riß die Augen auf, die sogleich ihren Ekel widerspiegelten. Murdac Menzies küßte sie!

Murdac lächelte träge über ihren entsetzten Gesichtsausdruck und strich leicht mit einem Finger über ihre Wange. Als derselbe Finger ihre durch den Kuß entweihten Lippen nachzeichnete, biß Brigette zu.

»Du kleine Hexe!« brüllte er und zuckte zurück. Brigette kletterte auf der anderen Seite aus dem Bett und wich zurück. Der Tisch verhinderte jede weitere Bewegung.

Mit grimmigem Gesicht stand Murdac da und beobachtete sie. Durch das Fenster hinter ihm tanzten die ersten Sonnenstrahlen in das Zimmer und Brigette erkannte, daß der Morgen angebrochen war.

Um Murdacs Verletzung noch mit einer Beleidigung zu krönen, wischte Brigette mit dem Ärmel ihrer Bluse über ihren Mund und klopfte dann den verseuchten Ärmel ab. Mit einem kehligen Knurren kam Murdac bedrohlich näher.

»Bleibt, wo Ihr seid«, warnte Brigette, »oder ich werde mich selbst töten. Dann habt Ihr keine Geisel mehr.«

»Habt Ihr Lady Antonia vergessen?«

»Meinen Mann wird es nicht kümmern, wenn Ihr Antonia behaltet. Im Gegenteil, Ihr erweist ihm einen Gefallen.«

»Wie außerordentlich seltsam«, bemerkte Murdac. »Antonia war sehr darauf bedacht, mich davon zu überzeugen, Euch zu erledigen.«

»Wo ist sie?« wollte Brigette wissen. »Was habt Ihr mit ihr gemacht?«

»Wir haben eine wunderbare, aber auch sehr ermüdende Nacht in meinem Zimmer verbracht. Die Lady liegt noch im Bett.« Murdac lachte über Brigettes Gesichtsausdruck. »Ihr braucht gar nicht so schockiert zu schauen, meine Liebe. Sie war nur allzu bereit, ihre Beine zu spreizen. Und immerhin habe ich sie danach nicht umgebracht, wie Euer verstorbener Schwiegervater es mit meiner Tante getan hat.«

»Was?«

»Ihr wißt doch sicher, wie die Fehde begann? Black Jack hat meine Tante entführt, geschändet und ermordet.«

»Ihr seid ein elender Lügner!«

»Glaubt, was Ihr wollt«, sagte Murdac mit einem Schulterzucken. »Was wollt Ihr tun, um am Leben zu bleiben?«

Brigettes Magen verkrampfte sich vor Angst, aber ihre Stimme blieb stark und fest. »Wenn Ihr mich anfaßt, werde ich Euch umbringen«, drohte sie.

»Ich zittere schon vor Angst«, höhnte er. Über ihre gespielte Tapferkeit lächelnd, trat er näher.

Brigette ließ ihn nicht aus den Augen und griff hinter sich. Blind suchte sie den Tisch nach einer Waffe ab. Mit einer blitzartigen Bewegung ergriff sie den Eimer und schleuderte ihm das inzwischen kalt geworden Wasser ins Gesicht.

»Ihr habt Glück«, sagte Murdac und wich wohlbehalten aus, »daß ich temperamentvolle Frauen schätze. Es ist um so schöner, wenn sie sich endlich ergeben.« Er schlenderte zur Tür und setzte hinzu: »Ich werde Euch in Ruhe lassen – fürs erste.«

Murdac schimpfte über die Impulsivität von Frauen, als er durch den großen Saal zur erhöhten Ehrentafel ging. Dann setzte er sich hin und betrachtete seinen verletzten Finger. Eine Gruppe seiner Männer, die in der Nähe saßen, war in eine Unterhaltung über die Jagd vertieft. Eine Weibchenjagd, dachte Murdac, und ein verschlagenes Lächeln erhellte sein Gesicht. Er befahl zwei Dienerinnen, seine Gäste in die Halle zu bringen.

Einige Augenblicke später wurde Brigette in den Raum gebracht und zur Ehrentafel geführt. »Verräterin«, zischte sie, als Antonia sich neben sie stellte.

»Schenkt mir alle eure Aufmerksamkeit«, rief Murdac seinen Männern zu. Dann stand er auf und ging um den Tisch zu seinen Gefangenen. Boshaft lächelnd senkte er seinen Kopf. »Guten Morgen, Ladys.«

Antonia erwiderte sein Lächeln. Brigettes starrer Blick war kälter als ein Blizzard in den Highlands.

»Ich richte zum Vergnügen und zur Unterhaltung meiner Männer – und natürlich auch zu meinem eigenen – eine Weibchenjagd aus«, verkündete Murdac. »Wir werden die Jäger sein und Ihr, meine Damen, werdet das Wild sein.«

»A–Aber ...« begann Antonia zu protestieren.

Murdacs Hand schoß vor und schlug sie. Antonia fiel gegen Brigette, die sie stützte.

»Und wenn wir uns weigern?« fragte Brigette herausfordernd.

»Stellt nicht solche Fragen«, antwortete er, »wenn Ihr die Antwort nicht hören wollt.«

»Wie ich schon sagte: Was ist, wenn wir uns weigern?«

»Verweilt doch nicht beim Negativen. Betrachtet die Jagd als Eure Chance zu entkommen.«

»Sollen wir ermordet werden?« fragte Brigette.

»Oh, Mädchen! Für wie schwarz müßt Ihr doch meine Seele halten!« rief Murdac mit gespieltem Entrüsten. Er sah sie von oben bis unten frech an und sagte: »Die Frau wurde zum Vergnügen des Mannes erschaffen, nicht, um verletzt zu werden.«

Brigette zog eine Augenbraue hoch. »Wir sollen also vergewaltigt werden?«

Murdacs träges Lächeln war die einzige Antwort.

»Iain wird Euch in Stücke reißen«, sagte sie verächtlich, »in ein widerwärtiges Stück nach dem anderen.«

»Genug!« schnauzte er. »Zieht Eure Kleider aus.«

»Bitte ...« flehte Antonia, und Tränen liefen ihr über das Gesicht.

Murdac zog seinen Dolch und richtete ihn gegen sie. Die scharfe Spitze berührte ihren Hals. »Halt den Mund«, befahl er, »und zieh dich aus.«

Mit zitternden Händen löste Antonia ihren Rock und ließ ihn zu Boden fallen. Dann zog sie ihre Bluse über den Kopf und stand in ihrem Unterkleid da. Die Männer wurden wild. Johlend und pfeifend schlugen sie mit den Händen auf den Tisch.

»Jetzt die Schuhe und Strümpfe«, befahl Murdac. Als sie gehorchte, warf er ihre Spitzenstrumpfbänder in die wilde Menge der Männer, die übereinanderfielen, um sie zu fangen.

Murdac lachte ordinär. Sein Blick richtete sich auf Brigette. »Ihr seid an der Reihe, Gräfin.«

»Mach's dir doch selbst!«

Mit aller Kraft schlug Murdacs Handrücken zu, so daß Brigette auf dem Boden lag. Aus einem Mundwinkel tropfte Blut. »Ich begreife nicht, wie MacArthur mit Euch und Eurem Mundwerk leben kann«, spie er, »aber ich bin jedenfalls nicht so weichherzig.« Er machte eine Bewegung zu den beiden Dienerinnen.

Brigettes Kopf drehte sich benommen. Sie zwang sich aufzustehen, und einen Moment später hatten die Frauen ihr Rock, Bluse, Schuhe und Strümpfe ausgezogen. Brigette stand da, nur mit ihrem Unterkleid bekleidet.

Murdac verschlang sie mit den Augen und konnte nicht widerstehen, ihr in die Brust zu kneifen. »Ihr habt dreißig Minuten, um zu verschwinden«, sagte er mit einer Bewegung zum Eingang der Halle, »dann kommen wir Euch nach.«

»Los«, sagte Brigette, aber Antonia hatte solche Angst, daß sie wie angewurzelt stehenblieb. Brigette nahm die Hand ihrer Schwägerin und führte sie aus der Halle.

»Mit der Blonden könnt ihr machen, was ihr wollt«, sagte Murdac zu seinen Männern, »aber die Rothaarige gehört mir. Wer das vergißt, ist ein toter Mann.«

Auf Brigettes Armen bildete sich eine Gänsehaut, als sie in den Hof traten. Verdammt, fluchte sie innerlich. Dem Kalender nach war zwar Sommer, aber es war viel zu kalt, um halbnackt durch den Wald zu laufen.

Brigette warf Antonia einen abschätzenden Blick zu und wußte, daß ihre verhätschelte Schwägerin ihr Tempo drosseln würde. Wenn sie Glück hatten, würden sie gerade einmal die direkte Umgebung des Schlosses verlassen haben, bevor die dreißig Minuten um waren, erkannte sie bestürzt.

Mit Antonia im Schlepptau lief Brigette forsch in den äußeren Hof und in Richtung Tor. Von dem Grafen unterrichtet, ließen die Wachen die beiden Frauen unbehelligt passieren.

»Ich weiß nicht, was mit den anderen ist«, sagte einer der Männer und leckte erwartungsvoll seine Lippen, »aber sobald der Graf durch ist, nehme ich an der Jagd teil.«

»Aber was ist mit Weems Verteidigung?« fragte ein zweiter. »Wenn Dunridge angreift, während …«

»Zum Teufel mit Weems Verteidigung«, spuckte der erste Mann. »Wenn der Graf sich wegen MacArthur Sorgen machte, würde er uns doch nicht die Frauenzimmer anbieten.«

»Ich stimme dir zu«, mischte sich ein dritter ein. »Weshalb sollten wir uns den Spaß entgehen lassen?«

»Ich habe noch nie eine Lady von edlem Blut gehabt«, sagte der zweite Mann, von den anderen überredet.

»Ich möchte wissen, wie das ist.«

»Der Graf wird uns doch nicht alle töten lassen, weil wir unseren Posten verlassen«, überlegte der erste Mann.

»Also abgemacht«, schloß der dritte. »Wir werden also gehen.«

Entsetzt blieb Antonia direkt hinter dem Tor stehen und weigerte sich, weiter zu laufen. Brigette drehte sich um und beschwor sie.

»Ich kann nicht«, schrie Antonia. Brigette packte ihre Schwägerin an den Schultern und schüttelte sie grob, dann schlug sie ihr auf die tränenüberströmte Wange. »Hör mir zu«, rief sie. »Möchtest du von diesen abscheulichen Männern angefaßt werden?«

Antonias Augen wurden groß. Sie schüttelte heftig ihren blonden Kopf.

»Wir werden dort in den Wald gehen«, sagte Brigette. »Wenn wir einmal aus ihrem Blickfeld sind, werden wir uns zurückschleichen und an der anderen Seite des Sees verstecken.«

»See?«

Brigette nickte. »Hinter Weem gibt es einen See. Ich habe ihn vom Fenster aus gesehen. Wenn es dunkel ist, werden sie die Jagd aufgeben, und dann machen wir uns auf den Weg nach Dunridge.«

»Aber wir werden erfrieren«, jammerte Antonia.

»Du Dummkopf«, schnaubte Brigette. »Weißt du denn nicht, daß Iain längst auf dem Weg nach Weem ist? Wir werden ihn treffen, lange bevor wir erfroren sind. Los jetzt.«

Brigette ging voran, als die beiden in den Wald südlich von Weem huschten. Nachdem sie einmal außer Sichtweite der Wachen waren, verließen sie den Weg und tauchten in dem dichten Wald unter. In regelmäßigen Abständen blickte Brigette hinter sich, um nach Antonia zu sehen. Da die Highland-Schönheit nicht an körperliche Aktivitäten gewöhnt war, ermüdete sie schnell und bekam schmerzhafte Seitenstiche.

»Brie«, rief Antonia, als sie stolperte und hinfiel.

Fluchend ging Brigette zu ihr zurück. Was sollte sie auch sonst tun? Antonia zurücklassen? »Bist du verletzt?« fragte sie.

In Antonias Augen schimmerten Tränen. »Ich habe mir den Knöchel verstaucht, und habe schreckliche Seitenstiche.«

Brigette half ihr aufzustehen. »Leg deinen Arm um meine Schulter.«

»Ich schaffe es nicht«, klagte Antonia. »Weshalb rettest du dich nicht selbst?«

In der Versuchung, genau das zu tun, zögerte Brigette, und ihre Blicke trafen sich. Ihre Schwägerin hatte keine Skrupel und konnte sich nicht vorstellen, daß andere weniger gefühllos waren als sie. Antonia an Brigettes Stelle hätte schon längst versucht, sich in Sicherheit zu bringen.

»Nun?«

»Halt den Mund«, zischte Brigette.

»Weshalb läßt du mich nicht zurück?« wiederholte Antonia.

»Damit dein Geist zurückkommt und mich für den Rest meines Lebens verfolgt? Nein danke.«

Ein wilder, lustvoller Schrei erklang in der Ferne. Beide Frauen erstarrten, und die Angst drehte ihnen fast den Magen um.

»Die Höllenhunde haben unsere Spur aufgenommen«, beobachtete Brigette beunruhigt. »Die dreißig Minuten können noch nicht vorbei sein. Der Bastard hat uns reingelegt!«

»Das Tor ist offen, und ich kann keine Wachen sehen«, sagte Percy. »Glaubst du, das ist eine Falle?«

Mit grimmigem Gesicht zuckte Iain die Schultern. »Falle oder nicht, ich reite hinein.«

Die MacArthurs waren bei Weem Castle angekommen und hatten sich im Schatz des dichten Waldes in zwei Gruppen geteilt. Iain und Percy führten die Hauptgruppe im Wald, der dem Tor von Weem zugewandt lag. Dugie und Jamie führten eine kleinere Gruppe, die um den Bergfried herumgeritten war, um das hintere Tor zu finden.

»Dugie muß jetzt auf seinem Posten sein«, sagte Percy.

Iain nickte. »Dieses Mal gibt es für Menzies kein Entrinnen. Es tut mir nur leid, daß ich ihn nicht zweimal töten kann.«

Iain zog sein Schwert und hob es hoch in die Luft, um seinen Männern ein Zeichen zu geben. Dann trieb er sein Pferd vorwärts. Mit gezückten Schwertern folgten ihm seine Männer. Da sie den Schutz der Bäume verließen, waren sie Angriffen mit Pfeilen ziemlich schutzlos ausgeliefert, aber auf den Mauern von Weem Castle erschien kein Verteidiger.

Die MacArthurs ritten näher und näher an den Bergfried, aber alles blieb seltsam und unheimlich still. Kein Mensch war zu sehen. Weem Castle war ein Geisterschloß.

»Das gefällt mir nicht«, flüsterte Percy nervös, als sie das Tor erreichten. »Hier stimmt etwas nicht. Laß die Männer zuerst hineinreiten.«

»Brie ist *meine* Frau.«

An der Seite seines Bruders ritt Iain in den Hof. Nichts geschah. Als sie durch den äußeren Hof ritten, bewegte sich etwas blitzschnell zwischen ihren Pferden.

»Sly!« rief Percy mit einem lauten Flüstern aus.

Iains Lippen zuckten. »Der Räuber muß uns gefolgt sein.«

Nachdem Iain sein Pferd durchpariert hatte, suchte er den inneren Hof ab. Wo war Menzies? Und wo waren Brigette und Antonia?

Iain stieg ab. MacArthurs Männer stiegen ebenfalls ab,

wenn auch widerwillig, da sie sicher waren, im nächsten Moment angegriffen zu werden. Die gedämpften Geräusche heimlicher List ließen sie drohende Gefahr befürchten, aber es waren nur Dugies Männer, die von dem hinteren Tor kamen.

»Ich kann nicht glauben, was ich da sehe«, sagte Dugie zu Iain.

»Du meinst, was wir nicht sehen«, korrigierte Jamie. »Dieser Ort jagt mir Schauer über den Rücken.« Bei seinen Worten bekreuzigte sich mehr als nur einer von MacArthurs Männern.

Mit Iain an der Spitze betraten sie die Haupteingangshalle von Weem.

Sly, der eine schwache Spur von einem vertrauten Geruch wahrgenommen hatte, huschte an ihnen vorbei und verschwand durch eine Tür. Er wußte, daß Brigette hier irgendwo war.

»Ein wildes Tier«, kreischte eine weibliche Stimme.

Die MacArthurs folgten Sly und fanden sich in dem großen Saal. Er war verlassen bis auf die beiden Dienerinnen und den Schloßverwalter, der ausrief: »Ein MacArthur!«

»*Der* MacArthur«, brummte Iain und zielte mit seinem Schwert auf ihn. »Wo ist dein Herr?«

«W–W–W–Wir sind nur noch D–D–D–Diener hier«, stammelte der Mann. »Der Graf ist auf der Jagd.«

»Auf der Jagd?« wiederholte Iain ungläubig. »Du willst mich glauben machen, daß er zur Jagd gegangen ist und Weem ungeschützt zurückgelassen hat?«

»Es ist die Wahrheit, ich schwöre es.« »Gib uns seine Geiseln«, befahl Iain.

»D–D–D–Das kann ich nicht.«

Iains Augen zogen sich gefährlich zusammen. Er warf Dugie und Jamie einen schnellen Blick zu, die den Mann daraufhin an den Armen packten. »Schneidet ihm den Kopf seines Schaftes ab«, befahl Iain brutal.

»Sieh doch«, rief Percy und hockte sich neben Sly. Ein weibliches Kleidungsstück hing aus dem Maul des Fuchses.

Iain untersuchte es und war erleichtert, keine Blutspuren zu finden. »Brie trug diese Bluse«, sagte er und sein Gesichtsausdruck war furchterregender als der von Menzies zu seinen schlimmsten Zeiten. Iain trat näher an den Schloßverwalter heran und schnauzte: »Ich werde den Schwanz des Mannes selbst abschneiden.«

»Wartet!« kreischte der Verwalter und Tränen der Angst um seine Männlichkeit liefen ihm über die Wangen. »Die Damen sind nicht hier.«

„Wo sind sie dann?«

»Ich weiß es nicht genau. Der Graf hat ihnen befohlen, sich auszuziehen und das Schloß zu verlassen. Er jagt sie zum Spaß.«

»Ja, Mylord«, bestätigte eine der Frauen. »Der Graf sagte, seine Männer könnten die Ladys haben – wenn Ihr versteht, was ich meine. Die Wachen müssen Geschmack an der Sache bekommen haben und sind mit auf die Jagd.«

Fluchend lief Iain mit Sly auf den Fersen aus der Halle. Seine Soldaten folgten ihm.

»Jamie«, befahl Iain im Hof, »du bleibst mit deiner Gruppe hier, falls sie zurückkommen.« Iain hob Sly hoch, schmiegte den Fuchs an sich und befahl: »Finde Brie, Sly. Finde Brie.« Der Fuchs sprang aus seinen Armen und stürzte in den äußeren Hof. Die MacArthurs sprangen auf ihre Pferde und folgten ihm.

Wilde Schreie ungebändigter männlicher Lust zerrissen die Luft in beängstigender Nähe. Als Antonia sie hörte, wimmerte sie wie ein verwundetes Tier. Brigette taumelte vor Anstrengung, weil sie Antonias Gewicht tragen mußte. Noch ein paar Schritte, sagte sie sich und dachte nicht daran, daß sie außerhalb des Waldes viel verwundbarer waren.

»Der See«, sagte Brigette und trat aus dem Wald. Sie trotteten quälend langsam am Ufer entlang auf der Suche nach einem passenden Versteck.

»Hilfe!« Starke Hände rissen Antonia von Brigettes Seite.

»Du verdammter Scheißkerl!« kreischte Brigette wie ein wildgewordenes Tier. Sie packte Antonias Arm und zog mit aller Kraft. Als das nichts nützte, griff sie den Mann wütend an – tretend, kratzend, beißend.

Als sei Brigette eine lästige Mücke, schob er sie weg und sie landete mit dem Gesicht im Gras. Fest entschlossen, Antonia zu retten, wollte Brigette aufstehen, hielt aber inne, als ihr Blick auf ein Paar glänzende schwarze Stiefel neben ihrem Kopf fiel.

»Ihr gestattet, Gräfin.« Murdacs Stimme zeigte sarkastische Verachtung. Er beugte sich vor, um seinen Preis zu nehmen.

Mit einer geschickten Bewegung stach Brigette ihm die Finger in die Augen und rollte sich zur Seite. Sie sprang auf die Füße und lief los.

Murdac fing sich wieder und hastete ihr nach. Mit ihrem roten Haar, das wild um sie wirbelte, sah Brigette aus wie eine verängstigte Waldnymphe, als sie am Ufer des Sees entlanglief. Zwei Schritte hinter ihr streckte Murdac den Arm aus, packte ihre rote Mähne und zog brutal. Brigette schrie vor entsetzlichem Schmerz auf und taumelte zurück.

»Hexe«, knurrte Murdac, wirbelte sie herum und schlug sie so heftig, daß sie zu Boden fiel. Er lockerte seinen Hosenbeutel.

»Iain!« schrie Brigette verzweifelt. Ihre Welt wurde schwarz und sie verpaßte das tödliche Sperrfeuer von MacArthur-Pfeilen, die aus dem Wald durch die Luft flogen.

»Brie.« Jemand flüsterte ihren Namen. Brigette öffnete die Augen und sah den besorgten Gesichtsausdruck ihres Mannes.

Iain lächelte erleichtert und hielt sie beschützend fest. »Bist du verletzt?« fragte er, als sie zu weinen begann.

Brigette klammerte sich an ihn und schüttelte den Kopf. Dann legte sie ihn an seine Brust und schloß die Augen.

Schleck! Etwas Nasses leckte die salzigen Tränen von ihrer Wange.

»Sly!« rief Brigette und öffnete die Augen.

»Falls du es noch nicht bemerkt haben solltest, Bruder«, erklang Percys Stimme neben ihnen, »aber deine Frau ist fast pudelnackt.« Grinsend reichte er Iain eine Decke und ging dann weg.

»Antonia?« fragte Brigette, deren Gesicht dunkelrot vor Verlegenheit war.

Iain schüttelte seinen Kopf. »Sie wurde von einem Pfeil getroffen, aber sie hat nicht gelitten.«

»Menzies?«

»Wird uns keinen Ärger mehr machen.«

Iain wickelte sie in die Decke und hob sie auf seine Arme.

Er sah ihr tief in die Augen und mit hochgezogener Augenbraue fragte er: »Siehst du jetzt, was passiert, wenn du mir nicht gehorchst?«

»Ich werde dir gegenüber nicht mehr ungehorsam sein«, schwor Brigette und legte ihre Arme um seinen Hals.

Iains Lippen zuckten. »Du weißt genauso gut wie ich, Liebling, daß Lügen eine ebenso große Sünde ist wie Ungehorsam.«

Epilog

Edinburgh Castle, Dezember 1566

»Beeil dich bitte.«

Brigette hörte die Ungeduld in der Stimme ihres Mannes und sah ihn aus den Augenwinkeln an. Schneidig und gut sah Iain aus. Er trug den festlichen schwarzgrünen Kilt der MacArthurs mit einem weißen Seidenhemd und einem schwarzen Samtwams. Mit einem Stirnrunzeln stand er vor dem Kamin des Zimmers und beobachtete sie.

Brigette lächelte gelassen und neckte ihn: »Hat dir eigentlich schon mal jemand gesagt, daß du sehr wohlgeformte Beine hast? Beim Anblick deiner Waden durchläuft mich ein Schauer.«

»Ärger mich nicht, Brie«, mahnte Iain. »Kannst du dich nicht beeilen?«

»Gib mir mein Kleid, bitte.« Im nächsten Moment war er an ihrer Seite mit ihrer neuen Hoftracht, einem Kleid aus tannengrünem Samt. »Zieh es mir über den Kopf«, wies Brigette ihn an, »aber bring mir meine Haare nicht durcheinander. Sonst muß ich wieder von vorne anfangen.«

»Weshalb bin *ich*, der Graf von Dunridge, gezwungen, deine Zofe zu spielen?« fragte er gereizt. »Weshalb hast du Spring nicht mitgebracht?« Brigettes Antwort ging in den Falten ihres Kleides unter. »Was?« fragte er.

»Ich sagte«, wiederholte Brigette und tauchte auf, um Luft zu holen, »Spring ist gerade in der ersten Phase ihrer Schwangerschaft.«

»Und?«

»Und sie muß sich ständig übergeben. Überall und jederzeit.«

»Oh!«

»Spring, Sheena und Avril, alle schwanger«, sagte Brigette. »Das ist wirklich ein Jahr der Babys.«

»Vergiß nicht dich selbst.« Iain grinste und tätschelte ihren geschwollenen Bauch. »Erst fünf Monate vorbei und du platzt schon fast. Das muß wieder ein Junge sein.«

»Vier von uns zur selben Zeit schwanger. Ich frage mich manchmal, ob der Wind wohl etwas hergetragen hat?«

Iain brach in schallendes Gelächter aus und schalt dann: »Sei nicht albern. Ich habe für deinen dicken Bauch gesorgt, nicht der Wind. Dreh dich um, damit ich mit deinen Knöpfen kämpfen kann.«

»Eines ist sicher«, sagte Brigette und drehte ihm den Rücken zu. »Ich werde dieses verdammte Feldbett verbrennen.«

Iain lächelte hinter ihrem Rücken. »Das Feldbett hat dich auch nicht schwanger gemacht.«

»Es hat aber mitgeholfen.«

Nachdem Iain seine Aufgabe erfüllt hatte, drehte er sie langsam zu sich um und küßte ihre Nasenspitze. »Du hast nie wunderbarer ausgesehen, Süßes.«

»Aber das Feldbett verschwindet.« Brigette drehte sich um, um sich im Pfeilerspiegel zu betrachten. In Ordnung, beschloß sie und runzelte dann die Stirn, als sie das Profil ihres hervorstehenden Bauches sah.

»Wenn wir jetzt nicht gehen«, sagte Iain und unterdrückte ein Lachen, »kommen wir zu spät zu Percys Investitur.«

»Wenn man sich das vorstellt«, sagte Brigette. »Percy wird Murdacs Titel tragen und auf Weem leben. Ich frage mich, was Black Jack davon hielte. Ich verstehe immer noch nicht, wie das möglich sein soll.«

»Durch das schottische Gesetz und die freundliche Erlaubnis der Königin«, erklärte er. »Wenn ein Mann eine Erbin heiratet, kann er den Titel und die Ländereien ihrer Familie erhalten. Ab heute wird Percy der Earl von Meinnich sein und Weem Castle sein Heim.«

»Wir Engländer tun solche Dinge nicht.«

Iain hob ihr Kinn hoch und sah ihr tief und liebevoll in die smaragdgrünen Augen. »Ihr Engländer seid Barbaren.«

Brigette fand das nicht komisch, ließ die Beleidigung aber unbeantwortet. »Wie genau hat die Fehde mit Menzies begonnen?« fragte sie. »Hat Black Jack seine Tante entführt?«

»Nein, obwohl Murdac das vielleicht geglaubt hat.«

»Und wie war es wirklich?«

»Black Jack hat Menzies Tante weder entführt noch ermordet. Bis zum Tod des Herzogs von Argyll kann ich dir leider nicht mehr erzählen«, antwortete er und führte sie zur Tür. »Wirst du mir bis dahin vertrauen?«

»Ja.«

Iain öffnete die Tür, und beide wollten gleichzeitig hindurchgehen, was aber nicht klappte. Sie traten zurück und sahen sich an.

Brigette kicherte und wies auf die Tür.

»Es gibt ein altes englisches Sprichwort, das genau diese Situation trifft.«

»Nämlich?«

Brigette huschte über die Schwelle und drehte sich dann um. Sie rieb ihren runden Bauch und sagte: »Derjenige mit dem Bauch geht voran und der ohne folgt. Was sagst du dazu, mein glorreicher Graf?«

Lächelnd folgte Iain Brigette über die Schwelle und schloß die Tür. Dann zog er sie in seine Arme und küßte sie, daß es ihr fast den Atem verschlug. »Ich liebe dich«, flüsterte er und knabberte an ihrer unwiderstehlichen Unterlippe, bevor er hinzufügte: »aber ich könnte dich noch viel besser lieben, wenn du nicht so verdammt *fett* wärest.«

»Ohhhh!«